长三角城市乡土语文丛书

盐城乡土语文

Yancheng Xiangtu Yuwen

亭湖 盐都
大丰 建湖
射阳 阜宁
滨海 响水
东台

上海社会科学院长三角城市历史文化研究中心 编

丛书编委会主任◎熊月之

本 书 主 编◎陈义海 邵春驹

江苏大学出版社
JIANGSU UNIVERSITY PRESS
镇 江

长三角城市乡土语文丛书

盐城乡土语文（江苏省和盐城市社科普及资助项目成果）

本书主编 陈义海　邵春驹

参编人员 程　希　丛玲玲　段梦云　黄　静
刘秀珍　孙　植　吴苏阳　杨胜朋

（陈晓光　中国文联原副主席、全国政协教科文卫体委员会原副主任、文化部原副部长）

图书在版编目（CIP）数据

盐城乡土语文 / 陈义海，邵春驹主编. -- 镇江 : 江苏大学出版社，2023.9
ISBN 978-7-5684-2017-4

Ⅰ. ①盐… Ⅱ. ①陈… ②邵… Ⅲ. ①中国文学一作品综合集 Ⅳ. ①I211

中国国家版本馆CIP数据核字（2023）第157997号

盐城乡土语文
Yancheng Xiangtu Yuwen

主　　编 / 陈义海　邵春驹
责任编辑 / 夏　冰
出版发行 / 江苏大学出版社
地　　址 / 江苏省镇江市京口区学府路301号（邮编：212013）
电　　话 / 0511-84446464（传真）
网　　址 / http://press.ujs.edu.cn
制　　版 / 湖州文华制版设计有限公司
印　　刷 / 湖州日报印务有限责任公司
开　　本 / 710mm × 1 000mm 1/16
印　　张 / 31.5
字　　数 / 620千字
版　　次 / 2023年9月第1版
印　　次 / 2023年9月第1次印刷
书　　号 / ISBN 978-7-5684-2017-4
定　　价 / 55.00元

序言

周群

地处黄淮冲积平原的盐城，濒临黄海，千里平畴。盐城称名殊为独特。盐既是生民之必需，又是社稷财赋之所重。古代君主通过养灶以生财，通商塞贩，以达实边利用之效。因此，盐政不但关乎民生日用、社会经济，而且是关乎整个社会治理的重要工具，乃至国家命脉所系。两淮是当时最为重要的海盐生产、转运场所。两淮盐赋，实据天下诸司之半。诚如毕自严所说："两淮盐利甲天下。"（毕自严：《度支奏议》堂稿卷十五《题遵奉圣谕议修盐政疏》，明崇祯刻本）而以盐名城者，唯此一个，足证其乃南淮盐业生产与运输的重要枢纽。淮盐的很大一部分是盐城所出。通过通榆河、大运河等运盐通道，盐城与整个国家的命运紧紧联系在一起。盐城虽僻处海滨，但其关乎国运的历史地位由此即可见一斑。

与此相关，盐城的区域文化、文学也具有鲜明的特色。盐城东临黄海、平畴旷远的自然景观，不同于草原风吹草低，大漠孤烟，而呈现的是鹤舞鱼跃、平湖锦帆、烟柳扶疏的审美意象，从而为色彩斑斓的中国古代文学平添了别样的色彩。这一独特的自然风情，在吴嘉纪"晴光暄入水，波动清鲜鲜"（吴嘉纪：《南梁泛舟》）和高穀"涛声吹雨沧溟湿，雾气横空白昼寒"（高穀：《盐城观海》）等诗句中得到了形象呈现。当然，"盐"的文化底色也在诗作中时有逞露。如，盐城先贤笔下偶现的"山"景，也是如灿玉般的盐山（乔楚：《盐山灿玉》，载《康熙淮南中十场志》卷十）。程岫亦有"初日盐烟映海黄"（程岫：《过东台》）的描写。寓审美于生活，寓审美于自然。生息于兹的先民们赋予了生活与劳作诗性色彩。诗文，成为我们了解盐城历史文化的重要窗口。

盐城的自然环境，也赋予了其相应的文化品格，并对中国传统文化的发展产生了显性的影响。地处冲积平原的盐城，诚所谓"泉脉不通海滨土，人家辘轳上咸卤"（陈造：《江湖长翁集》卷八《赠盐城诸友》）。在这片土地上制盐的灶户"朝夕烹炼，不胜劳苦"，晒淋之时，举家登场，"刮泥吸海，下汗如雨，隆冬砭骨，亦必为之"。因此，"庶民之中，灶户尤苦"（彭韶：《进盐场图诗疏略》，载《皇明名臣经济录》卷九，明嘉靖二十八年刻本）。因此，灶籍逃绝的现象屡屡见诸史籍。盐民劳作辛苦，贫不知学。出生于东台安丰场的明代著名思想家王艮正是基于深切的庶民生活体验，承祧原始儒家的立教宗旨，直面民不知学的现实，创立了“风行天下”的以平民儒学为特色的泰州学派。目的在于将儒学从经生的书斋中解放出来，以闾阎百姓易晓的形式，使儒家思想成为百姓自我陶冶精神、成德修为的内在动力。将原本为经生文士所独擅，可使庶民百姓皆知自性自灵，自完自足的儒学，成为人人共明共成之学。王艮开创的泰州学派面向民间、着意于乡村的学行品格，在儒学日渐僵化空疏之时，为儒学增添了新的活力，赋予了现实价值，从而实现了儒学的重大转折。王艮“崛起海滨”，并非偶然，是僻处滨海的盐城自然、社会环境使然，他所倡的以尊身为本的“淮南格物”、百姓日用即道、乐学说，都是深植于这片大地的。

盐城历史的又一个高光时刻是20世纪40年代。抗日战争进入相持阶段后，国内地缘政治格局发生重大变化，毛泽东提出“华中是我最重要的生命线”的论断。在此方针的指导下，盐阜根据地开辟，盐城一度成为华中的政治中心。盐城人民为了解放大业义无反顾地奉献了自己的一切。盐城对新民主主义革命胜利的重要贡献，已镌刻于共和国建立的丰碑上。

改革开放以来，盐城获得了迅速发展的历史机遇。特别是进入21世纪后，位于盐城境内的中国黄（渤）海候鸟栖息地（第一期）成功列入《世界遗产名录》，沿海开发、长三角一体化、淮河生态经济带上升为国家战略，大运河文化带建设积极推进，江苏中国式现代化示范省目标确立，盐城凭借海岸线长、生态环境优美、人力资源丰富等优势，在东南区域发展中的地位举足轻重。

文学是人类生活的自然产物，人群生存之处就有文学活动和文学作品（口头或书面）的生产与流传。从区域差异的角度看，中国文学存在着彼此区别而又有所联系的三大系统：中心地区（首都及其他政治文化中心）文学、重要地区（大城市、交通枢纽所在）文学，以及相对边缘地区的文学。后者只能在狭窄区域内传播，可用“地方写作”指称之。就成就和影响而论，地方写作比中心和重要地区写作稍逊，然其覆盖范围之广、作品数量之大，却为前两种文学难以企及。

盐城僻于黄海之滨。这个地区的文学创作，是一种典型的地方写作，涵括了丰富的历史记忆、社会记忆和文化记忆。它既具有地方写作的共性，又带有冲积平原的个性特质。因此，编写一本盐城乡土语文读本，既可以呈现盐城历史文化的状貌，又对深入了解中国文学的丰富内涵大有裨益。由陈义海、邵春驹教授主编的《盐城乡土语文》，正是一部呈现盐城文学风采的著作。

本书以择取往哲的名篇为主，又附以时贤佳作。覆盖盐城全域而又有所侧重，由微知著，以呈现盐城文学整体风貌为旨归。全书属类以别，体例允适，注重遴选描写地方风物、民情素习的作品，以准确反映盐城文学的独特风采。编者捃摭遗逸以窥其全，博采群籍而得其精，爬梳剔抉，择善而从。且于每篇之下作题解释读，铨品精义，饶有点睛之效。尤其值得嘉许的是，由于编者博取广求，苞举盐城古今文献几乎无遗逸，对于声名不彰，但作品甚具地方文化色彩的文人佳作，也适当选录，从而充分彰显了盐城文学的“乡土”特质，这是本书殊为难能而尤其可贵者。我相信，作为一部具体而微地展现盐城文学风貌的经意之作，对于盐城文学的普及与弘传具有骅骝开道之功，同时也将对盐城的中小学文学教育大有裨益。

披览全书，深为盐城师范学院文学院的学者们穷览群籍，博搜精择，进而抉发隐义，提挈宏纲的严谨的学术精神所感染。这一课题也受到了盐城市社科联的热情支持，显示了管理者对地方文化普及事业深沉的使命意识和历史情怀。相信本书必将嘉惠读者，传诸后世，成为了解盐城乡邦文学的重要途径。社科联与文学院领导命序于余。走虽不才，但家乡文学深深地吸引了我，编著者的精神深深地感染了我。遂而不揣浅陋，谬陈肤见于篇端，权为序。

（作者系盐城人，南京大学二级教授、博士生导师，中国思想史著名学者，南京大学季子与吴文化研究院院长，国家社科基金重大项目首席专家）

目　录

第一单元　盐乡风物

第二单元　士林风流

第三单元　艰辛足迹

第四单元　沧桑留痕

第五单元　岁月峥嵘

第六单元　新苑撷英

第一单元　盐乡风物

楚州盐壒古墙望海[1]

长孙佐辅

混沌本冥冥，泄为洪川流[2]。
雄哉大造化，万古横中州[3]。
我从西北来，登高望蓬丘[4]。
阴晴乍开合，天地相沉浮[5]。
长风卷繁云，日出扶桑头[6]。
水净露鲛室，烟销凝蜃楼[7]。
时来会云翔，道蹇即津游[8]。
明发促归轸，沧波非宿谋[9]。

（《全唐诗》卷四六九）

【作者简介】

长孙佐辅，生卒年不详，大约生活在唐德宗贞元年间。累举进士不第，放荡不羁，终不仕。著有诗集《古调集》，现已失传。《全唐诗》存其诗 17 首。

【注释】

①楚州：今淮安。壒：灰尘，尘埃。

②混沌：古代传说中指世界开辟前元气未分，模糊一团的状态。

③造化：指大自然。中州：中原。

④蓬丘：亦称蓬莱、蓬壶，是古代神话传说中的海外仙岛。

⑤乍：突然，忽然。

⑥扶桑：神话中的树木名，后用来称东方极远处或太阳出来的地方。

⑦鲛室：鲛人水中居室。本诗中用以突出海水的澄清透明。

⑧蹇：困苦，不顺利。津：渡口。

⑨轸：车后横木，一说，为车厢底部四面的横木。这里借指车。宿谋：预先谋划。宿：预先，早先。

【导读】

这是一首写景抒怀之作。作者登上古墙，眺望远处的大海，浮想联翩。前四句以想象开篇，探究大海的由来。世界本是一片混沌苍茫，巨大的洪流从中倾泻而出。万古以来，横亘中原的大海，是大自然的雄奇杰作。此处突出了大海的雄奇壮阔。中间八句写眼前所见之景，突出了大海变幻莫测的奇特景象。大海阴晴不定、风起云卷，海水澄明时可见鲛人所居之室，云雾散尽时可见海市蜃楼。最后四句由景及人，从变幻莫测的大海景象联系到人生的变化莫测、难以捉摸，诗人借此抒发了归隐之情。（黄静）

射阳湖①

范仲淹

渺渺指平湖，烟波极望初②。
纵横皆钓者，何处得嘉鱼③。

（《范文正公文集》卷三）

【作者简介】

范仲淹（989—1052），字希文，吴县（今江苏苏州）人，北宋杰出的政治家、文学家。幼年丧父，自幼苦读，真宗大中祥符八年（1015）进士，授广德军司理参军。真宗天禧五年（1021），调任泰州西溪盐仓监。他上书痛陈海堤利害，建议沿海筑堤，重修捍海堰。后转兴化县令，全面负责修堰工程。后人称为范公堤。仁宗时曾任其为陕西经略副使，率兵御边。仁宗庆历三年（1043）拜参知政事，与富弼、欧阳修等人推行庆历新政。罢相后，出任陕西宣抚使。卒谥文正。他倡导的“先天下之忧而忧，后天下之乐而乐”思想和仁人志士节操，对后世影响深远。有《范文正公集》传世。

【注释】

①射阳湖：处于扬州、淮安、盐城、泰州四市交界处，因古射阳城得名，是历史上江淮间著名的大湖。后因黄淮泛滥，泥沙淤积，湖面不断萎缩，现有面积约八平方公里。

②渺渺：苍茫邈远的样子。烟波：烟雾笼罩的水面。极望：极目远望。

③嘉鱼：美好的鱼。此处喻指功名利禄。

【导读】

本诗为范仲淹在仁宗天圣三年（1025）途经射阳湖所作。诗歌前两句写射阳湖的景致，上句用水域的广袤衬托射阳湖的浩瀚，下句用烟波的浩渺反映射阳湖的声势。诗人从大处落笔，视野开阔，胸襟气度不凡。后两句议论，诗人笔锋一转，由实转虚，由眼前熙熙攘攘、触目皆是的钓者自然生发开来，隐隐讽刺了一味沽名钓誉、醉心功名利禄之徒，颇具警世价值。同时，也暗自流露出诗人对自身不平遭际的感伤之情。范仲淹曾极力推行政治改革，希望能革除弊政，却遭到众多保守派的阻挠、打击而被贬谪。这里的“嘉鱼”可以理解为政治革新的目标。全诗虚实结合、叙议结合，写景兼讽世，意内言外，发人深省，为同类诗歌中的佳作。（黄静）

闻莺有怀故园

贺铸

海陵春后雨冥冥，耳厌蛙嗥鹳齿鸣[①]。
何意东亭好风日，流莺忽作故园声[②]。
故园千里长牵梦，老病三年不废情[③]。
想见杨花收卷尽，绿苔池院落朱樱。

（《庆湖遗老诗集·拾遗》）

【作者简介】

贺铸（1052—1125），字方回，自号庆湖遗老，卫州（今河南省卫辉市）人。北宋著名词人，也能诗文。有《庆湖遗老集》。

【注释】

①冥冥：形容雨中光色昏暗。

②何意：哪想到。东亭：今东台市城区。

③废情：忘情，不动感情。

【导读】

以“贺梅子”著称的贺铸与东台有一段缘分。宋哲宗元祐八年（1093），42 岁的贺铸到泰州（海陵）访问亲友，在这里度过了近两年。春季，他从海陵来到东亭，听到莺声不由引起故园之思。这是目前已知的最早写东亭的诗。作者先在海陵，经历了春季恼人的连绵阴雨，那时满耳是难听的蛙鸣和鹳鸣。现在到了东亭，遇到了风日清和的好天气，听到了悦耳的莺声。在古诗中，“莺声”本是特别容易触动乡思的物象。读这首诗，仿佛来到了近一千年前东亭春日风和日丽、草长莺飞的情境之中。（丛玲玲）

过高邮射阳湖杂咏九首

萨都剌

其一

飘萧树梢风，淅沥湖上雨[①]。
不见打鱼人，菰蒲雁相语[②]。

其二

秋风吹白波，秋雨鸣败荷。
平湖三十里，过客感秋多[③]。

其三

野鹤如人长，迎风理毛羽[④]。
独立秋雨凉，人来忽飞去。

其四

雨湿鼓声重，风匀湖面平[⑤]。
官船南北去，帆影挂新晴。

其五

白鹭爱秋水，独立仍自行。
得鱼固偶尔，惊飞亦常情。

其六

秋水落红衣，秋波日潇洒[⑥]。
不见采莲人，惟逢捕鱼者。

其七

霜落大湖浅，渔家悬破罾[⑦]。
此时生计别，小艇卖秋菱[⑧]。

其八

捕鱼湖水中，卖鱼城市里。
夫妇一叶舟，白头共生死。

其九

大罾一丈阔，小舟一叶轻。
相传子与孙，终古无人争[⑨]。

（《雁门集》卷十）

【作者简介】

萨都剌（1272或1300—1355），字天锡，号直斋，山西雁门色目人。元朝泰定四年（1327）进士。为官期间因刚正不阿，弹劾权贵，屡被贬谪。晚年寓居杭州，后避战乱，不知所终。他是元代杰出的诗词作家，同时又精通绘画、书法，人称“雁门才子”。著有《雁门集》。

【注释】

①飘萧：风吹树梢萧飒作响的声音。

②菰蒲：茭白和蒲草两种浅水植物。

③过客：这里指作者自身。

④理：梳理，整理。

⑤鼓声重：鼓被雨水打湿，声音沉重而不响亮。

⑥红衣：这里指莲花花瓣，代指莲花。潇洒：此处有清丽、清澈之意。

⑦罾：捕鱼工具，一种用竹竿或木棍作支架的方形渔网。

⑧生计：谋生之道。

⑨终古：形容时间久远，终古句言永远没人来争抢这捕鱼的苦差事。

【导读】

这是一组表现羁旅行役题材的五言绝句，是萨都剌在至正三年（1343）从福建北归途经射阳湖时所作。组诗语言朴素，刻画细腻，以秋风、秋雨为背景，加强了“悲哉，秋之为气也”的传统感受，情景交融，含蓄自然。组诗第一首写秋风萧瑟，秋雨淅沥，自己身处孤舟，只有荒蒲、孤雁为伴，孤寂之情不言自明。第二首和第六首分别在对湖上秋风、秋雨、白波、败荷、捕鱼者的描绘中感叹自身的寥落和旅途的漫长。第三首和第五首则展现了独立秋雨中的野鹤和白鹭。它们不畏风雨，特立独行，不合于群。这何尝不是刚正不阿，弹劾权贵，屡遭贬谪的作者自身的写照。第七、八、九首则分别描写卖秋菱的渔船、捕鱼为生的渔民夫妇，以及渔民赖以生存的渔网和渔船，流露出对湖上淳朴渔家生活的向往之情，这是作者凄苦孤寂心境中的一丝慰藉。（黄静）

绝句二首

卞元亨

其一

牡丹曾是手亲栽，十度春风九不开[①]。
多少繁华零落尽，一枝犹待主人来[②]。

其二

草堂松菊晚凋残，独有西园旧牡丹。
自是枯枝存劲节，依依唯恋故人还[③]。

（《元诗纪事》卷二十八）

【作者简介】

卞元亨（1328—1419），盐城便仓镇人。他不仅善诗能文，还会操琴弄笛，膂力出众，胆略过人。至正十三年（1353），张士诚起兵反元据高邮时，曾聘他为主帅，后辞去。明太祖朱元璋闻其才名，亦多次征召，皆不就，后被发配辽东。明成祖永乐元年（1403）被赦后在东溟（盐城便仓古称东溟）隐居耕读，以吟诗和种植牡丹自娱，现盐城便仓仍有枯枝牡丹园。著有《柏门诗集》《牡丹诗》等。

【注释】

①十度：十回。度：量词，次，回。
②零落：凋谢。
③枯枝：指枯枝牡丹。

【导读】

牡丹素来有“花中之王”的称号，唐代刘禹锡《赏牡丹》云：“唯有牡丹真国色，花开时节动京城。”在众多牡丹品种中，盐城便仓的枯枝牡丹独树一帜。据说当年随张士诚起义的卞元亨兵败隐退便仓，途中马鞭丢失，遇一花鹿，口衔枯枝，跪倒马前，卞元亨取其枯枝，插于家院中，遂为枯枝牡丹。后来，卞元亨被明太祖朱元璋发配辽东，临行前，他以酒酬牡丹：“待我南还花再开。”牡丹从此枝叶枯萎，九年不开。

他走后，家人大多散去，只有正室留守，朝夕对花祝愿："夫君有还信，当复再开花。"至第十年，园中牡丹忽然重放异彩，卞元亨果然被赦归来。十年沧桑，故园依旧，卞元亨百感交集，挥笔赋诗，以抒感怀。

第一首诗歌中作者感叹，自己曾经亲手栽种的牡丹，虽然年年受到春风雨露的滋润，却十年中有九年不曾开花。这一次的开放，虽花繁叶茂，但大多数牡丹花在竞相开放之后也早早地凋零了，唯有一枝牡丹花，在耐心等待主人的归来，此花的开放慰藉了作者被发配十年的沧桑心灵。第二首中，前两句用对比的手法，以松菊凋残突出牡丹的坚劲和气节，在赞美牡丹的同时，也暗示了自身的高尚气节。后两句则借物喻人，借牡丹暗喻对自己忠贞不渝的妻子，表达了夫妻的伉俪情深。（黄静）

范堤烟柳

丘容

范宰忧民患，防潮筑海堤①。
苍烟含柳色，终古暮鸦啼②。

（《崇祯泰州志》卷十）

【作者简介】

丘容，泰州人，生卒年不详，约生活在明代弘治前后。

【注释】

①范宰：指范仲淹。他曾官至参知政事，即副宰相。天禧五年

（1021），范仲淹调任泰州西溪（今属东台市）盐仓监，因目睹当地盐民因海潮漫涨而导致庐舍漂没，田灶毁坏，家破人亡，于是多次上书，请求重修捍海堰，后获得批准，历时 4 年完工。捍海堰的修筑使沿海百姓受益良多，为纪念范仲淹，人们便将这段从楚州至海门的捍海大堤称为范公堤。

②苍烟：海雾苍茫。含：弥漫。终古：经常。

【导读】

在清乾隆三十三年（1768）单独建县以前，东台一直属于泰州。泰州古称海陵，素有“海陵八景”之说。八景为泰堂明月、驼岭清风、凤池笔颖、贡院奎光、西湖春雨、范堤烟柳、董井寒泉、天目晴岚，其中范堤烟柳、董井寒泉在今东台境内。自古以来，柳树作为景观植物常种在水边、陌上、堤旁，送别赏景之时最易入得文人眼中，于是便有了无数有关烟柳的佳篇。如韩愈的“最是一年春好处，绝胜烟柳满皇都”，韦庄的“无情最是台城柳，依旧烟笼十里堤”等。据《嘉庆东台县志》记载，范公堤上遍植柳树以固堤身，夏秋浓阴蔽地，行客誉为甘棠，于是“范堤烟柳”便成为历代文人歌咏海陵胜迹的最爱。再加上当时范公堤外有七十烟墩，百余潮墩，星罗棋布其间，与堤上柳色遥相呼应，自成一派胜景，故而引得历代骚人墨客题咏不断。丘容此诗前两句叙写了范公堤之来源，后两句则描绘了堤上一片苍茫的暮色中绿柳含烟，乌啼声不断的景色，读来让人产生遐想，仿佛置身其间。（丛玲玲）

董井寒泉

丘容

天女缫丝井，仙君始得名①。
谁知千载后，不断辘轳声②。

（《崇祯泰州志》卷十）

【注释】

①天女：天上的仙女。缫丝：抽茧出丝。仙君：指董永。
②辘轳：井上用来汲水的工具。

【导读】

今天，在东台的西溪，当地政府修建了董永与七仙女文化园，游人络绎不绝。此处原为“海陵八景”之一“董井寒泉”的遗址。相传古代西溪住着一位名叫董永的年轻人，他性至孝，卖身于财主以资葬父，感动了天上的仙女，仙女与他结为夫妻，缫丝织布帮助他还债赎身，后仙女升天而去留下了当初缫丝汲水的古井为后人题咏。丘容游览此遗迹，看到古井还在使用，汲水所用的辘轳还在转个不停，而当年缫丝的仙女早已不知所终，物是人非之感骤然涌上心头。诗歌前两句叙述，后两句抒情，语言朴素，情感深挚。（丛玲玲）

盐城观海

高縠

瓢城东望水漫漫，暇日登临眼界宽①。
万马挟兵开地脉，六鳌擎日上云端②。
涛声吹雨沧溟湿，雾气横空白昼寒③。
尘世不须伤往事，桑田更变几回看④。

（《万历盐城县志》卷十）

【作者简介】

高縠（1391—1460），字世用，祖居东台丁溪场。他是明朝内阁首辅，虽历五朝身居显位，但因为官清正廉洁，进退有道，故而晚年能全身而退，居乡里丁溪场著书立说，畅游于山水田园间。

【注释】

①瓢城：古代盐城城池似瓢形，故称“瓢城”，寓有漂浮于水，永不沉没之意。漫漫：阔远无边之状。暇日：空闲时光。眼界：视野。

②地脉：地下水脉。水流在地底，像人身体血脉的分布，故称为“地脉”。六鳌：六只大龟，源于《列子·汤问》中的神话故事。相传渤海之东，有岱舆、员峤、方壶、瀛洲、蓬莱五山，乃仙圣所居之地。五座仙山均浮于海上，随波摇动，天帝怕其漂流至西天而去，于是用六只大龟载着它们，使其稳固不动。

③沧溟：苍天，高远幽深的天空。

④尘世：人世。桑田更变：即沧海桑田的变化，比喻世事变化之大。此二句化用刘禹锡《西塞山怀古》“人世几回伤往事，山形依旧枕寒流”，反其意而用之。

【导读】

高縠以雄奇之笔抒写了盐城观海的所见所感。首联写盐城地处黄海之滨，自己暇日观海，放眼东望，一片苍茫，顿觉视野开阔，心绪高远。颔联描写海潮似万马奔腾般翻滚而来、太阳似六鳌擎空般横空出世。从海上到天上的空间转换中比喻、夸张、想象手法的运用赋予了诗歌神秘的浪漫主义色彩。颈联紧承颔联，继续描写海上气象万千的变化。刚才还是日上云端，晴空万里，突然间就雾气横空，雨水伴着涛声吹面而来，让人顿觉寒意重重。自然界瞬息万变，而人世间又何尝不是如此？尾联突破了刘禹锡“人世几回伤往事，山形依旧枕寒流”的悲叹，正视历史沧海桑田变化的规律，展示了豁达通透的胸襟。诗歌语句对仗工稳，融视觉听觉于一体，寓情于景，营造出阔大高远的意境。（丛玲玲）

丁溪拜墓

高穀

百里丁溪路，聊为半日延①。
市喧多客货，地僻有人烟。
细雨才将霁，斜风又作颠②。
先茔供事毕，归去片帆悬③。

（《万历盐城县志》卷十）

【注释】

①丁溪：明代东台丁溪场。聊：姑且。延：本意为展缓、推迟、引长，此处有休闲之意。

②霁：放晴。颠：起。

③先茔：先人坟茔。供事：奉祀，拜祭。

【导读】

高觳每逢祭奠节日就会乘船到丁溪墓园拜祭先祖，此诗即为再拜丁溪墓园时所作。诗中描绘了丁溪场虽地处偏僻，但客货繁多，人声鼎沸。时值清明，细雨刚霁，寒风又作。祭奠先人完毕，乘舟归家途中，作者的低沉情绪渐渐散去，转而偷得浮生半日，领略眼前风光了。诗歌首尾两联为叙事，中间两联为写景，中间又流淌着淡淡的由“多云”而“转晴”的心绪变化。尤其是尾句，仿佛将作者从缅怀先人的灰色心情中拉了出来，一扫阴霾，轻松起来。但这轻松也是淡淡的，不着痕迹。（丛玲玲）

招虎墩北洋诸子①

王襞

溪北溪南几许程，不胜烟柳望乡情②。
移舟似断花时约，烧烛徒闻月夜更③。
细雨啼莺愁黯黯，野樵伐木听丁丁④。
门前恰是沧浪水，乘舆还来共濯缨⑤。

（《嘉庆东台县志》卷三十八）

【作者简介】

王襞（1511—1587），字宗顺，号东厓，泰州学派创始人王艮的第二子，“童心说”创始人李贽的老师。他早岁在王阳明处跟随王畿、钱德洪学习，王阳明病逝后他随父回乡。王艮在“东淘精舍”授徒讲学期间他和哥哥王衣一直随奉左右，王艮去世后，他子承父业，以师道自任，继续聚讲于东淘精舍书院，不遗余力地推行并发展泰州学派的学说。王襞一生未仕，坚持“修于野”，与王艮、王栋合称“淮南王氏三贤”。王襞的诗歌多率真自然，不拘一格，表达对社会和生命的情感体验，与王艮和王栋的诗作相比，他的作品没有太重的道德教化意味，多是言志抒情的篇章。

【注释】

①虎墩：富安场别称。今为东台市富安镇。据当地人传说，虎墩原为河水中央的一个大土墩，似虎形。北洋：即北洋岸镇，今为射阳县特庸镇北洋村。旧属东台。诸子：诸君。

②溪：西溪。程：路程。胜：禁得起。烟柳望乡情：古人有折柳送别的习俗，故常在诗文中借咏柳表达思念之情。

③更：更漏，古时计时器。徒：只。此句语出北宋苏轼《海棠》：“只恐夜深花睡去，故烧高烛照红妆。”此处反其意而用之。

④黯黯：低沉暗淡。野樵：野外的砍柴人。丁丁：伐木之声。

⑤舆：车子。濯缨：洗涤帽缨。语本《孟子·离娄上》：“沧浪之水清兮，可以濯我缨。”此二句言大家志趣相投，一起论文讲学。

【导读】

王艮在东台安丰的“东淘精舍”授徒讲学期间王襞是一直随侍左右的，王艮去世后，王襞传其父衣钵，继续往来各郡，主其教事，发扬王艮的学说思想。此是王襞乘船到西溪，招呼在虎墩和北洋的诸君共来论文讲学的诗。诗中既交代了去西溪讲学的行程，又描绘了乘舟途中的所见所闻，天未黑时看到两岸的茵茵柳色，天黑之后又听到细雨中黄莺鸟的鸣叫和砍柴人伐木的丁丁声，诗歌结尾化用“沧浪之水清兮，可以濯我缨”的典故点题，召唤虎墩、北洋志趣相投的学子们共聚一堂，共勉于仁。同时也表达了他坚持不仕，“修于野”的态度。全诗将写景、叙事、抒情融为一体，语句清新自然，但又流露出黑夜行舟无聊寂寞的愁情。（丛玲玲）

宿南梁韩西畴馆遇雪①

王燮

一宿西畴馆，心清万境张②。
似游极乐国，身惹百花香③。
岂意天呈瑞，俄然夜发光④。
晓临千片雪，又若对羲皇⑤。

（《嘉庆东台县志》卷三十八）

【注释】

①南梁：今东台市梁垛镇。韩西畴：原名不详，明代名士，与韩乐吾（1509—1585）相善，生平事迹不详。馆：旧时塾师教书的地方。

②心清：心神清净。万境：世间万物，佛教术语。张：看；望。此一联实为化用《庄子·知北游》："汝齐戒，疏瀹而心，澡雪而精神。"因为雪是洁白的事物，所以以雪洗身，清净神志。此喻清除意念中的杂念，使神志、思想保持纯正。

③极乐国：极乐世界，佛教术语。惹：沾染。

④俄然：突然。

⑤晓：拂晓。临：靠近，面对。羲皇：即伏羲氏，是后世追尊的"三皇"之一。

【导读】

此诗为王燮在韩西畴馆住宿遇雪，面对着经过大雪洗礼的澄澈清明的世界，王燮陡然觉得神志被洗涤得了无杂念，仿佛身处极乐世界，身上沾染了百花的香气。不禁感叹，这哪里是天降瑞雪，只是寒夜突然发光而已。拂晓的时候看着那白茫茫的世界，仿佛见到了伏羲上皇，回到了上古的德治社会。此诗虽是写夜宿遇雪，却体现了王燮对"王道"社会的向往和期盼。诗中用了一些佛道术语，这与作者晚年渐入佛道的状态不无关系。（丛玲玲）

西　溪①

宗臣

山根西北沙尘少，水际东南风月宽②。

尽日朱门人不见，凫鹥引子傍栏杆③。

（《崇祯泰州志》卷十）

【作者简介】

宗臣（1525—1560），字子相，兴化人。嘉靖二十九年（1550）进士。性情耿介，因得罪严嵩被贬官。后迁提学副使，病卒。宗臣是明代“后七子”之一，为文主张“是古非今”，具有复古倾向。

【注释】

①西溪：在今东台市东台镇，城区西南。

②山：指天妃山。在泰山寺内，是一个不高的土墩。水：即指西溪。

③朱门：红漆门，富贵人家的大门。凫鹥（yī）：泛指水鸟。

【导读】

西溪是东台的著名古镇，事实上是先有西溪，后才有东台。北宋开宝元年（968），因西溪盐产量极高，故在泰州盐仓监下增设西溪盐官，兼管何垛、丁溪、草埝、白驹、刘庄五盐场。吕夷简、晏殊、范仲淹先后在此任盐官，大大提高了西溪的知名度。西溪也是著名的董永七仙女传说的发祥地，有缫丝井、辞郎河、金钗井、凤凰池等遗迹。历代文人墨客在此留下不少吟咏。宗臣是兴化人，离西溪很近，这首诗当是他游览西溪所作。前两句，作者立足天妃山远眺，山与水，东南与西北，境界很阔大，整个西溪的远景一览无余。沙尘少，因为土地、空气湿润的缘故。沙尘少而风月宽，突出了西溪的风景美好宜人。后两句，写西溪终日无人，只有各种水鸟带着幼雏偎靠在栏杆旁。全诗仿佛一幅清淡的水墨画，画出了西溪小镇安详静谧的神韵。（邵春驹）

盐山灿玉[①]

乔楚

蜃市霏微烟岛迷，月明霜霰万峰低[②]。
惊沙龙子翻银窟，炼液真人弃绛泥[③]。
鱼海常悬军国计，波渍应笑篝车梯[④]。
东南珠玉原增重，蛟火从看百叠齐[⑤]。

（《康熙淮南中十场志》卷十）

【作者简介】

乔楚，明代东台人，庠生，生平不详。

【注释】

①灿：光彩耀眼。

②蜃市：海市蜃楼。霏微：雾气、细雨等弥漫的样子。烟岛：烟波中的岛屿，指盐山。迷：辨认不清。蜃市句：盐场煮盐蒸腾的水汽和煎盐炉灶烧火的烟气混合在一起，制造出海市蜃楼、烟雾弥漫的场景。霜霰：白色的霜和小雪粒。万峰低：指盐堆积如低低的山丘。

③惊沙，本指风吹起的沙尘，此指煮沸的盐卤。龙子：龙王的太子。银窟：龙宫。炼液真人：炼丹道士，此指煎盐工人。绛泥：红色的泥土。弃绛泥：指去除盐卤中深色的杂质。此二句写煎盐场景，沸卤如翻海，成盐如炼丹。

④悬：关联。军国计：军需国用的大计。波渍：熬波煮盐。篝车梯：用竹篓小车装运粮草。此二句说国家的军需国用多仰仗盐税，盐产是关乎国家大计的事，与普通的农事不可同日而语。

⑤东南：淮南。珠玉：喻指盐。原：本来。增重：更加重要。蛟火：煎盐之火。从看：同“纵看”，从全局考虑。百叠：百代。形容年代久长。齐：使同等、一致。此二句言制盐是关系军国大计之事，因此从全局考虑，它应是薪火传承的事业，不可中断。

【导读】

安丰，古称东淘，是一个有着千古风流和万世佳话的古镇，素有“安丰八景”之说。八景分别为：堤柳垂金、盐山灿玉、崇宁晓钟、义阡晓磬、南浦潜龙、北桥星月、月塘澄碧、丰井鸣琅。清代傅应鸾、近代袁承业都和乔楚有同题吟咏。安丰因盐而兴。当时称“两淮盐课中五场居半，中五场盐课安丰居半”。本篇即是描写盐场产盐之诗。诗作前两联写制盐的过程，后两联强调盐业在国家发展中的重要地位。全诗叙议结合，而且穿插运用了比喻、夸张、对比等艺术手法，将盐山和煎盐的景象给人的震撼感形象地描绘出来，令人印象深刻。（丛玲玲）

月塘澄碧[1]

乔楚

劈云沧海堕蟾蜍，一片空明沁太虚[2]。
轻縠素圆犀晕满，清漪鲜跃蚌胎舒[3]。
春生句草磷芳夜，鉴剖天光夕照余[4]。
谁道濯缨无可问，临深应是洗心居[5]。

（《康熙淮南中十场志》卷十）

【注释】

①月塘：月塘湾。安丰王心斋祠前的一处水塘，因塘呈上弦月形，故名月塘。相传此塘无论初一或十五均有月光照耀于上，人们说这是王心斋先生的精魂所致。澄碧：清澈而碧绿。

②蟾蜍：指月亮，因为传说月亮里有三条腿的蟾蜍。空明：特指月

光下的清波。沁：渗入；浸润。太虚：天空。

③轻毂：车轮，此处指月亮。素：白色。犀晕：本指月亮周边的光圈。这里指水面的波纹。犀：古代传说有水兽名水犀，出入有光，水为之分开。清漪：谓水清澈而有波纹。鲜跃：鱼儿在水中跳跃。蚌胎：指珍珠。古人以为蚌孕珠如人怀孕，并与月的盈亏有关，故称。舒：舒展。

④春生句草：谢灵运《登池上楼》有“池塘生春草”句。磷：形容水明净。芳夜：美好的夜晚。鉴：镜子。剖：破开。天光：日光。夕照余：夕阳的余晖。

⑤无可问：无处询问。临深：面临深渊。洗心居：王艮的祠堂。王艮在安丰场月塘河有园一所、讲堂三间。门人林东城、御史洪垣（觉山）助银为王艮增益讲堂三间，东西掖房各五间，构成“东淘精舍”，命名讲堂为“勉仁堂”，供其讲学和来访学生居住之用。王艮逝世后，改建为“王氏宗祠”。王艮，号心斋。

【导读】

古代安丰不仅因盐而兴，还因贤而名。明代，安丰有平民哲学家王艮，创立了著名的泰州学派，传承儒家哲学。这首七律诗描写的就是王艮祠前月塘湾的风光。诗歌前三联写景，描绘月塘是天上掉下的一轮明月，澄澈碧绿，天光云影倒映其中，鱼跃蚌舒孕灵其中，与谢灵运之谢公池可堪媲美。描写中结合了神话传说、比喻、用典等艺术手法，为月塘披上了神秘的色彩。最后一联语意双关，既说月塘是最佳的濯缨之地，又别有深意地表明，何处去寻找那脱离世俗的高洁精神，最好的去处就是王艮的祠堂，因为那里有平民哲学家——王艮大儒，他可以为你解难释疑，身先示范。（丛玲玲）

过晏溪书院[①]

陈宣

精舍潇潇枕水傍，红尘飞不到沧浪[②]。
窗涵夜月清光溜，帘卷秋风爽气凉[③]。
充栋千编储典籍，盈囊百咏富文章。
道真共羡哜嚅久，源委深探意味长[④]。

（崇祯《泰州志》卷十）

【作者简介】

陈宣（？—1509），字文德，浙江平阳人，明成化十七年（1481）进士。授工部主事，主治徐州运河段沽头闸，使得漕运商用都很方便。有人见河闸之利，策划多造，宣以无多价值而劳民伤财，力排众议，阻止再造，省劳省力，惠及百姓。后转刑部郎中，因同列章霆事连坐而谪夷陵州。夷陵风俗女耕男织，信巫事鬼，宣全力转变其观念，教以男耕女织，崇祀祖先，从而使得当地民风一变，雅化有序。再升河南府知府，官至云南左参政。著有《潜斋集》。

【注释】

①过：拜访，寻访。晏溪书院：西溪古镇原有书院、南风亭等，在当地都很有特色。据传北宋名相晏殊早年曾到西溪为盐官，足迹所至，民思不忘，因称西溪为晏溪，西溪书院为晏溪书院。

②精舍：学舍。潇潇：清高超俗貌。枕：靠近，临着。

③涵：包容，包含。溜：滑动。

④道真：道德、学问的真谛。哜嚅：吟诵，品味。源委：原由曲衷。

【导读】

西溪有宋初晏殊、吕夷简、范仲淹“三相”旧地之说，风标所在，自然是一般文官墨客在地方上的精神栖居之所。陈宣时任工部主事，主持大运河的河闸修浚工程，于是能就便专程来此寻访历史遗踪。临水的官学舍馆，显得清高超拔；西溪重镇，人烟纷杂，而这里却自是一种脱俗无扰的境地，仿佛与外面截然两个世界。你看，清亮的月光透过窗户而至，秋风轻拂，掀起帘儿送来凉爽，这是多么舒展宜人的读书光景啊；还有那排排插架的图书、饱满的书袋，装填的可都是取之无尽的精神食粮。领会学问的真谛需要全身心的投入，这里的莘莘学子潜心苦读，个个都是可造之材。有“三相”足迹的相伴，精神的慰勉，在这里做一个读书人是多么令人艳羡的事啊！全诗笔致清畅，情韵悠长，一景一物，似乎都能穿越时空，望得见诗和远方。（孙植）

修复土桥记

杨果

兴化县北十七里有土桥，邑人鲍氏世居之[①]。桥横亘官防中，盖宋所谓绍兴堰，而今之刘堤者也[②]。其在上为南北陆走之会，下为灌沟以东诸水之所趋[③]。旱则塞其下流，以妨走泄，以资灌溉[④]。水则决而泻之，以杀奔溃之势[⑤]。舟楫之东、西行，又多问津于是[⑥]。一举而三利具，作者之功不可诬也[⑦]。顾为圮废既久，漫无踪迹，幸其石之独存[⑧]。予以先大夫墓在其左，因而田庐其右[⑨]。岁时往来，雅意修复，而力未之逮[⑩]。

嘉靖改元，适春旱，予时得告家居，既赞邑侯以修前堰，因思复兹桥，属鲍氏左右之[⑪]。兴百年之废于旬日间，所谓三利者，得以次第而举[⑫]。顾坝之去桥不数武，洄流吞啮上下；环坝多无赖子，肆为需求[⑬]。三利复而二害萌，窃又病之[⑭]。

明年，春迄夏复大旱，乃闻之官，而事改筑焉[⑮]。于是名姚子望者为西坝一，罗家港、渭冈子者为北坝二，坝之中坚如甃，封之上平如砥，杙之外比如栉也[⑯]。又浚桥之上下流，于椒垛达于西坝，长千仞有奇[⑰]。水之渊者淤如，坊之卑者屹如，舟胶者沛如也[⑱]。于是利无漏孔，害无伏机，虽不敢远拟作者之功，畴昔之愿亦得以少副矣[⑲]。

费之所出，予十之四；合鲍氏为十之三；合田于是、途于是者又十之三[⑳]。为钱总若干缗，有司不一与也[㉑]。

予惟水之利害博矣，岂特一桥兴废为然[㉒]。推之一邑，得胜以下之诸湖可闸也；贾庄以下之诸埭可修也；车路、新沟、山子之诸河可堤、可堰、可坝、可闸也。水利兴则年谷登，年谷登则民生足而国赋充[㉓]。此实仁政之先、民生之急，庸情顾忽焉，而不加之意，亦独何哉[㉔]！顾余为力其及几何，但观桥之兴废，不能不重有感也。于良有司之方来，又能不重有望乎[㉕]？

（《康熙兴化县志》卷十二）

【作者简介】

杨果，字实夫，明代丁溪场杨氏读书兴家的第一人，是当地有名的孝子兼饱学之士，后迁居兴化。官南京右通政、户部右侍郎，摄理尚书之职。杨果一生，不仅为官刚正不阿；而且好读书，文学造诣颇深，堪称一代学者和清官。郑板桥有诗赞之：“去佞艰难以拔山，用贤翻覆等波澜。武宗不得之天下，多谢青松敌岁寒。”

【注释】

①邑人鲍氏：即鲍林氏。明代洪武初年，鲍、林二姓始祖辗转苏州迁居兴化城北土桥，改地名为西鲍庄。由于鲍姓无子，林姓将独子入赘鲍姓，其后代遂以“鲍林”为复姓。今兴化的鲍家巷、西鲍乡、东鲍乡等多为鲍林氏后人所居。

②横亘：横跨。官防：官塘。当时兴化地区最主要的一条陆上道路，是以“南北两塘”为基础修筑而成的一条南北干道，连接起高邮和盐城，也称为“官塘”（“塘”指堤岸堤防）。其中“北塘”自北闸桥至盐城界首铺，深入射阳湖区，与盐城相接。绍兴堰：南宋绍兴十年（1140）兴化知县黄万顷利用“南北两塘”筑成一条堤堰，称“绍兴堰”。刘堤：明代成化年间兴化知县刘廷瓒修治绍兴堰，堰成，人称“刘堤”。

③陆走：奔走于陆路。灌沟：灌溉沟渠。趋：奔向，趋向。

④走泄：流失。以资：作为……的方法。

⑤杀：消减。奔溃之势：水流的奔涌之势。

⑥问津：询问渡口，问路。

⑦具：有，具备。作者：修建之人。诬：抹杀。

⑧顾为：想来，推想。圮废：毁弃，荒废。石：石竤。在“绍兴堰”上设置有十几座石竤。“石竤”在宋代时开始出现，以淮扬运河及范公堤上应用最为普遍。石竤的主要作用是泄水，每当河湖水位涨高到一定程度时，涝水能够自动地经由石竤流出，一方面保证上游水位不至于过高，另一方面也保证了下游地区能够有充足的灌溉水源。

⑨先大夫：先父。

⑩雅意：本意，素来的意愿。逮：达到。

⑪改元：古代帝王即位或在位期间改变年号。适：刚巧。得告家居：得到朝廷允许，归家闲居。邑侯：县令。属：同“嘱”，嘱咐。左右：帮助，辅佐。

⑫旬日：十天。举：实现。

⑬顾：看。武：半步，泛指脚步。洄流：回旋的水流。

⑭复：恢复。病：担心，忧虑。

⑮之官：上任，前往任所。改筑：重建。

⑯罗家港：今靖江市罗家桥港，为入江河流段。渭冈子：即渭冈，在土桥西侧的一座水边高阜。甃：以砖瓦砌的井壁，也指井。封：密闭，使跟外面隔绝。砥：磨刀石。杙：用木桩楔入或戳刺。栉：梳子和篦子的总称。

⑰浚：疏通。于：从。仞：古以八尺为仞。有奇：有余，多一点儿。

⑱渊：深。淤：水道被泥沙阻塞。如：为形容词词尾，相当于“然”。坊之卑者：里巷低洼的地方。屹：墙高貌。舟胶：船搁浅。

⑲伏机：隐蔽之处。拟：比拟，比较。少：同“稍”。副：相称，符合。

⑳田于是：种田于此者。途于是：须走此路者。

㉑缗：古代计量单位，用于成串的铜钱，每串一千文。不一与：倒装句，即“不与一”，意为不给一分钱。

㉒博：多。特：只，但。

㉓登：谷物成熟。国赋：国家规定的赋税。充：满，足。

㉔庸情：犹俗虑，常人的心志。顾：文言连词，但。忽：忽视。不加之意：不加以重视。亦独何哉：又是为了什么呢。

㉕良有司：好的官吏。方来：将来；近来。

【导读】

文章第一段叙述了土桥的地理位置及修复土桥的原因。其中着重强调了土桥的水利民生功能——三利：一是有利于陆路交通。桥上用以沟通南北，行人往来十分便利；二是有利于抵御旱涝灾害。干旱年份可以闭闸蓄水，保障农田灌溉之用；汛期来临，则可开闸泄洪，削减水势，避免洪涝灾害；三是有利于水上运输。往来船只可以从桥下通行，东西交通不受影响。第三、四段则讲述了修复、完善土桥的过程及费用所出。先是土桥修复后“三利复而二害萌”；接着通过对土桥沿线水利工程的完善，使“利无漏孔，害无伏机”，作者的“畴昔之愿”才得以彻底完成。最后一段作者借通过土桥的修复申述了“水利兴则年谷登，年谷登则民生足而国赋充”的道理，进一步呼吁地方当政者注重水利工程的修缮。文章平实流畅，详略得当，叙议结合，尤其是结尾处水利关乎国计民生道理的阐述使得文章主题得以升华。（丛玲玲）

盐 城

杨于臣

横海城盐渎，乃隔射湖层①。
尾闾借石础，捍海堤凭陵②。
环城列灶场，六月霜雪凝③。
矫激贩者豪，悍鸷如苍鹰④。
借交通饮食，健讼递相承⑤。
樵渔差自给，编户潜已增⑥。
斥卤渐可佃，由此礼义兴⑦。
卓哉陆丞相，异数今始膺⑧。
御夷昔劳忧，高枕犹未能⑨。
狡情篡与国，履霜乃坚冰⑩。

（《山阳诗征》卷七）

【作者简介】

杨于臣，字于山，明代山阳人。淮安诸生。有《枝玄堂集》《淮安两朝实录备草》。

【注释】

①横海：正面朝着大海。城：动词，筑城。隔：意思是从东海往盐城看，射阳湖隔在盐城另一边。

②尾闾：传说中海水流归之处。石础：以石筑成的蓄水泄水设施。捍海堤：指范公堤。凭陵：此处意为高峻的样子。

③霜雪：比喻白盐。

④矫激：特异而激切。悍鸷：凶悍猛暴。

⑤借交：以身为友人报仇。出自《史记·郭解列传》："以躯借交报仇。"通饮食：饮食互通有无。健讼：喜欢打官司。递相承：一代传给一代。

⑥差：勉强。编户：户口。

⑦斥卤：盐碱地。佃：耕种田地。

⑧陆丞相：指陆秀夫。异数：特异的气数。此处指陆秀夫的忠义之

气。膺：承当。

⑨御夷：指抵御倭寇侵凌。明嘉靖年间，倭寇曾多次侵犯盐城。

⑩与国：本指友好国家，此处指盐城的邻近地区。履霜句：《周易·坤》：“履霜坚冰至。”比喻防微杜渐。

【导读】

作者写了一组诗分别吟咏淮安府的几个属邑，这首诗是其中之一，所以这是站在旁观和客观的位置上看盐城。作者笔下的盐城确实与别人写的不大一样。他说，以前盐城的贩盐者颇凶暴，喜欢动武，喜欢打官司，只是在农业生产增加、人口增加后，才渐渐有了礼义教化。他还特别指出陆秀夫这位人杰在转变地方风俗中的作用。不过最后作者又再次提醒，现在还不能高枕无忧，地方民情凶狡，要防止祸患再起。看来作者的思想感情是倾向于统治者一边的，对盐城的负面评价较多，当然诗中所说的事在方志和其他人的诗文中多少也有印证，可以作为今人认识历史的参考。这首诗是以议论为诗，多用书面语，比较典奥。（邵春驹）

长湖烟艇①

李长科

射湖南去绿波长，入望苍烟正渺茫②。
无限汀洲葭作宅，多情鸥鹭水为乡③。
卖鱼人醉风吹榜，放鹤僧归月满航④。
欸乃数声天地远，却疑清境是潇湘⑤。

（《光绪阜宁县志》卷二十二）

【作者简介】

李长科，一名盘，字小有，明代兴化人。兴化李氏家族是明末的一大望族。他在科举考试中曾两中副榜，与弟李嗣京、李乔皆以文名传天下，时称“淮南三李”。著有《残本金汤十二筹》《广仁品二集》《广遗民录》《李小有诗集》等。

【注释】

①此为《庙湾八景》组诗之一，前有序，云：“射阳湖自宝应、兴化迤逦而至庙湾，曲折盘涡，成襟带之势，烟水沦涟，万顷一碧，商舶渔舟往来如织，望之恍在洞庭湘梦间也。”烟艇：烟波中的小舟。

②射湖：即射阳湖。

③汀洲：岸边沙地和水中诸洲。汀，指水边平地。葭：初生的芦苇。

④榜：船桨，这里代指船。

⑤欸乃：象声词。开船的摇橹声。潇湘：原为湖南二水名，合流后成湘江。这是引申为所思念之处。

【导读】

这是一首七言律诗，描写泛舟射阳湖所见之美景，抒发了诗人对家乡的热爱之情。风格清新、质朴，充满了诗情画意。首联总写射阳湖绿波荡漾、烟波浩渺之景。诗人伫立船头，南望射阳湖，浩瀚的湖水在微风吹拂下轻盈荡漾。四周空阔，极目眺望，远处烟雾渺茫，看不到头。中间两联写目光所及见到的景象。颔联描写所见到的大自然景象。汀洲上芦苇丛生，水面上鸥鹭飞翔。这里诗人采用拟人的手法，芦苇以汀洲为宅，鸥鹭以射阳湖为乡，凸显出大自然的和谐、美妙。颈联写湖面上所见之人。卖鱼人喝醉了，悠闲地躺在一边，任由船只在风的吹动下自由漂动；放鹤僧归来了，月光洒满了他的归航之路。突出生活在射阳湖上的人怡然自得的生活风貌。尾联由景推及自身，诗人正全身心享受眼见之美好景象，突然数声“欸乃”在寂静的天地间远远传来，让其回过神来，却引其进入了又一个冥想的天地。诗人开始怀疑，如此清明纯真的境界不正是自己一直以来所思念的地方吗？全诗声色俱全，动静结合，情景交融。极写射湖的宽阔浩渺，表现自己旷达的情怀；写射湖上各得其乐的景物与人，流露出诗人内心的孤寂和对家乡的热爱。（黄静）

辞郎河天女与董永别处[①]

邓汉仪

与卿既有缘，何事急归去。
不道神仙流，临行无密语[②]。

（《慎墨堂诗拾》卷八）

【作者简介】

邓汉仪（1617—1689），字孝威，号旧山。吴县人。顺治元年（1644）举家迁居泰州，绝意仕进。康熙十八年（1679）召试博学鸿儒，以年老授中书舍人。有《慎墨堂诗拾》《慎墨堂诗话》等。选编《诗观》三集。

【注释】

①辞郎河：传说为七仙女返回天庭时，在辞郎和董永离别，庄前有河称辞郎河。今该河上游在兴化境内，下游入东台串场河。

②流：大意是“一类人物”。密语：秘密交谈。

【导读】

相传汉时西溪镇西北角的“董家舍”有一位叫董永的年轻人卖身葬父，感动了天上的七仙女，下凡与其成亲，缫丝织锦助其还债。王母娘娘得知后下令将七仙女捉回天庭，董永与仙女诀别之处被命名为“辞郎河”，河上有“凤升桥”。全诗以董永的口吻来叙写与仙女的离恨。首二句感叹仙女既然与自己有缘，为何还要着急归去；后二句遗憾自己后知后觉，临别未能与爱人尽叙别情。诗歌语言质朴无华，但感情真挚深切。（丛玲玲）

晏溪送汪虚中，兼怀吴后庄[①]

吴嘉纪

凛凛岁寒天，送君归旧川[②]。
溪光浮佛舍，塔影压渔船[③]。
客路闲云外，家山落照边[④]。
不愁逢酒伴，囊有卖文钱。

（《吴嘉纪诗集笺注》卷一）

【作者简介】

吴嘉纪（1618—1684），字宾贤，号野人，清代泰州安丰场（今东台市安丰镇）人。他早年曾学习举业，明朝灭亡那年他 27 岁，从此就绝意仕进，布衣终身。他是一位清寒读书人，生活贫苦，常常衣食不继。他常年往来于家乡和扬州之间，在扬州交结有地位的文士、商人等，得到他们的资助。他把一生主要心血都倾注在诗歌创作中，有《陋轩诗》《陋轩诗续》。今人杨积庆编成《吴嘉纪诗笺校》，邵春驹有《吴嘉纪诗集笺注》。吴嘉纪是古代杰出的平民诗人，他的诗继承了汉乐府、杜甫、白居易等的现实主义传统，广泛反映了清初东南地区的社会现实，风格古朴劲健；特别是对濒海盐民生活的描写在中国诗歌史上独树一帜，无人可及。现代学者钱仲联评价："尚论清初，吴诗第一。"

【注释】

①晏溪：即西溪，在今东台市东台镇西南。宋代文学家晏殊曾经担任过西溪盐官，并创办西溪书院，后人为纪念他，将西溪称为晏溪。汪虚中、吴后庄：都是歙县人，吴嘉纪的朋友。

②凛凛：寒冷的样子。旧川：故乡。

③佛舍：指西溪护国禅寺，俗称泰山寺。始建于宋嘉定间，明代万历间重建，后来又多次毁坏、重建。塔影：指海春轩塔。相传始建于唐贞观年间。

④客路：旅途。落照边：歙县在西溪的西南方向。

【导读】

这是一篇写送别友人的诗作，留下了一幅古代西溪泰山寺和海春轩塔真切的影像。“溪光浮佛舍，塔影压渔船”二句，泰山寺和海春轩塔都在西溪旁侧，溪光荡漾，好像将泰山寺托浮起来，塔影很暗，好像从上面压在西溪的渔船上。溪光明亮，塔影黑暗，浮是从下往上，压是从上往下，都是有意形成对比。“浮”和“压”都是精心锤炼的词，都不是写实，而是写主观错觉。照直把错觉写下来，是古人写景时常用的方法，很多佳句就是这样产生的。诗的结句也很耐玩索。中国的送别诗写到清代，各种表达惜别之情的方法早已被用尽了，再出新意真是太难了。作者没有抒发离别之情，而是假设了“逢酒伴”一段情事，归结到“有卖文钱”所以“不愁”，酒伴指吴后庄，这样，既从侧面赞扬了汪虚中的文才，又照应了诗题中“兼怀”的吴后庄。如此结句避免了种种俗套，在送别诗中可谓别开生面。（邵春驹）

古石梁[①]场北

吴嘉纪

场北夕阳多，石梁宜登陟[②]。
行人恋景光，去水无休息[③]。
闲泳鱼逐群，倒生草垂色[④]。
樵牧暮还家，相逢半相识[⑤]。

（《吴嘉纪诗集笺注》卷六）

【注释】

①古石梁：即北石桥。原址在今东台市安丰镇下灶村，石桥在20世纪70年代初拆除，现在是一座水泥桥。

②夕阳多：因为四周空旷无遮挡。

③恋景光：贪天光赶路。

④倒生草：草根在高处，草茎往下垂挂伸展。

⑤樵牧：砍柴与放牛羊的人。

【导读】

这是组诗《东淘杂咏十首》的第七首。安丰南北七里，自南往北共有十座桥：南石桥、王家桥、通仓桥、太平桥、周家桥、鲁家桥、富家桥、吴家桥、西寺桥、北石桥，除南石桥、北石桥二桥为石桥，其余均为木桥。这首诗写的是北石桥。题为“古石梁”，实际是写站在桥上看到的景象。三四句写行人、流水，为远景，五六句写游鱼、小草，为细部事物。最后两句则是写时间推移、暮色降临时的景象，“相逢半相识”正是村庄中的独特景观，可以想象相识的乡民们在一天劳作后回家途中亲切交谈的场景。除一二句为必要的说明，其余三组写景句，看似随便，实际上经过了精心的安排，层次分明。（邵春驹）

湾港谣[1]

吴嘉纪

郎刺船，侬夜炊[2]。
饭熟共郎食未毕，船头已见飞鹭鸶[3]。
鹭鸶飞飞下啄蚌，水大船轻到湾港[4]。
树鸣东淘鸡，海黑三塘岸。[5]
来到湾港程一半。

（《吴嘉纪诗集笺注》卷七）

【注释】

①湾港：今东台市富安镇有湾港村，正好在安丰与海安间路途约一半的地方。

②刺船：即撑船。因为用竹篙插入水中，所以说“刺”。侬：我。

③飞鹭鸶：说明已到早晨，鹭鸶开始活动。

④水大船轻：水涨则船行轻快无阻碍。

⑤东淘：安丰的别称，因其境内有河，名淘水。三塘：指海安。海安境内有鸥鸟塘、芙蓉塘、白鹭塘，故海安有三塘之名。

【导读】

安丰场的一对年轻夫妻，在鸡叫时动身沿水路到海安去。男的撑船，女的做饭。饭熟了，他们边吃饭边看到鹭鸶在船头飞来飞去。鹭鸶飞到河中啄河蚌，水涨了，船行便利，不觉已到湾港，算一算，已经行了一半路程。这首诗的内容很简单，前四句还写了人的活动，后面五句连人的活动也没有，就是写景和陈述事实，没有表达什么思想。然而细细品味，却能体会到其中透露出一种美好动人的气息，那是底层劳动者夫妻和谐、共同劳动的淳朴气息。题目为“谣”，作者有意模拟民间歌谣的风格，叙事拙朴，句式长短错杂，自然天成，仿佛天籁之音。（邵春驹）

南梁泛舟[①]

吴嘉纪

正月四日，同程云家、戴岳子、方乔友[②]

其一

棹向柳堤边，浆沽茅店里[③]。
春风苏万物，已在河之涘[④]。
枯容变好颜，先自酒人始[⑤]。

其二

酒人颇忘机，不系中流船[⑥]。
晴光暄入水，波动清鲜鲜[⑦]。
凫鹭尔何慕？浮到樽罍前[⑧]。

其三

前溪是安丰，小筑桥边住[⑨]。
相思北郭生，伫望南梁树[⑩]。
白云幽意多，往往随人去。

（《吴嘉纪诗集笺注》卷十）

【注释】

①南梁：今东台市梁垛镇。

②程云家、戴岳子、方乔友：程岫，字云家，徽州歙县人；戴胜徵，字岳子，徽州休宁人；方乔友，名不详，徽州歙县人。三人都寓居南梁。

③浆：指酒。茅店：乡间小店，因为房顶盖茅草，所以称“茅店”。

④苏：苏醒。此处为使动用法。涘：水边。此句化用《诗经·秦风·蒹葭》：“所谓伊人，在水之涘。”

⑤酒人：饮酒之人。人饮酒后脸色发红，所以说“变好颜”。

⑥忘机：不在意世俗名利是非。不系句：任凭船在水中飘荡。

⑦清鲜鲜：太阳照耀下初春的河水清澈而又鲜亮。

⑧凫鹭：两种水鸟。

⑨小筑：小房屋。这里指作者居处陋轩，在吴家桥西。

⑩北郭生：北郭骚，《晏子春秋》中的人物，齐国人，生活贫困。此处指作者自己。

【导读】

明清时徽商及其他徽州人流散全国各地，以致有“无徽不成镇”的说法。盐城地区、特别是东台一带也有许多徽州人流寓。其中有的就在此定居下来。这一群体总体文化层次较高，对盐城经济文化的发展、对盐城与外地交流的增进作出了很大贡献。安丰、梁垛二盐场相距很近，串场河南北连通。这三首短诗写作者与三位寓居南梁的徽州友人在初春泛舟游玩的情景。春风、柳树、清波、白云诸种形象，共同构成了万物复苏、生机勃勃的春景。“晴光”二句写日光映照水面，“入”是精心锤炼的词，叠词“鲜鲜”也是作者自创，加强了表达效果。又，其二首句紧承其一末句，其三首句紧承其二末句。古人写组诗的时候，这种情况很常见，称得上是一种“现象”。不妨留意一下。（邵春驹）

答雨臣刘庄见怀①

吴嘉纪

海北刘庄地，荒荒百里云②。
应无人迹到，只有雁声闻。
薄酿斟当夜，新寒远傍君③。
最宜开雪屋，南望赋离群④。

（《吴嘉纪诗集笺注》卷十四）

【注释】

①雨臣：吴元霖，字雨臣，徽州歙县人。刘庄：当时属淮安分司，是下十场之一。乾隆元年改属泰州分司。在今大丰区刘庄镇。

②海北：刘庄濒海，在安丰之北，故称“海北”。荒荒：萧条；冷落。荒荒句：安丰与刘庄相距近百里，从安丰北望只见灰暗云天。

③薄酿：薄酒。新寒：时在初冬。

④赋离群：指吴雨臣原作。作者用“离群”多指与友人分离。

【导读】

从这首诗看，当时的刘庄是很荒凉的。从安丰北望，天空是灰暗的云块，没有人迹，只有雁声给这里带来一点生气。吴雨臣因事到刘庄，初寒天气，夜间唯有薄酒驱寒。南边的较为繁庶的安丰就成为他向往的地方了。善于写荒凉穷苦，本是吴嘉纪诗的特色，这首诗也体现了这种特色。“百里云”说明百里远的距离中除了云什么人造物都看不到，其荒凉可以想见。“薄酿”“新寒”相对，薄酒怎敌得过新寒？二句表现了漂泊他乡的寒苦文士的生活状态。这首诗是从作者的视角写刘庄，而作者并不能看到刘庄的实景，所以用了“应”“宜”等带推测祝愿意味的词。（邵春驹）

樊　村①

吴麐

不到樊村十五年，最难忘处藕花鲜②。
追凉直入红香里，尝借邻家放鸭船③。

（《樵贵谷诗》卷一）

【作者简介】

吴麐，字仁趾，号樵贵谷，徽州歙县人，隶籍广陵（今扬州）。工篆刻，曾追随吴嘉纪学习作诗。有《樵贵谷诗》。

【注释】

①樊村：有大樊村、小樊村，在今东台市梁垛镇。

②藕花：即荷花。

③追凉：乘凉。红香：古人常用这个词形容荷花。

【导读】

吴麐与吴嘉纪是亦师亦友的关系，曾经多次到吴嘉纪的家乡安丰。樊村在安丰西边不远，吴嘉纪经常往樊村访友，吴麐应当是同往。漫长的十五年过去，樊村的荷花却留在作者的记忆中。后两句写了借邻家放鸭船乘凉一件小事，不但饶有趣味，而且从侧面烘托樊村民风的淳朴。这首短诗语言简练，形象鲜明。从这首诗以及吴嘉纪的许多诗看，当时樊村一带多水，而今天已经看不到这样的景象了。（邵春驹）

过安丰盐场作二首

孙枝蔚

其一

蒲青鹭白水潜潜，斜日春风动客怀①。

若道安丰民最贱，布衣亦有王心斋②。

其二

我自携琴东海滨，相逢半是卖盐人③。

论诗近有吴生好，三十场中一隐沦④。

（《溉堂前集》卷九）

【作者简介】

孙枝蔚（1620—1687），字豹人，号溉堂，陕西三原人。他家祖辈从商，当李自成农民军入关时，孙家散家财组织团勇抵抗，被击败。因为祖上有产业在扬州，孙枝蔚只身来到扬州，先做盐商，集聚了资财，后来因为广交朋友，家业逐渐衰落，他就折节读书，致力于诗文创作。顺治后期到康熙前期，在扬州形成了一个以他为中心的文人团体，往来酬唱，举行聚集活动。他与吴嘉纪关系非常密切。他也多次到泰州、安丰、富安一带访问。康熙十八年（1679），他应招参加了朝廷举行的博学鸿词考试，因年老没有授予实职，而是授予内阁中书舍人的虚衔放归。其后，为生活所迫，他奔走金陵、苏州、徽州等地，入幕授徒，直到去世。

【注释】

①潜潜：水流的样子。

②王心斋：王艮，号心斋先生。

③携琴：携琴出游是文士的风雅行为。东海：明清人所说东海就今之黄海，因为在盐城之东。

④吴生：指吴嘉纪。三十场：过去有“两淮三十盐场”之说，即上十场（属通州分司）、中十场（属泰州分司）、下十场（属淮安分司）。隐沦：隐居者。

【导读】

第一首前两句写了安丰的风物，抓住多水的特征：流水、水中青青的蒲苇以及水面飞翔的白鹭。后两句提及当时外地人对安丰人的偏见，并表示不以为然。第二首写了安丰的人情。在淮南中十场中，安丰产盐最多、质量最好，因而这里成为盐的集散地，各地盐商云集。“半是卖盐人”，说明当地盐的交易很发达。两首诗分别提及安丰过去和当时的文化名人王艮和吴嘉纪，对他们的品质才华表示敬仰。两首诗没有刻意经营，写得很朴素。后半的句式模拟杜甫的《负薪行》：“若道巫山女粗丑，何得此有昭君村。”以及《最能行》：“若道土无英俊才，何得山有屈原宅。”明清诗人写诗，不自觉地就会发生这种模拟的情况。（邵春驹）

摘扁豆

汪舟

耕种力未逮，荷锄理夏蔬①。
豆蔓易修长，就架何与与②。
结实自相续，复荫幽人居③。
儿童携筐筐，朝露沾衣裾④。
露气日以寒，秋风又吹嘘。
余花开未了，不绝如秋初⑤。
贫案日不空，腐儒饥欲除⑥。
微力受厚报，食之增踌躇⑦。

（《诗最》卷六）

【作者简介】

汪舟，字虚中，号岸舫，徽州歙县人。他长期客居扬州，又曾在东台居住，与吴嘉纪、汪楫等人交往。有《岸舫诗》。

【注释】

①逮：达到。理：整治。出自陶渊明《归园田居》：“晨兴理荒秽，带月荷锄归。”两句说自己没有能力种庄稼，只能种费力不多的蔬菜。

②就架：扁豆藤蔓缘附架子生长。与与：繁盛的样子。

③相续：指扁豆连续不断地结实。荫：遮蔽。

④筐筐：两种竹器，圆的叫筐，方的叫筐。

⑤余花句：有余花就可以继续结实。

⑥案：桌案。不空：有扁豆放在上面。

⑦微力句：费力小而收获多。

【导读】

扁豆，盐城地方一种平常的蔬菜，它容易长，产量多，是多少底层贫民和清寒文士的“恩物”（借用汪曾祺的语言）。作者写扁豆，体现了一种清寒文士朴实真挚的感情。不同于饕餮之徒对山珍海味恶俗的贪欲，也不同于苏轼那样的高雅文人带着很高文化品位的品鉴，就是普通人对满足自己生活需要的自然物的喜爱、赞赏、珍重。清寒文士安于贫贱、对自然怀有一种温情和感恩之心，是人与自然和谐共处的一种形式。作品风格清新、朴素、秀洁，像苏轼主张的，是“发纤秾于简古，寄至味于淡泊”（《书黄子思诗集后》）。（邵春驹）

刘庄感旧

汪懋麟

扬州甲申岁，夏四月终旬[①]。
城头箭如雨，城内夜杀人。
余时方七龄，历历记犹真[②]。
吾翁守空城，遣家避海濒。
提携杖老母，跋涉尝艰辛。
四兄年十余，相依走踆踆[③]。
托迹到刘庄，主人情旧亲。
谓余父有造，报恩在兹辰[④]。
移堂让我居，汲水濯我尘[⑤]。
老婢来执爨，送米兼宰牲[⑥]。
室有二娇女，莺燕往来频[⑦]。
儿戏无嫌猜，慰母时谆谆[⑧]。
中兄死兵革，季兄陷营屯[⑨]。
老母日夜泣，枯口复焦唇。
小时不晓事，索食遭母嗔[⑩]。
乱后始还家，一一向父陈。
古人重交道，寄托原有因[⑪]。
骨肉散复聚，何莫非鬼神[⑫]。
升沉间炎凉，如隔楚与秦[⑬]。
岂意重来过，忽将三十春。
访旧已为鬼，门巷摧为薪[⑭]。
不复见耆旧，满眼皆流民[⑮]。
我欲报旧德，此意何由申[⑯]？
日暮发船去，回首泪盈巾。

（《百尺梧桐阁集》卷六）

【作者简介】

汪懋麟（1639—1688），字季甪，号蛟门。江都人。康熙六年（1667）中进士，授内阁中书，后官刑部主事。康熙十八年（1679），入明史馆充纂修官。康熙二十三年（1684）罢归。归田后锐意著述，直至去世。有《百尺梧桐阁集》。

【注释】

①夏四月终旬：高杰部到达扬州附近在四月二十八日。

②历历：清晰可数的样子。

③四兄：名耀麟。踆踆：行走的样子。

④有造：有恩德。报恩句：意思是今天总算有了报恩的机会。两句句式仿照杜甫《彭衙行》：“暖汤濯我足，剪纸招我魂。”

⑤濯：洗涤。

⑥执爨：烧火做饭。

⑦莺燕：比喻两个女孩。

⑧谆谆：母亲恳切告诫的样子。

⑨中兄：名振麟。季兄：不详。

⑩嗔：斥责。

⑪交道：交友之道。

⑫何莫句：意为什么都是鬼神决定。

⑬升沉二句：离开刘庄后自己渐渐发达，彼此隔绝。

⑭访旧句：出自杜甫《赠卫八处士》：“访旧半为鬼，惊呼热中肠。”摧为薪：出自《古诗十九首》：“古墓犁为田，松柏摧为薪。”

⑮耆旧：地方上年高有声望的人。流民：遭灾后流离失所的百姓。

⑯我欲句：出自《诗经·小雅·蓼莪》：“欲报之德，昊天罔极。”

【导读】

甲申之变崇祯帝自尽殉国后，明将高杰（原为李自成部将，后降明）率军南下，于四月底到达扬州城外。扬州城内的地方长官和士绅登城守御，坚决不允高部入城，高杰军入城不得，就在城外大肆劫掠。直到六月初，经过史可法奏表和调解，双方矛盾才得以缓和，最终以高杰军队移驻瓜洲而达成妥协。这就是易代之际扬州的“高杰之乱”。在这场变乱中，汪懋麟的父亲汪如江也参加了守御扬州城的工作。汪如江的夫人李氏祖籍盐城，因为这一层关系，汪如江安排全家避居到刘庄场，直到乱定后才回扬州。康熙七年（1668），汪懋麟重访刘庄场，写了这首诗。诗中回忆了到刘庄后当地主人殷勤接待他们一家，他们和主人的孩子一起玩耍。这首诗从一个侧面反映了当时盐城地区与东南枢纽、运河名城扬州的密切关系，盐城人经常前往东南中心城市扬州，而当扬州发生动荡时，扬州人也往往到濒海的盐城地区暂避；总体上扬州文化对盐城地区产生了重要影响。（邵春驹）

三昧寺①

方一煌

秋最宜高阁，登之倍爽神②。
疏钟清众虑，一雨净诸尘③。
客尽集无意，人俱幽可亲④。
云低檐欲接，虚牖自能晨⑤。

（《东台诗征》）

【作者简介】

方一煌（生卒年不详），字丽祖，徽州歙县人。早年客游四方，与达官贵人交游。老年在安丰寓居，与吴嘉纪、程岫等交往。著有《晚学堂集》。

【注释】

①三昧寺：在老东台城南部斗龙港侧，相传始建于唐代，原名圣果院。今已不存。三昧为佛家语，意为止息杂念，使心神归于平静。

②秋最句：秋色适宜登至高处欣赏。

③疏钟：钟声舒缓。清：使动用法。一雨句：雨水洗净了灰尘。

④无意：此处意为客人乃偶然相遇，不是有意邀约。

⑤云低句：云似乎要碰触到屋檐。虚牖：敞开的窗子。自能晨：指窗内自然能受容晨光。

【导读】

三昧寺位于老东台城的中央，是老东台的标志性建筑之一。寺前一条南北小街也因而得名寺街，旧时的寺街庙宇、店铺林立，是东台的商业中心区。这首诗紧扣“三昧”之名，借助写景阐发了佛教的义理。登上高阁，倾听寺钟，顿觉众虑皆消；雨水洗净了空中的灰尘，也洗净了心中的灰尘。来客是随心会聚，不为世俗名利所沾污。“云低檐欲接”，明写寺庙屋檐高可接云，实则说人只要心志高远，便可领受外界的一切美好。“虚牖自能晨”，明写窗子敞开自能受容晨光，实则说人只要心地清朗，便无论到何处均可进入清澄光明之境。从修辞的角度看，两句使用了比的手法。本体和喻体间严密贴合，正是佛教阐发义理所擅长的。（邵春驹）

过东台

程岫

初日盐烟映海黄，云山有客滞盐场[①]。
风多乔木东来少，水落高堤北去长[②]。
野寺墙低喧鸟雀，土城壕废散牛羊[③]。
故园景物应胜此，何事年年恋异乡。

（《东台诗征》）

【作者简介】

程岫（1644—？），字云家，徽州歙县人。他的父亲在明清易代之际绝食而死，他本人入清后守节不仕。30岁左右时来梁垛寄居，教授学生，与当地文士交往。他与吴嘉纪友谊最为深厚，梁垛与安丰相距很近，他们经常往还唱和。吴嘉纪死后，因为贫穷不能安葬，程岫帮助料理后事，并且和汪楫一起整理编辑吴嘉纪的陋轩诗刊刻问世。他有诗集名《江村诗》。陆廷抡《江村诗序》说："真挚古朴，刮尽浮靡，置《陋轩集》中不能辨。"当时人把他和吴嘉纪比作韩愈和孟郊。

【注释】

①客：指自己。

②高堤：指范公堤。

③野寺：指大圣寺，在东台场北门内。土城：明隆庆三年（1569），四川人马会任泰州盐运分司运判主持修筑的城墙，清初时已经颓圮。

【导读】

太阳初升，盐烟被阳光与大海映照而带黄色。"云山有客"，因为作者家乡歙县是山区。东台场在东部，来到这里就感到树木稀少。这首诗描写了东台场当时的景象：范公堤、佛寺、土城墙等，通过这首作品可以形成一幅比较真切的图景。这些今天已经毫无踪迹可寻了，幸赖它为我们留下了一帧遗影。作者是带着游子的思乡心情看眼前景物的，所以基本色调是灰暗萧索的。尾联说家乡比这里好，抒发身在异地他乡的伤感之情。（邵春驹）

过东台诗①

程岫

苍茫潮汐区，何处辨春色②？
及此芦芽青，已看朱夏逼③。
登舟望东亭，黯黯盐烟黑④。
好风自东来，布帆去不息⑤。
舟子倚樯卧，渔人傍水食⑥。
小雀芦中栖，随风弄羽翼⑦。
鸣声有高下，晴雨于焉测⑧。
孤城指顾近，远道只顷刻⑨。
虽非归乡路，亦足豁胸臆⑩。

（《嘉庆东台县志》卷八）

【注释】

①东台：指东台场，又称东亭。在今东台市城区。

②苍茫：辽远而颜色阴暗。潮汐区：东台场濒海。春色：指绿叶、红花等鲜亮颜色。

③芦芽：芦苇的新芽。青：深绿色。朱夏：夏季。

④盐烟：烧盐时产生的烟。

⑤好风：使人舒适愉快的风。出自陶渊明《读山海经》之一：“微雨从东来，好风与之俱。”

⑥舟子：船夫。傍水食：出自杜甫《寒硖》：“野人寻烟语，行子傍水餐。”

⑦弄：这里意为拍动羽翼。

⑧于焉：在这里。

⑨孤城：指东台场。当时泰州盐运分司设在这里，已经逐步形成城区。指顾：手一指、眼一瞥，形容很短时间。

⑩豁：阔大。这里是使动用法，使胸襟开阔。

【导读】

这是作者乘船经过东台场时写的作品。开头四句，写东台场近海，因为寒冷和荒凉，虽然是春天却无春色，当发觉一点芦芽的绿意时，已经接近夏天了。“苍茫”是与“春色”相反的色调。下四句，写作者远眺看到的景象：一片黑色的盐烟。烧盐用草，产生的烟中含有大量黑灰。再下六句，写河道中所见船夫、渔人和鸟雀。最后四句为抒怀，从东台场很快经过，心情是愉快的。这首诗写春末夏初的东台场，通过芦芽、好风、鸟雀等形象，表现了苍茫灰暗背景下的生气及作者的轻松愉快心情。风格自然清淡，语言朴素。关于“鸣声”二句，可以多说几句。天晴时鸟雀飞得高，要下雨就飞得低，今天具备基本的自然科学知识的人都能解释其原因，但古人做不到。他们只是注意到这种现象，并写到诗里。古诗中这种情况大量存在。因此，用自然科学的眼光读古诗，可能会有特别的意趣。（邵春驹）

晓发朱家庄①

程岫

云气夜深合，河冰晓自开②。
共言前路近，渐觉别愁催③。
出浦鸡声聚，扬舲雁阵来④。
波流缘底急？不使暂徘徊⑤。

（《东台诗征》）

【注释】

①朱家庄：在今东台市东台镇朱家垛。

②合：混合一片。形容夜深时分云气浓。开：冰融化分解。

③前路近：离泰州城渐近。当时是吴嘉纪和一位友人去扬州，程岫陪他们一直到泰州城。到泰州后，程岫就返回南梁。所以又有下句“别愁催”。

④浦：此处指河道边弯曲处。鸡声：鸡鸣报晓，照应诗题“晓发”。扬舲：扬帆。雁阵：大雁群飞时排列整齐，古人称为“雁阵”。

⑤缘底急：为什么这么急？徘徊：此处指停留。

【导读】

当时由水路从东台往泰州、扬州的线路之一，是从梁垛出发，沿着运盐河经过今天的东台镇、时堰镇、溱潼镇一路向南，朱家庄是必须经过的站点。第四句的“别愁”是全诗的统领。一二句写凌晨出发的景象，深夜时分，云气浓密，天亮时河冰开化，正好行船，景物描写中融入了别情。“自”表示人需要冰化行船而冰也就如人所愿地化了。三四句写的情景很特殊，作者送友人前去，还要再折返。“渐觉”写出随着前方目的地渐近时的心境变化，很传神。“催”字把“别愁”拟人化了。五六句写的鸡声、雁阵，是古诗写早行经常写到的形象。最后两句，因为别愁太深太浓，以至于作者无理地对推涌船前进的流波发生了怨恨。感情是诗歌的灵魂，当理智退场，诗人全为感情主宰的时候，也就是容易产生好诗的时候。（邵春驹）

西溪镇诗二首

程岫

其一

策杖烟畦去路赊，仙姬遗庙杂田家①。
一泓清水荒榛里，半亩闲庭落日斜②。
钟鼓忽鸣游客过，碑铭已没昔人遐③。
悠悠时代须臾事，莫怨浮生鬓有华④。

其二

沧波东去是东亭，郭外萋萋草色青⑤。
风送管弦晴更暖，市饶鲑菜昼常腥⑥。
牛归村径随羌笛，僧度山桥挈酒瓶⑦。
绝少当垆频顾盼，不知狂客醉难醒⑧。

（《东台诗征》）

【注释】

①策杖：手持杖。烟畦：雾气迷蒙的田地。赊：远。仙姬：指七仙女。据《嘉庆东台县志》记载，汉代董永家贫，父死无钱安葬，遂向富人借钱葬父，卖身为奴。路遇一女子，求为妻，一同到富人家，约定织缣三百匹偿债。一个月织完，女子告辞，对董永说："我是天上织女，天帝因为你孝顺，派我来帮助你。"民间又说女子为七仙女。杂：混杂。

②一泓：指缫丝井。相传七仙女在此井中汲水缫丝。荒榛：荒芜杂乱的草木。

③钟鼓：庙中举行法事击鼓鸣钟。遐：这里指时间久远。

④悠悠：长。

⑤东亭：即今之东台城。在西溪东北方向。

⑥鲑菜：鱼类和蔬菜。

⑦山桥：指泰山桥，在西溪泰山庙门前。这是一座砖桥，桥面极高峻，所以称"山桥"。

⑧绝少：无。当垆：指酒店中卖酒的少女。出自辛延年《羽林郎》："胡姬年十五，春日独当垆。"垆意为放置酒器的土墩。

【导读】

第一首写西溪陈迹旧事。作者漫步西溪田间，寻找往昔遗迹。他看到的是七仙女的庙宇混杂在田舍中。遗庙，言外之意是庙已破败。荒榛、落日，衬托出庙的荒寂冷清。游客来时忽然响起钟鼓之声，记载昔人事迹的碑铭已经看不到了。“钟鼓”一句值得注意。前后都说荒凉寂寞，怎么忽然喧闹起来了呢？原来是庙里出家人看到有游客过来，急忙卖力地击鼓鸣钟，因为他们是想把人家吸引过来做法事，做一笔交易赚点钱。尾联归结到慨叹人生，一朝一代在时间长河中只是短暂的片刻，相比之下人的一生更是转瞬即逝；所以实不必为鬓发变白而怨叹。说“莫怨”，不过是强作旷达，或者是在他人面前掩饰。作者是徽州人而客居东台，游玩中不免心有深沉的感触。第二首写西溪乡市景象。“晴更暖”是说管弦声增加了人的暖意，这是通感手法。“昼常腥”描写了菜市场特有的气味，很世俗化。颈联的“随”用得很精致，牧童骑在牛背上吹笛子，本来是牛走到哪里笛声到哪里，作者却故意颠倒过来，仿佛牛是跟随着笛声走。如果照直写就毫无诗味可言了。尾联二句为转折关系，虽无年轻女子劝酒，而狂客心中不平静，仍然痛饮至于沉醉。从第二首看，热闹的集市、娱乐场所、酒店，当年的西溪已经很是繁庶了。（邵春驹）

扈从盐城镇值元夜偶作[①]

高士奇

打头圆月今年看，回首朱楼绛阙遥[②]。
亦有烟花喧四野，只无灯火照深宵[③]。
寒眠毳幕衾嫌薄，独把村醪醉易销[④]。
又见晨星逼行漏，朝朝飞鞚傍鸡翘[⑤]。

（《苑西集》卷十）

【作者简介】

高士奇（1645—1704），字澹人，号瓶庐。绍兴府余姚县人。康熙十五年（1676）为内阁中书，为康熙帝讲书释疑，评析书画。官至詹事府少詹事。他能诗文，擅书法，精书画鉴赏。著有《清吟堂全集》等。

【注释】

①扈从：皇帝出巡时护驾侍从。元夜：正月十五。

②打头：当头，在头顶。绛阙：红色门阙。指宫廷中的门墙。

③喧：烟花飞射时的爆裂声。

④毳幕：兽皮制成的幕。毳意为鸟兽细毛。衾：被子。

⑤行漏：古代计时器。鞚：马笼头。鸡翘：一种帝王的仪仗。

【导读】

康熙二十八年（1689）正月初二起，康熙皇帝第二次南巡，临阅河工，高士奇随从。正好在元宵节这一天，他到达盐城，写下这首诗。诗中写自己在盐城的所见所感。作者以常年身处宫廷的达官的眼光打量这个陌生的地方。“今年看”等于说“今年第一次看”。“亦有”“只无”二句，都是潜在地与京城对比，表现盐城的荒僻。“衾嫌薄”是说寒冷，“醉易销”是说村酒味淡。这首诗的最大价值，是以当事人的身份明确记载了康熙曾经经过盐城这一事实。（邵春驹）

泊盐城

孔尚任

津头柳色晚垂垂，客宿孤城吏未知①。
晓雾漫帆秋波润，早潮平岸夜船移。
长淮已散金陵气，沧海真同玉垒诗②。
一自神功冥漠后，东流水性亦多疑③。

（《湖海集》卷一）

【作者简介】

孔尚任（1648—1718），字聘之，号东塘，山东曲阜人，孔子六十四代孙。清初诗人、戏曲家。康熙二十三年（1684）康熙来曲阜祭祀孔子，孔尚任被荐举御前讲经，受到赏识。次年奉召进京，破格任用为国子监博士。康熙二十五年（1686）淮河决口，孔尚任奉旨协助工部右侍郎孙在丰疏浚淮河入海口，滞留淮扬数年。期间结交明朝遗民，收集南明兴亡佚史。康熙三十八年（1699），戏曲《桃花扇》上映，引起了广泛关注。康熙三十九年（1700），《桃花扇》上演不久，升为户部广东司员外郎。但不久即被罢官。罢官两年后返回曲阜。康熙五十七年（1718）病逝。他有戏曲作品《桃花扇》，有诗文作品《湖海集》等。

【注释】

①津头：渡口。客：这里是孔尚任自己。

②长淮：淮河。金陵气：指帝王之气，金陵，今南京，史称“六朝”古都，历史上先后有吴、东晋、宋、齐、梁、陈六朝建都于此，但都是短命王朝，故而金陵成了时移世异、物是人非的代名词。本诗中应指大禹治水功绩的消失。

③一自：自从。神功：神灵的功力。冥漠：广漠无际。

【导读】

清康熙二十五年（1686）淮河决口，盐城遭灾，国子监博士孔尚任奉旨，协助工部右侍郎孙在丰疏浚淮河。这是孔尚任初入盐城视察水情时创作的一首七言律诗，描写泊舟过夜所见里下河水乡的风光。一二联描绘诗人停泊盐城时对水乡的真实感受，诗人虽然是“客宿孤城”，却毫无孤独之感，晚柳、晓雾、漫帆、秋波、早潮所构成的津头景色，竟让诗人有些着迷。三四联直面现实，如今的长淮大地，往日的万千气象已经消散殆尽，甚至当年大禹治水的功绩也已荡然无存。如今水患深重，民不聊生，乃至于诗人幻想神灵能施展无上的功力，让东去的流水倒流。诗歌体现了诗人感情上的矛盾，在现实与理想的冲突中展现出诗人的真性情。（黄静）

朦胧淤口有感[①]

孔尚任

海湖来去问舟师，烟冷行厨午过时[②]。
书字殷生能感慨，扣门陶令拙言辞[③]。
繁文厌考桑经注，故道难寻禹纪碑[④]。
谁献舆图出秘阁，庙谟亲授使臣知[⑤]。

（《湖海集》卷一）

【注释】

①朦胧：地名，在今盐城市建湖县境内，射阳河与西塘河在此交汇。始建于北宋的朦胧宝塔矗立于此。

②舟师：船工。行厨：船上的厨灶。

③书字句：东晋殷浩以识度清远闻名。东晋建元初，授命建武将军，

都督扬、豫、徐、兖、青五州军事。他以定中原为己任，上疏北征。姚襄叛反，他遣兵反击，结果兵败，被废为庶人。对此，殷浩口无怨言，终日空书“咄咄怪事”四字，以抒感慨。扣门句：语出陶渊明《乞食》“叩门拙言辞”诗句。扣门：敲门。拙言辞：拙于言辞，不知该怎么说才好。这里表现一种羞于启齿、欲言又止的复杂心理活动。

④桑经：即《水经》，这是中国历史上第一部记述农田水利的典籍，相传为汉代桑钦所作，故称。这里泛指先秦典籍。禹纪碑：禹，鲧之子，据传禹奉舜命治理洪水十三年，三过家门而不入，因治水有功，被推荐为舜的继承人。纪，整治，即禹治理洪水。此外，“纪”亦可释为“年代”，古人以十二年为一纪，禹十三年治水故曰“纪”，或释为“记载”，即禹时所记载的治水情况。三种解释均可。碑，指碑记或碑文，传当时曾铸造九鼎，以记禹治水事。

⑤舆图：地图。秘阁：古代宫中收藏珍贵史料图书的地方。庙：庙堂，即朝廷殿堂。谟，通“谋”，计谋、策略。庙谋，即朝廷对国事的计谋。

【导读】

这首诗是孔尚任来盐城视察水情时所写。康熙二十五年（1686），孔尚任来到灾区，组织勘察地势、拟定治水计划，并立即进行施工。首联中“来去”“烟冷”两词刻画出一个心系民众疾苦的诗人形象。他在湖海间来回视察水情，时时询问船工以明前路。常常中午已过，船上烟停炊息，他还尚未进食。他渴望尽快解除水患，以施展自己的经济抱负。然而，由于朝廷的黑暗，官吏的挥霍腐败，治水工程一再被停滞，他无限悲愁与愤懑，颔联中借用殷浩无故兵败、陶渊明叩门又羞于启齿的典故来明志。颈联紧承上句，以浩繁的典籍中难寻治理朦胧口水患之法，进一步突出治水之难，以及自己的经济之才难以施展的无奈之情。尾联中他依旧将治水希望寄托于朝廷，“谁献”中蕴含着期盼与不确定，表现出他对朝廷的爱恨交织。全诗融叙事、抒情于一炉，叙治水过程与治水之难，抒官场腐败、民间疾苦，从诗歌中我们可以看到一个为除水患漂泊于湖海之间的高大形象，看到他为民造福的急切心情，感受到他强烈的忧患意识和伟大的悲悯情怀。（黄静）

返棹西溪，喜闵义行移舟相访[1]

孔尚任

惊喜逢君世外槎，春流同泛慰天涯[2]。

浸篙嫩绿飑苔缕，照眼新黄放菜花[3]。

隔水闻香曾乞火，并舟论画每移茶[4]。

荒凉海岸开舱送，见月团圆忽忆家。

（《湖海集》卷二）

【注释】

①返棹西溪：乘船从外地返回西溪。闵义行：孔尚任的好友。

②世外槎：异乡舟遇。世外：外地。槎：用竹木编成的筏，这里指一般的船。流：水道、河流。天涯：原指天边，这里借喻好友之间的亲密关系。

③浸：淹没。篙：撑船的竹竿。苔缕，即缕缕青苔。放菜花：开放的菜花。

④乞火：本义指求取火种。这里引申为向人说情、推荐。典出《汉书·蒯通传》：“然物有相感，事有适可。臣请乞火于曹相国。”移茶：敬茶。移，施予。

【导读】

孔尚任在协助工部右侍郎孙在丰疏浚淮扬沿海水情时，在盐城境内曾活动于盐城、龙冈、西团、西溪等地。这天，他乘船返回西溪，在返回途中巧遇好友闵义行。他和闵义行交情深厚，常有诗歌唱和，如今相遇，真是他乡遇故知，诗人充满惊喜地移舟相访，并写下这首诗歌，记录这次的偶遇。诗歌一二句写相遇，三四句写景色，五六句写友谊，七八句写离别。孔尚任留守盐都和淮扬治水期间，由于清政府的黑暗腐朽，治水官员和当地豪绅只管寻欢作乐，治水工程始终不见成效，使得他时常有迁客羁宦、浮沉苦海之感。如今与友人异乡偶遇，足以宽慰诗人天涯沦落的感伤之情。尤其是“并舟论画每移茶”一句，三个细节描写突出朋友相会之乐。论画、喝茶，以及进一步地谈诗、论文，这不正是两人美好的往昔吗？如今再度重温，情感更浓。正因为如此，面对再度离别，对朋友的不舍，进而对家的思念情绪开始无尽蔓延。此诗结构严谨，层次分明，全用白描，客观叙述与朋友相逢时的景与情，却感情真挚，书写细腻。（黄静）

自盐渎返昭阳[①]

孔尚任

中秋月暗雨如丝，何处停舟夜不知。
今日天晴风色好，回来路是乍来时[②]。

（《湖海集》卷三）

【注释】

①盐渎：即盐城。昭阳：今泰州兴化县城昭阳镇，清代属扬州。

②乍：刚刚，起初。

【导读】

孔尚任随工部侍郎孙在丰到淮扬疏浚海口、督理七州县——山阳（淮安）、盐城、兴化、高邮、宝应、江都、泰州里下河地区水患。治水期间，他时常轻舟简从，穿梭于芦荡湖泊、沟渠河道。本诗描绘了诗人在维扬的一个生活画面：乘舟往返于盐渎（盐城）与昭阳（兴化）之间。采用了对比手法，去时的月暗雨丝与回时的天晴风轻的对比中，凸显诗人轻松愉悦的心情。一二两句情绪低回。第一句中“中秋”一词，值得玩味：

本应举家团圆，却孤身在外，不免内自神伤；本应举杯邀月，却月暗雨丝，不免心生失落之感。诗人是怏怏而行。三四两句兴致高昂。尤其是一个“乍”字，体现出诗人无法掩饰的惊喜之情。诗歌语言通俗浅显，却是孔尚任在维扬生活的清晰印迹，值得重视。（黄静）

羽　扇[1]

孔尚任

客寄双团扇，名家制不同。
剪胎云闪烁，织柄玉玲珑[2]。
偶尔投怀内，曾经度海东[3]。
谡然松下枕，为我赠清风[4]。

（《湖海集》卷三）

【注释】

①羽扇：孔尚任自注：“安丰场唐氏用海东鹳羽制者甲天下。”东台羽扇是一种古老的传统手工艺品，选用海东鹳羽毛，精心制作而成。东台羽扇以安丰唐家产品最著名。孔尚任在盐城疏浚淮河海口时，收到友人送他的一把羽扇，赞不绝口，即以“羽扇”为题，创作此诗。孔尚任诗友泰州黄仙裳说：“唐氏羽扇，得名甚久，入公诗篇，方成传物。”

②剪胎句：这句是描绘团扇的制作情景。胎：指未成扇形的羽毛。剪胎，将羽毛制作成团扇需要经过修剪加工。织柄句：将羽毛茎压缩成

扇柄，并装上玉雕。玉玲珑：玉雕或玉饰。

③曾经句：这句交代制作羽扇的羽毛的来历。海东：指黑龙江下游附近海岛，候鸟海东鹳生活在这一带。

④谡然：肃敬的样子。

【导读】

孔尚任喜欢收集古董文物，他的诗歌中写到的收藏品很多，而且他会对这些收藏品的来历、价值、用途等作一一考证和评述，显示出一个士大夫文人的高雅志趣。他的友人自然知道孔尚任这一个人爱好，于是赠送给他一把名家制作的羽扇。孔尚任在欢喜之余，写下了这首咏物诗。此诗描绘羽扇的制作过程和来历，但在咏物之中又寄兴精微，含义深刻。其中“剪胎云闪烁”一句语言生动，用“云闪烁”比喻制作完成的团扇扇起来十分轻盈，就像一片白云一样闪来闪去，形象可感。最巧妙的是“谡然松下枕，为我赠清风”两句，一直以来，在文人墨客笔下，“松”象征着孤直、卓然不群，此处的“松下枕”语义双关：一指赠扇的人，形容友人的隐居高雅，二指海东鹳，用拟人手法写它的高雅。诗人在不经意间，表达了对友人赠扇的感激之情和对羽扇的喜爱之情。（黄静）

射阳湖

蒲松龄

射阳湖上草芊芊，浪蹴长桥起暮烟①。

千里关山形自吊，一尊风雨意谁怜②！

春归远陌莺声外，心在寒空雁影边。

翘首乡园何处是？渔歌听断水云天。

（《聊斋诗集》卷一）

【作者简介】

蒲松龄（1640—1715），字留仙，号柳泉居士，世称聊斋先生，山东淄川（今山东淄博）人，清代杰出的文学家。他以教书为生，有大量诗文、戏曲、俚曲及有关农业、医药方面的著述存世，文言短篇小说集《聊斋志异》尤为著名。曾入宝应幕。

【注释】

①芊芊：草木茂盛的样子。语出《列子·力命》："美哉国乎，郁郁芊芊。"蹴：踏。

②形自吊：即"形影相吊"，指无依无靠，非常孤单。

【导读】

蒲松龄富有才学，也热衷于科举功名，顺治十五年（1658），他19岁时考科举，以县、府、道三个第一，补博士弟子，这是他一生最得意的时候。然而，从此之后，他每科必考，却是考一次，落第一次，考了五十多年，直到他七十多岁，才循例得贡生（即秀才拔贡）。长期客居漂泊，即便是塾师家馆生活，置身于富贵家庭的环境中，其内心精神也是孤独寂寞的。本诗是一首思乡诗，然全诗仅"翘首乡园何处是"一句直接写怀乡之愁，其余皆写景，描写蒲松龄傍晚时分漫步于射阳湖所见之景。然而，景中有情。傍晚时分的射阳湖到处是茂密的水草、湖面上升起了茫茫的烟霭，风吹浪起，浪花拍打着湖畔的长桥。一个"蹴"字，以拟人化手法传神地写出了浪花高至桥身的壮阔景象。可是，走在如画的射阳湖，诗人的愁思却越发强烈——千里关山、一尊风雨，甚至于莺声、雁影、渔歌中都含蓄流露中诗人的寂寞与孤凄，对乡园的思念。此外，本诗词句流畅，讲究对仗，转折有致。（黄静）

庙湾道上

许志进

孤城临海岸，天水远依微[①]。
潮蹴河流转，风平估舶飞[②]。
鱼盐归小市，花柳簇长围[③]。
咫尺蓬莱浅，沙田荞麦肥[④]。

（《乾隆淮安府志》卷三十）

【作者简介】

许志进，字念中，号谨斋。山阳（今江苏淮安）人。康熙三十年（1691）进士。官铁岭知县，内调为户部主事，擢礼科给事中。后罢官归里。筑园亭，聚书数万卷。有《谨斋诗稿》。

【注释】

①依微：隐约模糊。

②蹴：踏。此处指潮水冲击。估舶：商船。

③小市：小集市。长围：长堤。

④蓬莱：传说中海上神山。出自《神仙传》："接待以来，已见东海三为桑田。向到蓬莱，水又浅于往者。"荞麦：即荞麦。

【导读】

作者为外乡人，在春天从庙湾道上经过。首联"孤城"即指庙湾，当时靠海，"天水"句写远处海天相接茫茫一片。颔联"潮蹴河流转"中的河指射阳河，河流弯曲，从西南向东北，到庙湾转而向南，又再转向东北，故云"转"。海潮从东向西，逆河流而行，故云"蹴"。没有风，河上商船在飞快行进。颈联写庙湾的热闹和繁盛。集市上鱼盐丰富，长堤上花柳光彩耀眼。尾联"咫尺"句，古有"蓬莱水浅"的说法，言经过时间长，此处则写人远望大海的错觉。庙湾地处射阳河转弯处，正是东西商业流通的交汇点，物资的集散地，这是它发达起来的主要原因。这首诗表现了庙湾当时的兴盛景象。在写法上，作者抓住有特征的景物，远景描画与近景特写结合使用，富于变化。（邵春驹）

铁柱潮声①

高岑

策马春城草色浓，石梁东畔访遗踪。
高擎碧汉神光远，突立中流剑气冲②。
骇浪奔腾淹日月，惊涛洄涨吼鱼龙。
荒原寂寞空千古，安得骅骝一笑逢③。

（《盐城文史资料选辑》第1辑）

【作者简介】

高岑，清代盐城人。为人清高，淡泊功名，隐居不仕，往来于江淮之间，以诗酒书画自娱。善画山水及水墨花卉。

【注释】

①铁柱：这里指盐城北门外新洋港和串场河汇流处的一座天妃闸下系船用的铁柱。天妃闸修建于清乾隆四年，历时两年建成，因闸上、下水位差较大，水流急，非缆绳系船不能停泊，故于闸下置铁柱以系船。每当水急潮涌，浪击铁柱，铿锵之声盈耳。

②高擎：向上托、举。碧汉：指天空。神光：精神；神采。

③骅骝：赤红色的骏马，常指代骏马。

【导读】

这是清人高岑所写的组诗“盐城八景”之一。关于盐城“八景”的记载最早见于明《万历盐城县志》。分别为：瓜井仙踪、龙祠胜概、范堤烟雨、杨楼苍翠、登瀛晚眺、铁柱潮声、大湖秋月、石桥春涨。如今盐城古“八景”或荡然无存，或面目全非，所幸高岑的一组描摹盐城古“八景”的七言律诗流传至今。这首诗描绘盐城天妃闸下浪击铁柱，铿锵激荡的场景。高岑在某一年的春天策马飞奔，探寻遗踪。他仰望天空，神思飞扬。“突立中流剑气冲”“骇浪奔腾淹日月”“惊涛洄涨吼鱼龙”等诗句，诗人用夸张手法描摹出天妃闸因铁柱的存在所造成的惊涛骇浪冲击、奔腾、回涨的画面，形成一种排山倒海的强烈的艺术效果。不由

得让诗人产生了时光流逝，孤芳自赏的感叹。所幸诗人心性豁达，全诗最终在期盼相逢的乐观格调中结束。（黄静）

大湖秋月①

高岑

扁舟一棹泛秋湖，月色平铺似画图②。
红蓼花疏波滚雪，白蘋叶细露凝酥③。
一天星斗凉如洗，两岸人烟淡欲无④。
最是夜深风浪涌，水晶盘里走龙珠。

（《盐城文史资料选辑》第1辑）

【注释】

①大湖：这里指大纵湖，为古射阳的一部分。

②棹：船桨。

③红蓼：别名水红花、狗尾巴花等，属一年生草本植物。茎粗壮直立有节，上部多分枝。叶片大而翠绿，花朵颜色呈粉红色或玫瑰红色，呈穗状，微下垂。白苹：多年生浅水草木，多见于池塘、水田、沟渠等水湿地。根茎扎在水底泥中，叶子浮于水面，呈心形或圆形，花茎细长，花朵小巧，花瓣白色。

④一天：满天。

【导读】

高岑的“盐城八景”诗中，七首写春景，一首写秋景。本诗即写秋天大纵湖的美景。大纵湖自古为盐城名胜，纵湖秋色更是被列入盐城新十景之一。高岑在一个秋夜弄棹兰舟，眺望湖面，风景如画。高岑是一个画家，其绘画，既擅粗笔写意，又能精微状物。本诗亦融入其绘画技巧。诗中有从大处落笔，描写雄奇壮阔景象——月色铺洒、满天星斗、迷茫人烟、风浪翻涌，也有从细处着墨，刻画物态——岸边红蓼花在风中摇曳，水中白蘋叶上霜露凝结。在景物描绘中，注重光（月色）、声（风浪）、色（红蓼、白蘋）的结合，写出了大纵湖的娴静和激越，颇有盛唐王维“诗中有画”的境界。（黄静）

登瀛晚眺①

高岑

众仙携手共登瀛，入画芳菲一望平②。
近郭夕阳晴更好，照人春色晚逾明③。
绿杨芳草花边路，红杏青帘柳外城。
日落长歌连辔返，隔烟遥听卖饧声④。

（《盐城文史资料选辑》第1辑）

【注释】

①登瀛：即登瀛桥。原名永丰桥，在今盐城市建军西路，跨越通榆

运河。最早建于清同治六年（1867）。后几经战火，多次重建。

②众仙：指诗人及其朋友。芳菲：盛开的花，这里指花草艳盛的春日景色。

③郭：外城。

④连辔：联马并行。饧：麦芽糖。

【导读】

这是清人高岑所写的组诗“盐城八景”之一。此诗写在登瀛桥上看到的盐城春色。诗人登桥临水，看水中倒影，看绚烂的落日余晖照耀下愈发浓烈的春色，路边的绿杨、芳草、鲜花，城内的红杏、青帘、柳树，乃至远处传来的卖糖人的吆喝声，无不赏心悦目。本诗讲究对仗，语言清新，毫无矫揉之感，传达出诗人的真挚热爱之情。（黄静）

春日过八蜡庙①

王兆熊

精庐春自好，徐步入方塘②。
溪柳匀新绿，瓶梅绽暖黄。
云低栖野寺，竹影瘦匡床③。
徙倚经坛晚，清风度夕阳④。

（《乾隆淮安府志》卷三十）

【作者简介】

王兆熊，字沂庵，桐城人，乾隆庚午（1750）副榜，官庐江教谕。

【注释】

①八蜡庙：始称刘将军庙，是清乾隆九年（1744）盐城知县黄垣为纪念元末殉国的刘猛将军所建，清同治元年（1862）盐城知县陈荫培改建为八蜡庙。蜡，是周代年终祭祀的名称。“八腊”是古代农民为了庆祝丰收，在年终时会举行大规模的祭飨活动。腊有八祭，即祭祀八类有功于农业的神祇，分别是先啬、司蔷、农、邮表辍、猫虎、坊、水庸和昆虫。

②精庐：佛寺，僧舍，这里指八蜡庙。方塘：方形池塘。

③野寺：野外庙宇。匡床：舒适的床。

④徙倚：徘徊。经坛：专供念诵经文的高台和席位。

【导读】

春天的八蜡庙风光无限美好，诗人移步其中，目光所及之处都是那么的赏心悦目。开头的“徐步”二字可见诗人的悠闲自在。下面六句便写所见满目春色。溪柳的绿意葱葱、瓶梅的绽放黄花、低压云层笼罩寺庙，夕阳余晖映照下的竹影，微微吹拂的清风，放眼望去，眼前一派景色使人心旷神怡。尤其是“溪柳匀新绿，瓶梅绽暖黄”两句，用笔巧妙，语言精工。诗人从体现春意盎然的众多景象中选择了一个细小而典型的镜头：池塘周围的柳树复苏得很早，均匀涂抹的新鲜绿色；插在瓶中的梅花也挺过了严冬的风雪，绽放出嫩黄的花朵。两个细节特写很好地表现了春天的八蜡庙万物勃发的生机，以及诗人敏锐的观察力。（黄静）

中秋题庙湾小阁[①]

黄达

轻烟飞槛外，官阁独凭栏[②]。
云影垂天阔，湖光入海寒。
归帆几片断，远笛一声残。
今夜中秋月，何人把酒看[③]。

（《光绪盐城县志》卷二十二）

【作者简介】

黄达（1714—？），字上之，号海槎、一楼，清代江南华亭（今属上海）人。乾隆十七年（1752）进士，初选池州府学教授，以父忧不赴任，二十七年（1562）补淮安府学教授。工诗，著有《一楼集》。

【注释】

①庙湾：阜宁县治所在，位于阜宁县射阳河入海口，负海依湖，冈脉蟠结，形势雄壮。

②槛：栏杆。官阁：官署中的阁楼。

③把酒：拿着酒杯。此处指饮酒。

【导读】

此诗为中秋节黄达客居阜宁时所题。中秋节正是家人团聚的时刻，作者却孑然一身，辗转他乡。诗歌前两句写作者独自登上庙湾镇的水边小阁，凭栏远眺，只见内河外海青烟缭绕，天上的云彩倒映在水中，愈发映衬出射阳河的寒冷与幽深阔大；后两句写湖面已看不到归帆的影子，只有远处断断续续的笛声传来，勾引着自己的思乡之情。遥想今天的中秋之夜，不知道家人与谁把酒赏月。诗歌写景与抒情融合一体，“独”“寒”“断”“残”等字的运用更是从触觉、视觉、听觉等方面将作者他乡度佳节的孤独寂寞之情在全诗弥散开来。（杨胜朋）

经龙冈①

乐宁侗

水天霜月冷长渠，归路今犹隔里间②。
两岸柝声孤棹响，龙冈桥畔二更初③。

（《光绪盐城县志》卷十六）

【作者简介】

乐宁侗，字孩夫，盐城人。乾隆九年（1744）岁贡。

【注释】

①龙冈：即今盐城市盐都区龙冈镇。

②水天：秋天如水一样清凉的天空。里间：村镇等聚居地。此处即指龙冈。

③柝：打更的梆子。二更初：相当于今天的晚九时。

【导读】

作者途经龙冈，泊舟龙冈桥下作此诗。诗中写景很真切，读之有如临其境之感，同时在写景中渗透了主观感情。“归路”一句，明写归路之遥远，暗寓归思之迫切，用一个“犹”字微微点出；最后以“二更初”的时间作结，含而不露。古人睡得早，二更初在外活动的人已不多。七言绝句二十八字，地名占字多就显得板滞，没有又不免轻浮。本诗用了一个地名“龙冈桥”，恰到好处，可见作者的精心和对诗艺的良好感悟力。这首诗所写情境和所用手法，都有张继《枫桥夜泊》的影子。（邵春驹）

晖素亭更名为后乐亭题诸公诗卷后[1]

王之桢

后食堂东留古亭，亭边老树凌霜青[2]。
海气晖晖射朝日，弦歌琅琅入疏棂[3]。
苔色不知何代碧，琴砖久作断纹横[4]。
元龙到处匡颠济，更以后乐名吾亭[5]。
缘塘环抱曲栏外，开牖手刈东西铭[6]。
绿化分得濂溪胜，菜盘分得王侯鲭[7]。
紫囊玉轴交相尚，淡泊能全真性灵[8]。
在中之乐浩难测，蔑视鲸鳄犹螟蜓[9]。
九载民艰绘未厌，时将国计书连屏[10]。
公余趣发青丘秘，自煮中泠续水经[11]。

（《射州文存》）

【作者简介】

王之桢，生卒年不详，字筠长，号青岩，盐城人。明崇祯末年，在史可法幕府中掌机宜文字，羽檄军书多出其手。可法殉节后，归里教授徒生。有《青岩集》《楚辞纂论》《史局通论》等。

【注释】

①晖素亭：在古盐城县衙内，旧名“喜雨亭”，宋代改名“晖素亭”，元代改名“观海亭”，明代正德中改名“抱瓮亭”，后来知县程国栋加以整修，取范仲淹“后天下之乐而乐”，改名“后乐亭”。

②后食堂：此处指县衙中官员用餐处。

③晖晖：明亮的样子。此处又切亭之旧名。棂：窗户的木格，此处指窗。弦歌：《论语·阳货》：“子之武城，闻弦歌之声。”据朱熹注，当时子游为武城宰，以礼乐为教，邑人弹琴歌唱。后来就用“弦歌”表示地方官重视礼乐教化。琅琅：原指金石撞击声，此处指乐声。

④琴砖：用于架琴的空心砖。琴放在上面，弹奏时共鸣效果好，音色好。

⑤元龙：东汉末陈登，字元龙。其曾为广陵太守，又有豪气。此处比喻程国栋。匡颠济：扶持颓败局势。

⑥刈：原意为刈割，此处作“镌刻”解。

⑦瀼溪：在江西瑞昌西北大瀼山、小瀼山之间，唐代文学家元结曾居于此地，自称“瀼溪浪士”。王侯鲭：原指西汉息乡侯娄护合武帝母舅王氏五侯家的珍膳而烹饪的杂烩菜。

⑧紫囊玉轴：紫囊指书籍，玉轴指绘画。全：保全不受损伤。出自《庄子·盗跖》：“非可以全真也。”

⑨蔑视句：视鲸鳄巨物如螟蛉、蜻蜓般渺小。化用刘伶《酒德颂》：“二豪侍侧焉，如蜾蠃之与螟蛉。”此处鲸鳄比喻达官巨富。

⑩九载二句：画的是人民的疾苦，写的是治国的方略。

⑪趣：通“促”，急忙。青丘：道家传说中东海上洲名，有仙草灵药、美酒玉浆。中泠：中泠泉水，在江苏镇江。唐代陆羽评中泠泉泉水为天下第七。后又有“天下第一泉”之评。此处借指后乐亭中水泉。水经：指陆羽著《茶经》。

【导读】

这首诗就亭更名一事展开。开头四句描写亭之环境。“苔色”以下四句写亭之古老及改名之事。“缘塘”以下四句写亭之内外景色。“紫囊”以下四句写程在亭中的生活，他与诸公往来，观书赏画，淡泊明志，其乐无穷，而视达官巨富之流为渺小虫类。最后四句写程关心民瘼、忧念国事，同时又能烹茶煮茗，趣味清雅。这首诗借咏亭而塑造了一位理想化的地方长官的形象。全诗层次清晰，风格清峻。（邵春驹）

东亭舟晚①

程之骏

倚棹长吟坐，东亭日欲晡②。
田飞柳外鹭，村噪麦边乌③。
耕返犁随犊，渔归艇载罛④。
西溪深夜过，灯火隐浮屠⑤。

（《练江诗钞》卷六）

【作者简介】

程之骏（1687—1760），字羽宸，徽州歙县岑山渡人，曾寓居江西南昌蓼洲，既是一位富商又是著名的文人、画家和收藏家。他曾多次资助郑板桥，与其有密切交往。程之骏依仗巨额财富游走天下，工吟咏且钟情故乡的黄山风景，写有《黄山纪游诗》68首；沈德潜赞其“诗妙意高”“全在神韵动人”，有《练江诗钞》传世。

【注释】

①东亭：东台旧称。舟晚：傍晚行舟。

②倚棹：靠着船桨，犹言泛舟。长吟：音调缓而长的吟咏。晡：申时，约为午后三点至五点，一般泛指下午或黄昏。

③此二句语序倒装，实为“田外柳鹭飞，村边麦鸟噪”。意谓田边的柳树上白鹭鸟在飞翔，村边的麦田里鸟雀在叽叽喳喳地叫。

④罛：大的渔网。

⑤隐：藏匿；隐蔽。浮屠：佛塔。

【导读】

诗歌写作者行舟途经东台时的所见、所闻。首联点明了行舟到东亭时已是黄昏时分，诗人看到两岸田边的柳树上有白鹭飞翔的身影，听到村边麦田里有鸟雀在叽叽喳喳地叫个不停；耕田的农夫扛着犁头，后面跟着小牛犊慢悠悠地回家去了，捕鱼的渔夫用船载着渔网也归家了。颔联和颈联中静谧安然但又不失乡野生活趣味的景色进入了诗人的视野，也触动了读者的心。这与孟浩然《夜归鹿门山歌》中“渔梁渡头争渡喧”“人随沙岸向江村”的日暮归村图颇有几分相似之感。尾联写深夜的时候小舟才行到西溪，在两岸的灯火中依稀可辨佛寺的所在。全诗用语清新自然，韵律和谐，颔联、颈联对仗工稳，作者在写景中融入了悠然自适之感，毫无斧琢之迹。（丛玲玲）

沙家庄夜泊①

潘德舆

昔日扫榻山房月，还在湖桥野寺烟②。
料得苍苔封旧宅，更无酒伴问孤船。
蹉跎客鬓寻常事，孤负渔竿二十年③。
犹记寻诗斜日路，人家尽处水如天④。

（《民国续修盐城县志》卷十四）

【作者简介】

潘德舆（1785—1839），字彦辅，号四农，山阳（今江苏淮安）人。道光八年（1828），举乡榜第一。为嘉、道间诗文名家。有《养一斋集》。

【注释】

①沙家庄：在今建湖县九龙口镇沙家庄。

②昔时句：后注有“癸亥甲子间，馆于庄中马氏埽月山房”。馆：设馆，做家庭教师。

③蹉跎：时光虚度。孤负：即“辜负”。

④寻诗：行走中作诗。

【导读】

建湖县西南有九龙口，由蚬河、林上河、钱沟河、安丰河、新舍河、溪河、莫河、涧河、城河等九条自然河道汇集而成，故名。沙家庄就在九龙口。据诗中自注，嘉庆八年（癸亥，1803）、九年（甲子，1804）作者曾在沙家庄一个姓马的人家做教师。多少年后，作者故地重游，作此诗。首联说昔时之月还在，这种说法古诗中常见；月本无所谓今昔之异，这样说只是表现物是人非之感。颔联说料想当年自己居住的旧宅已经被苍苔围满，再无当年的朋友来问候船上的自己，一句推想为虚，一句记事为实。人的认识、思维一般总是从感性转变为理性，所以应是先历“无酒伴”之事，再有“苍苔封宅”之想，作者有意颠倒了顺序。“封”字用得很好。接下来说，不觉二十年过去，在漂泊中时光虚度鬓发已白，没有能遂归隐江湖的心愿。“寻常”解作“平常”，它还有另一种意思，就是八尺与十六尺，在这个意义上与下句的“二十”对仗，这叫“借对”。“孤负渔竿”又是诗意的表达。沙家庄在河道东岸，所以尾联说向西看落日时“水连天”。这首诗于写景中融入了深沉的人生感慨。盐城西乡是一个“水世界”，出门见水、处处有水，这首诗也充满了湿漉漉的意味。（邵春驹）

晚过马家荡①

阎揆伯

击楫出深树，挂帆趁落晖②。
断云孤雁叫，浑水大鱼飞③。
百里乡心逼，千村暝色微④。
欲寻沽酒处，多半掩柴扉⑤。

（《光绪盐城县志》卷十七）

【作者简介】

阎揆伯，清代淮安人，有《蘋湖小草》。

【注释】

①马家荡：在今阜宁西南，为著名风景区。挂帆：张帆行船。
②击楫：击打船桨。出自《晋书·祖逖传》。趁：趁落日行船赶路。
③断云：片云。古人用这个词多含云天苍茫之意。
④微：微茫。
⑤柴扉：柴门。

【导读】

这首诗写诗人在回乡的路上经过马家荡。首联说船本来泊在岸边多树之处，“出”指启程。“趁落晖”，犹如陶渊明《归去来兮辞》“问征夫以前路”，都是旅人在夜幕降临前想多赶一段路。颔联一上一下，“飞”者，鱼跳出水面发出响声，这是夜晚湖荡地区特有的景象。“百里”是从此处到作者淮安家乡的距离。离家越近，乡思越急切，同时又交织着隐约的不安，所以说“逼”。“微”，远望无数村庄在暮色中微茫一片。此景此情之下，唯有寻找酒店买醉，以缓解不安，然而到处柴门都关着。这两句很有意思，作者找酒店，但是作为外乡人，他不知道哪处房屋才是酒店，然而眼前多半房屋门都关着，自然酒店开门的可能性也就不大了。这种生活中常有的事，写到诗里就有了特别的意味。读到这里，人们很容易联想到杜牧《清明》中的名句：“借问酒家何处有，牧童遥指杏花村。”那是打算去，怀着期盼，这里是没有了，确知无望，这样的内容才适宜入诗。假如直接写心愿已遂，满足地坐在酒店里痛饮大嚼，那就太没有意思了。找不到酒家，下面该做什么呢？就只有吟诗了。于是我们读到了这首诗。（邵春驹）

响水口二首①

鲁一同

其一

海上楼台事久虚，东来匹马意何如②。
万家滷气骄晴日，五月雄风送大鱼③。
入坞帆樯首衔尾，出泥螺蠃骨专车④。
莲舟太乙飘何处，只欲浮家从老渔⑤。

其二

莽莽乾坤水一杯，秦船汉舶散为灰⑥。
雨余海马乘潮上，风急神鱼拜庙回⑦。
阴火沉烟迷岛国，青山如黛涌云台⑧。
扬帆破浪非吾事，小试张郎作赋才⑨。

（《通甫诗存》卷一）

【作者简介】

鲁一同（1805—1863），字兰岑，一字通甫，安东（今涟水）人。道光十五年（1835）举人。与林则徐、曾国藩等有交往。太平军起，他在家乡协助清河县知事吴棠抵御，并向安徽巡抚江忠源献策。他是道光咸丰年间的著名诗人，有《通甫类稿》《通甫诗存》等。又善绘事，特别长于画梅。安东紧靠今响水地区，鲁一同有时东来，留下一些诗作。

【注释】

①响水口：在今响水县响水镇。这里傍依灌河，河床陡深，每逢潮起潮落，支流跌水轰鸣，声闻数里之外，故名。今响水县名源于此。

②海上楼台：即海市蜃楼，古人认为是海中蜃吐出的气体形成。匹马：作者所乘马。

③雄风：自注"时逢闰夏"。宋玉《风赋》中说风有雄风与雌风之别。此处指夏天的风。

④坞：船坞，水边泊船处。蠯：古书上说的一种狭长的蚌。骨专车：骨节大，要一辆车才能装得下。出自刘向《说苑》，说禹会群臣于会稽山，防风氏后至，禹戮之而"骨节专车"。

⑤莲舟：采莲舟。太乙：天地未分前的混沌之气，此处指海上茫茫雾气。浮家：在水上行船。老渔：老渔翁。

⑥莽莽句：出自李贺《梦天》："遥望齐州九点烟，一泓海水杯中泻。"意思是天地不过如一杯水。莽莽指辽阔无边的样子。

⑦海马：一种海鱼。拜庙：即其一所说"大鱼拜龙王"。

⑧阴火：海上暗淡的火光。这个词出自西晋木华《海赋》："阳冰不冶，阴火潜然。"岛国：指隔海的朝鲜。黛：青黑色。云台：云台山，在今连云港市境内。

⑨扬帆破浪：用南朝刘宋宗悫事。《宋书·宗悫传》："悫年少时，炳问其志，悫曰：'愿乘长风破万里浪。'"比喻成就大功业。张郎：指南齐文学家张融，其有《海赋》。

【导读】

《通甫诗存》中两首诗编入道光十五年（1835）癸巳，是年为闰六月，作者时年31岁。当时他在沭阳汤沟（今属灌南县）王子扬家坐馆，因此有机会到响水口。其一写海边。首联说，我早知道海市蜃楼为虚妄，现在乘马到此有何感想呢？中间两联写眼前所见：地方多盐灶，空中散满卤气，在晴日照耀下反射出强光，大鱼乘风从海中游来。当地传说，闰年为当地龙王生日，大鱼群随潮水而上，沿灌河游到上游一座龙王庙前徘徊嬉戏，然后随潮水回归大海，有时还有伪虎鲸等鲸鱼，场面非常壮观。“首衔尾”，后面船的船头紧接着前面船的船尾，形容船多。海滩泥中螺蚌，是以前诗歌中很少见到的。尾联说自己想“浮家从老渔”，也是古代文人常有的念头，当然不是真的实行。这是因为他们对自己身处的上层社会感到厌倦的表示。其二写大海。天地之大，在茫茫寰宇中不过如一小杯水，这是空间渺小，秦船汉舶如今已化为灰烬，这是时间迅疾。面对着茫茫大海，不由得生出关于时空的形而上的思索。颔联写近海边，海马上，神鱼回，方向相反。颈联写远望大海。“迷岛国”云云不过是想象之词，即使万里晴空也是看不到朝鲜半岛的。最后是以张融自比，表现了对自己文才的高度自信。“扬帆破浪”与海有关，指建功立业，“作赋”用张融事，也与海有关，文心很细。两首诗选择具有特色的景物，具体生动地描写了当年响水一带的风俗人情，境界阔大，笔力雄奇。响水古来偏僻贫瘠，文人墨客踪迹罕至，所以优秀之作不多，鲁一同的这两首和下面的《潮河棹歌》就显得特别珍贵。（邵春驹）

东台道中

曾燠

小邑无城郭，村围众壑深①。
地卑秋不爽，海近昼多阴②。
野艇因鱼活，荒田费雁寻③。
水乡生事俭，念尔一悲吟④。

（《嘉庆东台县志》卷三十八）

【作者简介】

曾燠（1760—1831），字庶蕃，号宾谷，江西南城人。曾经两次做两淮盐运使，在任共 14 年之久。他是清代中期的显宦，也是有影响的诗人。他还是清代“骈文八大家”之一。有《赏雨茅屋诗集》等。

【注释】

①小邑：小县城，此指东台。城郭：城墙。

②卑：地势低。爽：凉快，凉意。

③野艇：小船。费：消耗。

④俭：节省。此处引申为贫乏，歉收之意。

【导读】

这是曾燠途经东台写下的一首诗，诗中前两联描述了东台的地貌气候：没有城墙的小县城被深深的沟壑包围着；地势低洼，风力较小，秋天的风吹在身上并没有凉意；而靠近海边又使得它的白天总是阴暗的。第三联写因为灾荒，田地都荒芜了，大雁想在田里寻找食物都是很困难的，百姓只好驾着小船以捕鱼为生。最后一联抒情，作者体恤民情，哀叹民生多艰：“一想到海边的百姓总是粮食歉收，无以为继，我就禁不住悲叹起来。”全诗语言精妙自然，但有风雅精神蕴含其中。（丛玲玲）

好事近

蒋春霖

芦芽茁岸，杨花坠溪，舟过东淘时见此景①。

帆影比鸥迟，溪上柳花风软②。
闲理半床茶具，任船随溪转③。

一春不听雨声哗，桥峙水痕浅④。
梦入菰蒲深处，共湖云低展。

（《水云楼诗词笺注·水云楼词》卷一）

【作者简介】

蒋春霖（1818—1868），字鹿潭，清江苏江阴人。早年随父游荆门，后科举不利。咸丰元年（1851），任东台县富安盐场大使。咸丰六年（1856）去官，寄居溱潼镇（当时属东台，今属泰州市姜堰区）水云楼，托庇于盐商，生活困顿。同治七年（1868），在吴江垂虹桥船上因情事仰药自尽（一说投水死）。他早年工诗，中年专意于作词，有《水云楼词》。他身遭“咸丰兵事”（指太平天国及第二次鸦片战争），以词描写战乱，多感伤之音，有“词史”之称。在当时词坛整体低迷的形势下，蒋春霖的词显得不同凡响，为晚清词坛巨擘。诗作传世仅数十首，名《水云楼烬余稿》。晚清词人陈廷焯在《白雨斋词话》中有言：“鹿潭穷愁潦倒，抑郁以终，悲愤慷慨，一发于词。”现代词曲大师吴梅认为：“有清一代，以水云为冠。”他一生的主要创作时间是在东台度过。

【注释】

①茁：草木初生发芽。杨花：即柳絮。东淘：安丰又名东淘。即今东台市安丰镇。

②迟：此处指缓慢移动。柳花：即柳絮，诗人常常称为柳花。

③理：整理。船随溪转：船在弯曲的小溪中行进。

④峙：桥耸立。水痕浅：水位下落。

【导读】

这首小词用轻灵的笔调描绘了初春的安丰。作者乘小船在溪上缓缓行进，看到了鸥鸟、柳絮、木桥，又看到因一春少雨而溪水变浅。作者做了一个梦，到了菰蒲深处。“迟”“软”“闲”“浅”“低”，这些词语点缀其中，营造了一种舒缓、悠闲、轻妙的氛围。这是一个与众不同的安丰，一个风雅才子眼中的安丰。这首词从一个侧面折射出安丰古镇丰富多样的文化积淀。“柳花风软”，“风软”看不到，但是人看到了柳絮的轻扬，于是知道了“风软”。（邵春驹）

东台杂诗（十六首选三）

蒋春霖

其四

县小水为郭，溪湾树作桥①。
西风吹古渡，夜夜长寒潮②。
鸿雁多如此，沙鸥不可招③。
秋心与芦荻，相对益萧萧④。

其六

隔溪人种菊，篱外好秋光⑤。
买艇载花影，过桥寻酒香⑥。
虫声侵菜圃，鸭语乱蒲塘⑦。
生意禁衰谢，前山漫夕阳⑧。

其八

水积湖阴重，田硗卤气兼[9]。
小滩明蛎粉，唐肆侈鱼盐[10]。
避地民知俭，矜时吏学廉[11]。
希文有遗泽，尸祝在茅檐[12]。

（《水云楼诗词笺注·水云楼剩稿》）

【注释】

①水为郭：郭本意为外城，“水为郭”意思是县城被水围绕。湾：通“弯”，弯曲。树作桥：用没有斫削的整段树木建桥。

②长：通“涨”。

③沙鸥句：沙鸥在空中飞，不能招来和自己玩耍。《列子》中有个故事说海上有个人喜欢鸥鸟，每天有上百只鸥鸟来和他玩耍。他父亲就要他去捉鸥鸟来给他玩。第二天这人到海边，鸥鸟都不飞下来了。这里化用这个故事。

④秋心二句：出自刘禹锡《西塞山怀古》：“今逢四海为家日，故垒萧萧芦荻秋。”萧萧：一方面形容芦荻萧索冷清，一方面形容心境凄凉寂寞。

⑤秋光：菊花为秋季典型物色，因为有菊，所以说“好秋光”。

⑥买艇：雇船。古人习惯称雇船为买舟、买船。

⑦蒲塘：生长蒲苇的水塘。

⑧生意：生之意趣，生机。禁：禁止，这里有压倒、胜过的意思。漫：空，徒然。二句意思是：夕阳本使人起衰颓之感，然而眼前事物的勃勃生机压过了衰谢之意，纵有夕阳也不能影响人的愉快心绪。

⑨湖阴：因水深湖面呈现暗色。硗：土质硬，不肥沃。卤气：濒海土壤所含盐分。这一句写盐碱地。

⑩小滩：当为有人在河滩上临时售卖杂货。蛎粉：蛤蜊壳磨成粉，可入药。唐肆：出《庄子·田子方》：“彼已尽矣，而女求之以为有，是求马于唐肆也。”意为空集市，此处就作集市解。侈：多。

⑪避地：出《论语·宪问》：“贤者辟（避，下同）世，其次辟地，其次辟色，其次辟言。”此处意为居住在这里的都是有意远离世事纷扰

的人。矜时：同情时人的困苦。

⑫希文：范仲淹，字希文。遗泽：遗留的恩泽。尸祝：祭奠。全句意为在茅檐下的普通百姓还在祭奠范仲淹。

【导读】

《东台杂诗》是蒋春霖在东台期间写的一组五言律诗，所选三首描绘了东台的自然风光和世情民俗。其四通过简洁点染，水、桥、鸿雁、鸥鸟、芦荻，一组物象组合，呈现了小县城在秋天的特征，最后表达了自己客居于此的寂寥心境。其六写菊花、菜圃、蒲塘等，都是乡野中平凡的景物，充满了生机，令人喜悦。其八的前四句写东台的风物，湖水、盐碱地，还有蛎粉、鱼盐，后四句写了地方民情。作者客居于东台，带着一种采风式的眼光观察，特别注意到了东台地区有代表性的风物景致。与吴嘉纪等人不同，更多表现了这个小地方温和可人的一面。作者的心境则是闲逸中带着淡淡的哀愁。这些作品笔调简洁、清淡、明朗。“买艇载花影，过桥寻酒香。”不说“载菊花”而说“载花影”，不说“寻酒店”而说“寻酒香”，前一种是平常的说法，而后一种说法就成了诗。有学者说，诗的本质就是“非日常的语言”，从这里也得到了证明。“虫声侵菜圃，鸭语乱蒲塘”二句中，“侵”和“乱”也是经过锤炼的词。（邵春驹）

渔舟夜月[1]

曹应熙

各从河海觅生涯，一叶渔舟载月华[2]。
洋面波涛人守夜，渡头灯火水为家。
临风破睡三更梦，对酒狂饮七品茶[3]。
有客钓归船不系，和蓑衣卧傍芦花[4]。

（《响水文史资料》第 2 辑）

【作者简介】

曹应熙，号西园，清光绪己卯（1879）科举人。祖籍连云港灌南县，后迁居响水，生于山阳县（今淮安市淮安区），晚年住响水双港、姚湾，1900 年死后亦葬于响水。

【注释】

①灌河八景：曹西园久居灌河两岸，写成一组吟咏灌河的诗。包括开山云岫，灌河春潮，渔舟夜月，樵径晚风，沙滩积雪，芦絮新霜，秋田野鹤，海岸轻帆。

②觅生涯：讨生活。月华：月光。

③七品茶：金人规定，七品官以上，其家方许饮茶。后因称茶叶为“七品茶”。

④蓑衣：用棕榈皮编成的雨衣。

【导读】

诗歌首联写渔民为了讨生活不得不到灌河与大海上打鱼，直至夜晚才披星戴月地驾着小舟回来。颔联则写因为渔民全家都居于水上，而洋面波涛不定，为生命财产安全着想，夜晚须专门有人值班守候。试想，辛苦了一天的渔民，夜晚也不得休息，其生存可谓苦也。颈联紧接着写风起浪涌惊破诗人夜中好梦，因为酒后饥渴不得不大量饮茶，此联对仗极为工整。尾联写钓客归来，直接将船拖上岸，穿着蓑衣，躺在芦花下直接睡去。诗歌语言质朴，描写真实，字里行间饱含着对灌河渔民的关切。（杨胜朋）

第二单元　士林风流

西溪看牡丹

吕夷简

异香秾艳压群葩，何事栽培近海涯①。
开向东风应有恨，凭谁移入五侯家②？

（《舆地纪胜》卷四十）

【作者简介】

吕夷简（979—1044），寿州（今安徽寿县）人，字坦夫。真宗咸平三年（1000）进士，补绛州军事推官，泰州西溪盐监。后通判通州，徙濠州，知滨州。历官刑部郎中、权知开封府等。仁宗即位，进右谏议大夫，以给事中参知政事，天圣六年（1028）拜相。因反对和排斥倡议政治改革的范仲淹等事，为时论不满。两次罢相，又再入相。庆历元年（1041），判枢密院，改兼枢密使。终因病以太尉致仕，封申国公，徙许国公。卒谥文靖。有集 20 卷，不传。《全宋诗》录其诗 11 首。

【注释】

①秾艳：茂盛而又艳丽的样子。何事：为什么。厌：通“压”，超越，胜过。海涯：海边。这里指滨海的西溪镇。

②凭：靠着。五侯：泛指权贵。

【导读】

吕夷简任泰州西溪盐监的时间约在真宗咸平五年（1002）。进士高中却被远放到这一滨海小镇做了个小小的盐官，此时的吕夷简深深感受到理想与现实的巨大差距。这首咏物诗通篇以“恨”字为表达的中心点，并由之升发，将作者怀才不遇并期待有所作为的强烈进取心态表现得毕露无遗。牡丹国色天香，百花之王，本应长于富贵之乡，可现在却被栽种在这穷海之滨，究竟是什么道理呢？这里显然是放言人才不得其用之意。东风花开本应笑颜怒放，可现在却一副含愁衔恨的模样，平添了几分凄美与无奈。富贵乡里富贵花，难不成就只能是不可触及的美梦吗？作者期望有人提携、才尽其用的殷殷之情实在真切动人。（孙植）

西溪见牡丹

范仲淹

阳和不择地，海角亦逢春[1]。

忆得上林色，相看如故人[2]。

（《范文正公文集》卷四）

【注释】

①阳和：阳气。这里指春天的暖气。海角：边远的海滨。

②上林：上林苑，宫苑名，地在河南洛阳。

【导读】

唐代大诗人王之涣《凉州词》云“春风不度玉门关”，别具手眼的诗句意在抒发边远之地的荒凉之叹。与山地荒漠对比，西溪地在边远海滨，同样也当会春风不度的吧？可这里的春天却一样的惠风和畅，阳气逼人，显示出时序天意并没有因为地理形势的不同而特有取舍，而顾此失彼。你看西溪的牡丹和上林苑里的牡丹哪里有什么区别，它们一样的迎风怒放，一样的娇艳动人，让人陡生“他乡遇故知”的欣喜！这首诗的正文始终没有出现“牡丹”二字，但字里行间摇曳的却分明是满纸的国色天香。牡丹不择地而为春，人也可不择地而为官，即便是海角天涯，也要有所作为。全诗情绪饱满，词浅意深，令人浮想联翩。（孙植）

西溪书事

范仲淹

卑栖曾未托椅梧，敢议雄心万里途。①
蒙叟自当齐黑白，子牟何必怨江湖②。
秋天响亮频闻鹤，夜海瞳昽每见珠③。
一醉一吟疏懒甚，溪人能信解嘲无④。

（《范文正公文集》卷四）

【注释】

①卑栖：居于低下的地位。椅梧：椅树和梧桐树。古人认为这类高大乔木是高贵祥瑞的鸟类栖居之所。

②蒙叟：指庄周，庄子的别名。庄子，蒙人，名周。黑白：比喻是非、善恶。子牟：即魏公子牟，战国时人，封于中山。江湖：魏公子牟曾云“身在江海之上，心存乎魏阙之下”，江海、江湖同义，形容文士虽然身处朝廷之外，但心心念念的还是朝廷。

③闻鹤：听到鹤鸣。鹤鸣之音，清高旷远，有“声闻于天”之致。瞳昽：昏暗不清的样子。每：常常，经常。见珠：看到珍珠闪亮。

④疏懒：懒散不理事。溪人：西溪人。解嘲：被人嘲笑时自己找个理由辩解。

【导读】

作为日常生活的必需品，盐是天下老百姓人人关心的东西，而当局为了统治管理的需要也特别关注盐政。古代盐业实行官营制度，而淮盐以其色白质优称誉天下，成为国家盐税的来源支柱，两淮盐仓因而历来备受国家重视。作为两淮盐仓的代表，西溪仓最为引人瞩目，其仓监职位官居八品，常为有才能的年轻官员所充任。和十多年前年轻进士吕夷简来西溪一样，范仲淹也以进士身份赴任仓监一职。同吕夷简等人一样，心雄气壮的范仲淹也为自己偏居海隅远离朝廷中枢而烦恼不堪，这首诗就是明证。诗从本非高才入手，自嘲兼济天下实乃非分之想，应当学习学习庄子的万物齐我态度，摒弃魏公子牟的朝廷之念，既来之则安之。鹤鸣九皋，声闻于天，夜海明珠，朦胧可见，是金子总会发光的。我这醉醺醺懒洋洋的饮酒吟诗模样，西溪这里又有几个人懂啊！全诗就像一面镜子，照见的是诗人万里的雄心、难酬之壮志。（孙植）

驯鸥咏①

范仲淹

万物有常性，性无不贵生②。
风翔与骏奔，一一远害情③。
觥彼沙上鸥，皎皎霜雪明④。
月宿沧洲静，日浴沧浪清⑤。
何以狎溪人，溪人澹无营⑥。
循循自饮啄，往往相逢迎。
徘徊两无猜，何慕复何惊。
客有怀依依，云水言将归⑦。
逐尔群鸥乐，群鸥尔勿飞。
此心未忘者，天机非杀机⑧。

（《范文正公文集》卷二）

【注释】

①驯鸥：没有机心而驯顺的鸥鸟。驯：驯顺，驯服。鸥，鸥科鸟类，形色像白鸽或小白鸡，性情凶猛，长腿长嘴，脚趾间有蹼，善游水，喜飞翔。

②贵生：珍视生命。

③风翔：风飞动。骏奔：像骏马般急速奔走。

④航：飞得很快的样子。

⑤沧浪：指青苍色的大水。

⑥狎：亲近而态度不庄重。澹：恬静、安然的样子。无营：无所谋求。

⑦归：辞官回家。

⑧天机：自然和谐的相处之道。杀机：危害生命念头产生的一刻。

【导读】

这是范仲淹在兴化县令任上居于南溪时写的一首古诗，诗人借咏鸥给人们描绘了一幅南溪之上人鸥相乐、和谐共生的自然美好图景，读来让人心生无穷的向往和想象。与一般诗歌起兴不同，诗人纯以宋诗言理的笔调开篇，万物的本性都是爱惜自己生命的，无一例外；再从四个角度描写驯鸥轻松自在的日常生活情态，即款款飞翔、身映霜雪、月下静宿和沧浪沐浴；接着刻画驯鸥与溪人亲密无间、相处自得的朴素场景，它们饮啄自如，彼此逢迎，游荡在清溪之上，时离时合，时慕时惊。何其真实，又何其美妙！它们的一般生活就是最艺术的表演。如此种种惹得看客们为之深情，也为此陶醉：云水之乐这么样美好，还不如赶紧挂印归来，和驯鸥们成天做伴！触景生情，又由情及理，至此，全诗重回思想的轨道，提醒人们不要让恶念滋生，以防危害自然事物间的和谐相处之道。因为，认识万物贵生的常性并不难，而难在于真正使万物顺生遂性啊。（孙植）

鹤林寺①

陆秀夫

岁月未可尽，朝昏屡不眠。
窗前多古木，床上半残编②。
放犊饮溪水，助僧耕秫田③。
寺门外断扫，分食愧农贤④。

（《光绪盐城县志》卷十六）

【作者简介】

陆秀夫（1235—1279），字君实，宋盐城县建阳镇（今建湖县）人。南宋宝祐四年（1256）与文天祥同登进士榜。祥兴元年（1278）为左丞相，次年二月，元军大举南犯，陆秀夫辅弼幼主驻军崖山抗元，不幸战败，驱妻、子入海后，即怀揣玉玺，负帝壮烈投海。有《陆忠烈集》。

【注释】

①鹤林寺：在今镇江市南黄鹤山麓。

②残编：残损的书籍。文人往往用这个词称自己的书，带有自谦自嘲的意味。

③秫田：秫指有黏性的谷物。

④断扫：无人打扫，说明佛寺荒芜寂寞。分食：不种粮食而得到农人种的粮食。

【导读】

陆秀夫3岁时随父亲迁徙到镇江，少年时曾寄居在镇江鹤林寺读书。这首诗就是当时所写。首联写自己昼夜苦学，而未来岁月还长，自己将长期过这种书生生活。颔联正面写读书的情景。窗外古木，室内仅自己一人，真是读书的好环境。“半”意思是书占了床的一半。颈联写读书之暇牧牛耕种。最后说惭愧自己不劳动而农人分给食物。白居易也曾说：“今我何功德，曾不事农桑。”古代正直的读书人常有这种观念。从这首诗看陆秀夫早年思想就比较关心底层劳动者，不把自己看得高于他们。儒家讲究“修身、齐家、治国、平天下”，他后来的功绩与此是有关系的。全诗真切描绘了文人的读书生活，感情朴实真诚。（邵春驹）

丹阳馆记[①]

陆秀夫

丹阳馆之所始无可考。按《郡志》，绍兴十四年，朝廷命守臣郑滋建之，于时和议计成，馆是用作[②]。中门南向，接送伴使在东馆，客使在西馆[③]。厥后凡奉法衔命者皆馆焉，部使者亦如之，在都国诸邑为特钜[④]。屋与岁陈，廪廪将压，于是百二十有六年矣[⑤]。咸淳五年冬，长沙赵公以外司农典刑，顾谓："是邦江、淮、闽、浙之所交也，四海宾客之所合也，轺车驿骑之所会也，而舍于隶人，不亦羞当时之士乎？"[⑥]七年春，乃一大修之，悉撤其旧而新是图[⑦]。木甓瓦石，厥材孔良，孔惠孔时，役不告劳[⑧]。暨讫工，功与创略等，而其钜也加于昔[⑨]。落成，驰书秀夫曰："子之居是邦也，盍记诸？"[⑩]窃尝稽之《周官》，里有市，市有候馆，馆有积[⑪]。嗟夫[⑫]！此王者之政也[⑬]！晋文公崇大诸侯之馆，犹汲汲焉缮修是务[⑭]。褒城驿甲天下，才几何时，庭除芜，堂庑残，过者太息[⑮]。今州县皆驿。夫以古人则视馆如寝，后世则视州县如驿，盖学之不讲，而吏道之衰也久矣[⑯]。公共工于兹，能以达之，廉以奉之，心休而力有余[⑰]。兹馆固举废之一事。于乎！古之所以创，中之所以弊[⑱]，今之所以修，其可以弗记？公名湑，字元晋，忠靖公之子，忠肃公之孙[⑲]。忠肃师张宣公，渊源所渐，有自来矣[⑳]。奉议郎、宜特差充京湖制置大使主管机宜文字陆秀夫记[㉑]。

（《宋左丞相陆公全书》卷三）

【注释】

①丹阳馆：是南宋在镇江建造为接待金国使臣的专用国宾馆，因在唐天宝元年（742）改称润州（即镇江）为丹阳郡。址在今镇江市京口区千秋桥。

②和议计成：是指绍兴年间，宋金议和成功，两国罢兵。

③接送伴使：指宋方接送陪同官员。

④厥后：从那以后。奉法：奉行或遵守法令。衔命：接受使命。部使者：掌管督察郡国的官员。都国：国都，都城。邑：城邦、城市。钜：同"巨"，大。

⑤屋与岁陈：馆舍随着岁月流逝而日益陈旧。廪廪将压：危险的好

像要坠倒。廪廪：危险。

⑥咸淳：度宗年号，五年是公元 1269 年。赵公：赵溍，字元晋，号冰壶。南宋潭州衡山（今属湖南）人。度宗咸淳七年（1271）为淮东统领兼知镇江府。外司农：总握全国财赋出入的官员。南宋高宗时因军事上的需要，设总制司号为外司农，下分淮东、淮西、湖广、四川四个总领，分掌各路财赋。典刑：掌管刑法。交、合、会：泛指交通枢纽，使客、舟车会集的地方。轺车驿骑：《声律启蒙》："轺车对驿骑。"轺车：一马驾车的轻便之车。驿骑：驿马，亦可指乘马送信、传递公文的人。隶人：古代称因罪没入官为奴隶、从事劳役的人。

⑦图：考虑。

⑧甓：砖。厥材：其材，该项材料。孔：甚、最。孔良、孔惠、孔时：最好、最实用、最及时。

⑨功与创略等：意翻新功效与新创建馆差不多。钜：规模。

⑩盍：何不，为什么不。

⑪里有市，市有候馆，馆有积：《周礼·地官·遗人》："五十里有市，市有候馆，候馆有积。"道路每五十里设立集市，集市设立可以观望的楼，楼里要有财物，货财。候馆：可以观望的楼。积：财物，货财。

⑫嗟夫：叹词。表示感叹。

⑬王者之政：谓以王道治天下的政绩。

⑭是句典出《左传·襄公三十一年》："侨闻（晋）文公之为盟主也，宫室卑庳，无观台榭，以崇大诸侯之馆。馆如公寝，库厩缮修，司空以时平易道路，污人以时塓馆宫室。"晋文公：晋文公重耳，春秋时期晋国国君，文治武功卓著，是春秋五霸中第二位霸主。崇大：宏大，高大；尊崇光大。汲汲焉：急切的样子。缮修：修缮，修补。

⑮褒城驿甲天下：褒城驿位于今陕西汉中近郊，唐代中后期为朝廷直接管辖。唐代文人孙樵在《书褒城驿壁》一文中称之为"天下第一驿"。庭除：庭阶；庭院。芜，荒芜。庑：堂下周围的廊屋。

⑯视馆如寝：典出《左传·襄公三十一年》"馆如公寝"见上文注⑭，寝：国君住的宫室。视州县如驿：意思是说官员对待州县如同驻留驿站一样，视自身为过客，不能为官一任，造福一方。吏道：做官的道路、为政之道。

⑰共工：本谓供百工之职，这里指总理、协调百工，以修缮丹阳馆。心休：心中喜乐。语出《诗·小雅·菁菁者莪》："既见君子，我心则休。"

⑱弊：凋敝，荒芜。

⑲忠靖公：赵溍父赵葵（1186—1266），南宋衡山人，字南仲，号信庵，累官右丞相，兼枢密使，历两淮宣抚使，判扬州，加少傅，封冀国公，以武安军节度使致仕，谥"忠靖"。忠肃公：赵方，乃赵葵父，赵溍祖父。字彦直，衡山人。淳熙间进士。知青阳县，历擢至京湖制置使，兼知襄阳府。病逝后，谥"忠肃"。

⑳忠肃师张宣公：张栻（1133—1180），字敬夫，号南轩，谥曰宣，后世又称张宣公。南宋汉州绵竹（今四川绵竹）人，右相张浚之子。南宋初期学者、教育家。渐：滋润，润泽。

㉑奉议郎：唐朝置，为从六品上文散官。宋太宗太平兴国初改奉直郎，神宗元丰三年（1080）复置为正八品寄禄官。宜特差：官方用语，适宜特别差用。充：任。京湖制置大使：官名。主管机宜文字：宋朝都督、招讨使、经略安抚使属官。原名管勾机宜文字，后避高宗赵构名讳改。掌管机要文书。

【导读】

这篇《丹阳馆记》是咸淳七年，陆秀夫应镇江知府赵溍所请为重修后的丹阳馆作记。值得注意的是陆秀夫所记之丹阳馆在今镇江市内，不在丹阳市。文章开篇明言什么时候有丹阳馆，无可考证，指出丹阳馆的最初功能是招待金国使臣，作为国宾馆用的，所以规模巨大，在地方城市中首屈一指；然距今有一百多年，岁月所侵，已成危房。为下文赵溍重修丹阳馆做伏笔。随后详细叙述丹阳馆修缮的过程，起因赵溍为镇江守臣，勤于政事，认为镇江处于交通要道，是水陆枢纽，需要丹阳馆这样的馆驿。于是在咸淳七年重修丹阳馆，恢复其规模与馆驿功能。陆秀夫因其请而作记文，回顾古代崇大馆驿以守礼仪，然后笔锋一转，以古衬今，借题发挥，婉斥当今州县为政者视"州县如驿"，不愿做实事的风习，感慨之余，也称赞了赵溍"为官一任，造福一方"的实干精神。文章结构极为严谨有逻辑，语言使用上没有生僻字，多用短语，显得简洁清新，并调用了对偶、排比、用典等修辞手法，在朗朗上口中顺其自然地婉讽现实。（杨胜朋）

戍 归

卞元亨

丈夫志远遍天涯，一跨辽东忽到家。
荒径尚存苍翠柏，故园犹有牡丹花。
文章自古浑如梦，勇略于今谁共夸①？
回首风烟成往事，乐夫天命复何嗟②！

（《中国牡丹全书》）

【注释】

①浑：深而大的意思。勇略：勇敢而有谋略。

②乐夫天命：以天命为乐。出自陶渊明《归去来兮辞》：“乐夫天命复奚疑。”

【导读】

此诗描绘了作者自辽东归家后的内心感受，表现了他对人生的思索。十年放逐，一朝还家，常踏足的小径已然荒凉，然傲然于荒径中苍翠的松柏，以及故园中旧日的牡丹花，足以让困顿飘零的作者得到心灵的慰藉。这里充满坚劲的松柏、牡丹，也象征着作者高尚的气节。诗人感叹，自古以来，在博大精深的文学作品中，那些勇敢而有谋略之人会得到许多人的夸赞。似乎勇往直前，成就个人功勋才是人生的正途。然而历经人生坎坷的作者偏要反其道而行之，他认为，人生短暂，不必惶惶然追求身外之物，应该顺应自然的安排而过乐天安命的生活。这是他被放逐十年的人生感喟。中国传统士人受儒家思想的影响，以积极入世为人生理想，作者这里的弃仕、乐天安命思想恰恰表现出他对现实的不满，追求独立自由的精神境界。（黄静）

江之水寄杨铁崖[①]

秦约

江之水，流游游[②]。
荡漾双凫舟，涉江采兰芷[③]。
兰芷青青露如洗，下有一双鲂与鲤。
美人美人胡不来，相思日暮江风起。

（《明诗综》卷四）

【作者简介】

秦约，字文仲，号樵海道人。盐城人，元末明初诗人，以孝友、诗文著称。他生逢元末乱世，一生多在战乱中度过。明洪武年间曾两次应召入朝，担任过溧阳县教谕等职。秦约一生著作丰富，有诗文集《樵海集》，还有文言小说集、笔记等。杨维桢评价他：“博学强记，不妄交，隐居著书，尤好吟。”

【注释】

①杨铁崖：杨维桢，号铁崖。元末明初诗人、文学家、书画家和戏曲家。

②游游：水深满的样子。

③凫：野鸭。兰芷：兰草与白芷，这里代指香草。

【导读】

根据元末昆山诗人顾瑛《玉山草堂名胜集》记载，参加他的玉山草堂雅集的隐士名流众多，杨维桢与秦约便是其中的两位。两人都仰慕对方的为人、学识等，结下了深厚的友谊。本诗属怀人之作，抒发了诗人对好友杨维桢的思念、担忧之情。本诗在表现手法上非常独特。从江之水起兴。又深又满的江水不停地流淌，诗人的一腔思念之情也如同这江水，从未停止。接下来，诗歌借用自楚辞起开创的香草美人为喻的手法，用“兰芷”“美人”比喻友人杨维桢，进一步抒发思念之情。“荡漾双凫舟，涉江采兰芷。兰芷青青露如洗，下有一双鲂与鲤”几句中，诗人表面写自己荡一叶小舟，涉江采摘兰芷时所见之景——兰芷在清晨白露的洗涤下更加青翠，两只鱼儿悠闲地游来游去，实则抒发了与友人真挚纯真的友情。“美人胡不来，相思日暮江风起”两句表面写诗人从早到晚对美人的相思，实则表达了对友人的担忧、挂念，以及盼君归来的急切心情。（黄静）

鳅鳝赋[①]

王艮

道人闲行于市，偶见肆前育鳝一缸，覆压缠绕，奄奄然若死之状[②]。忽见一鳅从中而出，或上或下，或左或右，或前或后，周流不息，变动不居，若神龙然[③]。其鳝因鳅得以转身通气，而有生意[④]。是转鳝之身，通鳝之气，存鳝之生者，皆鳅之功也。虽然，亦鳅之乐也，非专为悯此鳝而然，亦非为望此鳝之报而然，自率其性而已耳[⑤]。

于是道人有感，喟然叹曰：“吾与同类并育于天地之间，得非若鳅鳝之同育于此缸乎？吾闻大丈夫以天地万物为一体，为天地立心，为生民立命，几不在兹乎[⑥]？”遂思整车束装，慨然有周流四方之志[⑦]。

少顷，忽见风云雷雨交作，其鳅乘势跃入天河，投于大海，悠然而逝，纵横自在，快乐无边[⑧]。回视樊笼之鳝，思将有以救之，奋身化龙，复作雷雨，倾满鳝缸，于是缠绕覆压者，皆欣欣然有生意。俟其雋醒，精神同归于长江大海矣[⑨]。道人欣然就车而行。或谓道人曰：“将入樊笼乎？”曰：“否。吾岂匏瓜也哉？焉能系而不食[⑩]。”“将高飞远举乎？”曰：“否。吾非斯人之徒与而谁与[⑪]？”“然则如之何？”曰：“虽不离于物，亦不囿于物也[⑫]。”

因诗以示之曰：“一旦春来不自由，遍行天下壮皇州。有朝物化天人和，麟凤归来尧舜秋[⑬]。”

（《明儒王心斋先生遗集》卷二）

【作者简介】

王艮（1483—1541），字汝止，号心斋先生，泰州安丰场人，明代思想家。早年为盐丁，后来有一次贩盐经过曲阜，访孔庙，遂有志于传承发扬儒家之道。他先投入王阳明（守仁）门下，后来突破阳明心学藩篱，创立泰州学派，提出“百姓日用即道”“满街都是圣人”等具有鲜明平民色彩的命题。他常年在安丰讲学，广招生徒，传播自己的思想学说。他创立的泰州学派在中国思想史上具有重要地位。其著作后人辑为《王心斋先生全集》。

【注释】

①鳅鳝：泥鳅与黄鳝。黄鳝，江淮各地多俗称长鱼。

②道人：有道之人，此处是作者自称。市：集市。肆：商铺。奄奄然：气息微弱的样子。

③变动不居：不停地变化。出自《周易·系辞下》。

④生意：生的迹象。

⑤率其性：由着它的本性。

⑥为天地立心二句：出自北宋张载《横渠语录》：“为天地立心，为生民立命，为往圣继绝学，为万世开太平。”在兹：意为所有的道理都在这里。

⑦束装：扎束行装。周流：此处指周游。

⑧交作：交相起来。悠然：闲适的样子。

⑨眚：通“省”。眚醒就是醒来。

⑩吾岂句：出自《论语·阳货》。匏瓜就是葫芦，虽然名瓜，但是不能吃。孔子说这话的意思是，他不愿意做挂在那儿不能给人吃的匏瓜，他要在社会上做事。

⑪吾非句：出自《论语·微子》，意思是我不和这些人打交道还和谁打交道呢？高飞远举就是远离尘世，不和人交往，作者否定这种意见，表示自己要和世俗中人交往。

⑫离于物：就是“高飞远举”。囿于物：就是“入樊笼”。

⑬物化：死亡。天人和：天与人达到和同，就是“天人合一”，这

是儒家的理想世界。麟凤归来：麒麟与凤凰，古代神话中的神兽与神鸟，古人认为太平盛世则麒麟与凤凰就会出现。尧舜：传说中上古的两位圣君，尧舜之世为古人心目中的理想时代。秋：年代。

【导读】

一缸黄鳝，堆挤在一起，毫无生意。这时一只泥鳅在缸中翻腾搅动，黄鳝得以翻转而有了生意。忽然雷雨大作，泥鳅跃入大海，自由游泳，十分快乐。回头看到缸中黄鳝，想要拯救它们，于是化作巨龙，兴起大风雨，倾注到缸中，这样黄鳝生意更盛，可望达到同入长江大海的境界。这篇赋讲了这个故事。泥鳅就是作者自比。“入樊笼”就是像俗人一样为名利拘囿，“高飞远举”就是远离世俗，清高自持。作者否定了这两者。他要做的是：积极入世，教化世人，改变人心。最后的绝句表达了赋的主要思想：原意用自己的生命去争取天人和同、麟凤归来的太平盛世。这篇赋充分表现了王艮的以改革世道人心为己任的担当精神。正是这种精神，才使他不畏艰辛，锲而不舍地传播自己的学说，成为开宗立派的一代大师。作品写得很通俗，但是恰当地运用了比的手法，表现了艺术联想能力，生动形象，容易被人接受。还值得一提的是，作者所使用的形象和今天通行的“鲶鱼效应”之说很相似，这也就是钱锺书在《管锥编》中提出的比喻的“多边”。（邵春驹）

除夕次文成韵[①]

王艮

此道虽贫乐有余，还知天地似吾庐[②]。
东西南北随吾往，春夏秋冬任彼除[③]。
浑沌一元无内外，大明万世有终初[④]。
云行雨施风雷动，辟阖乾坤振此居[⑤]。

（《明儒王心斋先生遗集》卷二）

【注释】

①文成：王守仁，字伯安，别号阳明，宁波余姚人，明代著名哲学家。他死后谥文成，故后人又称他文成公。

②还知句：天地作为自己的庐舍，可自由行走往来。作者以此表示进入生命的自由境界。

③随：任。除：旧事物消失，同时新事物起来。

④浑沌：原指天地未开辟前的状态，这里指世界达到无区别的境界。大明：指太阳。出自《周易·乾》：“大明终始，六位时成。”终初：始与终。这句说太阳的光明普照万世。

⑤云行雨施：出自《周易·乾》：“云行雨施，天下平也。”辟阖：自由开合。

【导读】

这是一首哲理诗，实际是以诗的体裁谈论哲理。这也是古代诗歌中的一格，宋以后很多。这首诗表现了作者经过自我修养而达到生命超妙境界的观点。在内，快乐充溢了全身心，在外，自由往来于天地中，毫无拘禁阻碍。然而要达到这个境界是不容易的，需要经过艰苦的磨练和修养。作者这样说，一方面是自己的生命体验，一方面也是意在对普通人具有吸引力和感召力。王艮学说体现了一种来自底层的自信，标志中国文化的一大变局。这种精神深深浸染到了安丰一地的文化风尚中。（邵春驹）

题淳朴卷

王艮

一片青天日，隐然星斗藏[①]。

未曾当夜景，何以见文章[②]？

（《明儒王心斋先生遗集》卷二）

【注释】

①隐然：隐藏看不见。

②文章：花纹、图案。这里指众多星星在天空纵横错杂而形成的景象。

【导读】

在朗朗白天，星星都隐藏起来看不见了，只有在夜晚黑暗中才能看到星星的美丽形象。这是作品文本提供的内容。人们可以从中抽绎出多种涵义：可以理解为，只有在艰难困苦中才能彰显出伟大的人格，就是所谓“士穷乃见节义”“沧海横流，方显英雄本色”；可以理解为，任何事物的发生都需要一定的条件，就是所谓“若无清风吹，香气为谁发”；还可以理解为，不同的环境衬托下事物的状态也就不同，就是所谓“美德好比宝石，它在朴素背景的衬托下，反而更加华丽”。借助具体的事物和形象阐发深刻哲理，这是很难做到的，而这首诗做到了，因而这是一首优秀的哲理诗。（邵春驹）

寄东廓先生①

王艮

东海滩头老坎高，俯观海内往来潮②。
有能善立潮头舞，不用葫芦非正操③。

（《明儒王心斋先生遗集》卷二）

【注释】

①东廓先生：邹守益（1491—1562），字谦之，号东廓，安福（今属江西）人。官至南京国子祭酒。明学者。先宗程朱，后师事王阳明，笃守王学传统。著有《东廓集》。《明史》有传。

②坎：这里指平坦地区突出的高地。

③葫芦：糊里糊涂。非正操：操持不正，不做正当的事。

【导读】

这首诗借助海边景物来讲道理。前两句是说站在高处才能望远，也是说人一旦进入了大的境界就能够对芸芸众生采取俯视的态度。后两句更进一层，人要积极参与，做立于潮头的弄潮儿，而不能浑浑噩噩地过日子。总之，人应当不断努力，提升生命的境界，开创宏大的事业。这是对对方的勉励，也是自勉，表现了作者可贵的自为精神。今天读这首诗，还能给人以启迪与激励。（邵春驹）

题范文正公讲书堂[①]

凌儒

昔贤能化俗，千古溢遗芬[②]。
旧市残秋社，空堂薄夕阴[③]。
蜀人思有泪，汉室叹无文[④]。
一片苍苔月，曾过照使君[⑤]。

（《康熙淮南中十场志》卷十）

【作者简介】

凌儒（1518—1598），字真卿，号海楼，泰州人。嘉靖三十二年（1553）进士，授江西永丰知县，擢监察御史。时首辅严嵩图谋网罗罪名陷害总督蓟辽右都御史王忬，命凌儒勘查。儒依据事实，查勘后竭力为王忬申理，朝野内外为之震惊，称“人豪”。再任巡盐御史，督察两浙盐政。世宗晚年，进言者常被朝廷压制，其请重贪墨之罚、革虚冒之兵、搜遗佚之士，触犯朝廷，廷杖六十，除名。穆宗继位，复官，又劾罢多人。迁右佥都御史，再山西屯田都御史。吏部追劾其知永丰时贪墨，落职闲居以终。著有《旧业堂集》。

【注释】

①范文正公讲书堂：范仲淹讲书堂，地在西溪。范仲淹，谥文正。讲书堂，讲说经义文章的地方。

②化俗：地方风俗受到德教而发生变化。这里指范仲淹悉心教化地方，影响大众。遗芬：流芳。比喻前人留下盛德美名。

③旧市：旧时的场镇。残：残存，残留。秋社：指中国古代祭祀土地神的日子，立秋后第五个戊日为秋社。我国古代把土地神和祭祀土地神的地方都叫“社”，按照民间的习俗，每到播种或收获的季节，农人都要立社祭祀，祈求或酬报土地神。薄：接近，迫近。夕阴：傍晚阴晦的气象。

④无文：言语、辞章简单而无文采，这里指没有头脑。“蜀人思有泪，汉室叹无文”句运用了“乐不思蜀”的典故。三国时，蜀主刘禅庸碌无能，国灭后迫迁魏都洛阳，封安乐公。受封后，刘禅到司马昭府上谢恩，

宴饮间表演蜀国歌舞，旧蜀官员们看了都流泪，只刘禅嬉笑自若。于是司马昭问刘禅：“你还想蜀国不？”答：“在这里很快乐，不想蜀国！”

⑤苍苔月：照着青苔的清冷月光。苍苔：青色苔藓。过：经过。这里也可释为到访。使君：汉以后用做对州郡长官的尊称。此指范仲淹。

【导读】

这是诗人来到东台西溪的范仲淹讲书堂旧址时写下的作品。睹物思人，眼前自然浮想联翩。那是昔日的范公在西溪不辞辛劳的身姿，那是昔日的范公走贫问苦的足迹：他曾经在这里启发民智，悉心教化，春风化雨，恩泽一方。旧时的场镇仿佛还能看见百姓秋社纷杂喧闹的场景，而回首一望，物是人非，清寂的堂庑却已经笼罩上傍晚阴晦的气象。令人感慨的是，虽然有范公的讲授指点，无奈场人禀性愚木，很多时候完全是对牛弹琴。眼前照在青苔上的这一片清冷月光，也曾经在这里照映过范公夜深读书的身影。高山仰止，斯人不再，从秋社时的白日景象到讲书堂的傍晚气息，再到月光如水的深夜时分，诗人在此停驻已久，徘徊不去，他用深情的诗句寄托对范公无尽的钦敬之情、无限的向往之心。（孙植）

负樵行吟歌

朱逸

离山十里，薪在家里[①]。
离山一里，薪在山里。

（《古谣谚》）

【作者简介】

朱逸，生卒年不详，明代草堰场（今大丰区草堰镇）人。少孤家贫，采樵奉母，事亲至孝。以米面供母，自食秕糠，传为美谈。每逢王艮安丰场讲学，即于讲堂外承学，浸然有味于中，会心处则喜形于色。采樵为生，行吟自如，自律严竣，嗜学如痴，不慕财金，不事权贵。

【注释】

①薪：柴火，薪柴。

【导读】

这是一首谣谚式歌诗。朱逸是草堰场一名普通百姓，某日经过王艮讲堂时脱口行吟一时的生活感受。因为歌声高亮，若出金石，被正在讲学的王艮听到，他赶紧招呼门人弟子注意收听这位樵夫的引吭高歌，并认真教育他们道："这位樵夫唱的歌很有哲理，你们要仔细品味。道义的问题主要是你们不去主动追求，只要主动追求没有得不到真谛的；不去追求，即便放在你们身边也没有用啊！"樵夫朱逸的歌诗是生活经验的真实积累，是人生思考的自然流露。王艮能从生活中这样一般老百姓身上发现思想的光辉，并及时贯穿到讲学中去，"学从切近始"，充分体现了其"民生即用、学以致用"的基本教育思想。《孟子·离娄》："有孺子歌曰：'沧浪之水清兮，可以濯我缨；沧浪之水浊兮，可以濯我足。'孔子曰：'小子听之。清，斯濯缨；浊，斯濯足矣。自取之矣。'"樵夫朱逸的行吟有孺子沧浪之歌的清透，而王艮也有孔子"小子听之"的通彻，二者实乃一个可以对读的传奇典故。（孙植）

草堰范文正公祠记[1]

杨果

有宋天圣改元，汝南范文正公来为泰州西溪监官[2]。时风潮泛溢，没田庐，坏亭灶，民以大病[3]。公特为请于朝，得调丁夫四万，迹唐李承置捍海故堰而修筑之，用是海滨沮洳斥卤之地悉成良田[4]，而民获奠居，其为惠利甚大以溥也[5]。公没，而所在德之不忘，往往庙貌而俎豆之，水旱疾疠则祷焉[6]。草堰小海二场间，旧有公祠，既久而圮，地且湫隘，杂以淫鬼妥灵，竭虔两为匪称[7]。岁正德丙子，国子生宗部、宗节，乡校生宗郑、朱轨、唐满相与捐资，倡义图善地而迁之，力犹未逮，则以告于巡盐侍御卢君楫[8]。君慨然曰："吾事也！"乃俾运使胡君轩续其费，运判闻人韶、小海场大使王铎督其成，鸠工增材，择吉从事[9]。门坊堂庑次第完好，无侈无陋，中肖公像以快瞻拜。讫工[10]卢君记其事而驰书告果，俾文其丽牲之石[11]。方首事时，有语果以非政之急者[12]。果晓之曰："夫是举也，所谓义也。捍灾御患，秩在祝典，古之制也[13]。崇正祛淫，训之善也，俗之所趋也[14]。义以协制，制以章训，训以成俗[15]。侍御君之政，可谓知所先，而所以自期待之至意，亦可占其概已[16]。惟公以一代杰出之才，筮仕之初即为吾民御灾兴利，垂之远久，章章如是[17]。而公之传志皆不序列，独间见于《宋史·河渠志》，得非掩于其大而略之耶[18]？于人为大，于公为小，则公平生之所树立可知，其感吾民如此，则其感动当时之天下者又可知也[19]。欧文忠公谓其为政所至，民多立祠画像，则不待公之没与后世，其生固已神明之矣，于乎懿哉[20]！"果生长是乡，衣被遗德，敢为之诗，俾镵其石[21]。而凡有事于是庙者，则备列之于石阴[22]。诗曰：

天之降才，有啬有丰[23]。三代而下，维宋斯隆[24]。志其杰然，曰我范公[25]。公之筮仕，吾邦伊始。海水时溢，民病濒死。堤而岸之，利兴害止。入庐出田，永永无患[26]。百世之下，姓堤以范。俎公豆公，立庙宜万[27]。公于天下，如龟如蓍[28]。踪迹所到，精神随之。我民祀公，则如所私[29]。谁新公祠，柱史之政[30]。有俨其像，如视如听[31]。孰其过之，而敢不敬。公福我民，罔闲明幽[32]。水旱疾疠，有祷无忧。我诗庙门，尚昭公休[33]。

（《嘉庆东台县志》卷三十六）

【注释】

①草堰：草堰场。草堰古为两淮盐运集散地，盐灶密布、盐商云集，水陆交通条件得天独厚，今为草堰镇。

②西溪监官：北宋天禧五年（1021）春，范仲淹任海陵西溪盐仓监，即西溪盐仓的盐税官员。

③风潮泛溢：风暴潮的灾难经常发生。没：淹没。田庐：农田和庐舍。亭灶：煮盐的灶。病：灾难，祸患。

④调：调配。丁夫：指服力役的人夫。迹：追寻踪迹。用是：因此。沮洳：低湿之地。斥卤：盐碱地。此句言因为范仲淹的请求，北宋在唐代黜陟使李承修筑的常丰堰的基础上修成了范公堤，使得“束内水不致伤盐，隔外潮不致伤稼”，沿海百姓受益甚多。

⑤奠居：安居。以：而。溥：通“普”。普遍。

⑥没：通“殁”，死。德之不忘：不忘其高尚品德。庙貌：用作动词，建立庙宇、塑造神像。俎豆：俎，祭祀时盛牛羊等祭品的礼器。豆，上古时盛食物的器皿。亦泛指各种礼器。引申为祭祀和崇奉之意。疾疠：瘟疫。祷：祈祷。

⑦既久：时间长。圮：毁坏；倒塌。湫隘：低洼狭小。淫鬼：恶魔。妥灵：安置亡灵。竭虔：诚心诚意地用全力做事。两为匪称：两不相称。竭虔句谓人们诚心诚意的供奉与鬼神亡灵的功业不相称。

⑧岁正德丙子：1516年。图：谋求。逮：达到。卢楫：密云人，时为巡盐侍御史。

⑨俾：使。续：增添。鸠工增材：召集工匠，准备材料。择吉：选定吉日。从事：开工。

⑩次第：依照顺序。完好：完工建好。无侈无陋：不奢侈也不简陋。以快瞻拜：以先瞻仰礼拜为快。

⑪讫工：即“讫功”，完工。驰书：急速送信。丽牲之石：碑石。丽牲，古代祭祀时将所用的牲口系在石碑上。此句言卢楫写信请杨果写文纪念此次建祠，并刻于碑石上。

⑫首事：开始。政之急：治理国家最急迫、最重要的任务。

⑬捍灾御患：抵御灾患。秩在祝典：依照典礼分等级进行祭祀。

⑭崇正祛淫：崇尚正直，去除淫邪。训之善：古训所认为好的东西。

俗之所趋：世俗的趋向。

⑮义：公正合宜的道理或举动。协：帮助，辅助。制：典章制度。章：同“彰”，彰明。成俗：形成良好的风俗。

⑯知所先：即“知所先后”，语出《大学》。明白本末始终的道理。至意：拳拳之意。占：推测，判断。概：大略，总括。此句谓侍御君施政，可以说是知道该把什么放在第一位，而他自我期待的拳拳之意，从这件事也可以大体推测出来。

⑰筮仕：做官。垂：流传。章章：显著的样子。

⑱传志：即传记。记载人物生平事迹的文章或书籍。序列：依次论述。得非：莫非是。掩：埋没。略：省去，简化。

⑲树立：建树。

⑳欧文忠公：欧阳修谥文忠。没与后世：淹没于后世。生：活着。神明之：奉其若神明。于戏：感叹词。懿：德行高尚。

㉑衣被：比喻蒙受恩泽，得益。遗德：前人留下的德泽。镵：刺，凿。

㉒备：全部。石阴：墓碑。

㉓啬：歉，少。丰：多。

㉔三代：是对中国历史上的夏、商、周三个朝代的合称。隆：兴盛。

㉕志：志向。杰然：特出不凡貌。

㉖入庐出田：有庐可居，有田可种。永永：永远。

㉗立庙：建立宗庙用来祭拜。

㉘龟蓍：古代占卜之具。

㉙所私：所偏爱的。

㉚柱史：御史。

㉛俨：恭敬，庄重。

㉜罔闲明幽：意指范仲淹无论活着在人间还是死去在阴间都没有闲着，而是一直保佑着沿海百姓。罔：无，没有。明幽：指人间和阴间。

㉝我诗庙门：作者在祠前石碑上作诗以纪念范仲淹。尚昭公休：意谓作诗颂扬范仲淹爱民的美德。尚：尚且。昭：显扬。休：吉庆，美善，福禄。

【导读】

范仲淹以“先忧后乐”的思想和仁人志士的节操，胸怀天下，勤政爱民，成为中国古代士人的新标杆而备受人们敬仰与爱戴。后人在全国修建了无数的祠堂庙宇纪念他。而范仲淹做海陵盐仓监与泰州兴化县令期间，首倡修筑捍海大堤的功绩更是被沿海百姓铭记千古。不仅捍海堤被命名为范公堤，而且盐城，泰州等地亦有多处纪念他的祠堂，如三贤祠，范文正公祠等。本文是杨果应巡盐御史卢楫之请为盐城大丰草堰场修建的范文正公祠所写的题记。文章前半部分由范文正公对于沿海百姓的贡献——修筑范公堤说起，讲述当地范文正公祠由来已久，但因“既久而圮，地且湫隘，杂以淫鬼妥灵”故而需要重新修建；紧接着叙述修建的过程，以及作者接到写祠记的请求。文章后半部分借着劝说反对建祠人的机会，详细阐述了修建范文正公祠的必要性，高度赞扬了范文正公的政绩与品德。文章叙述部分平实真切，颂诗部分典雅庄重，声律舒缓。（丛玲玲）

重修梁垛三贤祠记[①]

李思诚

熬波富国，中十为甲，而中十之不狎于蛟龙者，则堤为之也[②]。堤之经营，实始于有宋范文正公仲淹、张文靖公纶、胡文定公令仪。梁界一隅，恩同于九[③]。是以历宋越元，莫不同舌而贤之，立其主于广旃，额之曰“三贤”，牲俎之典，举于春秋[④]。比者土木崩摧，几为榛莽，无论几筵萧然，诘以三贤姓氏而有杳不知者矣[⑤]！朝烟暮雨，吊古兴悲，士庶谋所以新之而未有任之者也[⑥]。会分运徐公卧治十属，仁风相扇，海无冲波，乃欲纂修志书，取征文献[⑦]。于是礼聘孝廉魏生、文学王生，咨访采辑，修废举坠，场无遗美，次历南梁，首谒三贤[⑧]。与场之人士，讲求大义，无不兴起。时有义灶顾天德、练应科者，欣然以鼎新为己任，合材集役，轮奂改观[⑨]。场之子衿王生润赤走书于余，求一言以贞石，余何辞焉[⑩]！盖人被圆盖之覆不以为功，食土之毛，佥谓固然[⑪]。神禹随刊，江海平流，今之泛沧溟、度长堑者以为舟之力，而不以为禹之功也[⑫]。委功弃德，蘧焉不悟，民之无良，岂遂如是[⑬]？乘高者未有以呼之也。譬则襁褓之儿，育于他氏，见其母而诋之，设有为之诵其故，必且愕然骇，泫然涕泗矣[⑭]。今民之不识三贤，何以异是？苟一呼之，岂惟三贤，将生成之泽、高厚之恩，下及簪履衽席之遗，莫不同念而醒之矣[⑮]！是举也，呼之者徐公，和之者王、魏两生，而应之者又岂止练、顾两义士也哉！抑三贤修堤而民有土，徐公修志而民有心，安在三贤之不足四与？徐公讳光国，字瑞徵，浙之常山人；魏生讳公辅，字弼卿；王生讳元鼎，字去赝，俱泰州人。

（《嘉庆东台县志》卷三十六）

【作者简介】

李思诚（1560—1630），字次卿，号碧澥，李春芳孙，扬州兴化人。中顺天乡试，明神宗万历二十六年（1598）进士，翰林院庶吉士，授编修。天启六年（1626）累官至礼部尚书，加太子太保。为人清高正直，耻与权臣魏忠贤同朝，为魏所忌，锻炼成狱，诬赃夺官。崇祯初雪冤平反，未仕。谪归后，倡修文峰塔，筑枣园于海子池南（约今英武路中段一带），为一时名胜。崇祀温州名宦祠。著有《真懒斋集》。

【注释】

①梁垛三贤祠：地在梁垛，祭祀范仲淹、张纶和胡令仪三位贤达的祠堂。范、张、胡三人是立下捍海修堰大功、造福地方和国家的北宋名臣。范仲淹于天禧五年（1021）调任西溪盐仓监，转兴化县令，全力推进捍海修堰工程。张纶曾任江淮制置盐运副使，改革盐税旧制，增设盐场，使盐课扭亏为盈，后代知泰州，三次上表请修海堰，并亲率民工修堤。胡令仪（约962—约1048），开封陈留人，谥文定，天圣中官两淮都转运使，任内经实地考察，上疏朝廷，力主范仲淹修堤。

②熬波：煮盐。中十为甲：淮南中十场最好。中十，指淮南中十场。东台地处黄海之滨，自古盛产优质盐，区内的“淮南中十场”闻名天下。北宋年间，两淮产盐居全国之冠，而东台产盐又称雄两淮，因此素有“淮盐甲天下”的美誉。狎：亲近而态度不庄重。

③恩同于九：恩同于天。九，最大的数。

④舌而贤：交口称赞。旃：古代一种赤色曲柄的旗，用来旌表士众。额：大书匾额。牷俎之典：古代用纯色全牲作祭品来进行祭祀的隆重典仪。牷：纯色全牲的祭品。俎：古代祭祀时盛肉的礼器。

⑤诘：追问，盘问。

⑥新：重新修葺树立。

⑦分运徐公：徐光国，字瑞征，浙江常山人。天启二年（1622）官两淮泰州运判。任内修三贤祠以淳民风，组织修纂《淮南中十场志》以存久远，多行惠政。卧治十属：所辖十场，政事清简，无为而治。海无冲波：辖地清平，没有动荡。

⑧修废举坠：修整残缺不全的，梳理未受到应有重视的。遗美：未被记录下来的美好风尚、德行等。次历：按序论到。谒：满怀敬意地说明与陈述。

⑨鼎新：去旧，更新。

⑩子衿：学子，生员。贞石：碑石的美称。立碑刊文，意在传之久远。

⑪被圆盖之覆：受到苍天庇佑。被，覆盖。圆盖，圆形的盖子。多指伞盖、圆屋顶等物。这里指天。食土之毛：吃着土地上的出产。毛，泛指土地上生长的粮食蔬菜等。佥：皆。固然：本来就应该有的样子。

⑫随刊：留下道道功绩。沧溟：大海。堑：壕沟。

⑬蘧焉：形容程度极深。

⑭诋：骂。

⑮生成：生养抚育。高厚：谓恩德深厚。簪履衽席：簪笄和鞋子，床褥与莞簟。常用来比喻卑微旧臣。

【导读】

淮南中十场是称誉天下的淮盐产地，而淮盐之所以有如此美誉，与北宋范仲淹、张纶和胡令仪三位贤达捍海筑堤的大功德紧密关联。范公堤绵延贯穿沿海大地，这是淮南盐民乃至整个里下河地区人民赖以生存的屏障和根本。范公堤的建成不仅是战天斗地的伟大成果，同样也是良知战胜劣性、正义战胜邪恶、长远眼光战胜眼前短利的结果。为保民生、促发展，范仲淹调监西溪盐仓后发现海水泛滥、不受控制带来的一系列恶果，上表请修海堰，转兴化县令后更是全力推进这一巨大工程。工程进行过程可谓一波三折，甚至还出现过重大伤亡事件，形成了朝野一些势力政治攻讦的口实。而胡令仪不顾年迈力衰，亲临滨海现场实地考察，了解到民情地貌后又全力支持范仲淹的筑堤之举；张纶也是屡次上书朝廷申述功在千秋的大工程之利，并在泰州知府任上亲力亲为，率领百姓全力修堤，最终得以大功告成。文章从这一史实出发，纵论三贤祠的来历，描绘三贤祠的今昔对比，指出事物败坏乃自然之理，而人心的败坏和麻木却非常可怕，值得充分重视，需要大力改变；接着对两淮泰州运判徐光国发起的修志修心之举大加褒扬，对主要参与人表达由衷敬意。文章以大禹治水的功果来比喻人们无良之行实，以儿母之事来提示登高呼吁者的仁心圣德，均动人心魄，特别具有说服与感染的强大力量。（孙植）

陆丞相祠[①]

杨瑞云

君自前身楚大夫，间关闽广奉遗孤。
汨边华夏凭谁主，海上鱼龙助剑呼。
星落沧溟寒战士，樯翻白浪尽雄图[②]。
我家正在厓山下，惯听凄凉故殿乌。

（《万历盐城县志》卷十）

【作者简介】

杨瑞云，字肖韩，南海人，明神宗万历二年（1574）进士。万历七年（1579）任盐城县知县，后升任户部主事。杨瑞云在盐城任职前及任职期间，盐城境内频频发生水灾，田园荒芜，各业凋敝，他到任之后，千方百计筹措银两，赈济灾民，鼓励流民复归，疏通水道泥沙等，百姓为彰其功德，在射阳湖畔建杨公墩以示纪念。他还建石达闸以保护范公堤内农田不受海水漫溢之苦，开盐城南门迎薰门，主持修纂盐城现存于世的最早的《盐城县志》。

【注释】

①陆丞相祠：纪念南宋末年左丞相陆秀夫的祠堂，又叫陆公祠。今位于盐城儒学街陆公祠巷 6 号。

②沧溟：大海。樯：帆船上挂风帆的桅杆，这里代指船。

【导读】

面对民族危亡，陆秀夫至忠至烈，始终与社稷共存亡。在作者杨瑞云看来，他如“战士”一般背负幼帝投海殉国之举，展现出的是强烈的家国情怀和舍生取义的崇高气节，这是中国古代知识分子终极的价值追求。作者在这首七言律诗中，一方面追悼陆丞相，感伤陆丞相的壮烈牺牲，另一方面又高度肯定与赞颂了陆丞相“明知不可为而为之”的坚韧顽强的意志。诗歌语言质朴，感情真挚而浓烈。（黄静）

重修陆丞相祠记[1]

杨瑞云

夫宋亡死节之臣多矣，乃余则以陆丞相为称首。盖戎臣武将率貔虎之士，鼓勇血战，败北而死，死于一时[2]；封疆之臣，婴城自守，食尽力殚，先城未破而死，死于旬月[3]；亦有举其家同死者，然高楼止水犹在疆土中。乃陆丞相则自德祐元年至祥兴二年，历时久矣，一念忠赤与宋室相为存亡，心逾金石，气贯日虹。诸臣相继亡去，丞相独不去，又召致陈宜中、张世杰同赴国难，周旋不舍，今年走温州，明年走福州，更历三主，间关播越至于海上。迨厓山既破，虑帝为元人所得，贻宗庙社稷之辱，乃驱妻子先入海，于是负帝入海死。嗟乎！难莫难于从容就义，始终不渝！烈莫烈于举家沉海，尽葬鱼腹！故余谈品宋亡死节之臣，以陆丞相为首云。

余家厓山下，最悉丞相死节，每登厓山，俯瞩海涛，倚风悲吊之。顾当其时，七日浮尸出海上，人得收葬之。故潮州有侍郎屿即丞相墓也。岁久，墓就平，后遂莫考，览丞相葬处，伤哉[4]。

万历己卯，余受命宰盐城，则首谒陆丞相祠，又获拜于所葬衣冠之墓，有厚幸焉[5]。盖丞相死所，乃余之乡也；余所宰邑，则又丞相之乡也，有异代之谊矣！时祠宇荒圮，余亟修饬之。既落成，洒酒而告而诵《九歌》《九章》，以为迎神、送神之曲。肃乎见其俨然正笏之容，而英英乎若其神之飒然而来也。则窃欤邑太息曰：史称丞相仗剑驱妻子，时夫人有难色。岂谓夫人难一死哉？夫人从丞相荡析者数年，习闻忠义之言，已自分一死，所云难色者，盖欲与丞相同死耳[6]。以故丞相谕之曰：尔先去，怕我不来？遂与三子偕入海死矣。自古误主卖国之臣，负罪天地，万世而下，骂之不容口，姑无论矣。自其稷缕当朝，庸庸碌碌，无所表树者，即贵盛显赫一时，然死肉未寒，已光灭景绝同粪土也。乃陆丞相死，忠魂烈气，千载如生；载之汗青，日星并丽；著之祀典，俎豆生馨，并其妻子，亦琅琅炳炳[7]！施声来祼：丞相不死载！余不丞相之悲，而丞相之艳。

敬书于仰止之堂，以告万世之为人臣者。

（《光绪盐城县志》卷二）

【注释】

①陆丞相祠：在淮安旧城县署东，祀陆秀夫。

②貔虎：比喻勇猛的将士。败北：打败仗。

③攖城：环城。“攖城自守”是古人常用说法。

④攷：“考”的异体字。

⑤谒：拜见。

⑥荡析：动荡离散。

⑦俎豆：古代祭祀、宴会时盛肉类等食品的两种器皿，这里泛指各种礼器。

【导读】

杨瑞云出生于陆秀夫投海的崖山海边，自幼深受陆秀夫精神影响。万历年间他在盐城任知县期间，更以陆秀夫精神为楷模。他重修陆公祠，作碑记抒发感慨，高度赞扬陆秀夫的临危壮举和崇高气节。本文主要包含四方面意思：首先，杨瑞云将陆秀夫与“貔虎之士”“封疆之臣”们的“死于一时”“死于旬月”相比照，认为陆秀夫“举其家同死”的忠贞与牺牲更需要毅力和勇气，推陆秀夫为“宋亡死节之臣”之首。其次，杨瑞云介绍自己家居在陆秀夫投海的厓山海边，对陆秀夫的临危壮举非常熟悉，“有厚幸焉”来到陆秀夫的家乡盐城为官，表达了对陆秀夫的“异代之谊”。再次，杨瑞云再现修葺祠堂，“洒酒而告而诵《九歌》《九章》”祭奠陆秀夫的情形。最后，抒发了杨瑞云对陆秀夫与日月并辉，虽死犹生的钦佩、赞颂之情。（黄静）

经孙司马坚故居得丘河字（二首其一）①

杨瑞云

风景萧萧起暮愁，英雄去矣地还留。
中原当日悲刘氏，建业行看有仲谋。
近海鱼龙千叠浪，西风葭苇满城秋②。
只今吊故凭词赋，不尽凄凉对古邱③。

（《万历盐城县志》卷十）

【注释】

①孙司马坚：孙坚，三国东吴政权的奠基者。初入仕，任吴郡司马，故称“孙司马”。东汉末年曾出任盐渎丞。盐渎原属临淮郡，时属广陵郡管辖，故城在今江苏盐城西北。盐渎县自建立后，一直“有县无治”，直到东汉熹平元年（172），孙坚任盐渎县第一任县丞。相传孙坚做盐渎县丞时，为官清正，其父孙锺在县城南门外开挖深井，引水种瓜，以此为生。明万历年间，孙锺故居遗址犹存。后毁于战火。

②鱼龙：鱼和龙。泛指鳞介水族。葭苇：芦苇。

③古邱：废墟。

【导读】

在“满城秋”的傍晚，作者路过孙坚故居，感慨万千，写下这首七言律诗，凭吊昔日英雄。首联开门见山，直接点出“愁”。秋风萧瑟的傍晚时分，诗人立于故居前，产生物是人非之愁。颔联追溯历史，写汉室倾危，侧重于抒发对孙权的仰慕，对东吴事业的肯定，侧面抒发了对东吴集团奠基者孙坚的赞颂。颈联写眼前之景，前一句，鱼龙腾跃，掀千叠浪花，用夸张手法，勾画出景色的雄奇壮丽；后一句则抓住秋天独有的特征：西风、葭苇，渲染出秋天空寂悲凉的氛围。这两句既是写景，又烘托出作者赞叹、怅惘之情，达到寓情于景、情景交融的艺术境地。尾联直接写今日之感伤，这荒凉的故居古迹，便是东吴覆灭的见证，是英雄消逝的见证。全诗语言质朴，风格沉郁感伤，抒发了作者历史变迁、沧海桑田的无限感慨。（黄静）

题勉仁堂

陈让

海滨有高儒，人品伊傅匹①。
实践率性初，明觉非智识②。
语及经纶间，万象随形色③。
闭户五十秋，沙头看潮汐④。
逝者信如斯，天下不与易⑤。
曾读《勉仁方》，悯世如婴赤⑥。
廓之何际涯，俟之何所惑⑦。
仰止私得师，高山限咫尺⑧。

（《嘉庆东台县志》卷三十四）

【作者简介】

陈让，字原礼，号见吾。福建晋江人。明朝嘉靖十一年（1532）进士，曾由绍兴府推官转淮南巡盐监察御史。后因上书不合皇帝意，被贬谪为庶民。他崇尚朱熹的思想，后来又学习王守仁，对王艮及其泰州学派学说颇为敬仰，著有《见吾集》。

【注释】

①高儒：大儒。伊傅：伊尹和傅说。二人均为商代的贤相。匹：相当。

②实践：行动。性初：初心。明觉：非常明锐的知觉。智识：智力，识见。王艮之学，不事诗书，唯贵心悟，唯重实践，认为只有劳动人民的生产活动和生活活动才是真理，才是真实的学问，即“百姓日用道”。道是最稀松平常的，它不是什么敏锐的知觉，也不是什么真知灼见，没有什么高深、奥妙、奇特之处，一切“愚夫愚妇”，都“能知能行”。此二句在叙说王艮的思想学说。

③语：日常对话。经纶：伦常经典。万象：万物。随：顺从。形色：形态颜色。王艮主张百姓日用条理即是圣人之条理。王艮还坚持“万物一体”的世界观，要求不要打破事物自身的发展规律。此二句也是在说王艮的学说思想。

④闭户：闭门刻苦读书。五十秋：五十年。沙头：海边。王艮讲学劳作均在东台安丰场，地处黄海之滨。

⑤逝者：指王艮。信：诚实，守信用。不与：不赞成。

⑥勉仁方：王艮的作品。悯世：忧世，关怀众生。婴赤：像婴儿一般的赤子之心。

⑦廓：空阔。际涯：边际。俟：大也。惑：困惑。此二句为形容王艮学问的深广渊博。

⑧仰止：仰慕，向往。私：自己。限：使无法超越。咫尺：形容距离很近。此二句化用《诗经·小雅·车辖》："高山仰止，景行行止。"高山，喻高尚的德行。景行，大路，比喻行为正大光明。司马迁曾引用此句赞美孔子，后以"高山景行"比喻崇高的德行。用在这里是赞美王艮学养深厚，自己仰慕但不可企及。

【导读】

勉仁堂是"东淘精舍"中王艮的讲堂。王艮逝世后，改建为"王氏宗祠"。清初吴嘉纪曾写有《谒勉仁堂》诗。陈让游览勉仁堂，缅怀王艮，褒赞其学问品德。诗中讲王艮怀揣经世致用的思想，格物致知，提出了"百姓日用即道"之说。他自己闭门读书授徒50年践行自己的学说。最后四联高度赞美王艮怀揣着一颗赤子之心，忧世救民，传道授业解惑，犹如孔子一般，有大师风范。诗歌高度概括了王艮的一生及其学说，叙述中饱含对王艮的景仰之情，语言精练，用典恰切。（丛玲玲）

王心斋[①]

施闰章

在昔王泰州，椎鲁世贱贫[②]。
诗书不相识，鱼盐为四邻[③]。
一游阙里归，岳立东海滨[④]。
目无轩冕贵，心与孔颜亲[⑤]。
春风开讲席，群彦响然臻[⑥]。
时有朱及韩，樵客与陶人[⑦]。
闻声各奋迹，轩腾皆绝尘[⑧]。
野雀化丹凤，一举凌层云[⑨]。
如何缨绂士，老死转逡巡[⑩]。
永愧此三老，高视空八垠[⑪]。

（《学余堂诗集》卷十）

【作者简介】

施闰章（1619—1683），字尚白，号愚山。宣城人，清初著名诗人。顺治六年（1649）进士，顺治十八年（1661）举荐为博学鸿儒，为皇帝侍讲陪读，并参与预修《明史》工作。他主持东南诗坛数十年，与宋琬、王士禛、朱彝尊、赵执信、查慎行合称为“清初六家”，王士禛将他和宋琬并称“南施北宋”。有《愚山全集》存世。

【注释】

①王心斋：王艮，号心斋。

②王泰州：亦指王艮。椎鲁：愚钝，鲁钝。指没有文化。

③鱼盐：渔夫和盐丁。

④阙里：指孔子故里。明弘治十五年（1502），王艮拜谒孔庙，感悟到“夫子亦人也，我亦人也。圣人者，可学至也”。

⑤轩冕：古时大夫以上官员的车乘和冕服。借指达官贵人。孔颜：孔子和颜回。

⑥开：设立。讲席：古代老师讲学的席位。群彦：众英才，指众多的学生。响然臻：响应而至。臻：至。语出陶渊明《示周续之祖企谢景

夷三郎》："周生述孔业，祖谢响然臻。"

⑦朱：朱恕，字光信，泰州草堰场人。以砍柴为生，后师从王艮。韩：韩贞，字以中，号乐吾，兴化人。以陶瓦为业，师从王艮、王襞父子。

⑧闻声：听到声音。这里取"闻鸡起舞"之意。奋迹：奋发学习。轩腾：飞腾。绝尘：超脱尘世。

⑨野雀：泛指野鸟。化：变成。丹凤：头和翅膀上的羽毛为红色的凤鸟。举：展翅。凌：逼近，升高至。层云：云层，指高空。

⑩缨绂士：为官者。缨绂：冠带与印绶，借指官位。转：打转。逡巡：徘徊不进；犹豫不决。

⑪愧：愧对。三老：王艮、朱恕与韩贞。高视：傲视。八垠：八方的界限。

【导读】

诗歌前半部分叙述了王艮的出身、求学成名及开馆授徒，培养后学的经历；后半部分则写王艮的学生中有砍柴人朱恕、陶工韩贞一类的普通平民，他们踔厉奋发，笃行不怠，最后各有建树，成长为一批杰出的平民思想家，正可谓一朝振翅野雀变凤凰。作者忍不住发问：那些沉迷于官场，进退维谷，周旋至死者的官奴们为何不能学习王艮师徒？相比王艮、朱恕、韩贞的高风亮节真可以让他们羞愧不已。全诗以赋笔谋篇，穿插运用了比喻、对比和设问等艺术手法，语言质朴，温厚平稳，结尾的发问与回答振聋发聩。（丛玲玲）

以水贶张宾门[①]

王衷丹

贫士不谋粟，床头只聚泉[②]。
甏开梅影入，月出茗香鲜[③]。
吾友吟枯甚，寒庐夜悄然[④]。
殷勤分数椀，一为续铛烟[⑤]。
（《国粹学报》第七十九期）

【作者简介】

王衷丹（约 1622—约 1668），字太丹，号水心，东台安丰场人，王艮五世支孙，明遗民诗人。幼孤贫，弱冠补崇祯时诸生。甲申国变，献策福王，力图中兴。不久南都亦陷，于是绝意仕进，与同里吴嘉纪、沈聃开等结社淘上，互相唱和。其诗深入高、岑之室，又善书法。晚年学佛。病重时，以所藏端溪砚托吴嘉纪换钱以治身后，然砚未售而身先亡。年四十七。既亡，又不能葬，友人吴次岩、汪民俊贶金葬之，吴嘉纪因之作纪事长诗。著有《朝寻集》，今佚。

【注释】

①贶：赠。张宾门：张永铨（1639—？），字宾门，号西村，张宸侄，江苏华亭（今上海松江）人。康熙三十二年（1693）举人。为文雅饬，议论足观。有《闲存堂文集》。

②谋粟：谋生。聚泉：存水。

③甏：同“瓮”。一种口小腹大用来盛物的陶器。

④吟枯：苦吟。寒庐：清寒简陋的房舍。悄然：寂静的样子。

⑤椀：同“碗”。铛烟：茶铛升腾的雾气。

【导读】

以吴嘉纪为代表隐伏于扬泰一线的东淘布衣诗群的活动，是清初遗民诗人最为重要的一个文学与文化现象。此一诗群涌现出像“东淘十一子”这样较为亮眼的底层文化风景线。其中，和吴嘉纪交谊深厚的王衷丹个性特别突出，其死后托砚一事被传为佳话。这首诗写在诗人王衷丹的晚年。在年轻诗友张永铨前来探望之际，因为家境艰苦，诗人实在拿不出美酒佳肴来款待宾客，只能以一杯清茗相赠。好在彼此是忘年之交，也就不拘客套常礼。映入清亮水瓮的梅枝，融进如水月色的茶香，都是诗友间吟诗作赋的绝妙题材和对象。清寒的庐舍，悄然的夜晚，就这样品茗索句，剪烛论诗，不知不觉已经过去了很长时间。他们有太多的心声要彼此沟通，相互倾诉，惺惺相惜之情，可表可鉴。夜色虽已深，谈兴却正浓，何妨再续一杯？海边一角遗民才子的品茗赠诗，风流丝毫不输于盛世华堂的文人们。（孙植）

勉仁堂 王心斋先生精舍[①]

吴嘉纪

先儒乐道处，明月寒塘出[②]。
枯树晓啼乌，颓垣春长棘。
余亦生此乡，水滨访其室。
独往意悠悠，沙禽起衡泌[③]。

（《吴嘉纪诗集笺注》）

【注释】

①精舍：原指儒者教授儒业的学社。王艮在世时，有侍御洪垣为他建造东淘精舍，供他讲学之用。前面是大门，中间是客厅，后面是讲学的勉仁堂，共三间，东西两边有五间附属用房，供王艮讲学和来访学生居住。王艮去世后改为祠堂。

②乐道：以践行、传扬儒道为乐。自注：门外地名月塘湾。月塘湾：在今安丰镇北。相传因为王艮之灵，不管月初还是月末都有月光。

③意悠悠：思绪悠长。衡泌：出自《诗经·陈风·衡门》："衡门之下，可以栖迟。泌之洋洋，可以乐饥。"指勉仁堂之门与月塘湾流水。

【导读】

这是组诗《东淘杂咏十首》的第二首。王艮是盐城历史上的文化名人，杰出的平民思想家，他的"百姓日用即道"的思想为中国思想史开辟了新的时代。他广招弟子，传授思想学问，在苏中地区享有崇高的地位。可以说，他以一人之力提升了一个地域的文化境界。吴嘉纪生活的时代距离王艮时已经过了一百多年，勉仁堂的景象是枯树、乌鸦、颓垣、荆棘，显得荒寂颓败，但是这并不妨碍人们对这位前辈乡贤的缅怀之情。"余亦生此乡"，平平叙述，却表现了作者对王艮的崇敬。全篇以写景为主，而景物描写处处显露出历史的沧桑感。"意悠悠"三字为抒情，却又不直接说破，仍接以"沙禽起衡泌"一个写景句，显得蕴藉含蓄，余味悠长。（邵春驹）

沈简文赠画

吴嘉纪

沈子大醉后，怀抱书于纸。
落落几枝花，宛如醉高士①。
醒来叹奇绝，不自知所以②。

他幅再图之，百计不能似[3]。
殷勤藏笥中，曰留待知己[4]。
俗客欲借观，搥床骂不止[5]。

（《吴嘉纪诗集笺注》卷十三）

【注释】

①落落：稀疏的样子。

②不自句：自己亦不知何以能作成此画。

③图：动词，画。

④殷勤：此处为珍惜郑重之意。笥：放置衣物的方形竹器。

⑤搥床：出自《古诗为焦仲卿妻作》："阿母得闻之，搥床便大怒。"

【导读】

沈简文不知何人，从诗中看应是安丰的一位善画文士。他的画技很高超。醉后作画，醒了以后自己都不知道怎么画出来的，再画怎么也画不出来了。古时有很多这种故事，相传王羲之作《兰亭序》也是如此。这其实是有道理的。古人讲究"言为心声，书为心画"，艺术创作不仅是技艺的展示，更是胸襟怀抱的自然宣泄。大醉后，所有现实的束缚都没有了，人完全进入自由境界，这是艺术创造的最佳境界。他的性情自然真率。把得意之作秘不示人，留待真正的知音。俗人想看，得到的是一顿斥骂。最后这一"骂"，实在是可爱极了。也许这样才能算是真正的艺术家。这是一种健全的人格、健全的生命，令人羡慕。在这首作者显然并未全力经营而是随意写成的小诗中，作者却道出了艺术创作的某种真谛。中国古代的许多理论建树是借助诗歌、传说、故事表达的，这是中国文化的一个特点。这是一首写人的诗，人物形象栩栩如生，呼之欲出。全诗一气贯注，多叙述，少描摹，节奏很快。特别是通篇没有一个对仗句，这在唐以后的五古诗中不多见，体现了作者文思的充沛丰富。

（邵春驹）

髻云楼拈花十绝句（选三）

陆小云

芳兰

芳兰何处倚春开，息息香风次第来[①]。

拟傍新花终日坐，不教折取到妆台。

芙蓉

芙蓉映水吐秋芳，水漾新红瓣瓣香。

却似澹烟微月里，薄醒风态见吴娘[②]。

夜合[③]

夜合台边秉烛看，偏宜良夜闭新寒[④]。

似嫌帘外风如剪，不放春心散花栏[⑤]。

（《旧燕楼近诗》）

【作者简介】

陆小云（1651—1674），字羽嫱，盐城西乡人。从小父母双亡，且无兄弟，为家在兴化的姑母虞夫人收养。虞夫人教她学习女红和写字读书。21岁嫁给姜堰名士黄九河为妾。二人共同吟诗，颇为相得。然而她三年后即病逝。有《倦绣吟》和《玉照堂倡和》，均佚。她死后，黄九河作《琴怨》诗哀悼，当时许多文士都有应和之作，后黄编成一部《旧燕楼近诗》。盐城古代留下名氏和作品的女性作家极少，因而陆小云值得珍视。除她之外，大概就要数吴嘉纪之妻王睿了，其有《陋轩词》，已散失，只在清初的一部大型女性词选本《众香词》里保存了两首。

【注释】

①息息：略同“习习”，形容轻风一阵一阵吹拂。次第：按次序。此处有接续意。

②澹烟：淡淡的雾气。薄醒：饮酒微醉。

③夜合：花名。昼开夜闭，幽香清雅。纳兰性德《夜合花》：“卷舒因晦明。”

④闭：花瓣闭合。

⑤不放：不让，不允许。

【导读】

这是一组女诗人咏花的诗。读过《红楼梦》的读者都会对其中所写大观园中众多女子群集吟咏花卉的情节印象深刻。从闺阁女子的生活环境、气质情感说，集中关注这种题材是很自然的。《芳兰》一首，“何处”是全篇关键，咏兰花而作者并未见到兰花。既然不见花形，又怎么知道远处有花呢？因为有香气随风而来。这也是古人写花常用的手法。后二句仍从“何处”生发，作者希望到花开处就近观赏，而不愿把花折来，因为不忍损伤它。唐代杜秋娘《金缕衣》说：“花开堪折直须折，莫待无花空折枝。”这是有意翻案，表现了女性作者特有的对自然界美好柔弱之物的珍重和爱惜，一种细腻温婉的感情。“倚春”，依恃着春的气息方能开花。《芙蓉》一首，前二句，一句花为主、水为宾，一句水为主，花为宾。“漾”字很传神。后二句以人喻花。为什么要特意强调“薄醒”？因为要与“新红”相应。作者暗用白居易《忆江南》之三“吴娃双舞醉芙蓉”，但是不露痕迹，且改变了内涵。既然是比喻，则本体与喻体必须有相似之处。白居易所写“醉芙蓉”，主要强调花形攲斜，以拟女子舞姿，而女子面颊嫩红似芙蓉则为次要；这里写“薄醒风态”则是以强调面颊嫩红为主，描摹身形婀娜为次要。《夜合》一首，前二句写夜晚秉烛赏花，这是古人乐道的雅事。“偏宜”是说夜合在夜间新寒时最美，与其他花都不同。后二句紧承上文，既然如此特异，那就要探寻其原因了。像所有古代诗人雅士一样，作者给出的解释不是“科学”的，而是“美”的、“诗意”的。“剪”字源自王安石《春夜》：“金炉香烬漏声残，翦翦轻风阵阵寒。”形容春风的尖利。“不放”句是说不让花充分开放。从修辞角度看，二句使用的是拟人手法。但是作者写诗的时候，并不是端起架子说：“我要用拟人的修辞手法了。”进入创作情境中的诗人们，是真的把花鸟虫鱼等等当作有思想感情的、可以与人进行情感交流的对象的。这是诗人的特权。总体看，这几首诗颇有情致，风格柔婉、纤巧，体现了典型的女性诗歌的特征。（邵春驹）

复吕子愚

释原志

十年不见我子愚，得闻手札二字，不啻空谷之足音矣①。及于来使前展手索，却成意到句不到②。途路消耗，固如是乎③？然与其使殷浩空函，作世谛流布，又莫如驰书不到之可以定沩仰宗旨也④。笑笑⑤。

（《尺牍新钞》三集）

【作者简介】

释原志（1628—1697），法名硕揆，清代高僧。盐城建湖高作镇人，名原志，号借巢，盐城孙氏之子。曾在杭州灵隐寺跟随高僧具德弘礼（禅宗三峰宗创始人）学佛十三载。后历任维扬上方禅智寺、泰兴庆云寺、镇江五州山净因寺、杭州灵隐寺、常熟三峰清凉寺等的住持，号净慧禅师。硕揆工书法，善诗词，著有《七会语录》《借巢诗集》尺牍、诗偈若干卷，且与当时名流王士禛、孙一致、冒辟疆、陈其年等往来密切。

【注释】

①手札：亲笔信。不啻：无异于。空谷之足音：在空旷的山谷里听到的脚步声。比喻极难得的音讯或言论。语出《诗经·小雅·白驹》：“皎皎白驹，在彼空谷。”《庄子·徐无鬼》：“夫逃虚空者……闻人足音跫然而喜矣。”

②展手：伸手。索：索要。意到句不到：语出宋代释了惠《拾得磨墨寒山题岩赞》“意到句不就，句到意不足。”意：原指意境，此诗指情谊，问候。此句谓：问候到了信札却丢失了。

③途路消耗：运输途中消散损耗。如是：如此，这样。意谓：为何是这样呢？语出韩愈《争臣论》：“有道之士，固如是乎哉？”

④殷浩空函：典出《世说新语》。东晋扬州刺史殷浩受命率军平定中原，后兵败遭桓温奏劾，废为庶人。口无怨言，惟终日对空书写“咄咄怪事”四字。后人以此比喻事情怪异，令人不可思议。世谛：佛教语。世间的真理。流布：流传散布。莫如：不如。驰书：急速送信。沩仰宗旨：沩仰宗为中国禅宗的一种，它讲究圆相参悟，用圆象（画圆圈）表示禅脱离名相，自在无碍，于无言中建言，立言中自有不言之真相。此

句谓元志虽未收到友人子愚的书信，但对作者的情谊是了然于胸的。

⑤笑笑：莞尔一笑了事。

【导读】

尺牍，本指古代书写用的木简，后借指书信，是一种应用文体。此篇为硕揆禅师回复老友子愚的一封尺牍。信中言两人已有十年未见，子愚托信使传函于硕揆，但可能因为途中辗转，信函丢失，致使作者空欢喜一场。但作为佛门中人，作者很快又转悲为喜，安慰老友，虽未见信但两人还是心灵相通的，自己对于老友的情谊是知晓的。此尺牍虽短小，但书写自由、率意，且多处用典，又有“空谷足音”“世谛流布”“沩仰宗旨”等佛教语夹杂其间，处处彰显着作者的学识与身份。（丛玲玲）

复韫诸侍者①

释原志

香象渡河，摆脱铁锁而去，苍蝇则涶可沾矣②。药师菴，公之涶也，亦公之铁锁也③。为象为蝇，公其自处，我不能加一言于此喻之外④。

（《尺牍新钞》三集）

【注释】

①侍者：弟子。

②香象渡河：佛教用语，比喻悟道精深。语出《优婆塞戒经·三种菩提品》："如恒河水，三兽俱渡，兔、马、香象。兔不至底，浮水而过。马或至底，或不至底。象则尽底。"涶：同"唾"，唾沫。

③药师菴：供奉药师佛的庙菴。

④自处：自己处理。

【导读】

这是硕揆禅师回复以韫为首的诸弟子的信札。该尺牍以佛教中"香象渡河"的故事作比喻，请诸弟子在"为象"与"为蝇"中自我抉择。硕揆禅师7住道场，前后开法36年，其说法机锋锐利，教人扫荡情识，悟言外之意，本篇尺牍即体现了此种特点。（丛玲玲）

送钱圣桢赴佟方伯楚幕之招①

释原志

江月照孤舟，有客鸣素琴②。
天风指端起，调高思何沉③。
借问所念谁，楚国有遗音④。
庾月南楼好，陶柳西门深⑤。
羊公岘山顶，今有谁登临⑥？
思欲一相访，芳踪何处寻⑦？
寻此亦云易，远行难为心。

（《晚晴簃诗汇》卷一百九十五）

【注释】

①钱圣桢：不详。佟方伯：佟岱，辽东人，当时任湖广总督。方伯本来指诸侯，此处即指总督。

②有客：指钱圣桢。

③指端：指头上。沉：深沉。

④遗音：前人留下的音乐。此处比喻前贤遗留的惠泽。

⑤庾月句：据《世说新语》等记载，东晋庾亮镇守武昌时，有一次与幕僚在南楼月下咏谑。陶柳句：据《世说新语》刘峻注，东晋陶侃镇守武昌时曾命士兵在西门一带种柳树。

⑥羊公句：西晋羊祜任荆州都督镇襄阳时，常率幕僚登临襄阳城南汉江边的岘山游赏。

⑦芳踪：前贤踪迹的美称。

【导读】

据诗题，钱圣桢应佟岱之招到其幕中任幕僚，作者作诗送行。前四句写钱临别弹琴，“天风”句写其琴艺高超，“思何沉”写其在琴曲中寄托深沉。古人有“众器之中，琴德最优”的观念，因此流传的关于琴的故事总与弹奏者和倾听者的高尚品德联系在一起。诗文中写弹琴多借以表现高雅脱俗的心志情操。“借问”者，作者从琴声知钱心不平静，有所念想，于是有此“问”。以下数句写楚地先贤庾亮、陶侃、羊祜的风流佳话，表现友人对他们的追慕缅怀之意，同时也就赞扬了友人的品德，并从侧面表现了作者自己的襟怀。全诗气象开阔，风格清朗俊雅，音韵高亢。（邵春驹）

新秋独坐

刘沁区

索居荒溪上，烦嚣日以远①。
地僻生秋气，辰火况西转②。
依壁草虫繁，侵阶梧叶满。
去日已难再，逝波终不返③。

（《西渚诗存》卷上）

【作者简介】

刘沁区（1625—1703），字水心，盐城建湖人。明末清初的岁贡生，学者、诗人。自幼聪明好学，后以岁贡选授铜陵训导，著有《西诸诗存》《四书疑问录》《沧海遗痛》《淮志补遗》等书。《西诸诗存》是他的代表作，集中地描写了沙沟及里下河地区美丽的自然风光。

【注释】

①索居：独居。烦嚣：喧嚣。

②辰火：大火星。立秋时其往西方移动。

③逝波：比喻逝去的时光。

【导读】

这首诗表现了作者品尝到的秋季独特的“滋味”。他一人独居在荒寂的小溪边，周围悄无人声。偏僻之处秋气本来就来得早，就是所谓“冷清”，何况时令确已入秋。虫声、梧桐树叶，都是秋季典型的物象。此时此景，他又一次深切感受到了时光的无情流逝。一年到了秋季，意味着这一年已往终点接近，多情的文人这时感想总是很多。不过这是一种淡淡的、混合着苦涩和甘甜的忧伤，品尝秋的滋味也就是品尝生命的滋味。诗的前六句描写形象，最后两句才直接抒情，显得含蓄有致，这也是中国诗歌抒情的重要特色。“依壁”二句，一写声音一写形象，区分清楚，说明写诗不完全靠形象思维，也需要抽象的理性思维。（邵春驹）

吊唐荩侯先生[1]

刘沁区

逸才推旷代，我见止先生[2]。
动笔波澜涌，如珠咳唾成[3]。
文难争命运，品不藉科名[4]。
遽夺斯人逝，苍天意未明[5]。

（《西渚诗存》卷下）

【注释】

①唐荩侯：不详。作者另有《秋夕高子上招宿俣园，喜唐荩侯先生自庄适至，得留字韵》。

②旷代：一时代没有。止：只。

③波澜涌：比喻文章气势磅礴。化用杜甫《追酬故高蜀州人日见寄》："文章曹植波澜阔。"咳唾：形容善于谈论。《庄子·秋水》："子不见夫唾者乎？喷则大者如珠，小者如雾。"

④藉：借助。科名：科举功名。

⑤遽：突然间。

【导读】

根据诗中所写，唐荩侯是一位怀才不遇、命途多舛的文士，作者推他为旷世之才，不但文章好，而且能谈说。"文难争命运"一句很辛酸，他想凭借自己的文才改善境遇，可是再怎样努力还是归于失败。最后对苍天的指责值得玩味。中国人早期对天是信任的，最早提出质疑的是司马迁，他在《史记》中说："傥所谓天道，是邪非邪？"后世有同感者多。人在困窘之中，向天呼求公道，又往往怀疑天是否公道，乃至斥责天不公道，态度不同，都表现了人在强大命运面前的无力感。（邵春驹）

自题小像

孙桼

短鬓长眉一幅巾，布袍芒履自行春①。
生成不是封侯相，林下于今见一人②。

（《孙桼年谱》）

【作者简介】

孙桼（1590—1662），字不踰，号从所，又号东海，别号东澥。建湖颜单人。崇祯十六年（1643）进士。官至上虞知县、户科给事中。著有《初茅轩集》《亦园杂刻》等。

【注释】

①短鬓长眉：鬓发短、眉毛长，年老的样貌。幅巾：古代男子以整幅的绢布裹头的头巾。芒履：草鞋。行春：春天在外闲游。

②林下：林野之中。常指隐逸者居处。

【导读】

一幅画像给了自己一个自我审视的可能，当然不单是审视容貌，更重要的是审视自己的精神、人生道路。前两句，是处于困穷落魄而又保持孤傲精神的书生的形象。“不是封侯相”为自嘲、牢骚之词。退隐林下，然而并未做到心如古井，仍然想向世界表达自己。“士不遇”是古代诗歌最重要的主题之一，作者或怨愤，或旷达，或嬉笑，或怒骂，总之不平和。这首诗所写的内容是古代诗歌中比较常见的。（邵春驹）

吊张应龙①

陈一舜

半世功名梦已非，凄凉烟树只斜晖②。
逢人莫说伤心事，二十年前挂战衣③。

（《光绪阜宁县志》卷二十二）

【作者简介】

陈一舜，字再虞，清初庙湾人。淹贯六经子史，隶武庠。编《庙湾镇志》。

【注释】

①张应龙：字明雨，原山阳（今淮安市淮安区）人，迁居庙湾（今阜宁县城）。成年后从军，参加清剿海寇的战斗有功。南明弘光朝建立后，晋升中营副总兵。南明亡后，拒绝清廷招降，归乡养母。年五十卒。

②梦已非：相当于“已成空”。

③挂战衣：挂意为挂起，不再穿。

【导读】

这首诗是悼念一位曾追求建功立业而失败的友人。追求半生，感觉是一场梦，这是失败者心态的写照。烟树、斜晖衬托出张凄凉的晚景。“莫说”就是不要说，即张希望别人不要说，以免引起自己伤感。“二十年前”表示时间久远。这句是说，二十年前我已经退出了战场，功名事业都不必再提了。值得注意的是，张的遭遇不仅是个人的，而且在当时朝代迁革中具有普遍意义。因此作者并非只是悼念友人，而是寄寓了对明朝的怀念之意。作者不便于明说，读者则应当领会。（邵春驹）

过冈门镇[①]

李国宋

冈门余故镇，墟里夕阳空。
往事无青史，高天有白虹[②]。
沙埋寒镞血，云卷大旗风[③]。
万古兴亡恨，长歌泣义公[④]。

（《赢隐初集》）

【作者简介】

李国宋（1639—1687），字汤孙，又字锡山，号大村，兴化人。弱冠以诗文知名。康熙二十三年（1684）举人。他是著名的兴化李氏文化家族的成员，与父李沂、叔李驎并称“淮南三李”。有《嬴隐集》。

【注释】

①冈门镇：即今龙冈镇，在盐城市盐都区。为盐城十大古镇之一。

②白虹：《战国策·魏策四》：“聂政之刺韩傀也，白虹贯日。”古人认为这种天象对应着极为特异的事件，如战争、大灾等。

③镞：箭头。

④义公：韩当，字义公，三国时期孙吴名将。这里实指厉豫。

【导读】

这首诗是作者经过冈门镇所写。据《盐城县志》记载，当清兵南下到达盐城时，冈门诸生厉豫聚众抗清，攻打庙湾镇，兵败后去九华山削发为僧；三年后复聚众起义，连克十余城，最后兵败于无为州，英勇就义。生活在清初的作者不用说对这位英雄是充满敬仰之情的。首联“余”，意思是当年的人已不在，“空”字表示夕阳下墟里空旷无人，二句景中有情。颔联“往事”句感慨无人记下这段悲壮的历史，“高天”句说直到今天英雄之气仍在，以至天象尚显特异。“沙埋”句说战争痕迹已经消失。“大旗风”是偏正词组，意思是“曾经吹拂过大旗的风”，今天唯有当年的风尚存，大旗已不见；全句说高天白云在风中翻卷。最后一联感慨抗清义士壮志未酬，留下千古遗恨，令后人为之惋惜流泪。这是一首五律，篇制短小，不能像长篇歌行展开叙述或铺陈，所以作者多用表示战事的意象，渲染出一种杀伐之气。“往事无青史”一句，作者无意中揭示了中国文化的地域不平衡这种特点。像盐城这种偏僻之地，即使有杰出的人物、重大的事件，也是不容易进入中心地区史家的叙述中的。幸亏有许多籍籍无名的地方文人，以保存传播地方文化、文献为己任，甘于寂寞，默默奉献。这是一个很大的群体，非常值得尊敬。（邵春驹）

宿湖上山房怀友

孙一致

渺渺射阳水，春潮晚欲平①。
月随波影动，风送棹歌轻②。
寒夜生乡思，疏烟贮磬声③。
故人消息远，深树复鸦鸣。

（《光绪盐城县志》卷三）

【作者简介】

孙一致（1619—1693），字止澜，又字惟一，号篨庵，明淮安府盐城大孙庄（今属建湖县颜单镇）人。顺治十五年（1658）戊戌科殿试一甲第二名。授编修，官至侍读学士。有情操，工诗，能书。以养亲归，遂不复出。著有《世耕堂诗集》二卷。

【注释】

①渺渺：幽远貌。射阳水：即射阳湖，古名射陂，位于今盐城西部与扬州东北部交界处。此句言夜晚湖水渐趋宁静之貌。

②棹：船桨。棹歌：行船时所唱之歌。

③磬：古代一种打击乐器。

【导读】

诗人春日夜宿射阳湖，于山房中观湖上晚景，不由怀念起家乡故人，由是而作此诗。首联起笔境界宏阔，表现出射阳水幽远浩渺的气势。颔联选择了波上月影和风中棹歌两组意象，大中取小，细处着笔，更添生致。而水波与湖风皆为悠远无形之物，在这样春寒料峭的静夜里，更是顺理成章地将诗人的思绪推送至远方，顿生思乡之情与怀人之意。颈联“寒夜生乡思，疏烟贮磬声”，历来最受好评。一个“生”字不仅写出这乡愁来得自然而然，还表现出一种渐次浓烈的动态感；一个“贮”字将月下微微笼水的疏烟与远处悠然不绝的磬音融为一体，且赋予其稍稍的滞重感，生动地反映出诗人凝绝不散的愁思，极具通感之妙，大有韵致。尾联则更进一步点明“怀友”之题，故人在远，消息未得，自己只能在这静夜遥遥挂牵。而山房之外，树林深处传来数只乌鸦的应和之鸣，反衬之笔，则更强化了诗人此刻的孤寂与思念。（段梦云）

寄王处士筠长时诏举隐逸

孙一致

空谷幽林物外游，青溪白石自无求。
悲歌独下苍生泪，匡济谁分圣主忧①。
太华十年曾诣阙，南阳三顾亦终俟②。
治安有策常虚席，莫漫逃禅老射州③。

（《光绪盐城县志》卷十六）

【注释】

①匡济：匡正救助。汉王充《论衡·对作》：“圣人作经艺，著传记，匡济薄俗，驱民使之归实诚也。”

②太华：山名。即西岳华山，在陕西省华阴南，因其西有少华山，

故称太华。诣阙：谓赴朝堂。三顾：指汉末刘备三次往隆中访聘诸葛亮，泛指一再顾访或诚意邀请。

③治安策：西汉文学家贾谊创作的一篇政论文。此处借用，言王筠长有治国之才。虚席：空着座位等候。多表示礼贤。逃禅：指遁世而参禅。射州：隋末置，相当于今盐城市市区和建湖、射阳两县部分地区。清人多用此指盐城。

【导读】

这首七言律诗系作者寄赠友人王筠长，奉劝其应诏出山，出仕为官，匡时济世之作。首联从友人的身份及所居环境写起，“物外游”“自无求”等字眼透露出友人的高士隐逸情怀。颔联中作者转而书写天下苍生有待拯救，当今圣主亟待贤才分忧解难，从而呼唤友人出仕为官，匡济天下。颈联、尾联中诗人巧妙化用刘备三顾茅庐礼聘诸葛亮出山和贾谊上《治安策》等典故，从而劝导友人不要以遁世参禅为终老之计，理应趁势而为，一展抱负。全诗可谓动之以情，晓之以理，其语气、口吻不卑不亢，不疾不徐，恰到好处。（程希）

俣园观菊①

孙一致

历落疏离护短墙，城南今复见柴桑②。
千杯绿送重阳雨，三径黄迎九月霜③。
傲骨亭亭秋正老，新英采采味还长④。
一时词客饶幽兴，歌出高楼夜未央。

（《光绪盐城县志》卷二）

【注释】

①俣园：时为高氏私家花园，主人高静止。位于今盐城市区。

②历落：稀疏。柴桑：陶渊明故里。

③千杯绿：指酒。李白《赠段七娘》有“千杯绿酒何辞醉”之语。三径黄：指菊。陶渊明《归去来兮辞》有“三径就荒，松菊犹存”之语。

④采采：茂盛可采的样子。

【导读】

孙一致早年便才华外显，交友广泛，与宋曹、王之桢等人私交甚笃，曾一同频繁出入俣园，本诗便是俣园做客期间创作的咏物佳作。诗歌首联起调看似朴素，却并不简单。前一句短短七字，便令俣园内菊园的古雅淳真之味扑面而来，后一句更是以陶渊明的故里作比，既是对主人不留痕迹的恭维，又将俣园的高雅审美表现得非常充分。颔联连续化用李白和陶渊明之典，既丰富了诗歌的内涵和意蕴，又点出了文人嘉朋欢宴一堂的氛围。颈联则从菊花傲然耸立的形态和勃勃向上的生机入手，刻画出菊花的风骨和盛气。尾联则同时承接二三两联，写深夜词客们赏菊之兴依然未减，仍旧吟诗欢唱，长乐未央。历代以菊为题材的诗，可谓不可胜数，其中卓越者繁多，而孙一致这首诗却能体现出自己的独到之处。他不曾着手描绘花的具体颜色与形态，却是落笔于菊的气骨和风韵，其中不乏对俣园主人的颂赞之意，也体现出诗人自身不俗的品位和格调。（段梦云）

满江红·敬题伯父东海先生小像①

孙一致

野服芒鞋，谁善写，黄门仙吏②。
分明是、冰霜之质，江湖之气。
林下于今有一老，淮阴从此无双士。
叹浮云、身世百年中，真如寄。

桑海变，金乌逝③。
荆棘满，铜驼睡④。
任栖迟丘壑，逍遥天地。
雯阁琴樽堪啸傲，石梁烟水藏经济⑤。
又何须、忧愤似三闾，增顑颔⑥。

（《世耕堂诗集》卷二）

【注释】

①东海：见 134 页【作者简介】。

②野服：村野平民服装。芒鞋：用芒茎外皮编织成的鞋。亦泛指草鞋。黄门：官名。本秦官，汉因之。因给事黄门，故名。后为非宦者充任的黄门侍郎、给事黄门侍郎等官的简称。

③金乌：古代神话传说太阳中有三足乌，因用为太阳的代称。

④铜驼：铜铸的骆驼。多置于宫门寝殿之前，代指古代繁华区域。

⑤经济：指治国的才干。

⑥三闾：指屈原，曾任三闾大夫一职。顑颔：同“憔悴”，形容枯槁瘦弱。

【导读】

该词系作者为伯父孙枀小像所题，歌颂了孙枀忧国忧民的爱国情操及明亡后隐居山林，誓不出仕做官的民族气节。词作上片寥寥几笔，刻画出孙枀高洁傲岸的隐者形象：野服芒鞋却满含冰霜之质、江湖之气，可谓遗貌取神，举重若轻。下片作者重在抒情议论，感叹时光飞逝，朝代更迭，功名富贵不过是过眼云烟，不如栖迟于丘壑之中，逍遥于天地之间。然而作者在词作的结尾处又笔锋一转，反用屈原忧愤投江明志的典故，称赞孙枀并非万事漠然，一身独萧然，而是啸傲琴书，胸怀天下。（程希）

新　柳

孙一致

其一

枝枝深浅绿初匀，带雨含烟媚早春[①]。
一任东风浑不解，知将青眼向何人[②]。

其二

何须漫羡小蛮腰，自许风流正未遥[③]。
寄语陌头年少客，纵令攀折莫今朝。

（《世耕堂诗集》卷二）

【注释】

①此句描绘杨柳新发初绿时的状貌。宋无名氏词《踏莎行》有“枝绿初匀，萼红犹浅”之句。

②青眼：用阮籍典。青眼表示看重、喜爱，白眼表示蔑视、厌恶。据《晋书·阮籍传》载：“籍又能为青白眼，见礼俗之士，以白眼对之……籍大悦，乃见青眼。”

③小蛮：白居易家的歌姬，善舞，腰肢纤细灵活。唐代孟启《本事诗》载：“白尚书姬人樊素善歌，姬人小蛮善舞，尝为诗曰：‘樱桃樊素口，杨柳小蛮腰。’”

【导读】

《新柳》二首，虽名咏柳，实为托物言志，借杨柳风姿道出诗人心中真意。第一首诗一二两句写景，清雅灵秀，生趣盎然，表现出新柳的天然风情。三、四两句则转入对新柳品格的书写，纵使东风再怎么撩拨，新柳依然不肯解其风情，只因自己深知青眼应当报以何人，表现出新柳高洁的趣味和坚定的意志。第二首诗一二两句，一改白居易“杨柳小蛮腰”人柳合一的写法，而将新柳与小蛮腰两相对立起来——新柳无须羡慕美人，因为其自身最是风流的时节马上就要到来。从中可见，新柳对自身有着明确的认知、坚定的自信和独立的追求。三四句又一反唐人杜秋娘（一说无名氏）《金缕衣》“有花堪折直须折，莫待无花空折枝”

之意，寄语陌头少年不要攀折自己，体现出对自身青春年华与风流气质的重视和珍惜。孙一致这两首咏柳诗都更加注重对新柳品质的表现，且能不落窠臼，尤其第二首，句句从前人诗意中翻转出新，体现出别样的审美情致。而从新柳的形象中，读者也不难窥见孙一致本人所推重和坚持的品德与操行。（段梦云）

赠唐陶庵先生

孙一致

早投簪绂遂幽襟，饱卧烟霞足浩吟①。
衣履独存耆旧色，须眉真见老成心②。
尘中兵甲沧州远，枕上羲皇白日深③。
八十行年犹自健，荒唐丹诀不须寻④。

（《光绪盐城县志》卷十六）

【注释】

①簪绂：冠簪和缨带。古代官员服饰。亦用以喻显贵，仕宦。烟霞：泛指山水、山林。本句一作“偃卧蓬蒿足醉吟”。

②耆旧：年高望重者。

③羲皇：即伏羲氏。

④丹诀：炼丹术。

【导读】

这首七言律诗系作者的代表作，被沈德潜选入《国朝诗别裁集》，个别语句稍有出入，但其风骨兴寄却并无二致。作者笔下的友人唐陶庵先生可谓是一位年高德劭、隐居山林却又心忧天下的高士。他早年即摒绝仕宦，饱卧烟霞，优游林下，吟咏啸傲，快意人生，如今虽年已老迈，80 高龄，但老当益壮，风采不减当年。他远离尘世纷扰，仿佛羲皇上人，但并非不问世事，沉溺于寻仙问道，而是风骨凛凛，自强自健，宝刀不老，令人敬佩。所谓物以类聚，人以群分，作者由衷称赞唐陶庵先生，其实也是自身高洁傲岸品格之反映与投射。（程希）

吊司石磐墓[1]

宋曹

击鼓天门剑气收，淮阴一死自炎刘[2]。
明沙带雪惊寒夜，白骨披星逼素秋[3]。
怀抱烛龙归帝宅，指挥精卫复神丘[4]。
应怜中土成荒塞，万里长风吹古愁。

（《会秋堂诗文集》卷二）

【作者简介】

宋曹（1620—1701），字邠臣，号射陵，盐城新兴场（今盐城市亭湖区新兴镇）人。明末官中书，为著名书法家、诗人。入清后，他过着隐居生活，自号耕海潜夫，以书诗自娱。有《书法约言》、木刻双钩《草书千字文》《杜诗解》《会秋堂诗文集》等。他是一位有骨气的爱国诗人，不少诗篇表达了对清廷统治者的憎恶，对劳动人民困苦生活的深切同情。

【注释】

①司石磐（1617—1645），名邦基。盐城合陇堤姚家伙（今属盐都区）人。明末诸生，抗清志士。南明弘光元年（1645）四月，清兵破扬州城。其时，明降将刘泽清等进驻盐城一带，号召忠义士抗清。司石磐、孙光烈共领义兵，会合庙湾、如皋等义军，收复盐城、兴化，杀伤清兵数百人，后不幸被海寇捕送江宁府。同年七月，司、孙两人同时被清兵杀死。临刑前，司视死如归，饮酒赋诗自若。

②天门：皇宫之门。剑气：比喻人的才气。炎刘：汉朝。

③素秋：秋季。古代五行之说，秋属金，其色白，故称素秋。

④烛龙：古代神话中的神名。传说其张目（亦有谓其驾日、衔烛或珠）能照耀天下。《山海经·大荒北经》：“西北海之外，赤水之北，有章尾山。有神，人面蛇身而赤，直目正乘，其瞑乃晦，其视乃明，不食不寝不息，风雨是谒。是烛九阴，是谓烛龙。”神丘：祭社神之坛，代指社稷。

【导读】

本诗作于南明弘光元年（1645），在司石磐归葬故里后，宋曹前往凭吊，有感而作。诗中表现出对明王朝的眷念，慷慨悲歌，感人至深。诗人凭吊司石磐，赞扬其担大任于危难之中，虽无力回天，难挽颓局，但其气节彪炳千秋，光耀后世。宋曹的心境与司石磐应是一致的，家国破败，一腔忠心寄托无门，亦无力扭转故国衰亡的事实，但其不食周粟，不事二主，兵败不屈而英勇就义的民族志气，慷慨悲壮，感人至深。（程希）

世耕堂诗集序[1]

宋曹

诗盛于周，骚盛于楚[2]。楚，周之建国也，不敢与周分统，骚亦诗之别派也[3]。继是变而为赋、颂、铭、赞、歌行、词调之类，悉皆六义之余，迄有唐而诸体俱备[4]。有识者审音声而辨土风，观体制而别隆替[5]。必其大义举而名物随之，要不失作者之意，此诗之所以难也[6]。故凡气之动物，物之感人，摇荡性情，形诸歌咏，动乎天地，触乎鬼神，莫切于诗[7]。故讽谕之诗婉以正，宴会之诗亲以规，离别之诗怨以思，闲适之诗韵以畅，豪侠之诗直以壮，庙堂台阁之诗端以华，去国怀乡之诗悲以切，塞客孀闺之诗凄以慄，老师宿儒之诗坦以则，怀人思妇之诗深以挚，狂夫野老之诗朴以放[8]。使味之者神往，闻之者心动而后可与言诗[9]。嘅夫今人之诗，动辄成编，互相标榜，溷而难明，譬犹易口而相誉也，何取乎[10]？予与孙学士莽庵自龆龀纳交，四五十年如一日[11]。岁戊子，学士奉廷试授李官，其《赠友诗》有"古今一草昧，天地两劬劳"之句，予赏之，叹其险绝高远奇矫无前，七子不足拟，即李崆峒亦所罕觏[12]。学士从弱冠以抵成人，所赋咏黜浮崇雅，要归典穆，洋洋乎有老成之风[13]。岁戊戌，夺大魁，累官学士[14]。居位居乡，守淡泊，厌纷嚣，性敛骨疏，渟蓄渊雅，有晋人风味[15]。不钓名誉，不逐波流，不践过失之地，不作忌讳之语[16]。恬退之义，成于自然；安仁之乐，几于有道[17]。吾盐数百年来得学士一人焉。生平喜为诗，亦喜予所为诗，更喜与予论诗。每聚必至，灯炧酒阑，楸枰杂遝时，复选韵唱和而别[18]。岁壬戌迄今七载，病卧床笫间，检向所为诗，散逸过半，令嗣若金搜行簏，得若干首，属予评次[19]。读诸体诗如商周人物，岁仪举举，正可施之朝庙；又如天宝父老，剧谈遗事，言言实际，绝不衰落；又如苍林大壑，气色高浑，耐人纵观；又如韩信将兵，旗鼓精严，变化莫测；又如骏马走坂，日可千里，驰骋之迹俱无，诗之能事备矣[20]。予所谓气之感物，物之感人，动乎天地，触乎鬼神，莫斯编若矣。此道未坠，必得英绝领袖之者，微学士，其谁与归时[21]。

康熙己巳岁仲春月望日眷姻家同学弟宋曹顿首题[22]。

（《世耕堂诗集》序）

【注释】

①世耕堂诗集：孙一致诗集名。

②骚：指楚辞。

③建国：建立的王侯之国。分统：分别统治、统率。别派：另一流派。

④继：继承。变：流变。赋、颂、铭、赞、歌行、词调：都是传统文体。六义：语出《诗大序》："故诗有六义焉：一曰风，二曰赋，三曰比，四曰兴，五曰雅，六曰颂。"一般认为风、雅、颂是诗的分类；赋、比、兴是诗的表现手法。

⑤土风，乡土歌谣或乐曲。这里指代诗歌。体制：诗歌的体裁、体式。隆替：盛衰、兴废。

⑥大义：要义，要旨。举：提出、列出。名物：指事物的名称、特征等。要：关键是。

⑦气：文气、诗才。摇荡：摇动，鼓动。形：表现。切：真切。

⑧婉以正以下：均为古人品诗常用术语。嫠闺：寡妇居处。老师：学问精深、地位尊崇的为师者。

⑨味：玩味、品尝。

⑩嘅夫：发语词，表示感慨。动辄：动不动就。标榜：吹嘘，夸耀。溷：混乱。譬尤易口：就好像换一人再说一遍。相誉：互相称赞。

⑪学士：孙一致官至翰林侍读学士，故称。擽庵：孙一致号。髫龀：垂髫换齿之时。指童年。纳交：结交。

⑫戊子：顺治戊子，即顺治五年（1648）。廷试：举荐为贡生，然后大廷考选，任用为官。李官：古代的法官。李，通"理"。草昧：蒙昧，未开化的时代。劬劳：劳累，劳苦。险绝：极险。奇矫：奇特雄健。七子：明中期文坛有前、后七子，文名很盛。李崆峒：李梦阳（1473—1530），字献吉，号空同。前七子的领袖人物。觏：遇见。

⑬弱冠：古代男子二十岁行冠礼，表示已成人，但体还未壮，所以称弱冠。后泛指男子二十左右年纪。黜：废弃。要：主要的。典穆：典雅纯正。洋洋：盛大的样子。

⑭戊戌：顺治十五年（1658）。夺大魁：孙一致是年进士及第，中榜眼。学士：孙一致官至翰林侍读学士。

⑮纷嚣：纷乱喧嚣。性敛骨疏：性格内敛疏阔。渟蓄：犹含蓄。渊雅：

深远高雅。

⑯践：踏足。忌讳：时势不允许。

⑰恬退：淡于名利，安于退让。安仁：安心于仁道。

⑱灯灺酒阑：灯烛将熄，酒筵将尽。楸枰：棋盘。古时多用楸木制作，故名。杂遝：众多杂乱。韵：韵部。

⑲壬戌：清康熙二十一年（1682）。令嗣：儿子。若金：孙一致之子。行簏：随身携带的书箱。簏：竹篾编的盛物器，形状不一。属：吩咐。

⑳举举：举止端庄。朝庙：指朝廷与宗庙。天宝：唐玄宗年号。剧谈：畅谈。实际：真实情况。壑：坑谷，深沟。高浑：高超浑厚。精严：精练严整。骏马走坂：比喻事势发展顺利迅速。这里指诗歌一气而下，畅快淋漓。能事：擅长之事。莫斯编若：即莫若斯编。不超出这部诗集。

㉑坠：丧失，败坏。英绝：英俊卓异。微：没有。

㉒己巳：康熙二十八年（1689）。望日：农历每月十五或十六日。眷姻家：宋曹与孙一致为儿女亲家。

【导读】

本文是宋曹为同学兼亲家孙一致诗集所撰写的序文。分为两个部分：第一部分介绍了宋曹自己的诗歌理论看法，认为诗歌都源流于《诗经》，以后的诗赋类文体都是其流变分支；认为诗歌要精练地概括出事物的特点，并切合诗人的意图，比较困难；认为诗歌能够传递情感，甚至能感染天地鬼神，是其他文体所不具备。然后分别论述了不同题材诗歌的特点。第二部分：先承上文批判今人诗歌陋简，引出孙一致及其诗歌。指出二人深厚的同学情谊，指出早期孙一致诗歌偏向“前七子”，风格险奇，近似李梦阳，追求典雅端正的诗歌风格。进士及第后，诗风有所改变，淡泊渊雅，有晋人风味。最后一一评点孙各种题材诗歌的特点，认为成就大，是盐城诗坛的领袖。文章评点精到，两三字将不同诗歌的特色点出，非沉浸诗歌数十年不能如此老道，其批评诗歌弊端仅“譬犹易口”，简短凝练，形象生动。又文章多用短语，有韩愈《进学解》之风味。（杨胜朋）

谒丞相陆公祠[①]

颜敏

五千里外仰灵光，四百余年信渺茫[②]。
身殉龙潜天堕水，裔安蠖屈客抛乡[③]。
封潮墓自丁枢院，蹈海书传邓侍郎[④]。
丞相云孙风格在，嗟凭梓里话沧桑[⑤]。

（《光绪盐城县志》卷十六）

【作者简介】

颜敏，生平事迹不详。

【注释】

①丞相陆公：指陆秀夫。

②灵光：原指神像头部周围的光辉，这里指陆秀夫像。信：确实。

③龙潜：出自《周易·乾》："潜龙勿用，阳气潜藏。"指皇帝处困厄中。裔：后裔。蠖屈：像尺蠖屈曲，指人隐身不求人知。出自《周易·系辞下》："尺蠖之屈，以求信（伸）也。"

④丁枢院：元朝枢密院副使兼潮州路总管丁聚，仰慕陆秀夫高风亮节，在汕头南澳岛为陆秀夫建衣冠冢。邓侍郎：陆秀夫在海上时，将立益王昰、卫王昺之事写成一书，交付礼部侍郎邓光荐，要其逃走，将该书流传于世。邓光荐死后该书失传。

⑤云孙：远孙。风格：风度标格。

【导读】

诗前原有序，交代作诗原委。康熙五十九年（1720），作者任潮州海阳县令，拜谒那里的陆公祠并见到陆秀夫十七世孙，得知陆氏的这一宗脉刚刚与盐城陆氏取得联系，于是有感而作此。首联先空间后时间，表现了潮州陆公祠距其家乡遥远和古今时间久远。颔联言当年陆秀夫蹈海殉国，其后裔客居他乡默默无闻。颈联赞扬丁、邓二人传扬陆氏的事迹。最后着重指出陆秀夫的风度标格为其子孙所继承发扬，令人感慨万端。全诗表达了对陆秀夫的敬仰之情，处处透露出历史的沧桑之感。“龙潜”“蠖屈”对仗精巧，而且都出自《周易》，宋以后人作诗用典很讲究这一点。（邵春驹）

舟过射阳村怀古①

梁华南

汉室荒陂浊浪屯，懒从蓬底说王孙②。
千墩那辨三侯塚，一水难招二烈魂③。
代谢堤封空注想，劫余村落幸长存④。
还嗟草檄陈书记，曾擅才名耀里门⑤。

（《光绪盐城县志》卷十六）

【作者简介】

梁华南，清代人。生平事迹不详。

【注释】

①射阳村：指射阳湖边小村。

②荒陂：荒芜的池塘。屯：这里形容浊浪密集。蓬：杂草。

③三侯：泛指公侯贵人。二烈：指汉末抗拒袁绍被杀的臧洪、陈容。二人都是广陵射阳（今盐城盐都区）人，后人在射阳湖边建造二烈祠。

④代谢：来去，指王朝更替嬗代。堤封：堤坝与坟堆。

⑤陈书记：指陈琳，他曾经在曹操幕下掌管文书，故称之为“书记”。擅：专享。

【导读】

这是一首怀古之作，缅怀汉代盐城历史上几位名人臧洪、陈容和陈琳。他们或忠义可嘉，或文才出众，是盐城最早的名垂青史的人杰。诗的上半，将臧洪陈容与那些公侯贵人对比，后者的陵墓已成无人辨识的土堆，而前者则仍然为人们怀念追慕。下半首写作者面对尚存的旧村落感慨历史的变迁，最后表达对陈琳文才的钦敬。中国怀古诗的传统写作模式是“物是人非”，这首诗多写“人非”而写“物是”很少，可算一点变化。（邵春驹）

夜

刘蔚其

细雨空庭落，微风独夜凉①。
灯残还待月，夜薄且添裳②。
岸柳无心动，池荷随意香。
此中有真乐，肯逐世人忙。

（《光绪盐城县志》卷十六）

【作者简介】

刘蔚其，字六居，清代盐城新兴场人，贡生。隐居乡里，潜心著述，以诗酒自娱。有《深柳堂集》。

【注释】

①独夜：独处之夜。

②夜薄：夜寒。添裳：增加衣物。

【导读】

刘蔚其非常擅长写独居之乐，下篇有五言古诗《独坐》尽显天真自然之真趣，此篇五言律诗更是将深夜独处之况味娓娓道来。这与其不慕荣利、甘于寂寞的秉性有直接的关系。更深人静，细雨霏霏，微风轻拂，夜凉如水，诗人独坐灯下，深深体味凉夜的滋味。一切都是那么自然，那么美好，岸边的杨柳无心地随风摆动着，池塘里的荷花舒卷开合一任天真，此情此景，唯有尽化机心、摒绝俗虑之人方能品味得到这种世间真乐，岂可为追名逐利、蝇营狗苟之俗人道哉？（程希）

独 坐

刘蔚其

忽忽竟五月，不知年华去①。
但见东园花，照眼开盈树。
有酒酌数杯，半醉含真趣②。
兴至辄成诗，何必意有寓③。

（《光绪盐城县志》卷十六）

【注释】

①忽忽：倏忽，急速貌。

②真趣：真正的意趣、旨趣。

③寓：寄托。

【导读】

这首五言古诗可谓作者“悟言一室之内”的心灵独白。诗歌开端感慨时光流逝之速，不觉窗外小园中已春意盎然，花开满树。但作者并未因此落入伤春悲秋的老调，在后半部分转而笔调轻盈，一任天真，自然之机趣如山间溪流般随意流淌。有酒就稍酌几杯，不必喝得酩酊大醉方才罢休，半醉半醒之间方含真趣；诗兴偶起，就随手记录下来，不必非要寄予什么高深的寓意，冲口而出即为人间好诗。这种尽洗铅华，天真自然的状态属实令人敬佩、羡慕，与陶渊明所谓“此中有真意，欲辨已忘言”可谓后先呼应，异代知音。（程希）

次龙兴庵在北宋庄[①]

刘蔚其

四顾惟荒野，禅林灯影张[②]。
月浮湖水白，风过酒船香[③]。
树倒河中影，人飞花下觞[④]。
此间堪偃仰，乘兴一徜徉[⑤]。

（《光绪盐城县志》卷十六）

【注释】

①次：旅途中宿于某处。龙兴庵：今名龙兴寺。北宋庄：在今盐城西乡大纵湖镇。

②禅林：佛寺。此处即指龙兴庵。张：上灯。

③湖：即今之大纵湖。

④人飞句：古代宴会上顺次敬酒、饮酒叫“行觞”，行觞迅疾、气氛热烈则称为“飞觞”。

⑤偃仰：随意俯仰休息。乘兴：出于《世说新语》中王子猷雪夜访戴“乘兴而行，兴尽而返”。徜徉：安闲地徘徊于某地。

【导读】

对中国文人来说，佛寺是一个独特的地方。他们来到这里，暂时离开世俗的纷扰，体会一种清空的意境，心灵得到净化。本诗作者来到佛寺，并未参禅悟道，而是在这里与友人饮酒寻乐。水、月、花、树，营造了一种诗意的境界。场面热闹，兴致也很高。“乘兴”带有姑且如此、暂时如此的意味。古人作乐时多有这种心态。现在的欢乐可以补偿往日的不得意，同时也深知“胜地不常，盛筵难再”，接下来的仍不免有曲终人散的悲哀。“月浮”一联，可解作“月白”“风香”，也可解作“湖水白”“酒船香”，可以并存。（邵春驹）

朱子功寿序[1]

郑燮

东海之滨，有君子焉，姓朱氏，人称子功先生，盖予先君子之良友而愚小子之父执也[2]。

东海之滨，土坚燥，人劲悍，率多慷慨英达豪侠诡激之徒，而恂恂退让君子绝少[3]。先生自幼以孝友闻，家本素封，父安如公酷嗜读书，不问家人生产作业，又好施与，其家遂少落[4]。先生曲承父志，不敢违：完婚姻，助丧葬，拯困乏，济颠危，不可一二数[5]。古庙坏决，有葺之，使整完；清明寒食，念荒冢无后人，令奴子奔土覆之，虽无酒浆麦饭之荐，而地下之感，倍人世也[6]。然先生绝不著于颜色，与人处若无一能无一长者[7]。事伯兄如父，事长嫂如母。其幼弟极能文，不幸早逝，先生哭其哀，泪尽而继以血。平生孝友德让不能尽，其大概可见者如此[8]。至于内自节俭，外厉勤苦，家道之隆较昔倍之[9]。然则世之鄙吝者何必富，而好施者何必贫耶[10]！先君子馆西团，常过小海造先生之庐而谒焉[11]。其心慕口诵，为予小子言者历历也[12]。东海之风，亦于斯一变矣。令嗣麟标、丹五两世兄，幼与予善，迄今廿有余载[13]。其人敛英才于学力，浑义勇于从客，所见者大，所识者远也[14]。其孙秉林如芝草五色而映日，兰芽初茁而带露也。盖先生之孝友德让足以动天，而报以后人，有以夫！

雍正十一年，先生八十有二，予始克祝于其家，请先生而谒焉[15]。其气清貌古，意浑神闲，益信先君子之言不谬。而两世兄之根柢深而枝叶茂也。

古人以百二十岁为上寿，以百岁为中寿，以八十为下寿。先生孝友著于家庭，德让化于乡党，子孙迈于今人，寿考自当乎于上世[16]。今之八十，其初发轫乎[17]。如峦峤耸峙而涧壑浮泓，渊渊乎其莫测也。如玉之初剖、珠之方莹，而金之出矿而就镕也[18]。如鸾凤之羽毛鲜洁、鼎彝之青翠斑驳，而未有艾耶[19]！后三十八年而复来为寿。

恭祝子翁老伯先生八十二寿。年家眷教小侄郑燮顿首拜撰。

（据墨迹图片）

【作者简介】

郑燮（1693—1765），字克柔，号板桥，兴化人。康熙秀才，雍正举人，乾隆进士。曾官范县、潍县知县。擅书画，为“扬州八怪”之一，创“六分半书”，篆隶杂合行楷，参错纵横。画专长兰竹松石。又工诗文。有《郑板桥全集》。

【注释】

①寿序：一种文体，用于为人祝寿。

②先君子：故去的父亲。父执：父辈友人。

③诡激：怪异偏激，异于常情。恂恂：恭顺的样子。

④素封：无官爵封邑而富比封君的人。生产作业：劳作创造家业。原为《史记》写刘邦的话：“常有大度，不事家人生产作业。”少落：渐渐衰落。

⑤曲承：曲意承奉。曲：压抑自己的意愿。完婚姻：助成他人婚姻。颠危：陷于颠困艰危境遇。

⑥坏决：残破。葺：修理。奴子：指家仆。奔土：用锹铲土。荐：用食品祭供死者。

⑦著于颜色：在脸上显露出来。长：长处。

⑧尽：详尽叙述。

⑨厉：严格从事。

⑩何必：怎么一定就。

⑪西团、小海：今大丰区西团镇、小海镇。

⑫予小子：作者本人。历历：清晰的样子。

⑬世兄：有世交的同辈或晚辈。此处为同辈。

⑭从客：与客人游从。这两句意思是：把天才收敛，专靠勤奋刻苦；把义烈刚勇之气掩盖起来，与各种人交游。大、远：出自苏轼《留侯论》：“此其所挟持者甚大，而其志甚远也。”

⑮克：能。

⑯孚：相应、符合。此处指享上寿。

⑰发轫：拿掉支住车轮的木头，使车启程。借指出发，起程。

⑱浮泓：水清的样子。莹：磨治。

⑲艾：停止。

【导读】

郑燮与盐城关系非常密切。他 3 岁丧母，童年时其父亲立庵先生在西团设馆教书，他随父亲到西团。立庵与小海朱子功时有过从，郑燮从小与朱子功之子麟标、丹五是好友。雍正十一年（1733），即郑燮中举后第二年，他来到小海，为时年 82 岁的朱子功写了这篇寿序。从文中看，朱子功是当地的富人，家道隆盛。在这篇序中，作者赞扬了他多方面的优良品德：在乡里扶危济困，孝敬长辈、兄弟友爱，勤劳节俭等等，甚至说“东海之风，亦于斯一变矣”。祝颂文章，或不免有溢美之词，但不应全为向壁虚构。在古代盐城各地都不乏这种乡贤，他们在乡村社会发展、在乡里文明教化和公序良俗培育中发挥了积极作用。这篇文章是关于这一人群的有价值的历史文献。至于“东海之滨，土坚燥，人劲悍，率多慷慨英达豪侠诡激之徒”，也可作为了解地方风俗的有益参考。文章词汇丰富，多用有表现力的形容词，如上引句中连用六个形容词；多词性活用，如“完婚姻”“浑义勇”均为形容词活用为动词；其他如“古庙坏决”之“坏决”、“敛英才”之“敛”、“兰芽初茁”之“茁”、“孚于上世”之“孚”，都是精心锤炼的词。（邵春驹）

王翁小传

鲁一同

去山阳东北百二十里，曰庙湾镇①。康熙中升为县，曰阜宁县。县北行六十里，濒河，地曰东坎，同常居之②。或称于同曰："坎有王翁者，好艺菊，菊大蕃盛，有异。"③问翁何为，曰："童子师也，不知其名。翁恶人问其名，人亦不问之，但曰王翁云。"

己丑秋，将去坎而归，与友人李仪一过翁④。巷宇湫隘，门垒石，石高二尺许，书声出户外⑤。屋三楹，菊居十七八⑥。翁乃言曰："老人年七十余矣，所种菊数百种矣，此皆其选也⑦。年老贫病，不出此门者近五十年。"遂大笑。李仪曰："翁居市廛之地，足不出门户，名不可得闻知，萧然与草木为宾主，岂不异哉⑧！"

后三年，有生者自坎来，叩以翁⑨。曰："然，有之。吾师也。翁盖名秀良，有二子，顾常独居⑩。其好菊亦天性。从游者必醇谨能莳菊，然后受⑪。或损其菊，必大恸。有爱之者，持去不惜也。"因笑曰："吾师跛于足，顾高其中门限，高可及踝⑫。从先生皆垂髫，晨暮抱书至，扳而入，扳而出⑬。或欲损之，先生怒不可。人以故怪先生，多不至门。盖尝有一人至者，与论大合，整冠往候之⑭。其余虽造门，先生不送。谢曰：'老夫蹒跚，此门高，不得出矣⑮。'"

鲁子曰："吾于王翁得守身焉⑯。"翁性嗜酒，每秋月之夕，命酒，向菊而坐，若有所语者。尝为屋所压，三日，得不死，人咸异之。生云。

（《通甫类稿》卷四）

【注释】

①山阳：今淮安市淮安区。庙湾：阜宁县城。

②东坎：今滨海县东坎镇。

③艺：种植。蕃盛：繁茂。

④己丑：道光九年（1829）。过：过访。

⑤湫隘：居处低湿狭小。

⑥三楹：三间屋。十七八：十分之七到十分之八之间，指比例高。

⑦选：出众的。

⑧萧然：散淡潇洒的样子。为宾主：人赏菊，为主；菊供人赏，为宾。

⑨叩：叩问、询问。这句的主语是作者。

⑩顾：不过，表示转折。

⑪醇谨：纯厚严谨。莳：栽种。

⑫门限：门槛。

⑬垂髫：指儿童。扳：指把门槛扳到旁边。

⑭候：访问。

⑮蹒跚：腿脚不便，走路缓慢、摇摆的样子。

⑯守身：保护自己的生命。这句模仿《庄子·养生主》："吾闻庖丁之言，得养生焉。"

【导读】

孔子说："不得中行而与之，必也狂狷乎。"庄子说："畸人者，畸于人而侔于天。"中国文化非常赞赏那种特立独行、不合流俗，甚至举止乖张的人，认为这种人的生命没有受俗世污染，而保持了本真形态。听到哪里有这种人，文人总喜欢为他们作传，传扬他们的事迹声名。这篇文章写生活在东坎的一位老人。他不交当世，不喜欢人知道他的名字，甚至近五十年不出门，然而他喜欢种菊花，把菊花作为自己的生命寄托。这个人物也多少折射了当时东坎一地的世态人情。开头说"有异"，中间是"岂不异哉"，又以"人咸异之"结尾，一个"异"字成为贯穿全文的中心线索。始云"好艺菊"，继云"与草木为宾主"，最后云"向菊而坐，若有所语"，又是步步递进。文章多为借他人之口从侧面介绍，使读者逐步获得人物的完整印象。所有这些都显示了行文的匠心。

（邵春驹）

垂　杨 送陈百生北游[①]

蒋春霖

偷弹老泪。
向短亭话别，兰舟重舣[②]。
韵咽寒箫，断肠听到篷窗底[③]。
渔滩风定芦花起。
破霜色、天涯行李[④]。
晚来潮催送秋心，共故人千里[⑤]。

犹记题诗旧邸。
染京洛暗尘，醉春游骑[⑥]。
戍鼓惊秋，梦魂还渡桑乾水[⑦]。
连村黄叶围残垒。
雁声在、斜阳红里。
何时一笛山楼，杯共洗。

（《水云楼诗词笺注·水云楼词卷一》）

【注释】

①陈百生（1835—1879）：名宝，字百生，东台安丰人。同治六年（1867）举人，同治十年进士。曾任翰林院检讨。有《陈百生遗集》等。

②短亭：古代官道旁供行人休憩之所，五里一短亭，十里一长亭。行人送别也多在此。兰舟：诗词中对船的美称。舣：停船靠岸。

③咽：形容箫声低沉压抑。

④行李：行旅、行旅者。

⑤共故人千里：言陈远行千里，作者一直牵挂他。

⑥邸：此处意为客馆。京洛暗尘：用陆机《为顾彦先赠妇诗》："京洛多风尘，素衣化为缁。"

⑦桑乾水：即桑乾河，发源于山西，流经河北。

【导读】

这是一首送别词。上阕写送别的场景。停下船在短亭话别，不愿意当着故人的面流泪，而是偷偷地流。在船窗下静听箫声凄凉，更添悲伤。在这寒秋冷霜中，故人踏上了旅程，怎不让人牵挂！下阕首先回忆当年在京城时到处游赏的情景。梦中自己在北方，戍鼓惊醒了梦，才知道身处铺满黄叶的荒村。最后则期盼着未来的相聚，在山楼上饮酒欣赏音乐。下阕将过去、现在、将来三种时间浓缩在一起。“偷弹老泪”起得很突兀；“短亭话别，兰舟重舣”，实际是先停船后话别；“韵咽寒箫，断肠听到篷窗底”，也是先出现“听”的对象；“破霜色、天涯行李”，写行旅之人在霜色中行走。作者都颠倒了叙述顺序，显得有力度。“破”字也用得很精练。（邵春驹）

卜算子

蒋春霖

燕子不曾来，小院阴阴雨。
一角阑干聚落花，此是春归处①。

弹泪别东风，把酒浇飞絮②。
化了浮萍也是愁，莫向天涯去③！

（《水云楼诗词笺注·水云楼词卷二》）

【注释】

①阑干：即栏杆。

②弹泪：挥泪。浇：将酒倾洒在地上，是一种祭祀的行为。飞絮：指柳絮。

③化了句：古时相传柳絮落水中化作浮萍。《本草纲目》："浮萍处处池泽止水中甚多，季春始生，或云杨花（按，即柳絮）所化。"

【导读】

这首词作于东台。当时太平天国定都天京，声势浩大，这对身为知识分子的作者打击是沉重的，加之战火所及，江北扬州等地也破坏严重，他内心极为悲愤凄苦。这首词就反映了这种情绪。虽然写愁苦是中国诗歌，特别是词的传统，佳作不胜枚举，但是不得不说，这首晚出的词还是超出了许多同类之作。小院、阴雨、落花、飞絮，所有这些都是词中表达哀愁感伤的传统意象。而作者又增加了新的元素："燕子不曾来"，燕子该来却没有来；"弹泪别东风"，为东风离去而洒泪。特别是最后两句巧用"柳絮化萍"的说法，采用让步关系，注入新的观念，达到了抒情的最高潮：一切都已无法改变，什么希望也没有了。这首词情绪之悲观绝望、低沉伤感到了极点。在艺术上，作品风格纤巧柔婉，宛如北宋人秦观、晏几道等的小令。"一角阑干聚落花，此是春归处。"虽然脱胎于黄庭坚"春归何处"，但是把"落花"和"春归"联系起来，化抽象思理为具体形象，精巧超过了前人。总之，这首词将词的传统表现手法运用得炉火纯青，不愧是清词中的名篇。（邵春驹）

东台翟先生墓志铭

张謇

东台翟先生以光绪二十三年三月二十一日卒，春秋八十有三。于是旁近州邑束脩耆儒益寂矣[①]。先生讳登云，字叔展。曾祖季桃，晚以年德闻于县官，洊膺粟帛之赉[②]。祖秉礼，本生祖秉忠，恂恂间阅，并有绳矩[③]。父荣衮，岁贡生，通习经故，工制举之文，学子著录，前群后辈，莘莘庠门，一时最盛，世称镜山先生者也[④]。先生嗣为之后，亦号望山。种学属文，敦帅先矱，试于郡守院使，连踔驾其曹[⑤]。方在乡黉，青领委它，而韶闻茂实，以响流于邦域矣[⑥]。咸丰九年，年四十五，乡举获售，士嗟其晚[⑦]。一上春官，遂辍轮轨；就官训导，未谒选司[⑧]。时太夫人垂白在堂，修白华之养，有终焉之志[⑨]。为县西溪书院院长三十余年，手批口讲，务叶经义[⑩]。门徒大半上科成名。家居却扫，屏外世事，客叩其扃，庭除萧寥[⑪]。令长监司，钦声测望[⑫]。时以下车按部，即访政要，一襄灾振，佐劝桑棉[⑬]。章嫠字孤，不泄惸窭[⑭]。阐宋小学，敷训于童蒙[⑮]。邑子富家尝遘急狱，奉金为寿，觊关吏而解，心弗义焉，正辞斥谢[⑯]。盖道固其身，故贞廉而不刿；政成于家，故孝谨而能仁[⑰]。古之所谓不曒不昧，安顺无私，允矣君子，操行殆庶[⑱]。至乃令长致式庐之雅，监司有榜亭之旌，邻士模楷，国人矜式，要之好善在人，不以增重[⑲]。妻兴化袁氏，宝庆知府青绶之女。男子二：宝源，举人；宝书，增贡生，为后于世父。女子四，皆适世族。孙四，锡文县学生。女孙二，曾孙一。卒之明年某月日，葬县北二灶某原。宝源具礼请铭。铭曰：

大宇坱圠，露塞冬瞑[⑳]。皤皤鼎轴，而邦是倾[㉑]。而民弗恤，而士勿兴。墟墓之气，命为生荣[㉒]。何如一老，遐栖沧溟。歠不非粟，履不非程[㉓]。虬蟠凤逸，以全其生[㉔]。不怍天日，以有令名[㉕]。堂堂百岁，魂气宁清。我铭匪激，谂彼孤卿[㉖]。

（《张謇全集·艺文》）

【作者简介】

张謇（1853—1926），字季直，号啬庵，江苏南通人。近代实业家、政治家、教育家和书法家，“江苏五才子”之一。光绪二十年（1894）状元，授翰林院修撰。后奉张之洞之命创办大生纱厂，又陆续创办通州师范学校、南通博物苑等。民国元年，起草清帝退位诏书，南京政府成立后任实业总长，改任北洋政府农商总长兼全国水利总长。因袁世凯接受日本提出的“二十一条”部分要求而愤然辞职。主张实业救国，一生创办了20多家企业、370多所学校，为中国近代民族工业的兴起、教育事业的发展作出了巨大贡献。著有《张季子九录》《张謇函稿》《张謇日记》《柳西草堂日记》《啬翁自订年谱》等。

【注释】

①束脩耆儒：接受酬礼的老儒。束脩，给老师的酬礼酬金。脩，古时称干肉。益寂：更加稀少。

②年德：年龄德行。洊膺：多次受到。赉：赐予，给予。

③本生祖：亲祖父。本生：亲生，生身。恂恂闾阌：出入之间温顺恭谨。绳矩：墨绳与矩尺。比喻规矩、标准。

④经故：经典故实。制举之文：八股文。前群后辈：老老少少成群结队的读书人。莘莘庠门：书塾学堂里人头攒动。

⑤种学属文：培养学识，撰写文章。敦帅先矱：勉力遵循、学习前人的法度和学养。踔驾其曹：超越众人。

⑥乡黉：乡学，乡塾。青领委它：青领长衫，雍容有仪。韶闻茂实：谓美名和盛业。以响流于邦域：凭借动人风采称雄一方。邦域：领域，范围。

⑦乡举获售：乡试得中。

⑧春官：礼部的别称。轮轨：一般的读书生活节奏。谒选司：官吏赴吏部应选。

⑨垂白：白发下垂。谓年老。白华之养：《白华》为《诗·小雅》篇名，已佚，后以之习用为孝养父母之意。

⑩叶：合。

⑪上科：甲第，甲榜。屏外：隔绝。扃：门。庭除：庭前阶下，庭院。

⑫令长：县令。监司：有监察州县之权的地方长官简称。汉代以后常用来称呼刺史，宋代转运使、转运副使、转运判官与提点刑狱、提举常平皆有监察辖区官吏之责，统称监司。钦声测望：钦敬名声，感受声望。

⑬下车按部：到任并巡视部属。一襄灾振：佐助抗灾。

⑭章嫠字孤：表彰寡妇，抚爱孤儿。不泄惸窭：关心孤苦贫穷的人。

⑮阐宋小学：阐发宋明理学的精微，钻研文字、训诂和音韵的辞章学问。敷训：陈述解释。

⑯遘：遭遇。急狱：突发的官司。觊：希望得到。

⑰剺：割开。政成于家：家庭管理和谐有序。

⑱不皦不昧：不明不暗。形容恍惚不可捉摸。殆庶：指贤德者。

⑲式庐：登门拜谒。榜亭之旌：在大庭广众之处表彰。矜式：楷模。

⑳大宇块圠：天地宇宙漫无边际。

㉑皤皤鼎轴：年老的国家栋梁。而邦是倾：形势衰败。

㉒生荣：表彰。

㉓歠：喝。

㉔虬蟠凤逸：如虬盘曲，不得舒展；如凤闲逸，不见飞舞。比喻怀才不遇。

㉕怍：惭愧。令名：美名。

㉖谂：思念。

【导读】

这是近代著名实业家张謇为东台耆儒翟登云先生所作的一篇墓志铭。志文先叙翟登云的家学渊源及其父祖的年德声闻，为志主行实的展开作厚实饱满的铺垫。后续主体部分重点表现志主三十年如一日在地方上的文化坚守，展示其光明磊落、摒弃邪道的操行风姿，并得出“好善在人，不以增重”这一感想与怀念的主旨。最后以无尽的向往之情、充实的感沛之心长歌为铭，祷其天国安宁，长生久住。全文以四言为主，间以杂文，铺叙有致，感情深挚，条理分明，张弛并举，堪称一篇有声有色的墓铭典范之作。（孙植）

先君行述[①]

陈中凡

先君章甫甫君，讳玉冠。著籍盐城[②]。原籍江州，宋末迁苏，再传迁盐[③]。十四传而至先君。奕世儒素[④]。王考茂才公，缉熙前绪，义行昭垂，宠光之美，流称郡志[⑤]。先君过庭，备闻诗礼，仰高钻坚，嘉称逴尔，邦族休焉[⑥]。年十九，补博士弟子员，旋食廪饩[⑦]。值岁大饥，橐笔四远，修脯所入，烟火才通[⑧]。涵咏艺文，声出金石[⑨]。王考疾终，丧葬如礼，谨身奉母，勤养惓惓，因心则友，怡怡一室[⑩]。叔父惕庵公，耽学乐道，蹈礼抗言，遭时俶扰，不忘经世，殚勤义举，先君懋赞襄之；远游粤幕，遘疾长殂[⑪]。为抚孤露，底于成立[⑫]。季父彤甫公早卒，遗孤褓褓，形景相依，惠爱备至[⑬]。渊骞之美，惟先君备焉[⑭]。遂体在公，出参乡社，秉质刚贞，矫强不倚[⑮]。由是氓氓贫士，趾错户阈，求得片言，平亭曲直[⑯]。先君集其双方，往复譬解，声满大宅，沫流口角，莫不输诚，退无异议[⑰]。州部从风，倚为司命[⑱]。或有强豪桀黠，并兼闾里，众庶侧目，噤莫敢违，亦复疾恶义形，不畏强御，加以面折，冀革初心[⑲]。及事过境移，都不复记，虽在仇怨，输写腹心，纤芥毕除，若无前事[⑳]。"不念旧恶，怨是用希。"昔闻其语，今见其事[㉑]。盐邑僻在海陬，伏莽遍野，辛亥军兴，奸宄蜂起，四境汹汹，昕夕不保[㉒]。先君商本市防营，督队进剿，歼决渠魁，解散胁从，呼吸之间，大难已定[㉓]。遐迩咨嗟，叹其神识。岁在丙辰，阖邑叹饥，老弱转徙，流冗载途[㉔]。先君襄办赈务，全活尤多，海滨黎元，得免捐瘠[㉕]。仁声所播，风义远闻。如何昊天，遽雕干荫，以民国十五年秋八月十有四日考终里居，距生于清道光壬午年二月，享年八十有一[㉖]。先母徐孺人先十二年卒。子四，存仲兄实及凡。女一适许。著有《耐寒斋诗草》及骈文五卷，稿藏于家。明年，将营葬于本邑上冈市北乡先垄之原[㉗]。凡等衔恤在疚，凄怆蓼莪，追念仪形，洋洋如在[㉘]。惧来者之无闻，扬德音于百一，爰述辜较，用宣休烈。邦人君子，伏维矜鉴[㉙]。

（《清晖集》）

【作者简介】

陈中凡（1888—1982），原名钟凡，字斠玄。盐城县上冈镇七里庵乡人。

1907 年入两江师范学堂。1914 年入北京大学学习哲学和文学。1919 年在北京女子高等师范担任国文部主任。后任东南大学、金陵大学、金陵女子文理学院等校教授。1952 年起为南京大学教授，兼江苏省文史馆馆长。有《中国文学批评史》《陈中凡论文集》《清晖集》等。

【注释】

①先君：已去世的父亲。行述：生平概略。

②甫君：对男性的尊称。著籍：登记于户籍。

③苏：指苏州。

④奕世：累世。儒素：习儒且不出仕。

⑤王考：对已故祖父的敬称。缉熙：光辉。出自《诗经·大雅·文王》："穆穆文王，於缉熙敬止。"前绪：前代传下的品德风尚。义行：风义涵养。昭垂：明白地显露出来。宠光：特殊的荣宠。出自《左传·昭公十二年》："宴语之不怀，宠光之不宣。"

⑥过庭：受父辈训导。出自《论语·季氏》："尝独立，鲤趋而过庭。"仰高钻坚：出自《论语·子罕》："仰之弥高，钻之弥坚。"嘉称：好名誉。逴尔：遥远的样子。休：美。

⑦食廪饩：旧时秀才中的优秀者选为廪生，享受朝廷补贴粮食。

⑧橐笔：古代书史小吏手持囊橐，簪笔于头，以备随时书写。四远：到远处四方。修脯：束脩。指教书所得酬金。烟火才通：勉强才能举炊。

⑨声出金石：诵读声如金石之声。

⑩惓惓：心心念念的样子。因心则友：形容兄弟友爱。出自《诗经·大雅·皇矣》："维此王季，因心则友。"怡怡：出自《论语·子路》："兄弟怡怡。"

⑪惕庵公：陈玉澍，字惕庵。抗言：直言，当面争辩。俶扰：意为扰乱。经世：在社会上做事。殚勤：竭尽心力。懋：勉励。赞襄：辅助、支持。遘疾长殂：患病去世。

⑫孤露：父母亡故，孤单无所荫庇。这里做名词，指孤儿。底于：达到。

⑬彤甫：陈玉冠三弟陈玉墀，字彤甫，23 岁去世。形景：即"形影"。

⑭渊骞：至深至高。扬雄《法言》有"渊骞篇"。

⑮体：亲身参与。在公：办理公事。出自《诗经·召南·小星》："肃肃宵征，夙夜在公。"乡社：乡里。矫强：强直。出自《礼记·中庸》："中立而不倚，强哉矫。"

⑯错：交错。户阈：门限、门槛。片言：极简短的话。出自《论语·颜渊》："片言可以折狱者，其由也与？"平亭：研究斟酌、使得其平。

⑰往复：犹"反复"。

⑱司命：神话中掌管人生命之神。

⑲桀黠：凶暴狡猾。侧目：憎恶、畏惧。强御：豪强有权势者。出自《诗经·大雅·烝民》："不侮矜寡，不畏强御。"面折：当面指责、驳斥。冀：希望。

⑳输写腹心：意为向对方尽情吐露心思。

㉑不念二句：出自《史记·伯夷列传》："孔子曰：'伯夷、叔齐，不念旧恶，怨是用希。'"

㉒海陬：海边角。伏莽：潜藏草莽的寇盗。辛亥：指1911年。奸宄：坏人。汹汹：骚乱不宁的样子。昕夕：朝夕。

㉓渠魁：首领。

㉔丙辰：1916年。转徙：漂转迁流。流冗：流散。载途：出自《诗经·小雅·出车》："今我来思，雨雪载途。"

㉕襄办：帮助办理。赈务：赈济难民的事务。黎元：老百姓。捐瘠：饿死。出自《汉书·食货志上》："尧禹有九年之水，汤有七年之旱，而国亡捐瘠者，以畜积多而备先具也。"

㉖昊天：出自《诗经·小雅·节南山》："不吊昊天，不宜空我师。"意为苍天不怜悯保佑。干荫：父亲的庇荫。

㉗原：此处指墓地。

㉘衔恤：心怀忧伤。在疚：在忧病中。特指居丧。出自《诗经·周颂·闵予小子》："闵予小子，遭家不造，嬛嬛在疚。"蓼莪：《诗经·小雅》篇名，表达子女追慕父母养育之恩。仪形：仪貌形容。如在：出自《论语·八佾》："祭如在，祭神如神在。"

㉙辜较：大概。休烈：盛美的勋业。矜鉴：怜悯体察。

【导读】

在古代社会，文化家族的形成是地方经济文化发展的重要标志。明清以后，盐城地区逐渐形成了一些有声望的大家族，这些家族服膺儒家礼教，重视家风传承，往往多少代人才辈出。建湖上冈的陈氏家族就是近代盐城的著名文化家族，耕读传家，影响很大。这是陈中凡为其父写的传略，从多方面记叙了父亲的优秀品质：勤勉学习、孝敬父母、清贫自守、抚养亡弟遗孤、热心乡里公益、为人排难解纷，等等。文中展现了一位旧时乡村士绅的近乎“完人”的形象。这篇写于民国年间的文章文辞古奥，远远超过了一般意义上的“古文”。古人作诗文有一种取径，即讲究所谓“无一字无来历”，每个字、词都有典籍的出处，虽然是现实的人事，却要用过去人的诗文中的词句来表达。本文就是按照这样的方法写作的。这样写成的文章书卷气浓厚，颇能显示出作者学养的精深，让那些同样满腹诗书的读者感到一种会心的愉悦。这不仅是一种写作方法的问题，文人们正是通过这种集体无意识的努力，建构成了一种独特的与世俗社会疏离的“话语圈”，那是安置他们的精神世界的一方土地。（邵春驹）

木兰花慢

周梦庄

甲申闰四月十四日，绮社[①]再集，湿云如絮，小雨成丝，芳信早阑，峭寒犹逼。抚年华之荏苒，感良友之流离，慷慨悲歌，情不能已。

碧云春信断，思往事、惨无欢。
记论槛调莺，分灯走马，人醉轻寒[②]。
相看飘零社燕，任画帘不卷玉钩闲[③]。
天外征帆隐隐，庭前小雨珊珊。

长潸。花落乱红残。生怕倚阑干。
怅声冷瑶笙，尘侵锦瑟，忍复吹弹[④]。
无端泪珠暗簌，叹流离踪迹聚时难。
回首旧游俱误，凭谁刬却春山[⑤]？

（《湖海诗存》卷三）

【作者简介】

周梦庄（1900—1998），字蝶公，号猛藏，盐城伍佑人。著名词学家，无党派爱国民主人士。20世纪30年代至40年代曾任盐城《新公报》社总编、《盐城教育》月刊编审，新中国成立后曾任中华诗词学会及江苏省诗词协会顾问、湖海艺文社名誉社长、江苏省文史馆馆员、盐城市政协副主席等。有《水云楼词疏证》《海红词》，与汪东合刊《汪周词》。

【注释】

①绮社：1933年3月成立于盐城的文学社团，主要成员有虞虞山、黎纯甫、周梦庄等。

②分灯：谓借用他人灯烛余光以读书劳作。

③社燕：燕子春社时来，秋社时去。故有“社燕”之称。

④瑶笙：用美玉装饰的笙。锦瑟：漆有织锦纹的瑟。

⑤刬：同“铲”。

【导读】

1944 年闰四月十四（即 6 月 4 日），绮社成员再次集会，仅徐小荔、虞受言、薛兼到和周梦庄先生等 4 人到会。周先生感慨年华荏苒、良友流离，遂有此作。词作上片回忆往日绮社雅集时的欢娱情境，“论槛调莺，分灯走马，人醉轻寒”，何其畅快！而下片则重在抒情，将前者的欢娱与当下的老成凋谢，旧友飘零，风流难再的现实形成鲜明对比。而窗外的凄风苦雨、乱红飘落更是加深了词人的感伤情绪，自然而然发出“流离踪迹聚时难”的喟叹，可谓情致深婉，笃于友情之作。（程希）

第三单元　艰辛足迹

泰州张侯祠堂颂[1]

范仲淹

生祠，民报德也[2]。制置公本汝颍之奇，以文武事朝廷，为勋臣于四方[3]。而尝战守秦塞，制胜非一；招降属寇，全活甚众[4]。抚南夷以乂远俗，使北疆以寻大信[5]。光华之命，所向凝绩[6]。天禧中，国家以盐铁馈运之计重于东南，命公领之，于兹八年[7]。公夙夜不懈，阙政咸举[8]。

初，淮浙之间，盐民告困，海利云剥[9]。公请赈崇、泰、楚三郡亭人，岁增课数十万石[10]。兴杭、秀、海三郡盐，岁入课四十万石[11]。又常、苏、秀间太湖涨溢，害于甫田[12]。公请导入于海，岁复租六十万石[13]。白沙郡，大江之北，有湾数里，风涛为险，舟楫不利。公于是开长芦西河以济之[14]。又高邮之北漕渠屡决，阻我粮道，破我农田[15]。公于是作堤二百里，旁置石限，平其增损，以均灌漕焉[16]。惟兹海陵，古有潮堰，旧功弗葺[17]。惊波洊至，醢其稼穑，偃其桑梓[18]。此邦之人，极乎其否[19]。公坚请修复厥功，横议嚣然，竟使中废[20]。公又与转运使胡公再列其状，朝廷可之[21]。仍许兼领是郡，以观厥成[22]。起基于天圣五载之秋，毕工于六载之春[23]。既而捍其大灾，蠲其宿负[24]。期月之内，民有复业归田者，共一千六百户，将归其租者，又三千余户[25]。抚之育之，以简以爱，优优其政，洽于民心[26]。于是请肖公之仪，以奉于祠，期子孙之不忘也[27]。秉笔者故作《颂》焉。颂曰：

我公惟杰，经制楚越[28]。鉴洞毛发，诚揭日月[29]。建利除孽，代天工发[30]。海陵嗷嗷，古防弗牢[31]。万顷良膏，岁凶于涛[32]。民焉呼号，不粒而逃[33]。公闻惨怛，乃按乃察[34]。草奏屡达，狃议四遏[35]。心过金铁，对天不夺[36]。宸听既聪，宰谋既同[37]。展矣胡公，协力谐忠[38]。兵民交充，兴防之功[39]。盘盘偃偃，百里而远[40]。云矗不散，山亘不断[41]。如天作限，奠万家产[42]。朝以公贤，兼于藩宣[43]。伤者我全，疾者我痊[44]。逋亡几千，岁复于田[45]。公义不爽，欲报弥广[46]。建牙裂壤，将有攸往[47]。众图画像，以永瞻仰[48]。列星之精，列岳之灵[49]。仪焉停停，神焉荧荧[50]。居千百年，此邦镇宁[51]。既宁既聚，涛莫我苦[52]。比比牖户，鳞鳞场圃[53]。而公而竖，于歌于舞[54]。天子穆清，诸侯经营[55]。民兮乐从，谷兮丰盈[56]。作为颂声，告于神明。

（《范文正公文集》卷八）

【注释】

①张侯：指张纶，字公信，颍州汝阴（今安徽阜阳）人。淳化间，为江淮制置盐运副使，支持范仲淹修筑捍海堰。后代知泰州，当范仲淹因守母丧离开泰州时，张纶接替完成了修筑捍海堰的工程。故泰州百姓为他建造生祠。

②生祠：为活着的人建造祠堂，表达人们的极端崇敬的感情。报德：报偿恩德。出自《论语·宪问》："以直报怨，以德报德。"

③制置公：指张纶。汝颍之奇：汝颍地区的杰出人物。文武：文韬武略。

④战守秦塞：张纶曾任庆州（今甘肃庆阳，古属秦地）兵马监押。制胜：获胜。非一：不止一次。招降属寇：张纶曾从雷有终平定蜀地王均起义，建议招降起义军。全活：保全其生命。

⑤抚南夷：张纶曾为辰州、沣、鼎等州五溪十峒巡检安抚使，安抚当地少数民族。乂：安。此处为使动用法。使北疆：张纶曾奉使契丹。寻：重申。

⑥光华之命：承担光彩荣耀的使命。凝绩：成就功勋。出自《尚书·皋陶谟》："庶绩其凝。"

⑦天禧：宋真宗年号（1017—1021）。馈运：指运输。于兹：到现在。

⑧夙夜不懈：早晚不松懈。出自《诗经·大雅·烝民》："夙夜匪解，以事一人。"阙政：政事的缺漏处。举：兴。

⑨剥：剥蚀，此处意为丧失。

⑩崇、泰、楚：崇安（今福建武夷山市）、泰州（今江苏泰州市）、楚州（今江苏淮安市）。亭人：指亭场的盐民。课：税收。

⑪杭、秀、海：杭州（今浙江杭州市）、秀州（今浙江嘉兴市）、海宁（今浙江海宁市）。

⑫常、苏：常州与苏州。甫田：田。出自《诗经·齐风·甫田》："无田甫田，维莠骄骄。"

⑬租：田租。

⑭白沙郡：今江苏仪征市。舟楫不利：不便行船。济：船渡河。

⑮高邮：今江苏高邮市。漕渠：通漕运的渠道，即大运河。

⑯石限：即石闸。平其增损：水多时开闸放水，水少时关闸蓄水。

灌漕：灌溉与漕运。

⑰海陵：泰州旧名。潮堰：即捍海堰。葺：修葺。

⑱洊至：屡至。出自《周易·坎》：“水洊至，习坎。”醢：原意为将人砍为肉酱的酷刑，此处意为残害。稼穑：此处指庄稼。偃：倒下。桑梓：桑树和梓树。泛指树木。

⑲此邦之人：出自《诗经·小雅·黄鸟》：“此邦之人，不我肯穀。”极乎其否：意思是痛苦到极点。化用《周易·否》：“否极泰来。”

⑳厥功：指修筑捍海堰工程。横议：任情而不负责任的议论。嚣然：喧扰的样子。

㉑胡公：指淮南转运使胡令仪。列其状：上呈奏状。可：批准。

㉒兼领是郡：兼权知泰州。以观厥成：出自《诗经·大雅·文王有声》：“遹求厥宁，遹观厥成。”

㉓天圣五载：宋仁宗天圣五年（1027）。

㉔蠲其宿负：蠲免百姓过去积欠的赋税。

㉕期月：满一个月。复业归田：流亡在外的人回归故乡。

㉖抚之育之：旧时常把地方长官比作百姓的父母，所以说“抚育”。简：为政简易是古人赞美地方长官的套语。洽：和。

㉗肖：画。仪：仪容。

㉘惟：是。杰：杰出的人。经制：经办管理。楚越：张纶曾任荆湖提点刑狱，任职江淮制置发运副使时经管杭州、秀水地区，属于古越地。

㉙鉴：鉴别力。洞：洞察。毛发：指极细微的事物。这一句约略相当于“明察秋毫”。诚揭日月：诚信坦荡可以比并日月之明。揭：高举。

㉚建利除孽：即兴利除弊。孽：坏事。代天工发：出自《尚书·皋陶谟》：“天工人其代之。”

㉛嗷嗷：哀号声。防：堤坝。

㉜良膏：肥美的良田。岁凶于涛：每年都被波涛淹没。

㉝不粒：没有饭吃。逃：逃亡。

㉞惨怛：悲痛伤心。按、察：考查、考察。

㉟达：奏章送达皇帝。狃议：陈旧的议论。遏：阻挠。

㊱心过金铁：形容信念坚定。夺：迫使改变心意。

㊲宸听：皇帝知悉下情。宰谋：宰相谋略。

㊳展矣：心胸宽广。出自《诗经·邶风·雄雉》："展矣君子，实劳我心。"协力谐忠：指胡令仪支持张纶。

㊴兵民交充：军人和百姓都汇集到来。兴：兴办。

㊵盘盘：曲折回环的样子。偃偃：绵延伸展的样子。

㊶云、山：均比喻捍海堰。矗：高耸。亘：绵亘。

㊷如天作限：虽然是人造，却像自然形成的一样。奠：奠定。

㊸藩宣：藩卫国家，宣化、安抚百姓。

㊹全、痊：使动用法。我：拟张纶口吻。

㊺逋亡：逃亡者。复：回归。

㊻公义：犹"公论"。爽：差错，违背。报：报答。弥：更。

㊼建牙：树立旗帜。牙指牙旗，官署所树旗帜。裂壤：分封土地。攸：所。两句的意思是：张纶将要受到朝廷的提拔和封赏，到别处任职。

㊽图：谋划。

㊾列星之精：众多星辰的精华。列岳之灵：众多山岳的精魂。都是古人赞美在上者的套语。

㊿仪：外在形貌。停停：高大耸立的样子。神：内在精神。荧荧：光芒闪烁的样子。

51此邦镇宁：即镇宁此邦。

52既：已经。聚：形成聚落。莫我苦：不苦我、不伤害我。

53比比、鳞鳞：都是排列整齐的样子。两句说：房舍一排一排排列，田畴一片一片铺展。

54而：通"尔"。公：尊显者。竖：下层人。

55穆清：安和清明。经营：料理谋划。

56乐从：乐于听从官长。

【导读】

捍海堰的建成有张纶的贡献，泰州百姓不忘他的恩德，为他建造生祠，范仲淹应约写了这篇文章。文章叙述了张纶入仕后的政绩，特别是在泰州建造捍海堰的情况，歌颂了他心系黎民苍生，不畏艰难险阻的精神。范仲淹下笔时充满了感情，因为他本人的精神与之高度契合。文章体现了这样的思想：能否为百姓做实事，兴利除弊，是评判一位地方官好坏的标准。古人歌功颂德的文章多如牛毛，往往充斥溢美之词，十分空洞。这一篇却很实在，写实事，说实话，不是空泛的应景之作，溢美之作，而是倾注真情实感的文字。值得注意的是，范仲淹没有提及自己的首倡之功，表现了虚怀若谷的崇高品质。整篇文章语言很典雅，词约义丰，且多化用典籍中的词句，韵文部分尤甚，读者可以充分领略古汉语精练、整齐、典雅的美。（邵春驹）

赠盐城诸友

陈造

盐城偪海，不可井饮[①]。城西有池甚近，人狃习俗，置不省[②]。祛蔽起俗，非当官君子不可[③]。且舟致之易足，意为此必有道，不然，无为贵政术矣[④]。长句呈二三友，或可以告为邑者也[⑤]。

泉脉不通海滨土，人家辘轳上咸卤[⑥]。
新粳本自玉为粒，荐熟便如猩血煮[⑦]。
初尝已叹失香味，久食更忧戕肺腑[⑧]。
城西裨海百顷宽，绀碧泇泇含雾雨[⑨]。
我者舣桅酌清泠，洁比盘冰味牛乳[⑩]。
得非天意补此乏，跬步可斞殊不苦[⑪]。
但令十舟玄津致，坐遣千室皆甘茹[⑫]。
迄今俗习不自拔，如食置傍饥不取。
铜章师帅尽时贤，盍有教条祛惰窳[⑬]。
君不见乐天六筦挽西湖，惠利可容今愧古[⑭]。

（《江湖长翁集》卷八）

【作者简介】

陈造（1133—1203），字唐卿，晚年自号江湖长翁，高邮人。孝宗淳熙二年进士，担任过明州定海县知县、浙西路安抚司参议、淮南西路安抚司参议等职。有《江湖长翁文集》。

【注释】

①偪：同“逼”，接近。

②狃：习惯某事不肯改变。置：搁在一边，不理会。

③祛：祛除。起俗：唤起一般世人。当官：担负官职的人。

④舟致之：用船从远处运来。有道：有办法。政术：行政的方法。

⑤为邑者：担任地方官长的人。

⑥辘轳：井口安置的取水装置。上：把水从井中提上来。

⑦荐熟：原意为供祭祀的供品煮熟，此处即煮熟之义。全句说因为

水中含盐分极重，白米煮成熟饭就变成了深红色。

⑧戕：斫伤。

⑨裨海：此处指大水池。绀碧：深蓝色。

⑩舣桅：驾船。

⑪跬步：半步。形容近。斢：舀取的意思。

⑫玄津：很深的水区。因为水深呈黑色，故云“玄”。

⑬铜章：铜制官印。地方长官所佩。盍有：此处意为“能不能有”。惰窳：懒惰恶劣的习俗。

⑭乐天：白居易，唐代诗人，字乐天。六筦：原指西汉末王莽为增加税收所行的经济政策，酒、盐、铁专卖，铸钱和收山泽税。此处指白居易任钱塘太守时实施的修筑湖堤的工程。

【导读】

宋光宗绍熙元年（1190）冬，陈造到盐城短暂作客，留下两篇文章和五首诗歌，本篇是其中之一。盐城靠海，饮用水确实是一个大问题。汪曾祺也曾在文章中抱怨盐城水咸，至今还能从老年人口中听到这方面的说法。从这首诗可以看出，在宋代这个问题已经困扰着盐城人了。作者同时写的《东游记》中说：“城西有泊，俗谓之小海。”约在今盐城城西登瀛桥附近。他建议用十只船把小海的水运来，就能保证一城数千户人家的用水了。他希望通过友人，能把这个建议传到地方官的耳中。这个建议是否合理可行不得而知，但是作者的热心是可嘉许的。宋人以文为诗，这首诗也是如此。作者述事实、提建议、列理由，表达得充分详尽，完全是文章的写法。当然，作者注意形象性，使用了比喻夸张的修辞，如“玉为粒”“猩血煮”，如“戕肺腑”，仍然让人感受到诗之美。（邵春驹）

哀飓潮五首[1]

崔桐

其一

今岁东隅厄，伤心北海翻[2]。
万民葬鱼腹，百里化龙门[3]。
洒血悲亲友，无家问子孙[4]。
寄言当路者，早为扣宸阍[5]。

其二

尽日蛟龙斗，俄时天地混[6]。
丈涛从北涨，万户总南奔[7]。
赤子随鱼鳖，红流失市村[8]。
有生知亦死，何计觅饔飧[9]？

其三

昼吼如雷雨，旋翻过屋涛[10]。
儿沉父莫救，夫失妇空号[11]。
梁栋浮轻苇，牛羊傍九皋[12]。
哀哀残喘者，谁为赠衣袍[13]？

其四

薄命嗟群鬼，求生尽失谋[14]。
几人能抱树？无数任随流[15]。
形改何从辨？骸沉谁为收[16]？
岂知歼敌伐，青史亦名留[17]。

其五

潮回无绿野，禾稿尽黄云[18]。
夜哭喧新鬼，孤行寂故群[19]。
耒锄农失业，鸡犬野无闻[20]。
皓首时东望，沾巾对落曛[21]。

（《嘉靖两淮盐法志》卷十一）

【注释】

①哀：常作为诗题。如杜甫有《哀江头》《哀王孙》等。飓潮：今

称为风暴潮，是一种灾害性自然现象，常常酿成巨大灾难。

②东隅：东部地区。厄：困苦、灾难。北海：泛指北方海域。翻：风暴潮引发的海溢。

③龙门：龙门山。语出《水经注》。相传龙门山原是一个整体，大禹治水时将龙门山凿开，一分为二，伊水便得以从两山中间向北流出。龙门山被分开的两部分东西相向而立，远望像一个阙，伊水从中间穿过，此处便被称作伊阙。诗中“龙门”指海潮冲决堤坝留下的缺口。

④洒血：流下血泪。古人认为伤心到极点，眼中泪尽则继之以血。无家句：指打听不到子孙的下落。

⑤当路者：当政者。扣宸阍：指向皇帝或当政者反映情况。阍意为守门人。

⑥蛟龙斗：蛟龙争斗，比喻因风暴潮引发的海潮翻滚，风浪交加的情形。混：指天昏地暗。

⑦丈涛：一丈高的巨浪。从北涨：谓海溢决堤。总：一齐。奔：疾跑逃亡。

⑧赤子：原意为刚出生的婴儿，此处指遭遇海难的百姓。随鱼鳖：指人被海浪吞噬，像鱼鳖一样随波逐流。红流：洪水。红同洪。失：失去，指淹没。

⑨有生：逃生者。饔飧：泛指食物。此二句讲即使那些死里逃生的人也知道自己活不下来，因为没有办法找到食物充饥活命。

⑩吼：风浪翻滚交加的声音。旋：顷刻间。翻：掀起。过屋涛：高过房屋的浪涛。

⑪莫：不能。

⑫梁栋：房屋的大梁。浮轻苇：谓房屋倒塌，屋梁如芦苇一样漂浮在水面。九皋：很多水边高地。皋：水边的高地。

⑬哀哀：悲伤不已。残喘者：濒临死亡的人。

⑭薄命：短命。群鬼：潮灾死难者。失谋：想不到办法。

⑮任：由着。

⑯何从：即“从何”，依靠什么。辨：辨认。此句谓尸体过海水浸泡，外貌已严重变形。骸：尸骨。

⑰岂知：如果知道。歼：消灭。敌伐：讨伐敌人，泛指从军参战。

⑱潮回：海潮退去。稿：同槁。枯萎。黄云：庄稼因海水浸泡而枝叶变黄，放眼望去，大片田地里枝叶枯槁的庄稼就像一片片黄色的云。

⑲新鬼：新死去的人。寂故群：失去旧时同伴感到寂寞。

⑳耒锄：农具。失业：谓无人使用农具从事耕作，农具犹如失业了。

㉑沾巾：抹泪。落曛：夕阳。

【导读】

嘉靖十八年己亥（1539），崔桐在家乡遭遇了巨大潮灾。据史书记载，当时通州、海门、如皋、泰州（含今东台）海水骤然涨溢，浪高二丈余，潮水冲决捍海堤堰涌入陆地，导致平地水深一丈余。崔桐满怀悲伤地写下了这组诗，记录了当时的灾情，表达了对受灾百姓的深刻同情。第一首总括了灾情的发生与结果。诗歌末尾严肃建议当政者及早向上反映灾情，作出应对。第二首至第四首是具体描写潮灾发生时的各种惨状：房屋坍塌，梁栋浮水；百姓随波逐流，溺死者过半；即使侥幸存活，又无衣无食；牛羊马畜在海水中挣扎，村庄市镇在洪流中淹没。洪水所到之处亦如生灵世界的收割机，轰鸣翻滚，将所有事物吞没殆尽。末尾一首是描写灾后禾苗枯槁，农具丢失，农民失业荡产，前途一片茫然，只能“夜哭喧新鬼”“沾巾对落曛”。这不仅昭示着灾难的深重，也提醒着当政者灾后重建工作的难度之大。整组诗歌以潮灾的发生、发展为线索，采用先总括，后细说的叙写方式将灾难的可怕，人民的无力尽收笔底。读来让人不胜嘘唏，悲叹不尽。（丛玲玲）

新建泰州东台察院记①

崔桐

东台故无察院，每御史行部辄就馆于分司，分司官则退就于盐课司焉②。两淮袁运判才谋诸东台场使吴绍曾曰，东台实泰州十场中土，御史行部道所由出③。无院以攸跻则旅无宁次，事涉苟简，非所以崇等威重国计也④。且通淮二司各置院，而泰州独无⑤，无乃于综理有缺乎⑥。亟以建院。故请诸御史云汀齐使君，君以为然⑦。檄才授其计，绍曾督其成⑧。于是乎虑事，庀材分工，董植、程功颁直，其土方撤故祠以为址⑨，其庸徒召募有方，无烦诸场，其费出运司公帑八百余金，其命日始甲辰仲秋，其告成是岁孟冬。院中为公堂，后为寝堂，中为轩⑩，各四楹左右为耳房，各二十楹，前为次门，又前为前大门，各四楹⑪。袁运判谓云，云汀君之奉命而南也，多有懋政，建院其一也，盍记诸乃以碑事谒东州桐⑫。桐曰，天下事其成与否，有几焉⑬。我国朝盐课司之设余百七十年矣，而院事尚莫之讲，何哉⑭？上焉者，岂无志焉；而下不足以承之，非几也⑮。下焉者，非无谋焉；而上弗之可非几也⑯。云汀君以务内之，学纾彪外之治本之，以纯笃敷之，以激扬励政勤民，虚己体物，奉使之贤者也⑰。运判之能，足以周旋⑱。绍曾随牒寄迹，不负科名，亦一时之良也⑲。是故，上有志焉，下克承之⑳。克承则志同，志同则事集，是之㉑谓和会。下有谋焉，上弗鄙之㉒。弗鄙则谋获，谋获则事成。是之谓嘉逢，余所谓有几焉者，非耶㉓。观一院之作，而几于上下交相成，则天下之事可以㉔偏才理耶？吾今乃知㉕云汀君之政，岂曰著在淮海㉖，虽达之天下可也。云汀君辽东人，讳宗道，别号云汀云。

（《嘉庆东台县志》卷三十六）

【注释】

①察院：明改御史台为都察院，简称察院。御史出差在外，其驻节的衙署亦称察院。

②御史：指两淮巡盐监察御史。行部：巡行所属部域，考核政绩。辄：于是。就馆：到某地暂住。分司：盐运司下设的分司。盐课司：官署名。明代在各产盐场地置盐课司，掌征收盐税。其长官为大使、副使。

③盐运判：盐运使属下管理某一地区盐务的官员。当时两淮盐运判为袁才。场使：即盐场大使，掌管各产区中食盐生产与场灶缉私。当时东台盐场大使为吴绍曾。泰州十场中土：明代两淮都转运使司设于扬州城，下辖泰州、淮安、通州三个分司。其中通州分司所辖盐场为上十场，泰州分司所辖盐场为中十场，淮安分司所辖盐场为下十场。东台盐场处于十场的中间地段。道所由出：泰州盐运分司设于东台场，故巡盐监察御史巡行泰州十场进出必经东台场。

④攸跻：所居住。因有台阶，故云“跻”。苟简：苟且简略。崇等威重国计：使等级威严建立起来，重视国家大计。

⑤通淮二司：通州和淮安盐运司。

⑥无乃：难道不是，表示反问。综理：管理。

⑦亟：急迫。云汀齐使君：彼时两淮巡盐侍御史为齐云汀。

⑧此句谓监察御史下文书让两淮盐运判为袁才负责策划，东台盐场大使吴绍曾负责督促建成。

⑨庀材：备办建材。分工：分配任务。颁直：公布。

⑩庸徒：建检察院所用的工人。烦：劳烦。公帑：公款。命日：限定日期。告成：宣告完工。仲秋：秋季第二个月，农历八月。孟冬：冬天第一个月，农历十月。公堂：办公场所。寝堂：寝室，住宿休息的地方。轩：有窗的长廊或小屋。

⑪楹：间。房屋计量单位。耳房：正屋两旁的小屋。

⑫懋政：大的政绩。盍：何不。记：以文记录下来。谒：拜见。全句谓将写《新建东台察院记》的事情拜托给了崔桐。

⑬共：统计。成与否：成功与失败。

⑭余百七十年：一百七十年。莫：同“暮”。

⑮上焉者：在上者。志：抱负，理想。承：接续，继承。非几：犹非理，不合正道。

⑯下焉者：在下者。非无谋焉；弗之可：不认可。非几：引申为责备之意。

⑰务内之学：内在的学问品德。纾：表示；发表。彪：虎身上的斑纹，借指文采。此句意谓内在的学问品德展示于外在的语言行为上。纯笃：纯朴笃实。敷：涂上。激扬：激浊扬清。励政：使政事振兴。勤民：

尽心尽力于民事。

⑱周旋：游刃有余地处理各种事情，与人打交道。

⑲随牒：据以授官的委任状。寄迹：在外乡暂时栖身。“随牒寄迹”谓随任调配之意。不负科名：没有辜负自己的科举功名。良：优秀的人才或官吏。

⑳克：能够。

㉑事集：成功。

㉒和会：交战双方暂时休战，举行和平谈判会议，以谋求终止战争。

㉓嘉逢：美好的遇合。

㉔上下交相成：上下级相互配合才能成功。可以：好。

㉕偏才理：偏爱人才的道理。

㉖着：附着。淮海：淮南海盐政事。

【导读】

明代中期，东台盐场地处泰州分司所辖中十场的核心地段，而且是泰州盐运分司的办公所在地，是巡盐监察的各级官吏巡行泰州十场进出的必经之地。这样重要的一个地方却没有供盐政官吏工作休息的处所，实属憾事。本篇文章即叙述了明嘉靖甲辰（1544）盐运判和东台场使合力申请在东台盐场兴建都察院的始末。文章前半部分叙写了建都察院的原因，建都察院的经过，以及都察院建好后的格局分布等。后半部分则写盐运判请其作建院记。建院记中借着赞扬两淮巡盐侍御史齐云汀、两淮盐运判袁才、东台盐场大使吴绍曾等人的机会，阐述了官员上下级需相互配合，精诚合作的道理——“克承则志同，志同则事集”“上下交相成，则天下之事可以”。全文叙述中有说理，说理时又娓娓叙来，平易和缓，但让人读来印象深刻。（丛玲玲）

修筑捍海堤记

崔桐

淮南之东为维扬，维扬属土滨海，而为州者有泰有通，为县者有如皋有海门[①]，煮海诸场丽焉[②]。岁常卤水入亩，民病伤稼[③]。赵宋文正范公司课西溪，谋筑堤捍海，自泰以抵于通[④]。沈公起令海门，续范堤而东抵吕四二堤，蜒蜿可数百里，民实赖焉[⑤]。车徒轹蹑，积久日圮[⑥]。我朝洪武间，飓涛作，民大溺；嘉靖己亥，飓涛作，民又大溺[⑦]。

先是巡抚诸公尝议，请修筑以迁代[⑧]。薄遽有志焉，而功莫果也[⑨]。行庵陈使君至，遵海而东，谘诣凋瘵，愀然叹曰："堤以捍海，有堤弗治，与无堤等。民瘨阽危，可缕缦，莫之急耶。"[⑩]乃覈实以覆[⑪]。闻既得请，而君以当代去东江[⑫]。杨使君至，恔恔然曰："行庵斯举，急民隐也。吾当亟成之！亟成之！"[⑬]乃谋诸郡守韩君一佑，俾檄诸属，相宜虑事，而后授役焉[⑭]。海门负海切迩，盐场受割尤剧[⑮]。刘尹烛、沈簿钦议曰："比邑之场，曰吕四、曰余东、曰余中、曰余西、曰金沙。堤之阙宜补夷。宜筑者共为丈二万八百有奇，计高可一丈，广可二丈，工役直金称厥功，事乃济。"[⑯]御史以授郡守，守曰："主簿钦其董之，场之比通者，曰西亭、曰石港，堤之夷者计为丈三千二百有奇，工徒直金计几何？"[⑰]曹州守金修筑之议如海门，御史以授郡守，守曰："同知李宜春其董之，比如皋者，曰马塘，曰掘港，比泰者，曰草堰，堤之阙者丈几何？工徒直金计几何？"[⑱]修补之议亦如之，御史以授郡守，守曰："同知张鹤主簿李济其董之。"议既定，乃发漕司帑金万九千有奇两以给群司[⑲]。群司受牒，惟谨督植程功，无敢翕讹。肇役[⑳]庚戌秋七月，阅冬十二月告成[㉑]。东北相望，丸丸屹屹，如冈如墉，可以永赖[㉒]。民大悦。知县烛以勒石纪绩，请御史谦，谦不欲有也[㉓]。问于东洲桐，桐曰："若古洪水治而两仪位，禹服缵而民生粒，盖前弗作则弗传后，弗继则弗引，范公之后沈公引之，沈公之后寥寥数百，祀无闻焉。何哉？使是役先己亥而举，则咺睢赤子万命岂俱为鱼鳖乎？君子谓：'二御史之功，当不在范沈下，可泯焉而无纪耶？'是役也，御史不惜费厥直，称力民，无怨咨。故事易功。"[㉔]

民溺既防，三农岁有秋[㉕]。人竞趋作，故工不斁，且立法保护[㉖]。责归盐，总使更迭岁守，小圮辄益土，故势可久[㉗]。陈君，山东登州人，名其学。

杨君，山东章丘人，名选，皆甲辰进士。

（《崔东洲集》卷十一）

【注释】

①淮南: 指淮河以南一带地区,扬州在其内。维扬: 扬州。属土: 地处。

②煮海：煮海水为盐。丽：依附。

③卤水：含盐浓度很高的海水。亩：农田。病：苦恼，担心。

④课：征收赋税。范仲淹曾在东台西溪做盐仓监，负责征收盐税。筑场捍海：即修筑捍海大堤（即范公堤）。泰：泰州。通：通州，今南通。

⑤沈公起：北宋海门知县沈起。吕四二堤：今南通启东吕四港。赖：依靠。

⑥车徒：车马和行人。轹：车轮碾轧。圮：坍塌。

⑦飓涛：风暴潮。总：一齐。奔：疾跑逃亡。

⑧迁代：迁徙替代。

⑨薄：公文。遽：就。功莫果：最终没有成功。

⑩行庵陈使君：陈其学（1512—1593），号行庵，嘉靖二十七年（1548）曾任两淮巡盐御史。遵：沿着。谘诣凋瘵：谘，同“咨”。征询；商议。诣，于。凋瘵，困穷之民或衰败之象。以上谓陈其学沿着海岸线向东调查百姓受灾情况。愀然：神色严肃。捍：抵御。等：等同，相当。

⑪覆：上报。

⑫既得请：已经获得批准。

⑬杨使君：杨选，字以公，济南府章丘县（今山东章丘）人，明朝中期大臣，曾做御史。忺忺然：高兴的样子。急：对别人的事情或困难尽快帮助。民隐：民众的痛苦。亟成：很快就会成功。

⑭韩君一佑：韩一佑，明代大中大夫，嘉靖十七年（1538）进士。曾被任命为南京广东道监察御史，后因得罪奸臣严嵩被贬做扬州知府。俾：使。檄：下达文书。属：僚属。相宜虑事：适合商议此事。授役：分配任务。

⑮负：靠。切：密合，贴近。割：此处指伤害。尤剧：尤为严重。

⑯比：靠近，挨着。邑：县城。补夷：夷，同“痍”，创伤。谓修补堤坝损坏处。有奇：有余。工役：修筑堤坝的工人。直金：工钱。厥功：功绩。济：有益。

⑰董：监督管理。比通者：靠近通州的盐场。

⑱同知：共知。泰：泰州。

⑲漕司：漕运司。帑金：国库钱币。

⑳受：接到。牒：文书。谨督：谨慎督促。植：确立。程功：计算完成的工作量。翕訿：小人相互勾结，朋比为奸。肇役：引发事端。

㉑阅：检视。告成：宣告完工。

㉒丸丸屹屹：高大挺立。如冈如墉：像高山和高墙一样。

㉓勒石纪绩：即“勒石记功”，意思为把记功文字刻在石上。不欲有：不同意把自己修堤的功绩刻在石碑上。

㉔两仪：阴阳。位：归位。禹：大禹。服缵：即缵服，继承职位。此谓大禹继承其父鲧治水的事业。粒：意为有饭吃。引：继承。禩：祭祀。举：提出。盱睢：张目仰视的样子。胥：都，皆。纪：记载。厥：他的。直：同值。称：赞扬。力民：勤民。怨咨：怨恨嗟叹。

㉕防：治理。三农：泛称农民。有秋：秋季丰收。

㉖竞趋：争着。故工：原来的工作。指盐民煎盐的工作。斁：禁止。

㉗盐：盐业。总使更迭：管理者不断迁换。

【导读】

本文记叙了明嘉靖年间海门县重修捍海堤事，多涉及东台者。文章先回溯了海门捍海堤的修筑历史，接着又将此次修筑的原因、过程，以及捍海堤修好后民众返工复兴的情况作了记录，中间还穿插了海门县令要将此次修筑刻石勒功的事件。文章不仅叙述完整，而且详细生动，如对陈杨二人的神情、语言的细节性描绘既突出了修筑捍海大堤的紧迫性，也体现了二人关心民瘼的情怀，颇具匠心。另外，文中对修堤勘察的各样数据及所涉盐场、港口名称的叙写也是事无巨细，如数家珍，这中间饱含着崔桐对家乡的热爱，真乃于无声处见真情。文章后半部分对海门县令询问刻石勒功一事的回答及末尾交代了陈杨二人的籍贯出身，都是在劝诫海门当政者及百姓应常思过往，以鉴当下，饮水不忘挖井人。整篇文章事理清晰，通俗易懂，不失为一篇纪实佳作。（丛玲玲）

杨公墩记

吴敏道

杨公墩在盐城之清沟镇，清沟父老为邑令杨公作也。作之者何，杨公有浚射阳湖之功，作墩以表也。若汉之白渠，魏之郑陂，隋之薛公渠，宋之范公堤，陈公堤，苏公堤之类也。

射阳湖在盐城县治西一百四十里，湖最巨且深，盖萦回三百余里，能受淮、扬两郡七州县之水，旋转而入于海。故其时两郡无水患，而穰岁相仍称乐国云[①]。

嘉隆以来，淮水夺淮之柳铺湾而下，黄河南徙则又夺高、宝之堤而下，并汇于射阳湖，日湔月洗，兼以黄河之水渟蓄沙积，于是射阳湖日就淤浅，非曩昔矣[②]。夏秋水涨，则湖莫能容，崩腾泛滥，侵没民田，千里相望，淼如巨壑，所荡溺人畜，不可胜数，安复问禾黍[③]？迨春水落，则水粼粼露湖底，不能运十斛舟，百货阻莫通，是商与民俱病也[④]。自是，诸州县咸蒙其害，而盐城尤甚[⑤]。流离困苦之状，惨不忍见。万历七年，杨公至，愍然伤焉，谓岁蠲其租而日给之食，无裨也。周访恀咨，乃始倡开济射阳湖之议。白于督府凌公云翼，督府善其筴，即具疏以请，上可其请[⑥]。于是督府发帑镪，简文武诸属吏分董之[⑦]。而杨公挺然以一身总其役，部署丁卒，口授方略，日乘小舟，栖泊洲渚间。披寒雪，冒暑曦，至身且病，犹强治事，不少偷息。盖以万历九年正月始事，是年八月即奏成。明年，清沟父老乃于其镇之元君殿后树墩以识焉。湖既浚，水始湍驶，趋海如箭。即伏秋水发，亦且得所归，无泛溢患。二十年蛟龙所窟宅之田一朝而毕出，盐人咸把锄犁而耕。至秋，黄云蔽野，社鼓相闻。昔河内之歌曰："邺有贤令兮为史公，决漳水兮灌邺旁，终古泻卤兮生稻粱。"乃今于杨公再见之。水虽落，中流深尚丈余，万斛之舟扬帆鼓棹而行，百货毕至，海滨所产，如薪、如鱼、如鹾，咸得达于四方。昔沧州之歌曰："新河得通舟楫利，直达沧海鱼盐至。昔日徒行今骋驷，美哉薛公德滂被。"乃今又于杨公再见之。盖居民耕者、商贾、过者，靡不望墩而拜曰："我杨公之赐也！"于是名其墩曰杨公墩云。余又闻杨公开大盘湾时，一日下令筑巨墩，可容数千人。墩成，适飓风大作，海潮拥至如山，繇夫数千争上墩，得不死人，亦称为杨公墩焉。

杨公莅盐且五载，十九在工，十一在盐。其所治河盖四五，不直一射阳湖，即今犹请督府重浚之。为千百年计至殷也，即在盐惠政异迹甚夥，不具载。特因清沟父老李雯等之请，为扬扢墩事云尔。

（《万历盐城县志》卷十）

【作者简介】

吴敏道，生卒年不详，字月南，号南莘，又号射阳畸人，扬州宝应人。以孝名闻于乡党。著有《观槿》《竹西》等。

【注释】

①穰岁：丰年。仍：接连、连续。

②湔：浸入、浸润。渟：水积聚而不流动。蓄：积蓄、储存。就：靠近、淤积。曩：从前、往日。

③腾：翻滚、跳跃。森：幽深的样子。壑：坑谷、深沟。荡：损毁，破坏，碰撞。禾黍：禾与黍。泛指黍稷稻麦等粮食作物。

④迨：等到。水粼粼：形容水流的清澈。斛：古代量器名，亦为容量单位，十斗为一斛。比喻物之小。病：烦躁，担忧。

⑤咸：都。

⑥开浚：开掘疏浚。

⑦帑镪：钱财、货币。董：监督管理。

【导读】

本篇文章是作者受盐城清沟镇民众所托，记录建造杨公墩的缘起，歌颂杨公对开掘疏浚射阳河的功劳的一篇记事文。文章第一段交代故事背景，记事缘起。第二段介绍射阳河在杨公治理前的境况：河流淤积、荡溺人畜不可胜数、作物毫无收成、货物不通、商民无法进行贸易交流。第三段开始，记叙待“杨公至”，倡议开导疏浚，并以身作则，兢兢业业，统筹部署，亲力亲为，事无巨细，即使自己生病也没有丝毫松懈，至是年八月射阳河既浚，水始湍驶，趋海如箭，百姓们终因射阳河兴，而各业兴。百姓们为感恩杨公为治理射阳河的功劳，在村镇的元君殿后建立了“杨公墩”作为纪念。文章结构明了，记载杨公疏导射阳河造福居民百姓的事迹，表达了作者对杨公舍己奉公、造福百姓、不辞辛劳的称赞与敬佩。（程希）

范公堤①

杨瑞云

吴陵持节日，沧海设重关②。
寒日低淮浦，高祠遍楚山③。
草深沙脊在，鳄徙市廛环④。
我欲穷遗迹，徘徊烟树间。

（《光绪盐城县志》卷十六）

【注释】

①范公堤：宋代范仲淹建议并主持修建的捍海堤。宋仁宗天圣元年（1023）修筑，天圣六年（1028）筑成。后代又多次修筑，北起阜宁，南至南通。

②吴陵：泰州，又称吴陵。持节：意思是出任地方长官。沧海：我国古代对东海的别称。

③寒日：冬季太阳。低：徘徊、流连。淮浦：古代对淮河沿线一带地域的概称。大致涵盖范围在淮河以北的扬州、泰州、南通、盐城、淮安、连云港一带的淮盐主产区。

④沙脊：沙坡的一种，通常是在有粗沙补给，遭受过分风蚀的地区中形成。鳄徙：《旧唐书·韩愈传》中记载，韩愈初到潮州，老百姓说当地有鳄鱼，深受其害；韩愈因祭湫水，写《祭鳄鱼文》，其夕鳄鱼迁徙。后成为诚心所至，感动天地的典故。

【导读】

范仲淹倡修捍海堰，为泽被千秋的壮举。作者行走于范公堤上，赞美范仲淹兴修海堤的功绩，感叹这座海堤修筑前后的巨大变化，创作了这首诗歌。诗歌写景抒情浑然一体，于赞叹中带有悲伤和欣喜。赞叹今日范公堤之优美，悲伤往日之荒凉，欣喜范公的坚持、今昔的巨变。范公当年来到此地，捍海堰遂能建成。“草深沙脊在，鳄徙市廛环”一句高度概括出范公堤的历史价值。“沙脊”是当年捍海堤残破，海潮肆虐，草木荒凉，风沙漫天造成了恶果。范仲淹在兴修海堤过程中，为巩固大堤，让人在堤内种植草皮、插栽柳树。如今每逢春日，海堤两岸是万株绿柳，草木葱葱。“鳄徙”一词诉说了修海堤事业的艰难。最终在范仲淹、张纶、滕子京等人不懈努力下，终将捍海堤修成。往日洪灾下的荒凉之地已经变成了商贾环绕的热闹市集。诗人徘徊流连，赞叹不已。诗歌对仗严谨，前三联每联对仗。同时又巧妙运用历史典故，增加了画面的空间感和跳跃感。（黄静）

盐渎行[1]

杨瑞云

大风卷地海云黄，四野昏黑日无光[2]。
狐狸白昼置人旁，千家万家尽傍徨。
壮夫大叫气如狂，蛾眉红粉泪千行[3]。
盐渎主人把剑问上苍，胡为乎陵谷倒置变态也非常[4]。
千竿绿竹覆壶觞，有酒难消郁结肠[5]。
可道颜色百花王，一朝零落蔓草旁[6]。
轰雷掣电天中央，此时势焰何可当[7]。
吁嗟晦明事难量，吁嗟晦明事难量[8]。
霎时间云师风伯避太阳，魑魅恐尔无处藏[9]。

（《光绪盐城县志》卷十六）

【注释】

①盐渎：古县名。西汉高帝六年（前201）置，故城盐城县西北，

治今江苏省盐城市。西汉初属广陵国，东汉属广陵郡，三国时废。西晋太康二年（281）复置，仍属广陵郡。东晋义熙九年（413）三月改名盐城县。以产盐著名。行，诗歌体裁。

②卷地：从地面席卷而过，形容势头迅猛。四野：四面放眼无边无际的原野。

③壮夫：豪壮之士，豪杰。蛾眉：同“娥眉”。红粉：胭脂及铅粉，女子的化妆品。这里代指女子。

④胡为乎：何为，为什么。陵谷：《诗·小雅·十月之交》：“高岸为谷，深谷为陵。”后因以“陵谷”比喻君臣高下易位。也比喻自然界或世事巨变。变态：形态、构造变化。非常：异乎寻常的，特殊的。

⑤壶觞：酒器。

⑥蔓草：蔓生的草。

⑦轰雷掣电：响雷闪电。亦以形容迅疾。势焰：权势和气焰。

⑧晦明：夜间和白天，亦指昏暗和晴朗。

⑨云师风伯：云神与风神。魑魅：古谓能害人的山泽之神怪，亦泛指鬼怪，后常喻指坏人或邪恶势力。

【导读】

诗人杨瑞云曾于万历七年为盐城县令。时方洪水为虐，乘小船赴任，至则宣誓：“瑞云在盐一日，则守海一日。盐民一日不宁，瑞云于心一日不宁。”本诗便表达了作者希望平定水患，使百姓安居乐业的决心。诗歌前三句着重描写了洪水肆虐下百姓的生活状态：“尽傍徨”“气如狂”“泪千行”。第四、五句诗人心情沉重，持剑质问上苍为何要引发如此有违常理的自然灾祸。最后四句作者一转沉重的心情，对未来充满信心。再骄傲的牡丹也终会凋谢，再声势浩大的雷电也终会消散，所有事都没有定论，自己治理下的盐城终有拨云见日的一天，表现出作者的决心和对百姓的爱护之意。（程希）

清沟雨宿

杨瑞云

谁怜行役者，三见射阳春[①]。
风雨孤村日，波涛万里身。
云深长似夜，水宿四无邻。
赖有沙鸥在，双双与客亲[②]。

（《光绪阜宁县志》卷二十二）

【注释】

①行役：旧指因服兵役、劳役或公务而出外跋涉。《诗经·魏风·陟岵》：“嗟！予子行役，夙夜无已。”这里作者指自己在盐城任职。

②赖：幸而，幸亏。

【导读】

这是一首五言律诗，反映了盐城的老百姓在频频水灾折磨下的惨状，流露出作者内心的无比沉痛。诗歌前两句交代时间、地点和人物，这是作者在盐城任职的第三年，一个“怜”给读者留下了想象的空间。下面六句写景抒情浑然一体。风雨、孤村、万里波涛意象的累叠，交代当地洪水的肆虐，村庄的荒弃，百姓的流离失所的惨状。为治理水患，作者雨宿孤村，“无邻”与“有沙鸥”的一无一有对比中，透露出作者对水灾的深切关注和对受苦人民的同情。（黄静）

西　团

陈翼

野旷天无际，村荒草四围。
忍听风撼海，仍苦月窥扉①。
户口流亡尽，人烟到此稀。
乡关何处是，一望一沾衣②。
（《康熙两淮盐法志》卷二十八）

【作者简介】

陈翼：生平事迹不详。

【注释】

①仍：加上。

②乡关句：出自唐代崔颢《黄鹤楼》：“日暮乡关何处是，烟波江上使人愁。”沾衣：流泪。

【导读】

首联两句，每句前后均为因果关系，因为大地空旷无遮挡，所以天看上去不见尽头；因为村庄荒残无人，所以四围长满杂草。颔联两句间为递进关系。“忍听”即“哪忍听”，狂风激起海中巨浪，发出异响，使人听了难受，所以这样说。“月窥扉”即月光从窗中射进来。月光惨淡，使不眠的人更添愁苦。颈联“到此”二字，是因为西团在海边最东部，作者是从外乡来，对这里的人烟稀少感受特别强烈。尾联表示思念故乡之意。按理说，一次望不到，应该知道了，不必再白费力气，可作者还是禁不住一次次地望；望一次就要经历一次从希冀到幻灭的过程，望一次就要流一次泪。这一次次的精神折磨，教人如何承受呢。（邵春驹）

七家团①

陈翼

海风野草望无边，几树枯杨一破椽②。
赤脚老翁原富灶，自言遭水十三年③。
（《康熙两淮盐法志》卷二十八）

【注释】

①七家团：又名“戚家团”，在今盐城市大丰区西团镇。

②一破椽：一处破屋。

③富灶：有多个盐灶。

【导读】

这首诗写七家团在屡遭水灾后的凋敝景象。前两句，无边的野草与几树枯杨、一处破屋形成多与少、大与小的强烈对比，突出了海边的萧索景象。《周易》中总结了“一与多”对立统一的范畴，诗人早就在创作中运用了这一原理，佳句不胜枚举。这两句也是这样。后两句写了一位老翁。他原本有很多盐灶，然而长达十三年中年年水灾，一切都没有了。这是一个精心选择的典型。从社会心理层面看，贫穷老者是最显弱势、最容易引发人的同情哀怜的人，所以在诗文中，这种形象也特别多。从艺术上看，作者充分发挥了绝句含蓄精练的长处。“自言遭水十三年”，点到为止，水灾是怎样损毁一切的，不详细说，给了读者想象的空间。（邵春驹）

白驹场

陈翼

匝港寒芦路渐纡，据鞍何事复前驱①。

一天暮雨过场口，更有谁来絷白驹②。

（《康熙两淮盐法志》卷二十八）

【注释】

①匝：满。芦：芦苇。纡：曲折的样子。据鞍：跨马鞍。

②一天：满天。絷：用绳子拴。这个词源自《诗经·小雅·白驹》：“皎皎白驹，食我场苗。絷之维之，以永今朝。”

【导读】

第一句写河港里满是芦苇，越往前道路越曲折。然后作者自问：这么荒僻的地方，为何还要往前呢？这是无奈的自嘲。后两句，因为自己骑着马，又从“白驹”地名引起联想，作者发出疑问：此时此际，除我之外还有谁来在此系马停留呢？这首诗写了一个游子从白驹场经过时的孤寂落寞的情怀。全诗由两个问句组成，一是自问而不答，二是没有明确对象、也不需要回答的疑问，饶有变化。（邵春驹）

海潮叹

沈聃开

乙巳之秋秋七月，三日食时飓风发[①]。
须臾天色黑如夜，雨纵风威行杀伐[②]。
初犹拔木摧民庐，继则崩山震太虚[③]。
十家九家墙尽倒，十里九里炊烟少。
屋瓦蝶散声琅琅，屋茅席卷余空梁[④]。
人尽水立夜不卧，杳无一室留灯光。
此为城市尚如此，濒海之地复何似？
夜夜防潮潮不来，此夜虽防人亦死。
风声能使潮不声，毒龙怪鳄驱潮行[⑤]。
潮行迅驶有如箭，翻使风声居其殿[⑥]。
雨工巽二怒不戢，努力助潮如不及[⑦]。
海上有墩设烽火，尺计何止四五十[⑧]。
潮来一瞬无群墩，侧闻其上波狂奔。
老者斯时甘殉屋，壮者恃强还出门[⑨]。
出门低徊念父母，入门复念糟糠妇。
或负或携相呼号，不知何处无波涛[⑩]。
远近呼号当午夜，有船之家方欲驾。
其中忽满无船人，船主欲入翻无罅[⑪]。
可怜浪拥船难支，人人皆作水中尸[⑫]。
老者幼者及妇女，入水不得相携持[⑬]。
独有壮者犹倔强，腾出洪波十余丈。
口喷乱沫如溅珠，至死犹然与波抗。
有船无船等倾覆，间有逃者身附木[⑭]。
鼋蛇蝨蜡纷求生，人附什四彼什六[⑮]。
自南徂北西迄东，茫茫一白何终穷？
畜产民舍五百里，尽化为潮掀冷空。
君不见范公堤畔尸相籍，昔尝煮海皆供公家役[⑯]。
又不见，东海漂来木如山，昔为卤棚鏾厂千万间[⑰]。
海水海水奈尔何，又复伤我之田禾。

海禽飞飞无止所，啼上城头枯树柯。

（《康熙两淮盐法志》卷二十八）

【作者简介】

沈聃开（1615—？），字亦季，安丰人，沈守能之子。少孤，与两兄事母至孝。明亡后绝意仕进，与同乡的王大成、王大经、吴嘉纪吟诗作文，号称“东淘四逸”。有《汲古堂诗存》。此外他还能作画。

【注释】

①乙巳：康熙四年（1665）。食时：特指早饭时，相当于今七点到九点间。

②雨纵风威：雨借着风的威势。

③太虚：天空。

④蝶散：如蝴蝶四散。琅琅：此处形容瓦片碎裂声。

⑤风声句：风声压过潮声。

⑥翻使句：潮声压过风声。殿：在最后。

⑦雨工：行雨之神。巽二：传说中的风神。戢：敛抑。如不及：能用的力气都用上。出自《论语·泰伯》：“学如不及，犹恐失之。”

⑧有墩：这种墩叫烟墩，上面有两名兵士，瞭望海上，防备海贼盗匪，有警报时点烟火报警。安丰场场东、场南、场北各有一座烟墩。尺计句：四五十尺，即四五丈。

⑨殉屋：和屋子一起毁灭。

⑩或负或携：壮者用肩负、用手携老人孩子。

⑪其中句：无船的人占据了船主的船。罅：缝隙。

⑫可怜句：船被巨浪倾覆。

⑬入水：落入水中。

⑭等：同样地。身附木：抱住木板等。

⑮鼃：同“蛙”。蝱：同“虻”。蜡：泛指虫类。人附句：木上十分之四是为人占据，十分之六为蛙蛇等占据。

⑯相籍：形容尸体层层叠叠。籍：通“藉”。

⑰鏾厂：指制作鏾的作坊。

【导读】

这首诗和吴嘉纪《海潮叹》写的是同一次潮灾，但是二人的写法不同。作者纵意铺陈，描绘了一幅潮灾的真实图景。其中的景象令人震撼：茅草被刮尽后仅余空梁，人全站在水中；壮年人出门舍不下屋里的老父母，回屋里救父母又丢不下在外的妻子；巨浪打翻挤满人的小船，所有人都落入水中，只有壮者还在拼命挣扎；人抓住木板求生，木板上同时满是毒蛇之类。作者采用的是类似“以文为诗”的手法，即把诗当作散文乃至新闻记事写，以求达到“实录”的效果。（邵春驹）

洪水行

沈聃开

秦邮邵伯湖堤水，闻与黄河淮泗相表里①。
湖堤之上曰上河，湖堤之下何异在井底。
呜呼人生此下河，愧不为鱼为鳖为鼋鼍②。
湖堤一朝突然倒，翻以乐土称洪波③。
洪波十丈天上落，上官一倍惜民瘼④。
柳枝为役征如雷，万户筑障不云弱⑤。
小民恃此为长城，宁知此足伤其生⑥。
破产买牛事田亩，有牛无种徒然耕⑦。
骨肉递视及儿女，柔声忍泪和妻语⑧。

东家爱子如掌珠，十亩九亩无禾黍。
西家瓶盎颇有粟，赖彼畴昔忍心鬻。
我今亦欲效此尤，直待丰年去相赎[9]。
妻曰此事惟君为，妇人何得专主之[10]。
与其不稼死相藉，毋宁剜肉俱无饥[11]。
只恨身多腹与口，致使儿女不相守[12]。
儿皮女肉种满田，且耰且泣儿知不[13]？
儿知儿泣儿自伤，形影羁孤天一方。
日远日忘惟力稼，田禾且喜过人长。
田禾过人谁不乐，翻觉此身无处着[14]。
根棵碗大复郁葱，今岁有秋定不薄[15]。
时当五月黄梅候，风雨连朝不稍宥[16]。
桔槔带夜翻田波，所出不胜所入骤[17]。
高者之禾尚郁葱，下者已入冯夷宫[18]。
十存六七转相庆，家破儿鬻非无功[19]。
是月廿三闻水信，一时老幼集成阵。
彼言囤谷之家往往造此言，此言沟塍早晚亦宜慎。
或信或疑恣喧阗，力既不足乃贪天[20]。
贪天究是自取败，水势如山非昨年。
六月望后水骤至，仓卒责效何济事[21]。
拆门拆板作田堤，人尽水立十夜不能睡。
水作威灵绕岸流，田岸不崩流不休。
怒浪扑天声百里，哭声能使水声柔[22]。
愚夫愚妇愚诚愚，詈天詈佛日无虚。
詈天不应纵兹水，詈佛胡为灾我畬[23]。
去年前年禾亦没，贫者痛哭富者唯咄咄[24]。
今年富者哭亦惨，自言脂膏剥尽独余骨。
高者下者尽陆沉，不愁来岁愁而今[25]。
来岁尚遥可以迟回别为计，
而今四方蹙蹙靡骋饥难任[26]。
不如弃此怀中赤，抛入波中饱鲈鲫[27]。

其父其母寻与俱，亦有自缢登鬼籍㉘。
死者已矣生者寒，就食他方乞食难㉙。
昔买之牛今复卖，昔处之庐今难安。
卖牛卖屋满城隅，木石山积人无需。
百千之值不敢卖什一，但求售去犹可活斯须。
嗟嗟民困斯已极，君门万里谁能及㉚。
安得郑侠复上流民图，
使我四海八荒之民奠安无反侧㉛。

（《康熙两淮盐法志》卷二十八）

【注释】

①秦邮二句：黄河夺淮后，淮河失去出海口，转而向南入长江，高邮湖、邵伯湖等湖泊就成为其通道。表里：外面和里面，此处指黄河淮泗在里面，高邮湖、邵伯湖在外面。

②愧不句：下河水灾频发，鱼鳖鼋鼍能在水中存活，人不能，故云“愧”。古人当处于困境时，常常慨叹不如动物。

③翻以句：洪波都成了乐土。这句承上，主语是鱼鳖鼋鼍。

④上官：指地方官长。民瘼：民间疾苦。

⑤柳枝句：柳枝为修堤材料，如雷形容官府征集柳枝声势大。障：堤坝。

⑥为长城：以为有了可靠的保护。

⑦破产：用尽家产。徒然耕：没有种子种不了田。

⑧递视：逐一看。

⑨东家六句：大意是，东家舍不得卖儿女买种子，田里长不出庄稼。西家正靠当初狠心卖儿女，现在收获了粮食。我也要仿效西家卖儿女买种子，等丰收了再赎回孩子。

⑩惟君为：任你做主。

⑪俱无饥：自己种田收获粮食，儿女卖到有钱人家有饭吃。

⑫只恨句：意思是说恨自己生了一张要吃饭的嘴。

⑬儿皮女肉：种子是卖儿女的钱换得。耰：翻耕。

⑭翻觉句：田里禾苗茂密，无法容身。

⑮碗大：有碗口粗。有秋：丰收。

⑯黄梅候：指梅雨季节，在农历五、六月间。宥：宽饶。

⑰桔槔：原为一种汲水工具，此处用来排水。所出句：排水不如下雨积水快。

⑱冯夷宫：水神居处。

⑲相庆：卖儿卖女换来种子种田，总算有收获。

⑳喧阗：喧闹。贪天：指望老天不发大水。

㉑望：月半。责效：求效果。此处指设法抵御住洪水。

㉒哭声句：相比哭声之凄惨，水声也显得柔和。

㉓畬：此处指田。

㉔咄咄：叹息。

㉕陆沉：此处意为陆地沉陷水中。

㉖四方蹙蹙靡骋：出自《诗经·小雅·节南山》："我瞻四方，蹙蹙靡所骋。"任：承当。

㉗怀中赤：怀中小儿。赤：赤子。

㉘寻：随即。与俱：也投水自尽。

㉙就食：家乡没有饭吃，到外地有饭吃的地方。

㉚君门句：无法让皇帝知道。

㉛郑侠：北宋福清人，初追随王安石，后反对新法。时遇大旱，他看到流民流离困苦的惨状，命画工画《流民图》进呈给宋神宗。宋神宗下诏责躬。反侧：反叛。

【导读】

这首诗写了里下河地区农民遭遇洪水的悲惨境况。官长率领百姓修筑了堤坝，百姓以为可以依赖，于是卖儿女买种子种田。眼看庄稼长势良好，谁知来年黄梅季节阴雨连绵。这时人们还心存侥幸。六月半后，洪水大至，先前建筑的堤坝根本无济于事。卖儿卖女辛苦一年，到头来一无所获，有的被迫全家自杀。这真是一场人间惨剧。这是一首叙事诗，题材很独特，情节丰富、曲折，人物的性格也比较鲜明，可以说完全具备了一篇优秀的短篇小说的要素，如果写成小说也是很精彩的。这也证明各种文体之间并非隔着不可逾越的鸿沟，而是常常互相跨界、交叉的。（邵春驹）

旱诗客富安场作（十一首选四）

孙枝蔚

其一

河可以渔，不可以牧。
不知鱼祸，乃为羊福①。

其七

鱼与蝗语，吾将化汝②。
蝗与人语，帝命罚汝③。

其八

神龙徙宅，鱼不相随④。
彼国虽大，高山间之⑤。

其九

渔父无家，哭向月明。
高岸两面，如坐空城⑥。

（《溉堂前集》卷一）

【注释】

①乃为：竟变为。二句意为河道干涸，鱼不能在其中生存，而羊却在河床中行走。

②鱼与二句：古代传说，干旱时鱼卵会变成蝗虫。事实是干旱有利于蝗虫繁殖生长，旱灾后往往接着发生蝗灾。

③命：命令。

④神龙二句：河里没有水，龙可以迁徙到别处去，鱼却不能。

⑤间：隔开。

⑥高岸二句：河床干涸，人在河底向上看，河岸仿佛城墙，人似在空城中。

【导读】

这组诗作于顺治九年（1652）。是年富安一带大旱。据《嘉庆东台县志》卷七《祥异》记载：“（顺治）九年，春夏旱，瘟疫行。”富安本是水乡泽国，而干旱却使它完全改变了形状，足见为祸之烈。这组诗写得具体形象，既可与历史记载印证，又补充了历史记载的不足。采用接近民间歌谣的四言体，作者颇有深意。据说周朝时天子派遣使臣乘着一种叫“辅轩”的车到民间采风观俗，搜集民谣呈给最高统治者，使其知道民间疾苦。作者采用这种体式，就是表示代灾民说话，寄托了希望统治者了解下情的意思。这组诗的写法很别致。一是不直接写旱灾对农业的影响，而是采用寓言手法，从动物的角度来写；二是使用夸张手法写河道干涸的景象，很有震撼力。（邵春驹）

绝　句

吴嘉纪

白头灶户低草房，六月煎盐烈火旁①。
走出门前炎日里，偷闲一刻是乘凉②。

（《吴嘉纪诗集笺注》卷一）

【注释】

①灶户：明清时期专职从事烧盐的人口。明代户籍有军籍、民籍、匠籍、灶籍，灶籍由朝廷直接管理控制，不隶属于地方。属灶籍者就是灶户。灶户以烧盐为业，不得自由迁徙，不得参加科举考试，而且世代承袭，地位低于一般民户。朝廷常将刑徒罪犯发配到盐产地或强制移民，迫使其入灶籍。清代承袭了这种制度。煎盐：烧盐的过程大致如下：先在海滩草荡里选择盐分重的地方开辟一块灰场，灰场边再挖灰坑和较深的卤井。晴天黎明前，将草木灰摊铺在灰场上，一天太阳暴晒后，泥土

里的盐分被吸附到草木灰中，傍晚时将灰收在灰坑里。然后用海水浇灰，灰中的盐分融入海水中，就是卤水。卤水经过灰坑底的竹管流到卤井里。最后把卤水倒入名为“盘铁”的锅里，用大火烧。水分逐渐烧干，加入皂角水，就结晶成盐。夏季天气炎热，产盐多，称为“旺煎月”，所以灶户在此时劳作最苦。

②门前炎日：煎盐草棚在草荡中，没有树，因此无树荫可蔽日。

【导读】

明清两淮地区是国家的主要盐产地，有名的“淮南中十场”，包括栟茶场、角斜场、富安场、安丰场、梁垛场、东台场、何垛场、丁溪场、小海场、草堰场，后八场都分布在今天的东台市、大丰区境内。明嘉靖《两淮盐法志》中说：“天下财赋盐利居半，天下盐利两淮居半，两淮盐场三十，而安丰几半之。”两淮盐业供应了天下民食所需，支持了国家财政命脉，养成了一批富可敌国的盐商，也造就了运河边许多富庶繁华的城市。然而，从事烧盐劳动的劳动者却不能享受到自己的劳动创造的一切。其生活条件之恶劣、劳动之辛苦艰难，是一般人难以想象的。作者在另一首诗中说：“万族无如灶户穷”，十分确切。在这首诗中，作者以钢铁般强劲的笔触描绘了灶户劳动的真实图景。为了多产盐，在一年最热的六月，在烈火旁劳动，其情境可想而知。末两句是极端违背常情常理的事，作品平实地叙述，更具有浓厚的悲剧意味。前人评价《古诗十九首》“惊心动魄，一字千金”，借用来评价这首诗也是完全恰当的。（邵春驹）

风潮行

吴嘉纪

辛丑七月十六夜，夜半飓风声怒号①。
天地震动万物乱，大海吹起三丈潮。
茅屋飞翻风卷去，男妇哭泣无栖处。
潮头骤到似山摧，牵儿负女惊寻路。
四野沸腾那有路，雨洒月黑蛟龙怒②。
避潮墩作波底泥，范公堤上游鱼度③。
悲哉东海煮盐人，尔辈家家足苦辛。
频年多雨盐难煮，寒宿草中饥食土④。
壮者流离弃故乡，灰场蒿满池无卤⑤。
招徕初蒙官长恩，稍有遗民归旧樊⑥。
海波忽促余生去，几千万人归九原⑦。
极目黯然烟火绝，啾啾妖鸟叫黄昏⑧。

（《吴嘉纪诗集笺注》卷一）

【注释】

①辛丑：顺治十八年，公元 1661 年。飓风：海上风暴。

②沸腾：此处形容风声、潮声、人的呼喊声等交汇形成的声响。蛟龙怒：龙主水，所以这里说下暴雨为龙发怒。

③避潮墩：海边堆筑成的高土墩，当海潮突然袭来，人们来不及逃走，可在墩上暂时躲避。俗称“救命墩”。这里写避潮墩已经被海潮冲毁。范公堤：参见前。游鱼度：写范公堤被水淹没。

④盐难煮：多雨则土中盐分稀淡，费力多而获盐少。食土：夸张形容饥民无食物的惨状。

⑤流离：指人民在家乡无法生存而逃亡外地。池：就是灰坑和卤井。

⑥招徕：指地方长官招引外逃流民还乡。稍：渐渐。遗民：此处指灾后的幸存者。《诗经·大雅·云汉》：“周余黎民，靡有孑遗。”旧樊：老家。樊意为篱笆。

⑦促：此处意为海波推涌。九原：指墓地。

⑧妖鸟：形状怪异、叫声凄惨的鸟。

【导读】

这首诗写一场飓风引起的海啸灾难。风涛的巨响、奔逃男女的号呼、怪鸟的鸣叫组成了恐怖的声响，如山的潮头、倾泻的暴雨组成了骇人的视觉形象，夜半、月黑、黄昏组成了浓暗的色调，整首诗充满了凄惨绝望的气息。诗中的描写可以与地方志中的许多记载相印证。在生产力水平极端低下的古代，濒海人民几乎毫无抵御灾害的能力，每次海啸后海滩上都是横七竖八的尸体，这就是盐城这块土地上曾经的历史。“频年多雨”以下宕开一笔，写灶户平常日子就很难过。多雨泥淡，无法生产。灶户中流传的说法是：“熄火穷，熄火喝西北风。”官长招徕，流民总算回来了一些，哪知又来了这场灾难呢。从社会现实中汲取创作的源头活水，把残酷的真实呈现在读者面前，直面现实、直面底层民众、直面苦难与不幸，这首诗让人再次领略了现实主义文学的巨大魅力。（邵春驹）

送汪左严之虎墩[①]

吴嘉纪

泽满哀鸿羽，墩留猛虎踪[②]。
布帆君独往，海岸正穷冬[③]。
盐贱人休市，年荒里罢舂[④]。
吾庐在直北，试望数株松[⑤]。

（《吴嘉纪诗集笺注》卷四）

【注释】

①汪左严：江都人。虎墩：富安场别称。今为东台市富安镇。据当地人传说，虎墩原为河水中央的一个大土墩，似虎形。

②泽：当时富安一带多水泽。猛虎踪：从墩名而产生的想象之词，并非写实。

③布帆句：汪是从扬州乘船往虎墩。穷冬：严冬。

④休市：因盐价低，生产者不愿生产和售卖，以致集市停止。里：乡里。舂：舂米谷。

⑤直北：正北方向。

【导读】

这首诗写的是荒年中的富安场。当时作者在扬州，汪是从扬州动身。水泽上空有哀鸿羽翅之影，土墩上有老虎踪迹（不必信以为真），但是没有一点人的气息，这就是荒年海边冬季的景象，多么寥落凄惨。“海岸”“穷冬”，不是适宜远行之时，也不是适宜前往之地，何况还是“独往”，作者对友人的怜惜，不用直接说出了。把时间交代放在后一句，也是有意颠倒以求得奇崛的效果。集市停止了，听不到舂米谷的声音，老百姓怎样度过这个严酷的冬天呢？最后两句，希望朋友到虎墩后向北遥望自己的庐宅，从侧面表达了自己的思乡之情。无论是关怀友人，还是思念家乡，都不直接表达，须读者涵泳体会，是本诗在抒情上的高明之处。“泽满哀鸿羽”一句饶有新意，让人想起现代诗人闻一多“黄昏里织满了蝙蝠的翅膀”的名句。

范公堤宋范文正公筑[1]

吴嘉纪

茫茫潮汐中，矶矶沙堤起[2]。
智勇敌洪涛，胼胝生赤子[3]。
西塍发稻花，东火煎海水[4]。
海水有时枯，公恩何日已？

（《吴嘉纪诗集笺注》卷六）

【注释】

①范公堤：北宋天圣年间范仲淹倡导并主持修筑的捍海堤，后代又有增修，南起今如皋，北至今阜宁。范文正公：范仲淹谥“文正”。

②矶矶：突起的样子。

③敌：抵御。这一句意为范仲淹凭借智慧和勇敢抵御了洪水。胼胝：手足上因长期劳动产生的厚皮，俗称老茧。古籍中说大禹治水手足胼胝，这里隐含了将范仲淹比作大禹的意思。生：使动用法。赤子：黎民百姓。

④塍：本意为田间较高的土埂，此处就指农田。二句意思是：范公堤西是稻田，堤东是盐场。

【导读】

这是组诗《东淘杂咏十首》的第一首。范公堤是盐阜大地上重要的人文遗迹，也是矗立在盐城人心中的丰碑。它的修筑阻挡了汹涌海潮的侵袭，奠定了盐城发展的基础。范仲淹在倡修这道大堤中表现出的关怀苍生、勇于担当、先忧后乐的情怀更成为盐城地区宝贵的精神财富。作者生活的时代与范仲淹相距已经六百余年，可是诗中表达的感激之情依然十分真诚深挚，这从一个侧面反映了范仲淹在盐城人民心中的崇高地位。五六两句分别写稻花、海水，七八两句紧承第六句，从海水引申，与五六两句不对称。作者有意这样写，有一种奇崛之美。（邵春驹）

临场歌[1]

吴嘉纪

虽曰穷灶户，往岁折价，何曾少逋[2]。胥役谓其逋也，趣官长沿场征比，春秋两巡，迩来竟成额例[3]。兵荒之余，呜呼，谁怜此穷灶户！

掾豺隶狼，新例临场[4]。
十日东淘，五日南梁[5]。
趋役少迟，场吏大怒[6]。
骑马入草，鞭出灶户[7]。
东家贯醪，西家割彘[8]。
殚力供给，负却公税[9]。
后乐前钲，鬼咤人惊[10]。
少年大贾，币帛将迎[11]。
帛高者止，与笑月下[12]。
来日相过，归比折价[13]。
笞挞未歇，优人喧阗[14]。
危笠次第，宾客登筵[15]。
堂上高会，门前卖子[16]。
盐丁多言，笞折其齿。

（《吴嘉纪诗集笺注》卷一）

【注释】

①场：海盐产区行政区划之名。由大到小，有场、团、灶、镇、庄、堡等。这些名称在今天各处地名中还多有遗留痕迹。

②折价：意为将应缴纳的实物盐折算为钱。逋：拖欠。

③胥役：官府差役。趣：通“促”，催促。此处指胥役撺掇官长。征比：即征收赋税。比，追比，官府限期催逼。额例：定额、常例。此处意为胥役春秋沿场征比成为定例。

④掾豺隶狼：掾，官署辅佐人员。隶，官府低级差役。古时形容征敛催科的胥吏差役凶暴，常将他们比作豺狼。新例：新额例，新定税额。

⑤东淘：约相当今天的东台市安丰镇。南梁：约相当今天的东台市

梁垛镇。十日、五日：言频繁。

⑥趋役：趋承官差。

⑦入草：烧盐须大量草，所以灶户可以从官府分得草田。田中草高而密，人能藏匿其中。

⑧贳：赊欠。醪：浊酒。割彘：到集市卖猪肉。

⑨殚力：耗尽财力。负却：欠下。二句说灶户赋税顾不上缴纳，先要供给胥吏吃喝。

⑩钲：铜制乐器，似钟。此处泛指乐器。二句写官员到来，前后仪仗鼓乐声势赫赫，人鬼都害怕。

⑪大贾：大商人。币帛：原指用作礼物的丝织品，此处泛指进献的礼物。将迎：来的时候迎，走的时候送。将是送的意思。

⑫止：停留、暂住。全句意为谁礼物丰厚官员就暂住在他那里。

⑬过：经过、过访。

⑭优人：唱戏的人。喧阗：喧闹。二句说官员先鞭笞负税的灶户，然后看戏作乐。

⑮危笠：高竹笠。

⑯高会：盛大宴会。二句说官吏与灶户苦乐悬殊。

【导读】

表现官府差役催逼下层百姓赋税，是古代诗歌的传统题材，这首诗的独特之处是把故事发生的地点转到了盐场。诗中先写了官员差役的种种表现：鞭打灶户、勒索灶户用酒肉招待，收受商人礼物，看戏作乐，可谓写尽了这种人作恶的丑态。最后四句笔锋一转，写到当官员差役们作乐的时候，灶户却被迫卖儿卖女，两者形成鲜明对比。这种写法也是中国诗歌的一种传统，左思、鲍照、李白、杜甫、白居易等多有。作者站在与叙述对象保持一定距离的位置上，力求客观，用事实说话，不作善恶评论。这首诗还采用了四言体这种比五言、七言等更为古朴的体式。总之，这是一首在吸收古代诗歌传统的基础上进行再创造而成的佳作。

（邵春驹）

海潮叹

吴嘉纪

飓风激潮潮怒来，高如云山声似雷[1]。
沿海人家数千里，鸡犬草木同时死。
南场尸漂北场路，一半先随落潮去[2]。
产业荡尽水烟深，阴雨飒飒鬼号呼[3]。
堤边几人魂乍醒，只愁征课促残生[4]。
敛钱堕泪送总催，代往运司陈此情[5]。
总催醉饱入官舍，身作难民泣阶下[6]。
述异告灾谁见怜？体肥反遭官长骂。

（《吴嘉纪诗集笺注》卷二）

【注释】

①激：激荡。

②南场、北场：据《嘉庆东台县志》卷八《都里》所说，当时由东台场至角斜场为南场，由何垛场至刘庄场为北场。一半句：一半尸体被海潮卷走。

③飒飒：雨声。

④堤：指范公堤。魂乍醒：刚从灾害的恐怖中平缓。征课：征收赋税。促残生：从灾难中幸存的生命又被催逼。

⑤总催：盐场设置的一种官职，负责管理灶户，这些人往往趁机剥削灶户。运司：指泰州盐运分司，当时设在东台场，在今天的东台市东台镇。二句说：遭灾的灶户见不到官员，只好凑钱送给总催，央求他代为向官长陈请。

⑥总催二句：总催用难民进献的钱吃喝，酒醉饭饱后，假装难民在官舍哭泣求告。

【导读】

据《淮南中十场志》卷一《灾眚》记载，康熙四年（1665）的七月三日，海边又发生了一次巨大风潮灾害，淹死男女老幼几万人。这首诗就是记录这场灾害的。这首诗最特别之处，是写了一个小场景：灾害过去了，幸存者却仍然被催逼缴纳赋税，灾民们凑了一些钱送给总催，央求他代他们向盐运分司的官长求告；这位总催吃饱喝足后满脸油光地来到官舍，装作灾民的样子哭泣哀求，结果遭到官长的叱骂：“看你长得这么胖，哪里是遭灾没饭吃？分明是想赖掉该缴的赋税！”这是一个悲惨的事件，可是最后却是一出滑稽剧，两者被聚合在一篇作品中，形成了一种荒诞谐谑的效果。在官民对立的年代，在百姓遭受苦难的同时，总不乏种种荒诞的事情伴随，作者敏锐地揭示了这种现象。（邵春驹）

凄风行伤饥灶也

吴嘉纪

凄风细雨何连绵？昼暗如夜飞湿烟[①]。
几千万家东海边，六七十日无青天[②]。
生计断绝，老人幸先就下泉[③]。
孩提无襦，长随母眠[④]。
阿母眠醒，腹馁不得眠[⑤]。
壮者起望西邻，乞食尘市，不复来还[⑥]。
回望东邻，八口闭柴扉，扉外青草春芊芊[⑦]。
水响溅溅，鬼泣涟涟[⑧]。
官长愁然，分俸籴谷[⑨]。
更日夕劳苦，劝富户各出籴谷金钱[⑩]。
富户踟蹰聚议，此户彼户，一斛两斛商量捐[⑪]。

（《吴嘉纪诗集笺注》卷一）

【注释】

①连绵：持续时间长。湿烟：雨中的烟气。

②几千万家：几千家几万家。

③幸：老人先死是幸运，免得在世上受苦。下泉：略同于“黄泉”。

④襦：短袄。

⑤馁：饿。

⑥西邻：其往他处要饭。

⑦东邻：柴门紧闭，门外草长，则久已无人行走。应该是出门流亡。芊芊：草茂盛的样子。

⑧溅溅：流水声。鬼泣涟涟：古人以为死人不得安葬，其处有鬼哭。涟涟：流泪不止。

⑨愍然：忧伤的样子。分俸：分出自己俸钱。籴：买粮食。

⑩日夕：早晚。劳苦：辛苦。这里作副词，修饰“劝”。

⑪踟蹰：迟疑、彼此观望的样子。斛：量词。一斛为五斗。

【导读】

据《嘉庆东台县志》卷二〇《职官》记载，顺治十四年（1657），淫雨连月，盐场生产无法进行，当时的分司长官高勃不辞劳苦赈济灾民。这首诗应当就是写这件事。诗中写濒海地区阴雨连绵之苦。老人死亡、儿童在母亲怀中啼哭、青壮年纷纷逃亡。最后写了地方长官发动富户捐钱谷帮助灾民度荒的情况。在当时的社会中，富人和贫民既有对立，又有相互依存的一面，假如贫民大量死亡或逃亡他乡，最终也会伤损富户及整个上层社会的利益。据《乾隆两淮盐法志》卷三九载康熙十年巡盐御史席特纳等疏中说：“淮扬为商盐根本重地，商民互相依倚，必灾民得所，然后地方安靖，商课无虞。”所以当大灾之年贫苦百姓无法生存时，地方长官往往会出面动员富户进行捐助救济的工作，朝廷也会通过授予捐助者官衔、荣誉（如某品顶戴）等方式加以鼓励。这也是古时乡村社会的一个侧面。在形式上，这首诗以七言为主，杂以四言、五言、六言等，显得较为口语化。（邵春驹）

流民船（三首选二）

吴嘉纪

其一

泗水涨入淮，千里波滔天[①]。
极目何所见？但有流民船。
横流相荡激，篙短不得前[②]。
家人满船中，肢骨撑朽舷[③]。
人生非木石，饮食胡能捐[④]？
呜呼水中央，日暝风飒然[⑤]！

其二

拨棹欲何之？远投烟火处[⑥]。
岁俭窃盗多，村村见船怒[⑦]。
男人坐守船，呼妇行乞去。
蔽体无完裙，蔽身无败絮。
娇儿置夫膝，临行复就乳。
生长田舍中，那解逢人诉[⑧]！
一米一低眉，泪湿东西路[⑨]。

（《吴嘉纪诗集笺注》卷五）

【注释】

①泗水句：明清时期黄河改道，向南入泗水，经济宁、徐州、宿迁一线进入淮河，称为“夺泗入淮”。

②横流：水从旁侧冲激船。前：向前。

③肢骨句：以四肢撑住船舷。

④人生二句：意为人生不能无饮食。捐：捐弃。

⑤日暝：太阳西落变暗。飒然：形容风声。

⑥拨棹：调转船行方向。烟火处：有人烟处。

⑦岁俭：年成不好。见船怒：以为是窃盗之船。

⑧那解句：不会说乞讨的话。

⑨一米句：为一粒米低一次头。

【导读】

这两首诗大约写的是康熙九年（1670）的事，写下河地区遭受水灾后的悲惨景象。第一首，洪水淹没了家园，百姓在船上逃难。在两淮水网地区，船是最重要的交通工具。当洪水到来家园被毁，人们只能在船上随水漂流，这就是流民船的由来。一眼望去茫茫一片，唯有船为人所依托。“横流”二句写在大水中行船的艰难。“日暝”一词值得注意。天色已暗，船漂流在水上，无食物，无停靠处，随后的夜晚如何度过？第二首开头，难民见到远处有烟火就赶紧将船划过去，然而却被怀疑是窃盗而被驱逐。同为贫苦劳动者，却不肯伸出援手，揭示了灾荒年头的又一种残酷现实。无奈之下，只能是男人守在船上，女人去乞讨，而这位老实的农家女人又不会向人家诉说求告。这首诗准确地表现了灾害下的世态和人情。（邵春驹）

送乔孚五北上[①]（四首选一）

吴嘉纪

秦邮邵埭去经过，极目飞飞鸥鹭多[②]。
水上饥寒销赤子，淮南井邑贮黄河[③]。
转输久废公家藏，劳苦常闻役者歌[④]。
今日堤成明日溃，空令藿食泪滂沱[⑤]！

（《吴嘉纪诗集笺注》卷六）

【注释】

①乔孚五：名寅，字孚五，宝应人，隐居在安丰。

②秦邮：今高邮市。邵埭：即邵伯埭，在今扬州市江都区邵伯镇。当时自安丰从水路北上须从二处绕道。飞飞：群飞的样子。鸥鹭：两种水鸟。

③销：此处意为摧残。赤子：百姓。井邑：泛指市镇村庄。

④转输：官府役使百姓转送运输物资。公家藏：官府粮仓。役者：为官府服劳役的人。

⑤藿食：藿是豆类的叶子，可食。藿食指下层百姓。出自刘向《说苑》：“设使食肉者一旦失计于庙堂之上，若臣等之藿食者宁得无肝脑涂地于中原之野与？”滂沱：此处意为泪水涌流的样子。

【导读】

乔北上须从秦邮的运河经过，作者自然联想到这条河道带给包括安丰在内的下河地区的无穷灾难。水灾之后，百姓饥寒交迫，还要为官府服劳役，怨声载道；官府粮仓空虚，经济衰耗。劳民伤财筑成的防洪堤则随筑随溃。这首诗最突出的是“淮南井邑贮黄河”一句，用夸张的手法，概括而又形象地表现了黄河夺淮后下河地区水灾的惨象，使人过目难忘。同时人汪懋麟《淮涨》有“平地走黄河”之句，所写事相同，“走”字用得也很形象，但是似终究不如“贮”字凄警。不妨参照《乾隆两淮盐法志》卷四《河渠》引明代乔可聘疏中的相同事实的陈述：“高堰（指高家堰，今洪泽湖大堤）北当淮、泗之冲，南扼漕河之吭，地形高峻，而淮、扬两郡及高、宝、兴、泰、山、盐数十州县，地居下流，悬水数仞，建瓴之势也。”诗歌及一般文学作品在反映和记录历史方面，具有不可忽视的能力。当代学者钱锺书认为，文人的聪颖领悟和形象描绘往往胜过学者搜索枯肠的研究和长篇大论，这句诗可以作为一个小例证。

（邵春驹）

鹜来词①

吴嘉纪

六月蝗为灾，有鹜自东来。
来立田中如老翁，秃头长颈驱蝗虫。
群蠢赴海齐趯趯，飞走不疾鹜啄食②。
食既饱，起高飞，人来争获救公饥③。
田公田姥呼鹜拜，恩德尔比凤凰大。
昨日憔悴今日欢，他家流亡我家在④。
我愿家长在旧村，尔鹜老寿多子孙。
子孙翱翔遍天下，年年护我农夫稼！

（《吴嘉纪诗集笺注》卷六）

【注释】

①鹜：秃鹜，据有些古籍记载，能捕食蝗虫。

②蠢：本指虫类蠕动，此处为名词，即指蝗虫。趯趯：虫跳跃。出自《诗经·召南·草虫》：“喓喓草虫，趯趯阜螽。”这里形容蝗虫跳着逃跑。

③救公饥：一种旱稻，农历三月下种，五月成熟，正是青黄不接之时，所以得名。

④流亡：农民因为灾害、官府敲剥等原因在家乡无法生活，被迫漂流到外地。

【导读】

自从黄河夺淮，包括盐城在内的淮南地区就是“大雨大灾，小雨小灾，无雨旱灾”，因而旱灾频频爆发。古人又说“旱极而蝗”，蝗灾也成为严重威胁盐城地区人民生活的自然灾害。这首诗写一种蝗虫天敌秃鹜。在描写了秃鹜捕食蝗虫的情景后，又写“田公田姥”拜谢秃鹜。最后更是展开想象：“子孙翱翔遍天下，年年护我农夫稼！”民以食为天，只有知道农耕时代的底层人民吃饱饭是多么不容易，才能理解这首诗中表现出的对秃鹜的由衷赞美之情。秃鹜形象如秃发老翁，并不美，田公田姥的感情单纯质朴；这首诗采用农民口吻，没有书面辞藻，长短句错杂，风格质朴苍劲，与所写对象的特点完全相吻合。（邵春驹）

堤决诗[①]（十首选四）

吴嘉纪

其一

田桑溪柳栖野鸡，洪水西来崩我堤[②]。
村村稻苗今安在？川飞湖倒接大海[③]。
尽说小船直万钱，谁知檝短不能前。
一浪打入水半船[④]。

其三

浮来草屋如浮萍，蟋蟀啾啾屋脊鸣[⑤]。
家人延颈望天晓，水作北风寒气早[⑥]。
桁无衣裳甒无餐，空肠瘦骨当狂澜。
何时有暇愁饥寒[⑦]？

其六

黧猫公然蹲屋梁，黄犊只欲走上墙[⑧]。
家家登艇向高岸，水烟中人开眼看[⑨]。
平生骨肉安在哉？有兄有兄居崔嵬。
曷不垂手援我来[⑩]？

其九

去年夏秋雨泽绝，嘉禾枯似翁媪发。
今年天漏夏日冷，黄鱼黑鳖戏树顶[⑪]。
无税无粮官长矜，吏胥用钱求开征。
以灾为丰尔最能[⑫]！

（《吴嘉纪诗集笺注》卷九）

【注释】

①堤：指安丰西边兴化境内的运河河堤。

②田桑句：写水淹后的景象。崩：此处意为冲毁。

③村村句：当时范公堤的东边是盐场，西边是稻田。现在稻苗已经全被淹了。川飞湖倒：夸张形容水势之大。

④尽说三句：小船价格大涨，谁想到在洪水中小船又不起作用。

⑤浮来句：草屋随水漂流。

⑥延颈：伸长脖子。作：此处意为水大引起北风。

⑦桁：衣架。瓻：一种瓦器，大腹小口。何时句：先愁大水。

⑧黧猫：黑猫。

⑨艇：小船。

⑩崔嵬：此处意为高处。曷不：怎不。

⑪天漏：下大雨。

⑫无税无粮：不用缴纳租税官粮。矜：怜悯。开征：进行征收。二句言官长哀怜减免赋税，吏胥却征收。

【导读】

东台地区在历史上西边是运河，东边是大海，是“锅底洼”地形，由于泄洪河闸管理不善，常常堵塞，一旦运河决堤，地方就陷入灭顶之灾。据这组诗前原序，康熙十九年（1680）七月，安丰西边运河的堤坝决口，安丰被淹，作者一家人在水中五昼夜。这组诗就是这种情况下作的。所选的四首，写了洪水中的种种异象，如猫蹲屋梁、鱼鳖戏树顶之类，写了人在水中的悲惨情景，让人触目惊心，不是亲身经历写不出来。不仅如此，第四首在天灾之外还写了人祸，即官府爪牙的“以灾为丰”。但是，所谓“无税无粮官长矜，吏胥用钱求开征”，不过是一出红脸白脸的双簧而已，作者似乎也没有能看破。这种情境下的写作，作者当然没有闲情去讲求艺术技巧，事实上也不需要艺术技巧，只要照直将看到的景象和自己的真实感受写下来就行了。像“田桑溪柳栖野鸡”“一浪打入水半船”“浮来草屋如浮萍”“黄鱼黑鳖戏树顶”这类句子，全是白描。然而作者毕竟具有良好的艺术修养，所以这些诗并不粗糙。（邵春驹）

河皋叹[①]

戴胜徵

雷霆动天地，淮泗决洪涛[②]。
骤涨满堂室，四顾皆滔滔。
鸡飞屋上叫，犬蹲墙头号[③]。
家人声惨裂，水势檐前高[④]。
鱼鳖互跳跃，相顾乐其曹[⑤]。
鲛居谁见惯，邻舍偕我逃[⑥]。
三日绝火食，千钱赁小舠[⑦]。
同难烟波中，日瘦风萧骚[⑧]。

（《石桴诗钞》）

【作者简介】

戴胜徵，字岳子，徽州休宁人。先后客居南梁、何垛、安丰等地，与吴嘉纪友好。著有《石桴诗钞》。

【注释】

①河皋：即何垛场。在今东台市台城东北。

②雷霆：形容洪水的巨响。

③号：此处指犬吠。

④惨裂：形容呼叫的声音凄惨尖锐。水势句：水涨到屋檐。

⑤曹：群辈。

⑥鲛居：传说中鲛人在水底的居处。

⑦火食：现烧熟的热饭菜。舠：形状像刀的小船。

⑧同难：同遭难者。日瘦：日色惨淡。萧骚：形容风声。

【导读】

开头四句写洪水突如其来，转眼间屋里涨满，四顾滔滔一片。中间八句写水中之物。大水之中，鸡狗等动物都改变了原来的状态。鱼鳖本为水中动物，有水而乐，则人之苦可知。最后四句写人。三天吃不到热饭，一条小船租价奇昂。这首诗以写实见长，写了水灾中的世界、水灾中的人生。（邵春驹）

种木棉花歌[①]

戴胜徵

木棉花种近年来，卤乡潮水东南回[②]。
治我缫车理我轴，再迟几日花齐开[③]。
朝出刬草，暮出刬草，
草少花多，草多花少[④]。
经过老农笑哑哑，侬家只种黄稻花[⑤]。
种稻不教妇子忙，用稻易布衣满箱[⑥]。

（《石桴诗钞》）

【注释】

①木棉花：即今所谓棉花。

②回：退回去。

③治、理：指整治修理。缫车：这里指纺棉纱的纺车。

④刬草：除草。

⑤哑哑：拟声词，形容笑声。侬家：我家。

⑥妇子：妻和子。出自《诗经·豳风·七月》：“同我妇子，馌彼南亩。”

【导读】

今天的盐城人都知道棉花是本地的主要农作物，那么盐城种植棉花从什么时候开始呢？这首诗明确回答了这个问题，就是作者生活的清初顺治到康熙前期这一段时间。它是目前已知盐城地区棉花种植的最早记载。“卤乡”句提示了当时本地的重大变化，即因黄河改道带来大量泥沙而造成的海岸线东移，这也是种棉花的原因。“朝出”二句，写棉农早晚都要锄草。“草少”二句，均为句内假设关系，意思是不锄草棉花就长不好结不多。后四句写了一个种稻的老农，他说种稻用不着像种棉花那么辛苦，用稻子去换布（那是棉花加工出来的）照样有衣服穿。读这首诗，可以领略到其中满满的“乐府味”，即使和元稹、张籍、王建的乐府诗相比也不见逊色。（邵春驹）

别友人之东亭诗[1]

汪楫

东海云初散，西郊日已斜[2]。
水声连木叶，帆影过芦花[3]。
我去仍为客，君归岂是家[4]？
临流徒眷眷，愁看后栖鸦[5]。

（《嘉庆东台县志》卷八）

【作者简介】

汪楫（1626—1699），字舟次，徽州休宁人。明亡后长期寓居扬州。他于顺治十六年（1659）到东台访友，遇到吴嘉纪，从此结为好友。他较早对吴嘉纪的诗才作出高度评价，并且向周亮工等当时诗坛名流推荐。吴嘉纪去扬州经常住在他家，二人多有酬唱。当时人把他们比作管鲍之交。康熙十八年（1679）入京参加朝廷的博学鸿词考试，被授予翰林检讨，进入仕途。有《悔斋诗》《山闻诗》等。

【注释】

①东亭：东台场，又称东亭。在今东台市城区。

②云初散、日已斜：雨停云散，可以启程，日斜则说明可以行船的时间已不多。两句说刚能行船，天色又已晚了，所以要赶紧动身。

③水声：行船时水溅发声。连：意为水声和落叶声交织。

④仍为客：作者是休宁人，客居扬州，现在又离扬州去东亭，所以说“仍为客”。“岂是家”：反问表示否定。

⑤眷眷：依依不舍。后栖鸦：源于杜甫《遣怀》：“夜来归鸟尽，啼杀后栖鸦。”

【导读】

作者本是徽州人，长期客居扬州，现在又要离开扬州前往东台作客，这种离别的伤感不用说是很深的。这位友人，从第六句看，同样是客居他乡而不久又要再次远行，因而作者有了可以倾诉衷肠的对象。一二两句，写行程紧迫，透出凄凉无奈之意。三四两句预想途中情景。木叶和芦花，用东台地方典型的物候交代了季节。第三句写声音，第四句写形象，区分清晰；作者所乘船与周边物事错杂交织，是古诗写景常用手法。第五六两句，“仍”“岂”两个虚字用得很好：“去”不应为客而仍为客，“归”应当归家而不能归家，表意蕴藉。最后两句写告别情景，最后在外的乌鸦也归巢栖息，分别的时刻就要到来。这首诗写旅人的感伤，抒情含蓄，给读者很多回味想象的空间。（邵春驹）

大 水

释原志

不仁安敢怨黄河，十载伤心瓠子歌[①]。
上帝于民真父母，下民何处避风波。
树颠出没鱼龙老，浪里缠绵骨肉多[②]。
死者不生生者在，诛求满地泣如何[③]。

（《光绪盐城县志》卷十六）

【注释】

①瓠子歌：见《癸丑五月大水》注①。

②鱼龙：比喻品质高下不同的人。

③诛求：诛杀敲诈。

【导读】

本诗以江淮一带水患频发为背景，诗人通过描述平民百姓在天灾面前的无助脆弱，揭示劳动人民的苦难，颇具悲悯情怀。首联作者化用汉武帝作《瓠子歌》的典故，以沉痛之反问，道出了“天地不仁，以万物为刍狗”的哲理。颔联对仗工稳，将上帝与下民作以鲜明对比，进一步突出人民的灾难。颈联继而描绘水灾之后的惨状，秉笔直书，令人目不忍视，耳不忍闻。尾联作者以反问作结，更是渲染了悲凉沉痛的气氛，突出表现生死两隔，百姓民不聊生，使全诗情感悲上加悲。（程希）

安丰浚灶河记

汪兆璋

东台旧有灶河一道，自场迤东，以达斥滷[①]。沿河二百余里，壜荡相望，盐藉舟楫，转运无担荷车载之劳，商灶称便[②]。自灶河淤塞迄今，百年故道渐湮没，壜棚悉废，弥望惟寒烟白草而已。间有议疏濬者，悉以工费浩繁，究成筑舍[③]。康熙乙巳秋，适有风潮之变，灶多徙亡，流离载道。场诸生吴道昌、乡耆袁汝章、总灶徐我遇等请兴治工作，以全活饥民于荒政，大有裨益[④]。因条议公吁前任分曹郭公，转详督鹾使者黄公、运道朱公，俱报可[⑤]。又计挑濬工费趋办为艰，请预借商课，陆续扣盐完偿[⑥]。二十除一日，登官簿月缴甘结，严其稽核，出入无滋破冒[⑦]。议既定，有纲商郑永成为之倡，蒋方成、万祥等咸力襄盛举[⑧]。贷课本凡一万一千有奇，计濬五灶仓河，支流经委，钩盘曲折，共二百四十三里有余。量地加工无旷日，给饩称事无縻费[⑨]。宽二丈四尺，深一寻，无致浅溢其间；度长絜大，拮据经营，惟郑商是赖[⑩]。时值雨雪连阴，急发粟五百石以赉饥馁，亦惟郑商是赈[⑪]。经始于是年冬，告成于明年春，为期未及半载[⑫]。盖以好义集缗有众商，指顾勤劳首出多金有郑商，以致四方饥民重茧错趾，麇集从事，工成甚速⑬，宜也。灶河故道既濬，两岸埻棚以次复整，灶无废业，远近饥民亦以力役得食，所活生命无算，而群灶德商不置，因恪遵原议扣盐以完前贷⑭。由丙午至己酉夏，凡四载，仅完所借商本八千二百十九两有奇⑮，仍欠商课二千八百十六两有奇。众商复念水旱频仍，环庭公禀，愿行捐助以全始终⑯。而捐资最多者无如郑商，其事尤不可泯。予自丁未孟夏承乏分鹾，既喜诸生耆灶之悉心经纪而乐观厥成，且旌劳奖义固官兹上者责也⑰。因遵盐宪批详，勒石河干，以垂永久，俾享其利者无忘所自，而衿灶之倡论急公、诸商之乐施好义，咸藉是以不朽也⑱。夫是为记。

（《嘉庆东台县志》卷三十六）

【作者简介】

汪兆璋（1632—约 1701），字芾斯，一名周老，徽州黟县宏村汪氏八十四世成员，谱名肇璋，浙江钱塘县籍。县庠生，岁贡。康熙六年（1667）以明经选授两淮盐法泰州分司。时正逢场蝗大起，兆璋出粟购捕蝗，满石给斗粟，数日之间，蝗虫皆抱草木死。十二年（1673），在明徐光国原志基础上发起增辑重修《淮南中十场志》成，前后计十卷。在职九年，以廉干著称。十四年（1675），丁艰归里。服阙，补任长芦盐运使司沧州分司运判。二十一年（1682），转升广东盐课提举司。诰授奉直大夫，卒于官。为吴嘉纪、石涛密友，常与往来，诗酒唱和。

【注释】

①迤：延伸，向。斥卤：无法耕种的盐碱地。这里指地名。

②埻荡：河荡边夯土作基的简易亭棚。商灶：行商和灶民。

③筑室：犹言“筑室道谋”。盖房子却同过路人商量，喻己无主见，东问西问，人多言杂，终难成事。这里指折腾来、折腾去，最终还是办不成事

④荒政：为应付灾荒而采取的赈灾策略。

⑤条议公吁：分条陈述，公开呼吁。转详：将案情呈报上级官府。鹾：盐的别名。

⑥商课：对商业行为的课税。包括通过税、关税、市税、落地税等课税，以及商人应负担的其他杂税赋役。

⑦甘结：保证书。破冐：虚报冒领。冐，同“冒”。

⑧纲商：贩运绳网的商人。

⑨旷日：空缺的时候。给饩：给养。称事：与事功相当。縻费：奢侈浪费。

⑩度长絜大：比较长短大小。拮据：手头不宽裕，钱不够用。这里指节约，精打细算。赖：中坚，依靠。

⑪赉：供应，给予。

⑫经始：开始营建，开始经营。泛指开创事业。

⑬缗：古代穿铜钱的绳子，又指计量单位，一千文钱一串为一缗。这里指钱银资费。指顾：手指目视，指点顾盼。这里是指挥的意思。重茧错趾：手脚上长着厚茧。一般指从事体力劳动的下层老百姓。麇集：密集，聚集。

⑭力役：力气活。

⑮有奇：还有零头。

⑯环庭公稟：官民上下，公私内外。

⑰承乏：承继空缺的职位。后多用作任官的谦词。分鹾：负责管理盐政。这里指作者到任两淮盐法泰州分司。厥成：其成，乃成。

⑱盐宪批详：盐政上司批复的公文。河干：河边，河岸。俾：使。衿灶：盐场灶民人等。这里指前文所述盐场诸生、乡耆、总灶等人。倡论急公：发表议论，热心公益。

【导读】

淮南中十场是历朝历代食盐的主要产地，其内部上下自有一套相对完善的管理体系，其中运输系统无论何时都是保证整体运转的重要一环。此记开门见山，简明交代安丰场灶河疏浚的因由，并历叙百年灶河淤塞造成的严重问题。时势紧迫，道义之士自然挺身而出，倡议、呼吁疏浚之举，而一呼百应，计划顺利落地并迅速推进实施。针对过去疏浚工程总是因经费不足而告败的实际情况，这次人们群策群力想出了“预借商课扣盐完偿”的好办法，事实证明这是一项行之有效的措施，不仅广得人心，而且深得人力。疏浚工程以超预期速度完成，而且形成了勤俭节约办大事的社会风气。作者有感于此，欣然成文。（孙植）

小海采桑亭记[①]

林正青

海滨女不蚕织，墙下不树桑，求所谓“蚕月条桑，取斧斯以伐远扬”者，盖历数十村，童童而濯濯，未有如豳风所咏也[②]。吾闻公父文伯之母曰：“人劳则思，思则善心生；逸则忘善，忘善则恶心生。”[③]善恶之分，劳逸之间也。夫一妇不织，必有受其寒者。今以百千妇女，休其蚕织，则食众为寡，固可预信其无衣褐以卒岁也。且不教之民群聚处逸，恶心之生不有其自来乎[④]？予遍历村落，宜桑之土甚多，而愚民难与图始[⑤]。署后墙有隙地，宽广数十亩，高者为丘，洼者为壑[⑥]。土人为予言：“此望海山亭故址。”予笑曰：“高不盈丈，何名为山？去海七八十里，无从而望。荒唐呓语，即昔人不免矣。”因就其洼者挖深之，蓄水以为灌溉，而增培其高，作亭其上，计左右余地可种桑千树，附近居民互相保守，不五年便成其为桑林之村矣[⑦]。远睇之，浓阴繁绿，郁郁葱葱，可以增井里之气色；近挹之，则执懿筐、遵微行，以度春日迟迟者，不啻绘豳风之图以进焉[⑧]。而子于斯时登斯亭，与父老听仓庚而促载绩，自署为采桑亭长，以视乎望海而嬉者，其虚实缓急不有闲乎[⑨]？夫丰厚之业在人而不在地，风俗之移在上而不在下，以忠利上，《七月》之义也[⑩]。予愿场之士女知桑土之无不宜，衡门之下无不种植，而其叶沃若之候饲蚕以待织，则货不恶其弃地而力无不出于己，养老而慈幼，食力而助弱，祭祀时而燕飨节，即谓豳风之遗、文王之政于海滨见之，而实予兹亭为之倡之，予不厚幸也哉[⑪]！既为之诗，又系以歌。歌曰：女织维劳，善心孔多[⑫]。地力宜辟，无余寸尺[⑬]。睠兹土之宽闲兮，路崎岖而远市[⑭]。阛散周遭以种植兮，夫何止十亩之间[⑮]。将绿云而弥望兮，联袂盈筐以互倡。匪锦绮之为谋兮，老者不寒少挟纩[⑯]。唯长官之至喜兮，课晴雨以慰劳。止酌桑落以听莺兮，昔为草宅今锦里[⑰]。鲸波静风不扬兮，应志明良之喜起[⑱]。庶小臣而制曲兮，爰进民风以奏征[⑲]。

（《嘉庆东台县志》卷三十六）

【作者简介】

林正青（1668—？），字洙云，号苍岩，斋名瓣香堂，林佶子，福建侯官（今福州）人。康熙间以岁贡荐授刑部山西司学习行走，善于判断疑案。雍正十二年（1734），官淮南小海场大使。小海穷僻凋敝，任者率以官为传舍，且非职不敢与民事。其召父老而揖之，告以藻绘升平之用。于是，葺衙署，修道途，立社田，办社学。事举，民不知费，奸宄惕伏。民爱之，称之为“林菩萨”。因条其利病勒为书，以诏来者。既而母年老，乞终养去。民立祠为主以祀，且作歌《春秋侑食》，得民心若此。能诗文，工书。少与其乡谢道承、黄任、陈治滋、游绍安友善。既归，乃治馆舍为陶舫，暇日置酒唱和，称“太平老人会”。参修《福州府志》，著有《瓣香堂诗文集》《榕城旧闻》《榕海诗话》《小海场新志》。

【注释】

①小海：淮南小海盐场。

②《诗经·豳风·七月》：“蚕月条桑，取彼斧斨，以伐远扬，猗彼女桑。”意为：三月修剪桑树枝，取来锋利的斧头。砍掉高高长枝条，攀着细枝摘嫩桑。这里是取其诗意为文，形容人与自然浑融和谐的美好景象。童童而濯濯：光光秃秃的样子。

③公父文伯：姬姓，名歜，谥文，春秋时鲁国三桓季悼子之孙，公父穆伯之子。这里是套用与化用《国语·鲁语·公父文伯之母论劳逸》里的话。

④不教之民群聚处逸：未受到教化的民众整天聚在一起却无所事事。

⑤桑：种植桑树。图始：事前策划。句意所指为一般老百姓只能和他们一起玩赏事情成功的结果，而不可同他们事前谋划。

⑥隙地：空地。

⑦保守：保卫守护。

⑧睇：斜眼打量。挹：牵引，把玩。《诗经·豳风·七月》：“春日载阳，有鸣仓庚。女执懿筐，遵彼微行，爰求柔桑。春日迟迟，采蘩祁祁。女心伤悲，殆及公子同归。”这里同样是取《七月》诗意为文，化为诗意的图景想象。不啻：如同。

⑨仓庚：黄莺的别名。载绩：绩麻织布。

⑩以忠利上：尽心尽力，做有利于国家和社会的人。

⑪衡门：横木为门。指简陋的房屋。沃若：润泽貌。燕飨：以酒食祭神。

⑫维劳：辛劳。维，语气词，无义。孔多：很多。

⑬地力宜辟：土地物力应得到充分开发。

⑭睠：同“眷”，顾念。宽闲：无人打理。远市：远离城市。

⑮阛：市场的围墙，也借指市场。

⑯纩：古时指新丝绵絮，后泛指绵絮。

⑰止酌桑落：在桑林里宿止小饮。锦里：和美的居所。

⑱鲸波：巨浪。明良：明君良臣。

⑲制曲：填写曲子。爰：于是。奏征：上奏认可。

【导读】

旷海滩涂，盐碱僻地，本与声色之美关联不大。可是，在奋发有为的一番努力追求后，一切即可改观，关键在于有心无心、用功不用功而已。林正清的这篇记文以《诗经·豳风·七月》的经学阐释为线索，以身边事、眼前物为例，说明艰苦生活与享受生活并不存在根本的矛盾冲突，甚至某种意义上还具有相辅相成的特殊关系。作者通过简明平实的语言、流畅生动的行文，将儒学教化与现实生活紧密关联起来，大力形容人与自然浑融和谐的美好景象，并从现实中总结“以忠利上”的《七月》之义，别出心裁，想落天外。作者将《诗经》文字套用与化用相结合，以经文网织构成行文框架，由自作采桑亭的设想变成现实再由现实想象未来充实记文内容，给人们在繁杂冗乱的现实中营造美好生活指明了方向。作者不仅是这样说的，也是这样做的。他主持小海场盐务期间，葺衙署，修道途，立社田、办社学，特别重视精神文明建设，在地方上营设诗意的人生栖居世界，这是将儒家理念切用于现实的典范。（孙植）

伪吴张士诚故址[①]

纪映钟

荒途断草隗嚣宫，宿莽萧萧泣露虫[②]。
谁见长弓弯蓟北，只留双塔倚城东[③]。
江头破尽蚩尤雾，沛上驱来猛士风[④]。
成败无言流水绿，谁知王窦亦英雄[⑤]。

（《戆叟诗钞》卷一）

【作者简介】

纪映钟（1609—1680），字伯紫，号戆叟，上元（今南京）人。有《戆叟诗钞》四卷。

【注释】

①张士诚：白驹场人，盐贩出身，元至正十三年（1353）春与弟张士德等率盐丁起兵反元。至正十六年（1356），定都平江（今苏州）。至正二十三年（1363）九月，称吴王。至正二十七年（1367）九月，朱元璋破平江城，被俘至应天（今南京），自缢死，时年47岁。

②隗嚣：王莽新朝末年割据陇西的军阀。此处比喻张士诚。宿莽：常年生长的草。萧萧：犹萧索，凄清的样子。泣：此处指虫鸣声。

③双塔：在苏州。

④蚩尤雾：相传黄帝与蚩尤战于涿鹿之野，蚩尤作大雾，黄帝制造指南车指示方向，遂擒蚩尤。此处蚩尤比喻张士诚。沛上句：用刘邦《大风歌》“安得猛士兮守四方”。

⑤王窦：王宣与窦建德，隋末瓦岗寨起义的两位将领。此处比张士诚。

【导读】

元末以张士诚为首的“十八条扁担起义”，是中国历史上唯一一次盐民起义，这场起义的烈火首先在草堰场（今大丰区草堰镇）点燃。这首诗作于苏州，乃凭吊张士诚遗迹而作。首联写故址荒凉景象。“荒途断草”，路已经无人走，长满野草。颔联“谁见”句说张士诚没有能北上进攻获胜。颈联“沛上猛士”指朱元璋手下大将。尾联说张士诚虽然失败，仍算得上英雄，对他表示赞美。统治者多称张士诚为“贼寇”，作者虽然站在统治者立场，称张的政权为“伪”，但是仍然把他作为英雄歌颂，是难能可贵的。今天看来，张士诚虽有缺点，虽然失败，确实是古代盐城地区涌现出来的少有的杰出人物，值得纪念。（邵春驹）

壬子水灾

孙一致

沉没桑田尽，奇荒计五年。
淮扬都是水，湖海不分天。
舟宿浮生蹙，巢居野哭悬[1]。
直将忧国泪，洒到圣明前[2]。
（《光绪盐城县志》卷十六）

【注释】

①蹙：愁苦的样子 。巢居：谓上古或边远之民于树上筑巢而居。《庄子·盗跖》：“古者禽兽多而人民少，于是人皆巢居以避之。”

②圣明：旧时称颂皇帝的一种谀辞。

【导读】

本诗首联便直接展现出了水灾带来的“桑田尽”“荒五年”的严重后果；紧接着在颔联中利用夸张手法来向读者展示此次水灾程度之大：水漫四野，湖海连为一片；继而在颈联中接下来的“蹙”“悬”两个动词体现了作者的忧愁与面对灾害无能为力的自责和无奈；最后一句可谓是整诗的点睛之处，“直将忧国泪，洒到圣明前”表现出作者忧之深、痛之切，期待圣明君主能体察民情，予以赈济。诗中所展现出作者的忧国忧民、仁民爱物精神实在是令人动容，可谓“听者伤心、闻者落泪”。（程希）

癸丑五月大水

孙一致

田家力尽苦乘春，入夏无多水患频。
河上六年悲瓠子，淮南七邑付波臣[①]。
绘图时抗监门疏，发粟应思矫诏人[②]。
此后不惟农业弃，樵渔何地更容身[③]？
（《光绪盐城县志》卷十六）

【注释】

①瓠子：指《瓠子歌》，乐府歌辞。汉武帝作。汉元封二年，武帝令汲仁、郭昌发卒数万人，堵黄河瓠子决口，并自临工地。初堵口不成，武帝作《瓠子歌》二章悼之，卒塞瓠子。事见《史记·河渠书》。波臣：指水族。古人设想江海的水族也有君臣，其被统治的臣隶称为“波臣”。后亦称被水淹死者为“波臣”。

②监门：守门人，指宋人郑侠，曾上《流民图》。矫诏：假托的皇帝诏书。

③樵渔：樵夫和渔夫。亦泛指村舍中人。

【导读】

清顺治、康熙年间，诗人家乡因地处黄淮下游，地势低洼，多发水灾，人民饱受其苦。诗人开头便介绍了江淮一带水患迭发，田家一春的农事辛劳付诸东流。颔联则以“六年”和“七邑”极言灾害持续时间之长与波及范围之广，突出灾情的严重，百姓的苦难。颈联则化用郑侠上《流民图》的典故，呼唤朝廷与官府能够予以赈济，缓解灾情。尾句直抒胸臆，百业凋零，百废待举，饱含诗人对国家和百姓的深深担忧。（程希）

闻淮郡大水望乡信不至

孙一致

音书寂历路漫漫，客馆秋风晚更寒。
闻说淮南频苦雨，却愁海上又狂澜。
当年物力诛求尽，此日疮痍补救难[①]。
蠲恤纵然劳旰食，哀哀鸿雁可能安[②]。

（《光绪盐城县志》卷十六）

【注释】

①物力：可供使用的全部物资。疮痍：创伤，也比喻遭受灾祸后凋敝的景象。

②蠲恤：免除赋役，赈济饥贫。旰食：晚食。指事务繁忙不能按时吃饭。泛指勤于政事。

【导读】

本诗入题便表现出了作者因为大雨造成自己家书久久不至的苦闷，家书不至更增添了游子的忧愁。面对大雨给家乡父老带来的巨大灾难，作者补救无门，无能为力，十分自责和担忧。而颈联“当年物力诛求尽，此日疮痍补救难”两句，尤为精警，颇有“医得眼前疮，剜却心头肉”的意味，发人深省。诗歌最后用“鸿雁”这一典型意象来表达自己对家乡亲人的深切关心，希望鸿雁能够向家乡亲人传递自己的真情，更希望鸿雁能够带回家乡的消息，让自己焦急难安的心得到慰藉。（程希）

前异灾行

宋曹

黄河十月潮头动，东触淮扬西泗凤。
满城官长夜不眠，马上辛勤急弭缝①。
城边居民尽当夫，霜色仓皇面皴冻②。
倏忽风云飒万里，楚瓦飘扬浪花重。
晚出西门门已堵，皇华亭前七尺土。
我见皇华亭最高，亭边水立猛如虎。
可怜滨海射阳城，不遭河决遭海怒。
去年前年海水来，遍地盐花成斥卤③。
苍生已动极天哀，又逢河涨冲庭户。
河海泛涨本无期，堤防不固谁为主。
平时钱谷饱官囊，一朝徒急夫差苦。
夫差苦，更号天，正月二月雨绵绵。
人日已过清明前，总无白日悬青天。
眼看麦田水中死，田家消息真凄然。
野草荒庭步鸥鹭，城中白浪缠飞涎。
黑蛇猝怒斗不歇，雷霆日夜声相连。
我尚有家住不得，况复无家屡播迁④。
衾裯入市不足顾，珠玉作爨飞紫烟⑤。
邑里横流已如此，哭声惨澹泪如水⑥。
阴风逐雨逼孤城，来往相逢半是鬼。
可叹穷民两月中，东风吹过又西风。
茅屋土墙总不固，妻子相视饥如弓。
提儿挟女市中走，小儿换米只一斗。
大儿拉手不肯去，嚎啕痛哭死同守。
或为老姑或老舅，勉强支持逐门叩。
低头乞食羞不言，努力难前惟恐后。
或为老母或老翁，几日晨昏食不通。
皮无菜色语无力，千载监门图难工⑦。

多少相看立饿死，死后饮水腹如鼓。
一日流尸五十七，两月尸流不可数。
哀哀苍天天不知，天晴雨散哭孤儿。
满城生别及死别，纷纷骨肉无聚时。
往年洪水与大旱，尚可从容说逃窜。
十载无如今日荒，谁知救荒胜弭乱。

（《光绪盐城县志》卷十六）

【注释】

①弭：平息、停止、安抚。

②皴：皮肤因受冻或受风吹而干裂。

③斥卤：盐碱地。

④播迁：迁徙、流离。

⑤衾裯：指被褥床帐等卧具。爨：炊也，指烧火做饭。

⑥横流：比喻动乱，灾祸。

⑦监门：指郑侠。见前沈聃开《洪水行》。

【导读】

这首歌行体长诗讲述了盐城滨海一带曾经发生过的洪涝灾害，导致生活在其地的百姓钱财散尽，粮食无收。到最后百姓穷苦到只能送妻贩子的境地，但仍然无法维持最基本的温饱，家破人亡，十室九空，最后只能颠沛流离，乞讨为生。诗歌通过对场景的精细描画，细节的秉笔直书，写出了被洪灾侵袭的盐阜百姓民不聊生、万物凄苦、妻离子散的悲惨情况，饱含悲天悯人的济世情怀，同时也对中饱私囊、庸碌无为的地方官员予以辛辣讽刺和批判。（程希）

经清水潭书感二首①

宋曹

其一

大筑劳民甚，何工不足疏②。
历年成漏弊，七邑久离居③。
官橐金钱满，朝端白简虚④。
中丞原有策，全不畏诛锄⑤。

其二

十载淮南困，空悬圣主忧⑥。
官门俱暮夜，河道总虚舟⑦。
埽卷千夫命，金填七里沟⑧。
盛朝犹殛鲧，何况短才猷⑨。

（《会秋堂诗集》）

【注释】

①清水潭：《光绪阜宁县志》引《湖乡分志》：“清水塘，在童家营堤下。康熙三十五年（1696）决河，冲决所致。广数十亩，深不可测。”在今阜宁县芦蒲镇童营村。

②大筑：这里指修筑堤坝的大工程。疏：疏导、疏通。

③漏弊：缺漏、弊病。七邑：指运河河堤以东下河地区七个县邑高邮、江都、兴化、宝应、泰州、盐城、山阳。

④官橐：犹宦囊，指官员的收入。朝端：朝廷。白简：弹劾官员的奏章。虚：没有。

⑤“原有策”后有作者自注：谓潘公季驯。潘季驯：明朝中期官员、水利学家。他长期主持黄河、运河治理工作，提出了“筑堤束水，以水攻沙”的治黄方略和“蓄清（淮河）刷浑（黄河）”以保漕运的治运方略。

⑥淮南：淮河以南地区，盐城在其内。

⑦官门句：言官府黑暗。河道句：官员乘船沿河道往来无济于事。

⑧埽：治河时用的护堤堵口的器材，用树枝、秫秸、石块等捆扎而成。金填句：意为浪费大量钱财。

⑨殛鲧：相传上古尧舜时代，鲧奉帝命治水，采用堵的办法，结果

失败。舜派祝融将鲧杀死在羽山。才猷：才能与谋划。

【导读】

康熙三十五年黄河决堤，使得下河地区大量良田淤塞，给人民带来了巨大灾难。清水潭就是这次决堤所致。这首诗是作者经过清水潭时有感而作，把矛头指向不顾人民死活的统治者。花费巨大人力物力治河，却并无效果，因为官员玩忽职守、中饱私囊，而朝廷中没有正义大臣弹劾他们。最终是百姓承受所有苦难。作者指斥的主要是办事的官员，又用“圣主忧”赞颂当朝康熙皇帝。史载康熙听政后，日夜关心的是三件大事：三藩、河务、漕运，曾将这六个字写了挂在宫中柱上。所以这里写得符合史实，不是“虚美”。不过说到底，造成盐城地区水灾频仍的，主要还是最高统治者“济运保漕”的国策，为了保障漕运，不惜以下河地区作为泄洪区，这是盐城的不幸。（邵春驹）

苦雨叹

宋曹

城头看水绝无天，城下看水飞寒烟①。
怒涛一声泪如雨，人命填路谁复怜。
路上行人莫敢渡，一片水光没堤树。
阴鬼啸雨雨不休，隐隐雷霆亦不怒。
连绵三月倾人魂，狂飙拔木波打门②。
苍蛇跳梁入人室，俯仰叹息无朝昏③。
更念吾盐海水泻，崩庐坏屋如摧瓦④。
苍凉夜宿水声中，城郭真如道旁舍⑤。
人家痛哭愁无依，高望城头烟火稀⑥。
难将百恨酬千虑，不见城头一鸟归⑦。

（《光绪盐城县志》卷十六）

【注释】

①绝：隔绝。

②狂飙：狂风。木：指树。波：海浪。

③无朝昏：不知昼夜。

④摧：毁坏。

⑤苍凉：苍茫凄凉。

⑥人家：家庭。

⑦酬：应对。

【导读】

这首七言古诗，亦以“叹”字命名，当与《道旁白骨叹》《道旁小儿叹》作于同时，可对比阅读。其所咏内容有所不同，但其悲天悯人，仁民爱物思想却一以贯之，并无二致。该诗前半部分主要描述淮南一带阴雨连绵，三月不绝，导致狂风海浪摧毁家园的惨状。后半部分继而描写海水倒灌，所到之处，崩庐坏屋，一片汪洋，人如鱼鳖的场景。面对此情此景，诗人千仇万恨，愁肠百结，却又无可奈何，唯有叹息而已。封建时代劳动人民面对天灾人祸的无力感与绝望感于此可见一斑。（程希）

道旁白骨叹

宋曹

淮南之水天下无，城里城外空鹈鹕[①]。
十载全无救荒策，江海茕民困不苏[②]。
少者还窜老者死，他乡亦复形如刳[③]。
年年苦遭北风厉，沿江一望泪欲枯[④]。
白是人骨黑老乌，老乌毒喙如天吴[⑤]。

日日啄人肆吞屠，可怜枯骨谁号呼[6]。
我欲图骨上京都，直耸天听诉寡孤[7]。
区区郑侠何足图，白骨之惨，惨比菜色何如乎[8]！
（《光绪盐城县志》卷十六）

【注释】

①鹈鹕：水鸟，体长可达二米，翼大，嘴长，尖端弯曲，嘴下有一个皮质的囊，羽毛灰白色，翼上有少数黑色羽毛。善于游泳和捕鱼，捕得的鱼存在皮囊中。

②苂：指孤独穷困之意。

③窜：流放、放逐。刳：从中间破开再挖空。

④厉：凶猛。

⑤喙：嘴。天吴：朝阳之谷神曰天吴，是水伯也，其兽也八首八足八尾，背黄青。

⑥号呼：大声叫唤。

⑦图：画。天听：帝王的听闻。

⑧郑侠何足图：宋郑侠绘有《流民图》，后以《郑侠图》指百姓生活困苦。这里指连郑侠都无法画出现在的流民的惨状。菜色：指饥民营养不良的脸色。

【导读】

这首古体诗是宋曹“三叹”系列的第二首。作者从另一个侧面，深刻、沉痛地揭露了淮南洪灾之后白骨遍野，鸟啄人食的惨状，其关心民瘼、直面现实，将批判矛头直指最高统治者的风骨和勇气令人感佩不已。诗篇开头即一针见血地指出洪灾固然有天灾的成分，但统治者的“全无救荒策”的懒政、惰政更让灾民艰难的生活雪上加霜，难以为继。而凄厉的北风、盘旋的乌鸦进一步加重了沉痛压抑的气氛，使得作者如骨鲠在喉，不得不吐。于是，诗人在诗歌的结尾，大声疾呼，表明自己要效法郑侠上《流民图》的义举，将底层百姓的苦难诉诸天听，尽管这种疾呼也许是微弱的、无力的，但这种无论自身穷达，始终兼济天下的儒者情怀实足令人感动。（程希）

道旁小儿叹

宋曹

家家门巷空土墙，朝望不返暮复望。
多少流殍活不得，牵手相视两彷徨[1]。
况复岁晚衣服薄，老妻少妇徒凄凉[2]。
他乡日长不得暮，悠悠寒夜夜更长。
起来依旧不得食，褴褛小儿置路旁，
几年枯血寔难乳，满地呱呱号大荒[3]。
呜呼！百万流民散何处，道旁小儿安能识故乡。

（《光绪盐城县志》卷十六）

【注释】

①流殍：灾民流亡而饿死。

②况复：更加上，何况。岁晚：表示年末。

③寔：同“实”。大荒：大灾之年。

【导读】

此诗与《道旁白骨叹》可视为姊妹篇，诗人以沉痛的笔调写下饱含血与泪的文字。家乡父老因天灾人祸导致十室九空，饿殍遍野。百姓无以为生，纷纷背井离乡，漂泊流浪。褴褛中的小儿无力顾及，只好弃置路旁，任其呱呱大哭而亡。面对此情此景，诗人肝肠寸断，却又陷入深深的无奈之中难以自拔，唯有一声沉重的叹息。其直面现实、秉笔直书的史书品格，堪与杜甫《茅屋为秋风所破歌》等作前后呼应，异曲同工。（程希）

地复震兼悼水患

宋曹

浪平东海接淮西，破屋谁能稳故栖。
夜夜生愁无月上，家家漂落有儿嘶[①]。
流民痛哭空相望，邻妇连伤苦似泥。
飒飒凄风肠复断，烛光惨淡炤悲啼[②]。

（《会秋堂诗集》）

【注释】

①嘶：发声凄楚哽噎

②凄风：即寒风。炤：同“照”，照耀。

【导读】

宋曹在大震后两次去淮阴，目睹当地地震兼水患给人民带来的灾难，以及官吏勒索，人民凄苦之惨状，甚为痛心，作诗四首，聊以纪异。本诗通过对受到灾难的人们的描绘直接表达出灾害对人们的伤害，尤其是“家家漂落有儿嘶”和“流民痛哭空相望”两句，家家户户都在大水中沦落漂流，孩童害怕得嘶喊哭叫。流离失所的难民互相痛苦哭泣，却只能互相干看着没有办法。一个“空”更能体会到受此灾害人们内心的无奈与无计可施。纵观全诗，诗人生动描绘难民的状态之余，也深刻表达出自己对这种情形的痛心。读之令人肝肠寸断，唏嘘不已。（程希）

登射州城楼望水①

宋曹

古庙临河浸绿苔，数行芦苇傍孤台。
城边漂屋随风散，堤外流棺到处来②。
村落只余林影泊，鸬鹚空绕浪声哀③。
水田图就谁能进，郑侠当年不足灾④。

（《光绪盐城县志》卷十六）

【注释】

①射州：隋末置，治今盐城市。辖境相当今盐城市和建湖、射阳二县部分地区。唐属淮南道，武德七年（624）废。望水：察看洪水。

②堤：指北宋范仲淹倡筑的捍海堤，堤外为灶区，堤内为农区。

③鸬鹚：水鸟名，俗称“鱼鹰”，羽毛黑色，有绿光，善捕鱼，用树叶、海藻等筑巢。渔人常用来捕鱼。

④水田：被洪水淹浸的田亩。郑侠：其献《流民图》事，见前沈聃开《洪水行》。

【导读】

古射阳县故城中，诗人正站在城楼上察看洪水。庙宇已经古老破败了，浮萍恣意生长。古庙的阶台旁芦苇丛生，城边的草房屋顶浮于水面。灶区里洪水决堤，水面漂浮着棺木。村落尽淹水中，只见树梢露出水面。鱼鹰一圈一圈徘徊上空却找不到歇脚地。被洪水淹浸的田亩绘成图画又由谁禀报朝廷？与郑侠当年所面对的灾难相比，可谓有过之而无不及。作者善于抓住环境描写，通过“古庙”“绿苔”“芦苇”“漂屋”“流棺”“林影”“鸬鹚”“水田”等意象，正侧结合，描绘出水灾泛滥的惨状。尾联巧妙化用了郑侠献《流民图》的典故，表现出对自然灾害肆虐的痛心和对再无“郑侠”的无奈。悲悯情怀，溢于言表。（程希）

云梯关歌[①]

李骥

云梯关者，黄河合淮入海之道也。闭塞以来，堤岁隤，吾乡罹其害者十载余矣[②]。闻有议开之令。幸流亡之得复，庆孑遗之更生，喜而作歌[③]。

云梯闭兮黄河决，云梯开兮黄河泄。
水浩浩兮循故道，有所归兮夷其暴[④]。
上流平兮下流宁，堤不隤兮民以生。
筑我墙兮葺我屋，园种瓜兮田树谷。
秋禾登兮酒盈觞，骨肉聚兮还故乡[⑤]。

（《虬峰文集》卷二）

【作者简介】

李骥（1634—1710），字西骏，号虬峰，兴化人。童年时代经历明清易代之变。成年后在扬州以教书为生，布衣终身。有《虬峰文集》等。

【注释】

①云梯关：在今响水县黄圩镇云梯关村。原为淮河入海口，黄河夺淮后成为黄河入海口。

②隤：崩颓。

③流亡：在家乡无法生活而逃往外地。孑遗：极少的残存者。出自《诗经·大雅·云汉》："周余黎民，靡有孑遗。"

④夷：平，平缓。

⑤登：谷物成熟。骨肉：亲人。

【导读】

云梯关是响水地区重要的水利和人文遗迹，有"江淮平原第一关"之称。当它成为黄河入海口后，由于黄河水挟带大量泥沙，当水行不顺变缓时，就容易造成淤积堵塞现象。统治者荒怠政事，或出于地方局部利益需要（关口堵塞则内河水涨便于行船），往往并不积极清淤开塞。河水排泄不畅，自然四处横流，包括作者家乡兴化在内的下河地区就深受其害。当作者听说有“议开之令”（开是开通之意），顿觉欢欣鼓舞，写了这首诗。一关之通塞关系黄河泄水顺畅与否，也关系下河大片土地人民的安危，云梯关在当时的重要性从这首诗可见一斑。“筑我墙”四句描绘了一幅富有下河地区地域特色的“农家乐”的理想景象，散发出自然淳朴的美好气息。“还故乡”即不再出外流亡。这首诗采用七言，每句中有语气词“兮”，节奏舒缓，一唱三叹，恰当表现了作者欢快的感情。“上流”以下四句，每句都是“当句对”（即一句中某些语词自成对偶），也值得注意。（邵春驹）

辛卯夏，当事给领滩田，余赴庙湾候给，因见斥卤之乡，恐贻后患，辞之[1]

徐麟吉

日落盐亭海气昏，楚人犹见几家存[2]？
十年萍梗思乡土，千里桑麻长泪痕[3]。
沿海半边余斥卤，大河两岸总新屯[4]。
鱼鱼愧我谋生拙，不敢求田访故村[5]。

（《山阳诗征》卷十四）

【作者简介】

徐麟吉，字日驭，号北山。淮安人，康熙中诸生。有《北山诗存》。

【注释】

①当事：此处指地方当政者。滩田：海滩用于晒盐的地方。

②楚人：庙湾属淮安府，淮安旧称楚州。

③萍梗：飘萍与断梗，比喻漂泊他乡。

④大河：指射河，今称射阳河。源于射阳湖，经今建湖、阜宁、滨海至射阳入海。新屯：指新来的居住者。

⑤鱼鱼：模拟向鱼说话口吻。求田：原意为买田，此处指领有滩田。

【导读】

“给领滩田”就是官府给予地方百姓以滩田的使用权，百姓则须缴纳租税。从诗题可知，作者本来到庙湾等候分给滩田，但是看到一片斥卤之地，恐怕带来后患，推辞了。“楚人”句是说当地人大半逃亡。颔联就写逃亡在外的流民的境况。“千里桑麻”句意思是流民在他乡看到人家的遍野桑麻，只能自己流泪。“余斥卤”“总新屯”写当地向坏的方面的变化。这首诗写了清初庙湾地区的凄惨景象，表现了作者对贫穷百姓的同情。（邵春驹）

洪湖泛涨，盐阜诸邑半成巨浸，赵二赤城作《江南哀》见示，诗以赠之（三首选一）①

邱煜

拍天巨浪出洪湖，短陌长阡一色铺②。
读罢悲歌魂已断，不须重绘郑公图③。
（《山阳诗征续编》卷八）

【作者简介】

邱煜，字杏南，淮安人。乾隆年间诸生，嘉庆年间恩贡生。有《握云斋诗存》。

【注释】

①洪湖：即洪泽湖，在今淮安、宿迁两市境内。

②短陌长阡：或长或短的道路。

③郑公图：见前沈聃开《洪水行》注。

【导读】

洪泽湖，在盐城西边，这个湖主要由于黄河夺淮、高家堰修筑等因素形成。明朝嘉靖年间，大运河频频被泥沙淤塞，对漕运造成很大危害，当时水利学家潘季驯提出“蓄清刷黄、束水攻沙”之策，即将淮河水拦截于洪泽湖，抬高其水位，用淮河的清水冲刷运河中的泥沙。由此带来的结果，是洪泽湖面积增加，其湖底高出东部地区平原，成了真正的“悬湖”。这只高悬的巨型水盆对淮安、盐城等地区构成了严重威胁。民谚云：“倒了高家堰，淮扬不见面。”这首诗就是写其中一次水灾。后两句说读了对方诗就不必再画水灾的图画了。正常情况下，绘画是造型艺术，直接描绘形象，诗是语言艺术，间接表现形象，这里说读了诗就能获得水灾真切的情景，不须再有图画了。古人赞美诗好，就说它如画、“诗中有画”，可以代替画，赞美画好，则说它富有诗意、“画中有诗”，但是好像不会说画可以代替诗。因为诗在表现形象方面虽然是间接的，但是它能用文字提供好多形象之外的信息，这是画做不到的。（邵春驹）

视冈门新河[1]

孔尚任

万顷洪荒水，今书入海年。
无穷新版筑，有限死金钱[2]。
岸草经秋长，商船薄暮连。
往来歌禹绩，翻遣泪潸然[3]。

（《湖海集》卷三）

【注释】

①冈门：盐城市龙冈镇，古名冈门，因盐城西冈自然形成的十五里沙冈而得名。新河：蟒蛇河，古称新河、新官河，在盐城市西部，属串场河支流。

②版筑：筑堤打墙的工具。

③翻遣：有所感触而叹息。

【导读】

这是一首有着强烈忧患意识的五言律诗，是康熙二十六年（1687）秋天孔尚任视察冈门新河水情时所作。诗歌的大体意思是：现在书上说，今年是洪水入海的一年，可眼前万顷良田依旧是无边洪水。到处是新制的筑堤打墙的工具，可能使用的固定资金却是有限的。水岸边草木茂盛荒凉，水面上商船因洪水阻碍连成一片。来往的人都在歌颂大禹治水的功绩，这却让孔尚任流下了悲伤忧愤的泪水。这首诗书写了诗人内心的内疚与关怀，表达了对百姓疾苦的同情，和对封建官员不顾百姓死活的愤懑不满。诗的第二联中“无穷”与“有限”的对比，体现了现实的残酷，间接表达了孔尚任对当时治河官吏的不满。末句的“泪潸然”中，表达了孔尚任作为使臣却无计可施，内心的愧疚与忧愤之情。（黄静）

西团记[1]

孔尚任

海上之村，大曰场，次曰团，小曰灶，荒寂旷邈曰草荡[2]。比之郡治，场则府也，团与灶则州若县，而草荡则其田畴耳[3]。西团在泰州东北百四十里，西隶于草堰场，所属之灶及所有之草荡东滨于海[4]。居民煮盐捕鱼为业，然轻生嗜斗，善逋国税[5]。其势独尊而最能制之者，盖无如场大使云[6]。

予督浚海口，食息其地者旬余，居民不以为官[7]。及大使来谒，执礼甚恭，民始骇然，以为天下尚有尊于场大使者[8]。予既申二日之尊于场大使上，遂率群吏建旗以聚民事[9]。子来之众，日八九千[10]。给食程工，坐立泥涂中，饮咸水，餐腥馔，不胜劳且苦[11]。己劳而慰人之劳，己苦而询人之苦，乃悉得其煮盐捕鱼之状[12]。

煮盐者，常于深秋杂刈草荡之薪，委以供釜[13]。釜者，煮盐具也。庳底而丰缘，则火力齐；火力齐则候速，结盐白，惟釜有功[14]。爨下之灰，卤母也[15]。取卤者，先布灰于场，以摄海气[16]。场有呆、活，呆者塞，活者通，活为贵[17]。敷灰一日夜，暴而润之，而卤花腾于灰[18]。然后沃以海水，淋以深池，既澄，投试石莲子[19]。莲子易沉，不沉而浮，卤乃上等。乃倾于釜，猛火煎。釜内加皂荚，性能去腻，腻去斯凝[20]。旋煎旋沸，旋沸旋凝，而皑皑如雪矣。

捕鱼者，刳舟如葫芦，周旁胶无隙，穴其背，仅容出入，有螺户焉，虽冒浪不灌[21]。内贮半水，两胁缒以长木，与内水平，若飓风起，无虑侧覆[22]。将入海，先衅罟，打鼓，刑牲，赛鱼神，置舟潮头，随潮以去[23]。舟之尾，罟系焉，诱鱼自投。既得鱼，纳于水；纳满，又从潮来，赛如初[24]。

居民之婚丧粟布皆赖盐鱼，而税课之多寡，讼斗之起灭亦皆根盐鱼，此场大使所有事也[25]。

海口之役既兴，将观厥成[26]。海水不漫灶则盐有余，可通舟则鱼有余[27]。富者鬻盐鱼，贫者募为夫，得份外之利，以治盐鱼具，则盐鱼益有余。有余者税课易，讼斗稀，婚丧举，粟布无缺，民俗斯乐[28]。民乐矣，场大使复何忧！予处于同乐无忧之乡，虽斥卤荒凉，手胼足胝，与之欢呼鼓舞，盖不知劳之为劳、苦之为苦已[29]。

（《湖海集》卷八）

【注释】

①西团：今大丰区西团镇。

②团、灶、荡：今东台、大丰境内尚有新团、卞团、东团、头灶、沈灶、丁家灶、天鹅荡等地名。

③若：或者。

④泰州：今东台、大丰当时均属泰州。草堰场：滨海盐场之一。今大丰区草堰镇。

⑤轻生：不爱惜生命。逋：此处意为逃税。

⑥场大使：清代在盐场设置的官职，主要掌管各产区中食盐生产、赋税征收、弹压场灶乱事、缉拿贩卖私盐者。

⑦督浚海口：监督疏浚河道入海口。食息：吃饭休息。旬余：十多天。

⑧谒：拜见。

⑨申二日之尊：意为短时间显示一下自己的尊严。建旗：竖起旗帜。

⑩子来：用《诗经·灵台》：“经始勿亟，庶民子来。”意为老百姓自动集聚到官长身边。日：每日。

⑪给食程工：发放食物，计量工作量。程是计算的意思。泥涂：烂泥地。腥馔：没有煮透而带腥味的食物。

⑫得：此处意为查清楚。

⑬杂刈：各种草都割。委：堆积。釜：锅。

⑭庳：低洼。此处形容锅底深。丰缘：锅边高。火力齐：此处意为火平均烧锅底各处。候速：时间快。结：盐结晶。

⑮爨：灶。卤母：意为要用灰来制卤。

⑯摄：吸取。海气：实际上是被海水浸灌过的土壤中的盐分。

⑰塞：盐分吸不上来。通：与“塞”相反。

⑱暴：太阳暴晒。润：露水湿润。腾于灰：指盐分上升而被灰吸附。

⑲沃：浇灌。淋：将含盐分的草灰用海水浇淋，得到盐卤。

⑳斯：则。

㉑刳：剖开并挖空。出自《周易·系辞下》：“刳木为舟，剡木为楫。”

周旁：船的周围旁侧。胶无隙：黏合使无空隙。穴其背：在船背后穿一个孔。螺户：螺蛳形状的小窗。冒浪：浪从上覆盖下来。

㉒半水：意为半船舱水。两胁：原指人的肋骨处，此处意为两边船舷。縆：此处意为用绳绑扎。

㉓衅罟：此处指用牲畜血涂在渔网上。刑牲：杀牲畜。二者都是祭祀仪式。赛：祭祀。

㉔从潮来：指随海潮回到岸边。

㉕税课：赋税。讼斗：争讼斗殴。根：根源于。所有事：意为税课、讼斗都是场大使负责的事。

㉖海口之役：指孔尚任所主持的海口疏浚工程。观厥成：这个词出自《诗经·大雅·文王有声》："遹求厥宁，遹观厥成。"厥：其。

㉗漫：涌溢。

㉘婚丧举：意思是婚丧之事都能办理。

㉙斥卤：盐碱地。胼、胝：手足上的硬皮、老茧。

【导读】

清初里下河水灾严重，水利设施失修。康熙二十五年（1686）秋，孔尚任随工部右侍郎孙在丰督察里下河水利，主持海口疏浚工程。他来到海边渔村西团，写下了这篇散文。第一、二节为第一段，简单介绍濒海地区风貌、西团的地理方位和当地人民的情况。第三、四、五节为第二段，分别介绍西团一带的盐业和渔业生产及其影响下的人民生活。第六节为第三段，展望工程竣工后兴旺发达、人民安乐的前景，并表示自己辛苦在所不辞的决心。全文介绍了西团一带的风土人情，表达了对下层人民的同情和祝愿，以及自己愿意为百姓做事的愿望。作为封建时代的官员，这种思想是很可贵的。这篇文章的结构很精致，有一明一暗两条线索贯穿全文。一条明线是人民的生存状态。第一段指出其"轻生嗜斗，善逋国税"，第二段指出人民生活的一切乃至赋税讼斗均以盐鱼为根基。第三段说工程成后则人民丰足安乐。一条暗线是场大使的权威。第一段点出场大使的尊严地位，第二段在叙述盐业和渔业后，在第五节指出以往场大使事务繁杂的原因，第三段则指出一旦人民安乐，场大使则可无忧。两条线索相互扭结，使文章层次井然而又富于变化。此外，记录濒海地区民俗风情，文笔委曲细致，也是文章的一大特色。（邵春驹）

海　滨

戴珩

何代熬波地，荒墟灶户家①。
只今多网罟，从古不桑麻②。
门外潮来白，墩头日下斜③。
春风凭冷暖，无树见开花。

（《诗观三集》卷十三）

【作者简介】

戴珩，字玉子，清代徽州休宁人。有《松溪草》。

【注释】

①熬波：实际上制盐不是直接熬煮海水，而是熬煮卤水。

②网罟：渔网。桑麻：指代农业生产。

③墩：指避潮墩。

【导读】

这首诗写濒海地区的荒凉景象。荒墟犹废墟，灶户就住在废墟之上。“荒”是全诗的“诗眼”，诗中每一句都指向这个字。“只今”“从古”，互文见义，意思是无论古今，这里人靠捕鱼为生，不从事农业生产。衬着避潮墩的近景坠落的夕阳余晖不用说是惨淡的，潮水的白也是瘆人的惨白。最后说，任凭春风是冷是暖，看不到树上开花。这首诗的景物描写仿佛是刀刻一般的有力。但是不要忽略开头的“灶户家”三个字。是他们生活在这里，是他们在领受着这一切。这才是作者意中最看重的。（邵春驹）

野　望

侯恽

不堪久宦寄殊乡，极目郊圻思杳茫[1]。
水阔何曾见刍牧，人稀原未有牛羊[2]。
大河决后村墟改，沧海潮回日影凉[3]。
佐郡十年惭父老，自安闲冷看凋荒[4]。

（《光绪阜宁县志》卷二十二）

【作者简介】

侯恽，号青柯，陕西三原人，康熙年间岁贡。康熙二十八年（1689）任海防同知。他延请陈一舜编纂了阜宁第一部方志《庙湾镇志》（阜宁未建县前称庙湾）。

【注释】

①堪：忍受。久宦：长久做官。寄：寄居。殊乡：异乡。极目：远望。郊圻：郊外。杳茫：渺茫；迷茫。

②水阔：江河宽阔。此处意谓洪水泛滥。刍牧：割草放牧。原：本来。

③大河：黄河。村墟：村庄。此二句写黄河夺淮改道致使下游入海通道被淤塞，海潮涌到滨海陆地，四处泛滥，灾难频发使得庙湾一带的环境发生变迁。

④佐郡：协理州郡政务。佐：辅助。自安：自己甘心情愿。闲冷：清闲冷落。凋荒：衰落荒乱。

【导读】

诗歌写作者因为不堪久宦在外的思乡之苦而到任所的郊外极目远眺，试图舒缓迷茫的愁情。但放眼望去，满目都是黄河夺淮改道造成的疮痍：洪水泛滥，平原被淹，村庄改迁，人口稀少，连放牧牛羊的情形都已不可见，只有黄昏潮回浪打的凄凉。回想自己已经在此处任职了十年，虽有“兼理河工”的职责，但成效甚微，民生的荒凉凋敝让他深感愧对当地的父老乡亲。诗歌首尾两联抒情，中间两联写景。写景中饱含着作者心怀民瘼的感情，实现了情与景的交融，读来让人心情沉重。此外诗歌对仗工稳，语言朴素流畅，无华丽煊赫之嫌。（丛玲玲）

鬻儿行[①]

裴天佑

风凄凄，雨萧萧，爨烟寂寞两三朝[②]。
去年水涝今年旱，官租私负何曾饶[③]？
身无完衣肌肤露，日不再食形容焦[④]。
索食稚子牵衣哭，左支右调情无聊[⑤]。
门外青衣接踵来，税粮徭役并相催[⑥]。
男子但云“怕棰楚”，妇人密说“且逃开”[⑦]。
又恋家乡不忍离，商量割爱鬻婴儿。
婴儿生长才十岁，豪家买去与缗钱。
育养何难弃何易？贫儿不异犬与豣[⑧]。
儿闻相别泪不干，母见儿行号苍天[⑨]。
扪胸顿足僵复起，悲风流水声潺潺。
夫反劝妻休痛哭，输租供役分当然[⑩]。
及到使官门，迁延不引见[⑪]。
府胥索秤头，隶卒需酒馔[⑫]。
浮费十二三，追呼犹未已[⑬]。
俯仰有谁怜？愁生不如死！
死者无知亦无忧，生者饥寒竟流徙[⑭]。
君不见田间沟饥殍枯骨无人收。
草根木皮都食尽，谁思拯救出奇谋[⑮]？

（《光绪盐城县志》卷十六）

【作者简介】

裴天佑，字顺之，号鹤洲，明淮安府赣榆人，嘉靖二十九年（1550）进士，授建安知县，官至大理寺卿。有《拙逸亭稿》。

【注释】

①鬻儿：卖儿。

②爨烟：炊烟。

③私负：私债。

④再食：吃两顿。形容：面容。

⑤索食：要吃的。“左支”句，谓百般哄骗无济于事。

⑥青衣：犹皂隶，指官府衙门的差役。

⑦棰楚：杖刑。

⑧豜：三岁大猪。

⑨号：嚎哭。

⑩分：读如奋，本分。

⑪使官：场官，盐课司大使。迁延：拖延。

⑫府胥、隶卒：泛指场官衙门的杂役。

⑬浮费：正课以外的花费。追呼：追讨。

⑭无觉：没有知觉。流徙：逃亡。

⑮木皮：树皮。

【导读】

这首歌行体长诗，以沉痛的笔调书写了饥荒年份穷苦人家卖儿输税的悲痛情景。诗的开头便写到连年的天灾，百姓衣衫褴褛、食不果腹，但是繁重的赋税却是一点都不能少，只能通过卖孩子来勉强凑齐。到了使官门前，杂役们百般刁难，他索“秤头”，你要“酒馔”，正课以外的花费达十分之二三，却还是不满足，深刻揭露了官吏的腐败与贪婪。作者最后写道“愁生不如死！死者无觉亦无忧，生者饥寒竟流徙”。生与死的强烈对比，突出了时代的黑暗及身处这个黑暗时代之下人民的不幸。全诗语言质朴，于浅切平易中寄予强烈的批判之意。（程希）

盘铁歌①

郑晋德

日月并行一疆宇，追怒吴民昔为主②。
倾城一徙海之滨，编籍分场作灶户③。
诏颁盘铁铸洪武，计角一千三百五④。
小大各殊厚薄同，合角成盘涂以土。
漉沙构白供煎煮，无冬无夏勤作苦⑤。
至今三百有余年，咨嗟犹带吴侬语。

（《康熙两淮盐法志》卷二十八）

【作者简介】

郑晋德，字蕃修，号破水道人，清代徽州歙县人，往来扬州、徽州间。著有《韵阁诗钞》《三友棋谱》。

【注释】

①盘铁：煮盐的器具。一盘四角，每角分几块，分户保管，煮盐时拼合成整体，缝隙间涂以蜃泥，可不漏泄。明代皆为官铸，有定额，分发灶户团煮使用。后来允许商人出资铸造。

②日月：比喻皇帝与皇后。此处指明太祖朱元璋及马皇后。一：统一。疆宇：犹天下。追怒：为以前的事而发怒。“吴民昔为主”为“怒”的宾语。吴民：江南苏州一带百姓。为主：指拥戴张士诚。

③一徙：全部迁徙。编籍：编排户籍。

④洪武：朱元璋在位时年号（1368—1398）。一千三百五：言多。

⑤漉沙构白：出自南齐张融的《海赋》：“漉沙构白，熬波出素。”漉沙指从含盐的沙土中淋卤，构白指积卤。无冬无夏：不分冬夏。

【导读】

这首诗写了一种重要的煮盐器具盘铁，对其来历、形制作了详细描绘。但是作者主要意图并非咏物，而是借盘铁作引子写历史。诗中讲述的是盐城历史上的重要事件“洪武赶散”。明初朱元璋为了报复江南苏州、松江依附张士诚的地方势力，将大批江南人民驱赶到盐城定居，迫使他们加入灶籍，成为煮盐灶户。当然，惩罚江南人并不是这一事件的唯一原因，当时由于自然灾害和兵乱，江淮地区人口锐减，田灶荒芜，朱元璋这样做很大程度上是为了恢复这里的社会生产，以稳固自身统治。这一措施对盐城的影响是巨大而长远的：盐城由此人口大增，经济重又得到恢复和发展，而且盐城和苏州的联系加强，吴地的文化也被带到了盐城。诗中“犹带吴侬语”就反映了这种现象。当然作者写这一事件，对被驱赶到海边的百姓表示了同情。（邵春驹）

盐丁叹[①]

郭五常

煎盐苦，煎盐苦。濒海风霾恒弗雨。
赤卤茫茫草尽枯，灶底无柴空积卤[②]。
借贷无从生计疏，十家村落逃亡五[③]。
晒盐苦，晒盐苦。水涨潮翻滩没股。
雪花点散不成珠，池面半铺尽泥土[④]。
商执支牒吏敲门，私负公输竟何补[⑤]？
儿女呜咽夜不炊，翁妪憔悴衣蓝缕[⑥]。
古来水旱伤三农，谁知盐丁同此楚[⑦]？
我欲挽回淳古风，深惭调燮无丝补[⑧]。
且以仁煦摩，且以义鼓舞[⑨]。
勿使心如墨，勿使政如虎。

中和一致雨旸时，煎晒应无当日苦⑩。

（《雍正两淮盐法志》）

【作者简介】

郭五常（1484—1543），明代诗人。河南西平人，正德六年（1511）进士。嘉靖十一年（1532）官长芦运盐使。时晒盐法方从福建传入淮北、山东、长芦，但煎盐仍为主要方式。

【注释】

①盐丁：唐至清登记在册专事煮盐纳官的人。

②风霾：风卷沙土弥漫天空。赤卤：同斥卤，谓土地因干旱泛出盐碱。灶：煎盐灶。

③“借贷”二句，谓告贷无门，无以为生，半数灶户外出逃亡。

④没股：水深淹没大腿。雪花：喻漂浮在卤面的盐花。池：产盐的池子。

⑤支牒：官府发给盐商的取盐凭证。私负公输：私负，向债主借的钱；公输，交售官府的盐课。

⑥夜不炊：不煮晚饭。蓝缕：衣裳破烂。

⑦三农：指春夏秋三个农时，借指农民。楚：痛苦。

⑧淳古：质朴有古风。调燮：调和元气、谐理阴阳，指宰相职责。

⑨煦摩：即煦沫，谓在困境中相互爱抚扶持。

⑩旸：晴天。

【导读】

此诗同见于嘉庆《新修山东盐法志》附编，标题作《悯灶丁》。诗人感叹水旱灾害与官府苛政损害盐民生计，结以勉励语，基调沉痛而又积极。诗歌开头指出干旱和水灾使煎盐和晒盐变得十分艰难，晒不出盐，就没有办法还清债务、交齐税收，百姓生活极为困苦。但随后作者笔锋一转，表达出自己的政治理想：“中和一致雨旸时，煎晒应无当日苦。”使原本沉郁的诗境变得积极昂扬起来。（程希）

潮变有感①

何联芳

望断沧溟赤水限，愁氛横骛昼难开②。
光摇夜壑流阴火，响叠秋涛隐地雷③。
鸡犬也知随物化，蛟螭真欲逼人来④。
饥魂飘泊无依著，月黑风高处处哀⑤。

（《康熙淮南中十场志》卷十）

【作者简介】

何联芳，明代诗人。淮南泰属梁垛场人。好古不倦，有所著遗稿藏于家。

【注释】

①潮变：突然爆发的海溢决堤。

②限：山水弯曲处，犹尽头。横骛：纵横交驰。

③隐地雷，隐约如地下闷雷。

④随物化：顺应自然变故。蛟螭：蛟龙、鼍鳄之类，谓水怪。

⑤饥魂：犹言饿鬼。无依著：到处是水，无从入土为安。月黑风高：旧语“月黑杀人夜，风高放火天”，喻环境气氛恶劣恐怖。

【导读】

诗写潮灾之后景象与感慨。上半部分写潮变时的情景，愁云惨淡，暗无天日，声势浩大。下半部分写潮变后的景象，洪水肆虐，鸡犬四处奔逃，饿殍遍地，百姓流离失所，无从安居乐业。诗人充分运用视听结合的表现手法，将潮变的景象直观生动地展现在读者面前，令人心惊胆寒，表现出普通民众在自然灾害面前的无力感及作者对百姓悲惨遭遇的深切同情。其所营造之诗境与中唐时期“诗鬼”李贺诗风有近似之处。（程希）

上绣衣[1]

胡孝成

渤澥连年风雨频，可怜赤子怨沧溟[2]。
千村杨柳空成暖，几树桃花自笑春[3]。
绿野已无栖燕室，苍波惟有取鱼人[4]。
采风如何民间瘼，早晚洪恩下紫宸[5]。

（《康熙淮南中十场志》卷十）

【作者简介】

胡孝成，生平不详。

【注释】

①绣衣：谓巡盐御史。诗向巡盐御史陈诉盐区灶户遭灾困苦。

②渤澥：此指南黄海，俗称东海。赤子：子民百姓。

③“千村”二句，写洪水灾后盐区人烟稀少，春色虽好，枉自美丽。

④“绿野”二句，谓洪灾造成房屋倾圮，水犹未退，只可取鱼，不可稼穑。

⑤“采风”二句，恳望巡盐御史反映灾情，奏请朝廷早施良策，救灾民出水火面登衽席。采风，采集民谣诗歌，以观风俗。瘼，疾苦。早晚，喻尽快。洪恩，皇恩，谓救灾诏令。紫宸，紫禁城，指朝廷。

【导读】

本诗为作者胡孝成向巡盐御史陈诉盐区灶户遭灾困苦。诗开篇两句交代写作背景，东海连年洪水灾害，子民百姓不堪其苦。而后借景抒情，洪水灾害后盐区虽有美丽春色，但却少人欣赏，水犹未退，百姓们只能捞鱼维生，无法进行农业活动，作者由此恳望巡盐御史反映灾情，奏请朝廷早施良策，救灾民于水火之中。全篇言辞恳切，吐露了作者不忍百姓困苦的忧心之情，表达了对统治者能够体恤民间疾苦，积极作为，给予民众福祉的殷切盼望。（程希）

丁卯感事杂言

刘沁区

邗江岸以东，积水恒浾浾[①]。
襟带七州邑，濒海特隆起。
冈阜沿场接，袤延数百里[②]。
捍潮筑长堰，为高实因此。
地势本天然，岂尽人工累。
近资煮海利，作邑良有以[③]。
东门旧石础，去城则甚迩[④]。
隍池或泛滥，所洩亦无几。
潮汐日再入，郛郭虞崩圮[⑤]。
遂贻尘市忧，宁独伤耕耔。
缅惟隆万间，勒石戒毋启[⑥]。
详载郡邑志，坚闭踰十纪。
前岁偶冲决，遗患正靡已。
开凿奚为者，俾我一邑疵[⑦]。
利莫及诸邑，一邑何恤矣。
即今础未闭，邻封仍病水。
水性与地形，愿欲乖其理。
高卑宜熟察，避就难强使。
瞭然指掌上，先哲善此拟。
石础在釜边，诸邑釜底似。
釜边纵多缺，焉能洩釜底。
上损下无益，徒令完器毁。

（《光绪盐城县志》卷三）

【注释】

①浾浾：水深且满。

②场：田间的界限。

③煮海：一种古老的利用海水提炼海盐的方法。作邑：建筑都城。

④础：古代以石筑成的蓄水泄水的水利设施。迩：近。

⑤郛郭：泛指城郭，城市。

⑥缅惟：遥想。勒石：刻字于石。亦指立碑。

⑦疷：古同“胝”，趼子。

【导读】

这首五言古诗，写于丁卯年间，即康熙二十六年（1687）。主要写了作者对盐城治水的独到见解。诗歌首先交代了盐城的地理位置，写出了筑建较长的挡水堤坝的原因，可这天然的地势，却用尽了人力。其次写人们利用海水提炼海盐获得收益，使得这片土地有了建造县城的条件，但是以石筑成的蓄水泄水的水利设施离城市很近，泄洪能力较差，潮汐之时城市甚至有崩塌之危，使百姓忧虑不已。接着诗人遥想明朝隆万年间，水利设施相对坚固，但后来偶然形成决口，从此留下祸患，建造设施耗费人力，过程艰苦。进而作者联系当下，提出有关治水的措施，即要因势利导，遵循自然规律。最后运用比喻，将蓄水泄水的水利设施比作釜的边缘，各县邑比作釜底，指出如果釜边没有损坏，水又怎么会流入釜底，使容器毁坏呢？表达了作者对于当时统治者无所作为的痛心与感慨。（程希）

分饼行

罗怀玉

君不见乙巳年旱东海滨，市中麦饼席上珍。
一饼之值钱二文，愁杀市中买饼人。
买饼人，谁最苦？海边嗷嗷饥灶户[①]。
灶户饥难忍，逃亡弃桑梓[②]。
左携妻，右挈子，三人逐逐风尘里[③]。
腰缠只四钱，人维三，钱维四。
饥来市得麦饼二，人多饼寡分难均。
可怜妇也分饼费踟蹰，多寡准以尊卑殊，
全持一饼奉丈夫。
其余一饼中剖析，半留己餐半儿食。
儿幼则何知？食不满腹仍啼饥。
母心怆恻怜饥儿，更以半饼疗儿啼。
儿啼犹未已，母遽饥饿死。
夫见饿妻死，怜妻怒责子。
随手加鞭箠，鞭箠手误伤。
孱弱足难立，颠仆子又亡[④]。
夫见妻子死，转嗔为诧悔且哀。
茕茕原野依蒿莱，不闻子唤爷声，
妻随夫后，但见夕阳下地悲风来[⑤]。
夫也自言自裁，此身生世胡为哉？
鬼伯西应声，河伯东招手[⑥]。
济人甘水无，溺人咸水有。
夫也怀石投其中，吁嗟残喘其能久。
狐兔过之为却走，飞鸿望见哀叫回翔。
二饼杀三口。一门横道旁。分饼行，断人肠。

（《清诗铎》卷十四）

【作者简介】

罗怀玉，字谨持，号东篱，东台何垛人。嘉庆四年（1799）进士。

【注释】

①灶户：以煮盐为业的人户。

②桑梓：古代常在家屋旁栽种桑树和梓树。又说家乡的桑树和梓树是父母种的，要对它表示敬意。后人用“桑梓”比喻故乡。

③逐逐：匆忙的样子。

④颠仆：跌倒，跌落。

⑤茕茕：形容孤独无依靠。

⑥鬼伯：犹鬼王，指阎王。河伯：河神。

【导读】

这首歌行体长诗主要描写了康熙乙巳（1665）年间，天下大旱背景下东海滨一家以煮盐为业的灶户发生的悲剧。户主携妻儿逃亡，背井离乡。因过于饥饿来到市中买饼，可身上所带的钱财只够买两个，人多而粮少。母亲心疼儿子，把自己的一半给儿子，自己饿死了；丈夫见妻子饿死，心疼妻子斥责儿子，因误伤儿子造成儿子死亡，至此三人只留下丈夫一人。丈夫孤身行走原野，自言感慨身世为何如此，遂投水自尽，可谓现实版的“二桃杀三士”。此情此景，狐兔不忍相看，大雁望见哀鸣，实是“分饼行，断人肠”。本诗写出了在自然灾害面前底层百姓的无奈与绝望，也表达出作者对统治阶级不作为的痛心，及对灾荒年间底层百姓痛苦遭遇的深切同情。（程希）

天妃口建闸记

沈俨

天妃口去盐邑北关二里许，踞海甚近，每值海飓暴起，斥卤倒灌，浸淹田庐，为害最钜[①]。此地惟有建闸以御潮，固百余年来盐民切肤之痛，引领愿忘而不可得者也[②]。顾议者谓高、宝、兴、泰诸邑之水汇归于盐，资其宣泄，若建闸则与上游有碍，且土性松浮，恐不能持久，不知西来之水，分流入海，以天妃口为行水要津。惟于此地建闸，广开金门，涝固可泄，旱亦可蓄。设咸潮内灌，则闭闸以御之。此闸之建，不但有利于盐，即于高、宝诸邑，亦有裨益。且盐处下游，倘上游被灾，则下游受害弥甚。盐民岂肯自贻伊戚以壑邻国乎[③]？盖盐人坚持此议，几经呈请，俱未及举行。雍正二十一年，邑侯卫公勤恤民隐，详请甚力，且具保结申送，又格于浮议，而公已调任长洲矣[④]。会乾隆三年，江苏抚宪许公深念淮扬叠罹水灾，乃具《九属民生一劳永逸》一疏上请。天子可其奏，命督宪那公、河宪高公会勘覆奏，奉旨俞允，爰命廷尉汪公、银台德公前往江南总理淮扬水务，而盐邑天妃闸亦在兴建之内[⑤]。先是许公以卫公原任盐城，因问以建闸事。卫公条对详明，许公即以其言入告，故疏内有“臣曾面询知县卫哲志”等语。工始于乾隆四年春，越六年夏，工浚。是则兹闸之建，主其事者许公，而克赞襄以有成者实惟卫公也。呜呼！从来兴大工者不惜费，除大害者勿畏难。兹闸也，盐人祷祀而求久矣，当事者具以工程浩大不便具题[⑥]。今值圣天子视民如伤，准许公所奏，不惜百万帑金兴修淮扬水利，吾盐民何幸，面天假之缘，获成是闸，岂非千载一时，适逢其会乎[⑦]？故详纪其实，以示来者，所以庆兹闸之遭，而俾吾盐民世世尸祝于无穷也[⑧]。

（《光绪盐城县志》卷十五）

【作者简介】

沈俨，字敬存，盐城人，康熙壬午科（1702）举人。曾任江西永丰县知县。乾隆十二年（1747），因《盐城县志》自万历年间初次编纂，年久失修，沈俨对其重新修订，书成，后人称此书为“沈志”。另编纂《虞城县志》，著有《陆丞相世系考》等。

【注释】

①斥卤：盐碱地，指盐。钜：通“巨”。

②引领：伸直脖子向远处眺望，形容殷切期待的样子。

③伊戚：烦恼。壑：以邻为壑（喻把灾祸推给别人）。

④保结：旧时写给官府保证他人身份或行为的文书。格：阻碍，隔阂。浮议：没有根据的议论。

⑤会勘：会同查勘。

⑥具题：指申报朝廷的题本。

⑦天假：上天授与。

⑧俾：使。尸祝：祭祀。

【导读】

天妃闸，旧址在今亭湖区新洋港城北大桥。文章主要叙述了天妃口建闸的起因、经过和结果。文章从天妃口地理位置的特殊与险要写起，引出“建闸以御潮”的原因。建闸过程几经曲折，但最终通过卫公、许公、那公、高公、汪公、德公等众多官员的努力，加之皇帝的仁民爱物，最终得以建成，使盐民世代受益。本文由衷表达了作者对视民如子的天子与像卫公一般为百姓着想的官员的赞美。文章娓娓道来，一波三折，尤其对建闸过程中的曲折不易描写尤为详尽，大大增强了文章的可读性。（程希）

海涨行

宋恭贻

甲辰八月，海水大涨，近海居民漂没者无数，流越范堤，几灌城邑。

射城峙海畔，东望何茫茫。
蛟龙常出没，波浪时飞扬。
爰自范文正，沿海筑堤防①。
漂泊数百载，障水如垣墙。
居民获安堵，万古怀循良。
恃此以无恐，怡然乐处堂。
忽然海水溢，长堤不足当。
远听若天崩，横来如斧戕②。
一朝遍溪壑，城外总汪洋。
屋舍盈斥卤，黍稷槁疆场③。
鸿雁哀中泽，无食复无粮。
可怜胥溺者，尸流塞城隍④。
念兹幸生辈，多少愁死亡。
小民既无策，官长总彷徨。
往来望水势，出入去仪章。
辛苦经昼夜，远近自皇皇。
慨然念往昔，悠悠我思长⑤。
狂澜谁砥柱，殷勤为救荒⑥。

（《光绪盐城县志》卷十六）

【作者简介】

宋恭贻（1643—1725），又名稚恭，字芸夫，号滋庵，宋曹长子，盐城人。康熙二十九年（1690）举顺天乡试，补中书，改河南鄢陵知县，有惠政。书法二王，杨宾议论书法时所说射陵父子，即指宋曹及宋恭贻。所著有《鹤阴书屋集》，已佚。

【注释】

①爰：于、从。

②戕：古代方凿斧（凿指纳柄的孔）。

③黍稷：黍和稷，为古代主要农作物，亦泛指五谷。槁：干枯死亡。

④胥溺：相继沉没。城隍：护城河。

⑤慨然：感情激昂貌。

⑥砥柱：比喻能负重任、支危局的人或力量。

【导读】

清雍正甲辰（1724）年七八月间，飓风大作，海潮涌起，倒灌县城。是年八月，宋恭贻写下这首五言古诗记载其事。诗歌前四句交代盐城濒临大海，时遭水患的地理环境，继而追述宋代范仲淹在盐城做官之时所倡修捍海堤之功绩，福泽百姓数百年之久。然而面对突如其来的狂风巨浪，范公堤一时也无济于事，任凭海浪肆虐，荼毒生灵。面对此景，小民无策，官长彷徨。因此，作者在诗歌的最后，发出了沧海横流，究竟孰为中流砥柱的浩叹，呼唤有德才兼备的英雄人物出现，拯民于水火之中。（程希）

米珠行

成永健

米如珠，珠不如，珠不可食世可无。
饥食菜，菜亦稀，十旬不雨草离披。
戍卒西山来，称贷声喧豗①。
伏莽东山起，村落如惊雷②。
榆树柳枝叶叶尽，恻恻吞声颜色困③。
青蓑不著腰镰闲，牛羊大疫空溪山。
来日官租吏又促，冷烟黯淡诛茅屋。

（《光绪盐城县志》卷十六）

【作者简介】

成永健，字乾人，号毅庵，生卒年不详，盐城人，康熙三十三年（1694）进士。任日照县令，后升宁海州知府。为官清廉，有文才。著有《偶存诗文集》。

【注释】

①戍卒：防守的士兵。称贷：开口向别人借钱。喧豗：发出轰响，也指轰响声。

②伏莽：《易·同人》："九三，伏戎于莽。"莽，丛生的草木。后以"伏莽"指军队埋伏在草莽中。亦指潜藏的寇盗。

③恻恻：悲痛，凄凉。

【导读】

这首歌行体杂言诗记叙了清代康熙年间的一次大旱之后老百姓的惨状。大旱持续近一年之久，米价飙涨，有价无市，百姓以野菜为生，导致野菜也无处寻觅。戍卒的趁火打劫、阴险狡诈，遭贼的遍地丛生、洗劫村落，使得老百姓更加困苦不堪，陷入绝境。诗歌的最后，作者并未落入空自哀叹的窠臼，反而继续用冷静的笔调，书写了来日官吏催租，不顾老百姓死活的场景，而冷烟、茅屋等意象等更以景衬情，将官民之间的矛盾冲突推向极点。（程希）

海潮纪异

张芳龄

射州濒大海，东望渺无际[①]。
烟灶数万家，煮海以为利。
每遇夏秋交，狂澜必涌沸。
富者挟金赀，贫者储糗糒[②]。
彻屋作巨桴，挈家群远避[③]。
己未秋之初，滨海潮特异。
长鲸鼓其鬐，大鹏展其翅[④]。
罡风东北来，其声大而厉[⑤]。
惊涛疑崩山，骇浪欲撼地。
妇泣与儿号，奔走失其次。
不愿同室居，但愿同穴瘗[⑥]。
苍黄取长绳，齐向腰间系。
仰天叹无辜，立即随波逝。
遗骨饱蛟螭，残魂化精卫。
大士泛慈航，一一难普济。
其余幸逃者，十仅存三四。
枵腹恒苦饥，垂头总丧气[⑦]。
相对惨心魂，无声自挥泪。
差喜性命全，敢怨室家弃。
邑侯遣吏胥，出郭收遗骴[⑧]。
水滨攡獐兔，日中走魑魅[⑨]。
海若胡不仁，咄咄真怪事[⑩]。
今皇御乾坤，百神咸致祭。
岂尔独无灵，遂乃横无忌。
周余曾几何，几至靡遗类。
我欲尽人谋，藉以回天意。
沿海筑千墩，一墩十仞计。
海水不扬波，海若不为祟。

有时潮或来，庶几足倚庇。

（《光绪盐城县志》卷十六）

【作者简介】

张芳龄，字艺圃，清代盐城人。著有《自鸣集》。

【注释】

①射州：见《登射州城楼望水》注①。

②糗糒：干粮。《后汉书·隗嚣传》："嚣病且饿，出城餐糗糒，恚愤而死。"

③桴：小竹筏或小木筏。

④鬐：古通"鳍"，鱼脊上的鳍。

⑤罡风：道教谓高空之风。后亦泛指劲风。

⑥瘗：掩埋，埋葬。

⑦枵腹：空腹。谓饥饿。

⑧遗骴：犹遗骸。清王夫之《家世节录》："甲申岁，以寇退遗骴满野，募僧拾而瘗之。"

⑨摝：捞取。

⑩海若：传说中的海神。《楚辞·远游》："使湘灵鼓瑟兮，令海若舞冯夷。"

【导读】

清代黄河北徙渤海以前，由于泥沙淤积，海口日远，潮灾的发生不绝于史，灾情也日渐严重。由开始的伤禾稼、鱼虾直至淹田庐、害生灵，逐渐成为笼罩在黄淮中下游地区人民生产生活中的一个挥之不去的梦魇。张芳龄这首五言古诗便是在此背景下所作，颇具诗史价值。诗歌从盐城所处地理环境写起，虽据渔盐之利，但同时饱受潮灾之苦。继而不惜笔墨，用大量篇幅，不厌其详地记述了嘉庆四年（1799）秋盐城地区罹遭潮灾的惨状，几令听者伤心，闻者堕泪。诗歌的后半部分，作者将悲悯情怀化为冷静的思考，并提出应对之策，期望在官民一心，朝廷支持之下，建造捍海长堤，方可保证海晏河清，人民安居乐业。（程希）

何皋海村即事[①]

费履坚

其一

萧萧幞被此停车，茅舍相逢四五家[②]。
一夜海风吹冻雨，晓来满地结盐花[③]。

其二

斜日荒凉第几村？家家煮海避潮墩[④]。
三椽灶屋初停火，牛拽盐车直到门[⑤]。

（《春晖草堂诗集》次卷）

【作者简介】

费履坚，字焱夫，泰州人。生卒年不详，生活在乾隆中后期到嘉庆年间。少有才，但科举不利。后放弃举业，曾在扬州、上海等地做幕僚，又曾游历苏州、金陵等地。晚年到海门担任教职。有《春晖草堂诗存》《倦游草》等诗集。

【注释】

①何皋：又写作“河皋”，即何垛场，在今东台市台城东北。即事：以当下见闻为题材作诗。

②萧萧：此处意为行李简陋。幞被：行李。

③冻雨：寒雨。

④避潮墩：见前。

⑤停火：卤水经火烧结晶成盐后熄火。

【导读】

作者在行旅途中暂时在何皋停留，作此诗。这个海边小村仅有四五户人家，家家茅草屋，人们以煮盐为生。其二“第几村”是问句，作者是外地人，他不知道附近还有几个这样的村子，心生疑惑。但是不管村子有几个，都是荒凉的。“三椽”是说草棚很小。两首诗的后两句都写了一种奇特景象。沿海一带土地含盐重，所以会有“满地结盐花”的情景。出生于东台的现代翻译家戈宝权曾回忆，他小时候到冬天地上和墙壁上都结满盐花，可以参照。“牛拽盐车”句是说，盐烧成了，熄火了，要将盐装车运出去。“直到门”，抵近门边，为的是装载方便。两首诗在写作上的主要特色，是善于捕捉有意味的、别人没有写过的细节，唤起读者阅读的新异感。“四五家”“斜日”几句，情景如画。语言朴素浅显，容易理解。还有一点须指出，就是作者纯写眼前实景，没有任何因袭模拟前代作品的痕迹。在中国诗歌的发展演变史中，因袭模拟确实是一个严重的问题。从钟嵘《诗品》批评“文章（按，包括诗歌）殆同书抄”看，早在南朝时这个问题就已经困扰着诗人和批评家了。越往后这种现象就越多，以至有人不无偏颇地说宋以后的诗都是“仿”出来的。作者身在清代，这种避免任何“依傍”的创作取径是值得肯定的。从这两首诗，人们可以对二百多年前的何皋形成非常清楚的印象，拿它和今天的何垛一带对照，是很有意思的，可以具体体会什么叫“沧桑巨变”。（邵春驹）

老翁卖牛行

袁承福

老翁卖牛手持饼，持饼食牛抱牛颈①。
念牛力作多年功，洒泪别牛心不忍②。
今年有牛无田耕，明年有田无牛耕。
今年牛贱人皆卖，明年牛贵人皆争。
此牛卖去田难种，恨不与牛同死生③。
洪水滔滔四宇逼，人兮牛兮两无食④。
劝翁努力活荒年，卖儿卖女尤堪惜⑤。
回首视牛牛眼红，吐饼不食心恋翁⑥。
买牛人自鞭牛去，老翁泪湿东西路。

（王易鹏《古代诗歌选》四）

【作者简介】

袁承福（1759—1816），字成之，号啸竹，东台安丰人，出身于丹青世家，与其祖父袁嘉裔（老竹）、父亲袁在朝（小竹）、儿子袁先忠（义竹）均以画竹闻名于世，时人称他们为“东淘四竹”“东台四袁”。又工诗，著有《啸竹诗钞》八卷。此外，他还参加过吴嘉纪《陋轩诗》以及嘉庆十九年（1814）《东台县志》的编纂。

【注释】

①持：拿着。食牛：喂牛。牛颈：牛脖子。

②力作：努力耕作。功：功劳。洒泪：流着眼泪。

③同死生：同生共死。

④滔滔：形容水势浩大。四宇：四方。逼，靠近。无食：没有食物。

⑤活荒年：在荒年活下来。尤：更。堪：忍受。惜：珍惜。

⑥恋：留恋。民间认为牛通人性，被屠宰或离开主人时会流下眼泪。此处言牛眼眶发红，是一种拟人写法，写牛对老翁的留恋。

【导读】

在以农业为本的社会，牛作为耕田拉车的主力军，常常因为它的任劳任怨，温和驯良而与人建立起相互依存的深厚感情。本诗叙写了一位老翁在洪灾之年忍痛贱卖自己的耕牛。牛为老翁耕作多年，已被视为相依为命的伙伴。可洪水滔天，直逼四宇，无田可耕，人牛“两无食”，老翁不卖牛，无法在荒年活下去，于是忍痛割爱。可临去又持饼喂牛，抱牛颈痛哭流涕。而牛也被诗人赋予了人性：“回首视牛牛眼红，吐饼不食心恋翁”，诗歌将人牛相惜之情写得感人泪目。老翁卖牛虽不得已，可也只能解一时之困，也许“明年有田无牛耕”“明年牛贵人皆争”。这就是中国封建社会农民在灾荒之年痛苦生活的真实写照。作者把它作为一个特定场景去展开描述，用冰山一角去撕开血淋淋的旧社会农民的苦难史。诗歌语言平易，但感情深挚，与白居易的《卖炭翁》有异曲同工之妙。（丛玲玲）

赈灾四首

伊秉绶

乙丑岁，秉绶忝守扬州，值七属水灾，次年尤甚[①]。盖自甲子已来，叠溺三载，冬麦未种，哀鸿嗷嗷，赈金无算，惟有身历面稽，见吏有侵渔者，矢鹰鹯之逐而已[②]。纪诗无文，惟以告哀。

其一

灌水入蚁穴，亦有芥渡升堂坳[③]。
二州五县民，安能悬耒三载冲波涛[④]。
河伯不仁风伯怒，终朝噫气欲拔树[⑤]。

可怜树叶尽充粮，釜甑上屋舟入房[6]。
房中白发翁与姥，恨非少壮能逃荒。
一沾皇仁泪如雨，那得货布成酒浆[7]。

其二

城中履繁霜，城外滔滔无草黄。
昔时墐户入室处，只今舍作黿鼍藏[8]。
黿鼍慎毋久窟宅，中有先人之白骨[9]。

其三

鸺鹠叫月江枫殷，忽见白浪来排山[10]。
北不开云梯关，东不辟斗龙港，冯夷驱人作螺蚌[11]。
丰年饿死海陵仓，有水无土天茫茫。
鬻子负盐过江甯，老兵得之拟城旦[12]。

其四

种麦种麦妇子忙，临流一恸沾衣裳。
眼前半菽不能饱，遑计将享以餦尝[13]。
去年典牛幸未赎，羡尔得生且生犊[14]。
吁嗟算口授官粮，鳏生自愧为民牧[15]。

（《留春草堂诗钞》卷四）

【作者简介】

伊秉绶（1754—1815），字组似，号墨卿，晚号默庵，福建汀州宁化人。乾隆四十四年（1779）举人，五十四年（1789）进士，师戴联奎，历任刑部主事，擢员外郎。嘉庆间任惠州知府，因与其直属长官两广总督吉庆发生争执，谪戍军台，昭雪后升扬州知府。在任以廉吏善政著称。喜绘画治印，工书。其书超绝古格，大放异彩，尤精篆隶，精秀古媚。隶书更放纵飘逸，自成高古博大的气象，与邓石如并称大家。著有《留春草堂诗》《攻其集》等。

【注释】

①忝：谦辞，表示辱没他人，自己有愧。七属：七个辖属县。
②叠溺：连续发生水灾。嗷嗷：哀鸣声，哀嚎声。无算：无法算计。

形容数目多。身历面稽：亲身经历，勉力考察。侵渔：侵夺，从中侵吞牟利。矢：施行，发布。鹰鹯之逐：强力打击不法侵害。鹰鹯：鹰与鹯。形容忠勇而有力量。

③芥渡：芥草作舟。堂坳：堂的低处。泛指低洼之处。

④悬耒：挂起农具。

⑤终朝：整天。

⑥釜甑：炊煮器具。

⑦皇仁：皇帝的仁德。货布：货币。

⑧墐户：涂塞门窗孔隙。鼋鼍：巨鳖和猪婆龙（扬子鳄）。

⑨窟宅：指住人的洞穴，多指神仙的住所或盗贼藏身的地方。

⑩鸺鹠：角鸮属的一种鸟，外形像鸱鸺，俗称小猫头鹰，但头上没有角状的羽毛，喜欢捕食老鼠、兔子等，对农业有益，为夜行性动物，少数时间白天也活动。殷：众多。

⑪云梯关：古关名，在今江苏响水黄圩镇云梯关村。此地明中叶以前为黄河海口所在，设关戍守，清咸丰间黄河改道后废置。斗龙港：盐城市大冈镇抬头村境内港口。原龙灯、孙家两村交接处，上游与兴化老圩乡张光村境内大河内雄港雌港对接。河口宽九十多米，贯穿大丰区、大团、龙堤、金墩、丰富、三卯西河、四卯西河直至斗龙闸流入东海，成为兴化、大丰两市泄洪入海的黄金水道，同时也浇灌了沿途大片农田，集灌溉、排涝、航运、养殖多种功能于一体。冯夷：水神名。

⑫鬻子：卖儿卖女。城旦：刑罚名，一种筑城四年的劳役。后指流放或徒刑。

⑬半菽：半菜半粮，指粗劣的饭食。彘：猪。

⑭典：活买活卖，到期可赎。

⑮鲰生：浅薄愚陋的人，小人。古代骂人口语。这里用作自称的谦词。民牧：治理民众的地方长官。

【导读】

嘉庆十年（1805），江苏扬州发生严重水灾，伊秉绶受两江总督保荐，前往扬州巡视灾情。他青衣布鞋，摇一叶小船，顶风冒雨，冲风破浪，遍历村庄，亲自查阅账册，核发赈灾银粮。不久，他正式出任扬州知府，又逢当地连年水灾。过去官府查勘灾情，正是一些不法官吏搜刮民脂民膏的机会，这种丧心病狂的搜刮对百姓而言实在是雪上加霜。伊秉绶日夜检查灾情，严令各州邑不许劳役民夫、鱼肉百姓。他这种拳拳爱民之心深刻表现在了《赈灾四首》中。全诗对水灾惊心动魄的刻画描绘，对百姓流离失所的深刻同情，字字句句，声声息息，就像重锤猛铁打在人心坎上。诗歌随物赋形，节奏自然，张弛有致。“北不开云梯关，东不辟斗龙港。冯夷驱人作螺蚌，丰年饿死海陵仓，有水无土天茫茫”，特别是这里七言诗行中猛然出现六言句式，并紧接三句七言，一韵到底，一箭穿心，起伏跌宕，读来让人心头为之猛然一震，精神为之陡然一紧，这是诗人爱民如子深情的总爆发。淮南中十场历来是盛产淮盐的黄金海岸，可是现在竟然“丰年饿死海陵仓”！这一呼喊振聋发聩，响彻云霄，为朝廷对下河赈灾的必要性投下了强烈而沉重的注脚。（孙植）

丝网浜[1]

张井

其一

炊烟出洲渚，浮家而泛宅[2]。

入潮复出潮，身是弄潮客。

其二

重利轻别离，风涛经无数[3]。

一日两回潮，此是还乡路。

其三

丝网强名市，鱼虾自一村[4]。

我来犹惜命，不敢食河豚。

（《滨海文史资料》第 1 辑）

【作者简介】

张井（1776—1835），字仪九，号芥航，陕西肤施（今属延安）人。嘉庆六年（1801）进士。道光七年（1827）任江南河道总督。

【注释】

①丝网浜：据《阜宁县志》，在旧黄河口，面海而居，市廛简朴，清嘉庆道光年间，海中渔户麇集于此，苏淞渔商航海到此处；其地主要买卖鱼类，丝网也由此得名。因 1855 年黄河北归后海岸线后退，现已沉陷滨海以东海中。

②浮家泛宅：指常年在船上生活。

③重利句：写来此地购货的客商。出自白居易《琵琶行》“商人重利轻别离”。

④强：勉强。

【导读】

这首诗是作者视察海口时所作。第一首写当地渔民的生活。“入潮复出潮”，生命无非与海潮作伴。第二首写来此地贩卖的客商。“还乡路”云云是说苏淞客商要从海道回乡。“风涛经无数”，他们的生涯充满了危险，说不定什么情况就会葬身海底。第三首写自己的感想。河豚肉质鲜美，然而有剧毒，食之可致命，所以民间有“拼死吃河豚”的说法，作者对此表示异议。三首诗写了海边一个小小的鱼市，反映了当时地方与外地商贸的侧面。（邵春驹）

挑菜曲

郭瑗

旧闻小女子挑菜俚歌，靡靡动听，然其文不雅驯[①]。久拟作《挑菜曲》，苦无机绪。昨见射水流民，素衣玉貌，徐行摘蔬，且采且泣，感而赋之[②]。

妾家生小射湖湄，岁岁惊闻瓠子悲[③]。
一家远道蓬无定，竟日空仓雀苦饥[④]。
春夜愁多睡未足，床前垂柳摇烟绿[⑤]。
声声布谷渐催人，习惯辛勤懒装束[⑥]。
板桥流水前村路，麦陇携筐行不顾[⑦]。
日影才升野径微，布裙湿透瀼瀼露[⑧]。
无端景物最撩人，贫女看春不算春。
相思叶叶生红豆，漂泊年年感白蘋。
效颦莫作朱门态，怨绿啼红心枉碎[⑨]。
且将藜藿救调饥，柔荑自摘春畦菜[⑩]。
举头乱冢杂荆榛，可怜今日又清明。
去年道路耶娘死，沟壑何人荐菜羹[⑪]？
淮流拍天白昼黑，家居数被蛟龙逼。
蒸藜饷黍太平人，万井炊烟一朝熄[⑫]。
东南力竭向谁呼，欲献饥黎流宕图[⑬]。
无奈笙歌不闻哭，杏花深处敞行厨[⑭]。
手执筠篮泪如纤，长镵欲举娇无力[⑮]。
本来颜面胜花枝，只恐容华成菜色。
春树遥遥挂夕晖，还家燕子傍人飞。
新巢暂托终为客，海国何年并尔归。

（《山阳诗征》卷二十五）

【作者简介】

郭瑗（1773—1823），字芋田，一字景蘧，淮安人。嘉庆中诸生。有《寓庸室遗草》。

【注释】

①靡靡：形容柔缓的歌声。雅驯：意为文辞雅正，不俚俗。

②射水：从射阳湖向东引出的河道名，流经今建湖、阜宁、滨海、射阳等县。今名射阳河。

③妾：古诗中女子自称。湄：水边。瓠子悲：参见前。

④一家二句：飞蓬、饥雀，均比喻自己一家人。

⑤烟：初春刚长出新芽的柳树远望迷蒙一片，古人称为“柳烟”。

⑥布谷：布谷鸟，民间有布谷催耕的说法。装束：穿好看衣服。

⑦携筐：拾麦穗。

⑧瀼瀼：露水多。出自《诗经·郑风·野有蔓草》：“野有蔓草，零露瀼瀼。”

⑨效颦：用《庄子》中东施效颦的故事。朱门：富贵人家大门。二句说贫家女子嫁不出去。

⑩藜藿：两种野菜。调饥：即饥饿。出自《诗经·周南·汝坟》：“未见君子，惄如调饥。”柔荑：形容年轻女子的手柔软美丽。出自《诗经·卫风·硕人》：“手如柔荑，肤如凝脂。”

⑪耶娘：父母。荐：此处意为到死者坟前上供。

⑫蒸藜饷黍：指送饭给田里劳动的人。出自王维《积雨辋川庄作》：“积雨空林烟火迟，蒸藜炊黍饷东菑。”万井：形容人烟稠密。

⑬东南：指东南地区的人民。黎：百姓。

⑭行厨：富贵之人出外游玩时携带可在野外炊煮的器具与食材。

⑮筠篮：竹篮。长镵：长柄小铲锹，可用以挑菜。

【导读】

挑菜是本地女孩经常的劳动，挑菜时女孩们会随口哼唱小调。这首诗就是据此创作的。它以一个女子自述的口吻，讲述了她和她的一家的遭遇。生长在射水边，年年水灾带来了无穷的苦难。正当青春年华，她不能享受这个年岁一切美好的事物。没有漂亮衣服，没有嬉游玩乐，没有男女之爱，只有勤苦劳动。她的父母已经死在流亡的路途中，连供祭的人也没有。而那些富贵者又是怎样的生活呢？日日笙歌宴乐、花天酒地，他们是听不到民间的哭声的。从女子角度写苦难，在盐城地区的诗中不多见。这首诗模仿初唐歌行，叙事中蕴含委婉抒情，多用对偶句，音韵和谐优美。（邵春驹）

卤水来慨海水伤禾苗也

薛镎

卤水来，田父哀，秧畦秧老不得栽[①]。
长夏无雨旱风起，补种晚禾禾亦死[②]。
掘井九仞西村西，汲来一石五斗泥[③]。
东海健儿好肩背，西村担水东村卖[④]。
道逢老叟眉发黄，遥呼健儿价勿昂[⑤]。
我闻县官催闭闸，海若退舍海童怯[⑥]。
健儿大笑翁迂哉。
卤水来，闸板摧。卤水去，闸门开[⑦]。
卤水来去不成灾，昨日有文申上台[⑧]。

（《光绪盐城县志》卷十六）

【作者简介】

薛镎，生平事迹不详。

【注释】

①秧畦：育秧苗的小块田。栽秧是把秧苗栽到大田里。

②禾：此处特指水稻植株。

③仞：七尺或八尺。石、斗：都是古代计量单位，一石相当于十斗。

④好肩背：肩背强壮。

⑤眉发黄：老年人更老时白发白眉转带黄色。

⑥海若：传说中的海神。海童：传说中的海中神童。

⑦摧：此处意为闸板将卤水拦住。开：卤水退去时打开闸门让其流过。这是县官向上报告的话。

⑧申：下级向上级报告。上台：泛指朝廷中三公宰辅。

【导读】

这首诗写盐城的一种可怕的灾害，即卤水倒灌。大海由于某种原因水位升高，海潮泛溢，涌入内河，淹没大片农田，致使农田浸泡在卤水中，田里生长的庄稼就成了“咸菜”；水退之后，土地成为盐碱地，无法长庄稼。不仅如此，连人的饮用水都发生困难。西村离海较远，掘地九仞终于有淡水，就有腰身壮力气大的人担水到东边靠海的村子售卖。诗中写了一位老者和卖水壮汉的对话。老者还以为县官闭闸挡住了海潮，壮汉听了老者天真的话不禁大笑了，说县官老爷向上报告，卤水来去都没有成灾。在大灾中，官员想的是加官晋爵，一味报喜以表示自己政绩斐然，哪里还管百姓死活。这首诗继承了乐府诗的传统，关心民瘼，谴责冷酷奸邪的官员；在写法上，采用客观叙述，不作评价，加强了批判力量。（邵春驹）

苦旱行咸丰丙辰作

王豫之

东郊长魃白昼跳，西郊短魃黑夜号[①]。
魃鬼跋扈谁敢御，雨师奔窜河伯逃[②]。
半年未见雨一滴，平地黄尘厚一尺。
农抱枯禾哭不得，泪滴禾根禾尽赤[③]。
去年蝗虫飞蔽天，十室九家无炊烟。
白骨往往沟壑填，吏胥犹索逋租钱[④]。
今年旱灾乃若此，烽烟况复迷江涘[⑤]。
盗贼匪尽游惰民，良儒谁甘穷饿死。
昨闻大吏方祈雨，杞人终觉忧心苦[⑥]。
欲往天门叩天鼓，苍苍不笑亦不语[⑦]。
但见金乌掷梭兔捣杵[⑧]。

（《光绪盐城县志》卷十六）

【作者简介】

王豫之，生平事迹不详。

【注释】

①魃：即旱魃，传说中制造旱灾的鬼。

②跋扈：狂妄凶暴。

③泪滴句：古人认为人伤心到极点，泪尽则眼中流血。

④吏胥：官府小吏差役。逋租钱：拖欠的租税。

⑤迷：烽烟浓密的样子。涘：水边。

⑥杞人句：用《列子》中杞人忧天的故事。

⑦天门、天鼓：传说天上有天门、天鼓，人在困穷无告之时前往击鼓申诉。宋代郭祥正《送徐长官》中说：“几欲攀天门，击天鼓，女娲有志终难补。”苍苍：苍天。笑：古代神话说东王公与玉女投壶，倘有脱误，天便电闪大作，谓之天笑。

⑨金乌掷梭：传说日中有乌鸦，金乌即指日。掷梭比喻时光迅疾。兔捣杵：传说月中有玉兔，其日日捣药，服用此药丸可成仙。

【导读】

咸丰丙辰即1856年，这一年江淮大旱，盐城在其中。也是这一年，清军苦心经营的江南大营被太平军攻破。“烽烟”句写太平军与清军在长江沿岸的战事。古代文人对反抗朝廷的农民起义大抵持反对态度，但是同时又给予相当的同情。“盗贼匪尽游惰民，良儒谁甘穷饿死。”是良心之言，习儒的读书人在穷饿的逼迫下也加入了反叛的队伍，那是真正被逼得无路可走了。诗的最后写呼天天却无动于衷，就是《老子》说的“天地不仁，以万物为刍狗”；不过哲人是陈述玄理，诗人是倾诉怨愤，冷热有别。诗题“苦旱行”，诗中却写了战乱，反映了天灾人祸并作的现实，不显枝蔓，而更见丰富。这首诗写旱灾很有特色。开头四句写旱魃跋扈、雨师河伯等，是拟人化手法，“黄尘厚一尺”是夸张手法。（邵春驹）

海村秋望

梁华南

黯黯云垂野，嘹嘹雁叫空①。
沙堤秋历落，烟海昼溟濛②。
蜃幻能嘘气，蛟寒欲徙宫③。
神山知近远，翘首问西风④。

（《光绪盐城县志》卷十六）

【注释】

①嘹嘹：形容雁叫声响亮。

②历落：参差不齐。此处形容沙堤被侵蚀后的样子。烟海：雾气蒙蒙的大海。溟濛：混沌朦胧的样子。

③蜃幻句：传说海中大蜃吹气形成海市蜃楼幻境。蛟寒句：相传海中有龙宫。

④神山：传说东海上有方丈、蓬莱、瀛洲三神山，上有仙人居住。

【导读】

这首诗写在海边乡村远望大海所见的景象。作者紧紧抓住“秋”字来写，阴云、雁叫、天寒、西风都是秋季典型的物色。前四句连续使用叠词和联绵词，增加了音韵之美。颈联二句，上句写海上水气，下句写海边寒冷，作者巧妙地将神话传说与实写相结合，说水气是大蜃吹嘘而成，蛟龙因寒冷而欲迁居。尾联写西风从海边向东方海中吹去，所以它能知道三神山在何处，文心很细。（邵春驹）

嘉庆乙丑东台大水感赋①

徐崇炯

今之万顷水，昔之万顷田。
田尽居水底，水岂民所天②。
庐居泊海角，高树矗波巅③。
寡妇对树哭，遥望不得前。
裹足恨茫茫，目注此树边④。
不见村中人，但见村外船。
空阔无飞鸟，澎湃如巨川⑤。
欲渡增太息，来往称长年⑥。
田忽变为海，使我百愁牵⑦。

（《嘉庆东台县志》卷三十八）

【作者简介】

徐崇炯，字宝光，号西河。乾隆辛卯举人。曾任阜宁县令，嘉庆六年（1801）任东台知县。徐崇炯任职期间能爱民恤民，深得百姓爱戴。做官之余，徐崇炯喜欢倡导风雅，以文学饰吏治。有《莲湖诗草》。

【注释】

①嘉庆乙丑：即嘉庆十年（1805）。

②居：在。

③庐居：平民之居，民房。海角：本指突出于海中的狭长陆地，这里指海中。波巅：这里谓高高的树木仅露出水面。

④裹足：驻足，停下脚步。目注：目光注视。

⑤空涧：涧，本指山间流水的沟溪。诗中指被海水所淹没的区域。

⑥长年：船工或老年人。

⑦牵：引。

【导读】

清嘉庆十年（1805）六月风雨大作，五坝决堤，西水骤至东台，潮高丈余，这已经是连续两年风暴潮肆虐东南沿海了。作为东台令的徐崇烟目睹了灾害给百姓生命和财产带来的毁灭性打击，遂以诗记之，哀之。诗歌依次描述了捍海堤坝被冲毁后，万顷良田尽数被淹没；百姓庐舍被冲毁漂浮于水面；灶丁盐民无数被溺毙；村庄淹漫，水势汹涌如大川。在描写潮灾造成大量民众死亡时，作者的视域由广角变聚焦，他将笔墨集中在一位寡妇身上，写她因为潮水太深而驻足无法向前，只能泪眼模糊地呆呆注视着远处的树木。她为什么要这样？寡妇的身份暗示着原来她的丈夫殒没于树边。作者用特定场景的描写，以点带面，用寡妇一个人的遭遇来暗示潮灾给人民生命、生活带来的巨大伤害，读来使人印象深刻。诗歌末尾，诗人对于桑田变沧海，发出悲哀的慨叹：一想到人民百姓生活在水深火热中，自己禁不住愁肠百结。全诗虽语言质朴无华，但对潮灾后的生灵涂炭，田产尽失作了详细描绘，对百姓的同情之感也溢满笔端，颇有白居易新题乐府之风。（丛玲玲）

咏　史（二首其一）

龚自珍

宣室今年起故侯，衔兼中外辖黄流[①]。
金銮午夜闻乾惕，银汉千寻泻豫州[②]。
猿鹤惊心悲皓月，鱼龙得意舞高秋。
云梯关外茫茫路，一夜吟魂万里愁。

（郭延礼《龚自珍诗选》）

【注释】

①宣室：汉长安城未央宫的正室，这里指朝廷。起：起用。衔兼中外：朝廷大臣受命到地方执行公务，既保留朝中职衔，又担任地方的新官职。辖：辖制，控制住。黄流：泛滥的黄河水。

②金銮：金銮殿，皇帝接见大臣处。乾惕：形容勤苦操劳。出自《周易·乾》："君子终日乾乾，夕惕若厉。"银汉：银河，此处比喻黄河。千寻：形容长。寻为古代八尺。豫州：指河南。

【导读】

嘉庆二十五年（1820），龚自珍进京会试落第，于南还途中从云梯关经过，夜宿关口，作此诗。题为咏史，实为写当时治理黄河之事。嘉庆年间，黄河屡次在河南境内决口改道，为害剧烈。嘉庆二十五年二月，林则徐被任命为江南道监察御史，负责治黄。首联的"故侯"就是指他。"宣室""衔兼中外"说明皇帝对林寄托之重、期望之殷。颔联二句为倒装，说黄河决口使得皇帝忧虑以至半夜不能安寝。颈联从侧面写水灾，猿鹤为陆地生活的动物，故有水而悲，鱼龙为水中动物，故有水而喜悦舞蹈。这是古人写水灾常用的手法。尾联点出自己在云梯关夜中吟咏。这首诗写的是大题材、大场面，笔势铺张扬厉，感情沉郁悲壮。前六句写的内容很大，到最后写到自己一人，本来是很小的形象，和前面不成比例，而作者用了"万里愁"三字，境界顿时宏阔，与前面就很相称了。熟练地驱遣、改变客观形象，使它服从于自己创造的整体审美境界，不是大手笔是做不到的。对龚自珍来说，云梯关只是他生命旅程中的短暂一瞬，而对云梯关来说，龚自珍的到来却为它的历史涂上了浓墨重彩的一笔，这种现象耐人寻味。（邵春驹）

潮河棹歌九首

鲁一同

其一

南潮河水清且干，北潮河水湾复湾[1]。
妾家近在东澳口，郎家远在西陬山[2]。

其二

桅尖山高如剑铓，郎船百尺饱帆樯[3]。
东风三日鳊鱼出，不放南洋放北洋[4]。

其三

闻说虾须一丈长，巨鱼百丈更难量[5]。
虾甲持归作桥孔，鱼骨持归作屋梁。

其四

潮去潮来尚有期，如何嫁与弄潮儿[6]。
郎情不及郎君子，雌雄相逐莫相离。

注：郎君子生于海中岛上，无耳目而有运动，动则雌雄相逐，俗采之以治产难，奇效。

其五

十日打网九日空，内洋黑浪外洋风。
昨来一网三十万，富儿那办作渔翁[7]。

其六

海汊渟淤腻不流，海船儿女水梳头[8]。
阿侬解作蟹子饭，阿郎来索海龙油[9]。

其七

闻说开洋眉不开，受珠台是望夫台[10]。
望昊洋边望不见，金星万点火潮来[11]。

其八

南北萧萧两苇营，郎船去日芦芽青。
芦花能飞不过海，芦管能吹不作声。

其九

望日占星不计年，大洋东望更无天[12]。

郎行傥遇新罗客，音书递与贩鲜船[13]。

（《通甫诗存之余》卷下）

【注释】

①南潮河：在今响水县中部，汇入北潮河。干：干净无泥沙。北潮河：流经今连云港市灌南、灌云两县及响水县。又名灌河、潮河。湾复湾：北潮河从东三岔（今灌南县境内）东北行，至头图口（今灌南县长茂镇境）东南行，至响水口东行，至今陈家港附近汇南潮河再东北行，至灌河口入海。

②东澳口：指潮河东边的入海口。澳意为海边弯曲可停船之处。西陬山：在今连云港市境内。

③桅尖山：在今连云港市境内。如剑铓：化用柳宗元《与浩初上人同看山寄京华亲故》："海畔千山似剑芒，秋来处处割愁肠。"饱：形容船帆正对风向，被风吹得鼓起来。

④鳊鱼：大海虾。放：船下水启程。

⑤虾须：虾的触须。

⑥潮去潮来二句：化用唐代李益《江南曲》："嫁得瞿塘贾，朝朝误妾期。早知潮有信，嫁与弄潮儿。"

⑦那办：哪里做得到。

⑧海汊：伸入大块陆地的窄而长的海湾。渟淤：淤塞水不流。

⑨解：懂得。蟹子饭：饭中拌蟹籽。索：索要。海龙油：用海龙鱼脂膏熬制的油类。海龙是一种海鱼名。

⑩开洋：灌河口外有开山岛，开洋当指岛旁水域。受珠台：在今连云港东秦山岛上。望夫台：中国各地多有此种传说，丈夫远行，妻子登台远望，日久化为石头。

⑪望昊洋：据明代谢肇淛《五杂组·地部二》，东海上有地，名望昊洋，靠着延真岛，为人迹不到之地。火潮：又称"海火"，大海上大量可发光的菌类、水母、鱼类在海浪翻涌的作用下发光，如同金星闪耀。

⑫望日占星：此处指看日影、观察星象以推测郎君归期。更无天：形容已到东边极远之地。

⑬傥：同“倘”，倘若。新罗：古代朝鲜半岛上的国家名，在今韩国东南部。

【导读】

这一组诗以女子口吻描写了发生在潮河地区下层社会中的青年男女的生活。他们生长在海边，熟悉各种内外劳作。鱼难打，渔具价格却很高，生活艰难。男的出海捕鱼，长期不归，女的在家中盼望他归来。作者显然对地方风俗作了专门的了解，并且有意在作品中表现这方面内容，因而这些诗具有浓厚的地方色彩。有专门的地名如西陬山、桅尖山、受珠台，有奇特的海产品大海虾、巨鱼、郎君子，有海上特有的火潮，有食物蟹子饭、海龙油，等等，让读者充分体验了当地的特色，不愧是响水地区民间生活的生动素描。这组诗在艺术上也是高妙的。九首互相关联，讲述了一个完整的故事。多采用比喻、夸张手法。如其三：“虾甲持归作桥孔，鱼骨持归作屋梁。”想象奇特。其五“昨来一网”二句，意为渔网这么贵，富人想做渔夫都做不了，那穷人就更难了。语言是高度口语化。多用对偶、反复等手法。如“南潮河水”“北潮河水”“妾家近在”“郎家远在”“芦花能飞”“芦管能吹”“不放南洋放北洋”“十日打网九日空”等，如同珠串一般和谐优美。最后值得一提的是，第九首还提示了一个重要的历史事实，就是古代盐城地区的人民在海上已经与对海朝鲜半岛上的人民有了交往。女子希望海上的丈夫趁新罗客之便带书信给自己。“贩鲜船”为新罗客所有。所以新罗客应该是往来于朝鲜半岛与潮河沿岸一带从事贩运的商人。从诗的行文看，新罗商人跨海来潮河一带做生意已经比较常见，而且帮助出海渔民捎带家信似乎也成了他们的一种附带的工作了。（邵春驹）

盐场杂咏（二十四首选五）①

潘树华

其二

灰场平如镜，盐霜烂如汞②。
天晴篓匣张，碎碎蓤花动③。

其六

锅篷有烈火，灶屋无清风④。
谁识盐丁苦？年年六月中⑤。

其十四

穷冬无盐煎，雪作盐岭矗⑥。
何物充馕粮？一畦胡芦菔⑦。

其十六

海气夕漫漫，风尖透骨寒⑧。
鹑衣露双肘，担草出前滩⑨。

其十七

相约挑鲜去，兼程是暑天⑩。
不忧身渴死，入市怵人先⑪。

（《东台文史资料》第二辑）

【作者简介】

潘树华，清末民国诗人，生卒年不详，字小泉，号朴庵，东台县人，光绪十六年（1890）增生。因未中正榜举人，仅入副榜，篆“误中副车”印以寓不平之鸣。笃学善诗书，尤长于五言。诗风与吴嘉纪相近，手抄野人诗集，书法精工，并加圈点批注。曾在海下盐区久为塾师，与台城王悦农、陈白石等互为友善。组诗《盐场杂咏》堪与野人“盐场今乐府”比读，王悦农以为深沉恳挚，足为灶民请命，于是结合地方声望，要求改革盐政，吁请制裁盐商，远近震慑。有诗文集稿本数卷，不传。

【注释】

①光绪己卯（1879）作于东台盐场华家镦灶。这一组诗所附跋尾云：“岁己卯，余在滨海华家镦灶作《盐场杂咏》二十四首，藏之箧笥，迄今近四十年。间以示人，多以未至其地，不能悉其民之疾苦，漠焉置之。

昨王君悦农枉过，索观，以为恳挚沉深，足为灶民请命。出纸，属书一通，张之座间，以资儆惕。余益信君为今之有心人。因益以丁卯、戊寅两年所作五排、五古各一篇，以应其请。书成，并口占一绝云：‘一集牢愁手自披，半生辛苦问谁知？东亭剩有王民澍，解我盐场杂咏诗。’以博一粲。目力就衰，书法不工，幸毋责我。甲寅中秋前三日朴庵潘树华并识。”杂咏：指随事吟咏，常用作诗题。

②灰场：摊晒咸灰的空阔盐场。烂：明亮。汞：水银。

③籢匣：淋淌盐卤的槽管。籢，同“奁”，古代盛梳妆用品的匣子，后泛指盛放器物的匣子。碎碎：日光下闪烁貌。蔆花：菱花，指卤水表面的菱花状结晶。蔆，同“菱”。

④锅篷：安置锅鏾的篷房。灶屋：叠就土灶的草屋。此与上句“锅篷”同义。

⑤盐丁：成年后被编管于灶籍的盐民。六月中：泛指炎热的六月盛夏天气，也可用来专门指称六月里最热的那几天。

⑥穷冬：隆冬。盐岭：盐作的山岭。这里指雪堆。矗：向上高耸直立。

⑦餱粮：口粮，干粮。餱，同“糇”。畦：块。指田园中分开来的小区块。芦菔：萝卜。

⑧海气：海滩上的雾霭潮气。风尖：风头如刀。形容寒风凛冽。

⑨鹑衣：破衣烂衫缀满补丁。担：扁担肩挑。前滩：远处的荒滩。

⑩挑鲜：贩卖海鲜。兼程：一天走两天的路。这里指夜以继日，以加倍速度赶路。

⑪入市：进入集市。怵人先：害怕别人赶在前面。怵，害怕，恐惧。

【导读】

第一首，写盐场制卤晒盐的喜人图景。摊晒草木灰的空阔盐场平滑如镜，日晒风吹，水气清干后，上面积淀凝结的盐霜如水银般晶莹透亮。天晴气爽的日子，正是造卤的好时机。打开淋卤的槽管，那淋淌下来的盐卤形成的菱花状结晶漂浮在水面，一片片，一块块，在日光下熠熠生辉，闪烁动人。诗人形象可感地描述了制卤的现实劳动场景，呈现了盐场最为美好动人的图画侧面。

第二首，写盐民们日常生产的艰辛。最佳的产盐时节是酷暑盛夏，即便不在炎夏，也还是要天天与累累锅鏾为友，和熊熊炉火作伴，挥汗如雨就是日常生活的真实写照。“锅篷”“灶屋”两句互文见义，生动刻画了人们恶劣的火热生产环境，“有”“无”之际，传递的是痛苦的声声呼号。更令人心痛的是，这六月炎夏般的煎熬日复一日，永远没有尽头！诗人曾长期生活于盐场，一字一句均为感同身受，他对灶民们的无助与辛劳寄寓了最深的同情。同样描写煎盐的苦热，吴嘉纪有传诵广远的名作《绝句》：“白头灶户低草房，六月煎盐烈火旁。走出门前炎日里，偷闲一刻是乘凉。”潘树华的这首五言虽然短小，与之相较却更得沉郁顿挫之风味。

第三首，写盐民们难熬的冬季。盐场最热闹火热的无疑是夏秋之时，虽然最为辛苦，但收获也是一年中最丰厚的。可隆冬时分，不仅无盐可煎，老天爷还下起了一场暴雪，银装素裹的世界，分明是堆堆白花花的粉盐呀！这些都是盐民们看花了眼、迷失了神的错觉。当然，这又何尝不是他们实实在在的期望和理想呢！眼下的漫漫长冬如何撑得过去？用什么来做越冬的口粮？只能很不自信地望一眼雪地里的那一小块胡萝卜田了。诗人用富饶来映衬穷苦，用丰足来突显贫瘠，艺术表现的手法可谓独出机杼，入化传神。

第四首，写盐民们海边割草的情景。秋冬时节，盐民们要及时收割囤积在荒滩上的茅草，以便烧灰沥卤之用。黄昏时分，四处漫溢着迷蒙的海雾潮气，滩涂上凛冽的晚风，打在人脸上，捶在人身上，彻骨的寒，透心的冷。在远方荒滩上劳作了一天的人们，衣裳褴褛，光着腿，露着肘，挑着一担担茅草赶着暮色回来了。我们常用“鹑衣蔽体”来形容穷苦人家的模样，而这里的灶民就连鹑衣也不能蔽体了。诗人用简明朴素的诗笔勾画了一幅荒滩晚归图，其渲染的海气寒风色调、呈现的悲苦人物形象实在令人印象深刻。

第五首，写盐民们贩卖海鲜的生活。他们结伴相约去赶海，找机会贩卖一点海鲜。鲜货到手之后，为了尽早进入集市，他们还必须以加倍的速度赶路，即便是炎天酷暑也在所不计，因为饿死、渴死都不值得怕，怕只怕被别人抢先一步卖了好价钱去！下层老百姓这种矛盾与苦痛的心情，诗人刻画得活灵活现，入木三分，令人叹为观止。由此，我们不禁联想到唐代白居易新乐府诗《卖炭翁》中的句子：“卖炭得钱何所营？身上衣裳口中食。可怜身上衣正单，心忧炭贱愿天寒。”其艺术表现手法实得异曲同工之妙。（孙植）

秋晚野望

陈玉澍

余霞红映暮云边，村北村南少夕烟①。
远树捧高苍海月，乱鸦点碎夕阳天。
野人乞食扃蓬户，渔父施罛入稻田②。
满地哀鸿听不得，江淮何处是丰年？

（《后乐堂诗钞》）

【作者简介】

陈玉澍（1852—1906），原名玉树，字惕庵，建湖上冈人。清末学者、诗人。光绪十四年（1888）中举人，致力于训诂学、经学、文学等。他创作了大量爱国诗文，针砭时弊，鞭挞列强侵略，歌颂爱国将士，关心民生疾苦。他一生不慕名利，热心社会公益，募捐助贫、办学助学、建桥修闸，为时人称道。光绪十九年（1893）春，应盐城知县刘崇照之请主持编修《盐城县志》。著有《尔雅释例》《毛诗异文笺》《后乐堂文钞》《后乐堂诗钞》。

【注释】

①夕烟：原指乡村傍晚时雾气、炊烟等混合形成的烟气，此处主要指炊烟。

②扃：关门。罛：大渔网。

【导读】

这首诗写的是晚清时期作者家乡的景象。首联“少夕烟”说明许多农家已经断炊。本来傍晚时分炊烟缭绕是古代乡村十分动人的场景，炊烟少了就意味着大难降临。颔联写景，用语很讲究。“高”者为月，月所以看上去显得高，是因为地面远处的树木的衬托，所以说月是被树“捧”高。“碎”者为天，天所以看上去碎了，是因为乱鸦飞翔点缀，所以说天被鸦“点”碎。古诗文中写天空乌鸦多用“点”字，先是作量词，一点两点，言其小，渐渐成为动词，点缀在天空。而这里说“点碎”，颇有新意。颈联写人，“野人”是乡野之人，他们关上门到外面要饭去了；稻田没有长稻，渔夫把渔网安置到了田中。这都是非正常的景象。尾联以诘问作结。吴嘉纪《赠赵雷文仪部》中说："丰饶自古说江淮，此日惟闻泽雁哀。"可以对照着读。两位诗人居处不远，年代有先后。有两种可能，或者陈玉澍读了吴嘉纪的诗而模拟、化用，或者二人是无意中偶然相合。文学史上这两种情况都是存在的。既然这么相似，就不妨比较一下。吴嘉纪表达得较为婉转含蓄，陈玉澍则是直接诘问，感情强烈。二人各有优长，毋庸轩轾。（邵春驹）

丁亥年登范公堤①

蔡映辰

虾子堆红海气腥，春潮一片荡空冥②。
登临莫怪东风冷，三月堤南草未青。

（《绿云庵诗词集》）

【作者简介】

蔡映辰（1859—1913），字少岚，号涴雪，栟茶镇（时属东台，今属南通如东）人。曾在通州做儒学训导，是近代著名的教育家。戊戌变法后他创办了栟茶启秀文社，光绪三十一年（1905）又出资创办栟茶启秀高初两等小学堂，其后三年左右的时间他又相继创办了十余所学校，开启近代新学的先河。有《绿云庵诗词集》和国画《梅》等传世。

【注释】

①丁亥年：1887 年。

②虾子堆红：海虾出水而死，颜色变红，故曰沙滩上的虾堆是红色

的。海气腥：海滩上弥漫着海水的腥气。荡：回荡。空冥：天空。

【导读】

蔡映辰虽生在晚清，但栟茶地处偏远海滨，是兵革不及之地；再加上他家业丰厚，喜与淡泊之士交往，养成了冲淡平和的性格。这反映到他的诗作中即少见时代风云，多是目击小景，描写细腻、情感丰富，蕴藉和缓，有清远之味，总体上受“同光体”影响甚微。此诗为 1887 年春，他登临范公堤时所作。诗歌描写了范堤边的早春海景：空气中弥漫着海水的腥气，成堆的红色海虾堆积在海边，海浪拍打着海岸的声响回荡在空中。登上范公堤，不要责怪此时的春风寒冷，因为三月还未到春暖花开之时，你看那堤坝南岸的春草还没有发芽。诗人感觉敏锐，描绘景色细致入微，既有目之所及的红色虾堆和堤南未绿之草；也有充耳所闻的滔滔浪声，和触觉上的料峭春寒。全诗没有大起大落的情绪波动，只有缓缓流淌的游春的气息。语言清丽，无藻绘之迹。（丛玲玲）

初夏

张謇

初夏去北闸，归时日正午[①]。
车汉衣襟湿，烈日胜熏炉[②]。
风吹旱魃过，满目皆碱土。
野旷牛羊少，荒戾穷丐多[③]。
仆痡余亦渴，沟水皆咸卤[④]。
何年获收成，尚待天公许。

（《张謇全集》第 7 卷）

【注释】

①北闸：即华成盐垦公司北闸，今射阳县临海镇双洋闸的前身。

②车汉：车夫。

③荒昃：荒僻之地。

④仆痡：仆人生病。出自《诗经·周南·卷耳》："我仆痡矣，云何吁矣。"

【导读】

说到盐城近代的社会发展，张謇是不能不提及的人物。清末民初，由于泥沙沉积，海岸线不断向东拓展，海水渐淡，盐产量受到影响。南通实业家张謇在盐城发起"废灶兴垦"运动，开发土地种植棉花。从1914年起的短短几年中，在南起东台老坝港、北至响水陈家港之间的近350公里、总面积35000平方公里的海滨地带掀起了招股集资、兴办盐垦公司的热潮。1920年前后，盐城沿海一带盐垦公司林立，垦区迅速扩展。同时，张謇组织海门等地居民大举移民。从1914年到1921年，各盐垦公司从南通、崇明、海门、启东招来佃农达10万人以上，至40年代移民累计达30万之多。这是盐城近代具有深远历史意义的大变动，海盐产业的主导地位从此逐渐让位于农业。在1942年4月射阳正式建县前，地方原属于盐城、阜宁。"废灶兴垦"期间，在射阳境内共成立大纲、华成、大祐、合德等大小公司43家，购买境内地主荒滩、灶地，进行垦殖。1920年4月6日，张謇从东台经盐城到阜宁鲍家墩华成盐垦公司，视察华成北闸，又视察阜通公司和农事试验场，归来时作此诗。"满目皆碱土""沟水皆咸卤"，记录了当时的景象。最后两句表达了对兴垦事业的希冀。（邵春驹）

滩行闻雁

张謇

下滩看水疾，回岸忽潮生。
潦滞牛行蹇，风低雁喉清①。
披绵趋海暖，聚市最冬晴。
行住吾何倦，犹应愧庶氓②。

（《张謇全集》第7卷）

【注释】

①潦：道路上流水。蹇：跛足不利于行。

②庶氓：老百姓。

【导读】

1921年7月，长江、淮河诸水并涨，又值飓风过境，海潮大上，下游宣泄不畅，下河一带发生大水灾。9月，张謇赴扬州会见时任江苏省运河局会办韩国钧，约高、宝、江、兴、盐、泰、东七县开会商量办法。10月，张謇发表《筹治王家斗龙新洋三港商榷书》，认为“向所恃出海较大之路者，自北而南射阳、新洋、斗龙、王家港口”，提出“治标急策，惟有先开王家港”，并建议“港口应建闸”。12月，他与韩国钧到东台，筹备疏浚王家港（即今大丰区王港），16日行开工礼。21日，他乘牛车巡行海滩，作此诗。诗中写他不辞劳苦为百姓奔走，并表示比起身处苦难中的百姓自己感到惭愧。作为一名封建官僚，这样的思想是很可贵的。（邵春驹）

第四单元　沧桑留痕

酸枣盟辞[1]

臧洪

汉室不幸，皇纲失统[2]。贼臣董卓乘衅纵害，祸加至尊，虐流百姓[3]。大惧沦丧社稷，翦覆四海[4]。兖州刺史岱、豫州刺史伷、陈留太守邈、东郡太守瑁、广陵太守超等，纠合义兵，并赴国难[5]。凡我同盟，齐心戮力，以致臣节，陨首丧元，必无二志[6]。

有渝此盟，俾坠其命，无克遗育[7]。皇天后土，祖宗明灵，实皆鉴之[8]！

（《三国志》卷七《魏书·臧洪传》）

【作者简介】

臧洪（160—196），字子源，东汉末广陵射阳人。举孝廉为郎，汉灵帝末年，辞官归家。当董卓把持朝政时，他参加了反对董卓的斗争，被称为“海内奇士”。他与张超、张邈、刘岱、孔伷、桥瑁在酸枣升坛盟誓，作《酸枣盟辞》。袁绍任命他为青州刺史、东郡太守。后生嫌隙，臧洪起兵叛袁绍，袁绍发兵攻打，围攻将近一年，城破被杀。

【注释】

①酸枣：在今河南省延津县。盟辞：盟文。

②皇纲：指朝廷的法纪、法度。失统：丧失条理，头绪紊乱。统：管理，治理。

③贼臣：乱臣。对敌寇之臣的贬称。董卓（？—192），东汉末年军阀、权臣，废汉少帝立汉献帝，关东诸侯联盟讨伐，后被王允等人诛杀。乘衅：利用机会。虐：残害；侵凌。流：古代五刑之一。放逐到远方。

④沦丧：消亡丧失。社稷：指国家政权。翦覆：颠覆。四海：指天下。

⑥戮力：并力。今作勠力。致：尽，竭。元：头颅。

⑦渝：变更，引申为违背。俾：使。无克遗育：没有能够存活下来的后代。

⑧后土：对大地的尊称。明灵：圣明神灵。此句为盟誓时常用语，表明盟誓者之决心。

【导读】

《酸枣盟辞》是臧洪汇集诸侯在酸枣集会盟誓共讨董卓的盟文。体现了汉末群雄讨伐董卓的忠愤之志，臧洪“辞气慷慨，涕泣横下”，使在盟诸州牧郡守和将帅士卒大受鼓舞。史称“闻其言者，虽卒伍斯养，莫不激扬，人思致节”，可见此盟文在当时的感召力。盟文多由短句组成，尤其是最后的誓言部分，完全由四字句构成，排比成势，简短铿锵，集体诵读之下，气壮山河。故《文心雕龙·祝盟》称：“臧洪歃辞（《酸枣盟辞》），气截云霓。”值得指出的是盟文宣扬的忠孝节义在藏洪身上有突出体现。酸枣会盟失败后，臧洪旧主广陵太守张超被曹操所杀，臧洪虽得到袁绍的荐举为东郡太守，因营救张超未果而与袁绍反目，不顾自身弱小，毅然反抗，导致二人兵戎相见，兵败不屈，最终被袁绍所害。可以说臧洪以自身的经历行为分印证了《酸枣盟辞》体现的忠勇慷慨的情怀，千载之下，犹足令人感佩。（杨胜朋）

饮马长城窟行[1]

陈琳

饮马长城窟，水寒伤马骨。
往谓长城吏，慎莫稽留太原卒[2]！
官作自有程，举筑谐汝声[3]！
男儿宁当格斗死，何能怫郁筑长城[4]。
长城何连连，连连三千里[5]。
边城多健少，内舍多寡妇[6]。
作书与内舍，便嫁莫留住。
善侍新姑嫜，时时念我故夫子[7]！
报书往边地，君今出语一何鄙[8]？
身在祸难中，何为稽留他家子[9]？
生男慎莫举，生女哺用脯[10]。
君独不见长城下，死人骸骨相撑拄[11]。
结发行事君，慊慊心意关[12]。
明知边地苦，贱妾何能久自全？[13]

（《乐府诗集》卷三十七）

【作者简介】

陈琳（？—217），字孔璋，广陵射阳人，东汉末文学家，“建安七子”之一。中平年间为何进大将军主簿。何进被宦官杀后入冀州袁绍幕，典文章。建安九年（204），袁绍兵败，归附曹操，授司空军谋祭酒。军国书檄多出其与阮瑀之手。建安二十二年（217）冬，染疫疾而亡。明人辑有《陈记室集》。其墓在今盐城市盐都区大纵湖。

【注释】

①饮马长城窟行：汉乐府旧题，属《相和歌·瑟调曲》。

②慎莫：恳请语气，千万不要。稽留：滞留，指延长服役期限。太原：秦郡名，约在今山西省中部地区。

③官作：官府的工程，指筑城任务。程：期限。筑：夯类筑土工具。谐汝声：喊齐你们打夯的号子。

④宁当：宁愿。怫郁：烦闷，心情不舒畅。

⑤连连：形容长而连绵不断的样子。

⑥健少：健壮的年轻人，指戍卒。内舍：指戍卒的家中。寡妇：指役夫们的妻子，古时凡独居守候丈夫的妇人皆可称为寡妇。

⑦事：侍奉。姑嫜：婆婆和公公。故夫子：以前的丈夫。夫子：妇人对丈夫的尊称。

⑧报书：回信。鄙：粗野，不通情理。

⑨祸难：指戍卒无归期的筑城。他家子：别人家的女子，这里指戍卒妻子。

⑩举：这里是"抚养"之义。脯：即哺，喂养。脯原意为干肉，腊肉。

⑪撑拄：支架。骸骨相互撑拄，可见死人之多。以上四句化用秦时民谣："生男慎勿举，生女哺用脯。不见长城下，尸骸相支拄。"

⑫结发：指十五岁，古时女子十五岁开始用笄结发，表示成年。行：句中助词，如同现代汉语的"来"。慊慊：空虚苦闷的样子，这里指两地思念。关：牵连。

⑬自全，独自活着。

【导读】

《饮马长城窟行》是乐府古题。本篇通过修筑长城的士兵和官吏的对话以及士兵和妻子的书信往返，表现古代劳动妇女和从军战士忍辱负重、互相关心、生死不渝的伟大情操，揭露无休止的徭役给人民带来的深重灾难。这首诗采用五、七言相间的形式，实为后世"拟行路难"等乐府歌行体先鞭，通篇凡七换韵，在建安诗歌中实属创调，对唐代歌行体形式有一定影响，这首诗继承了汉乐府民歌的传统，无论思想内容还是艺术性都有它的独到之处。开头两句用首句标出篇名。行役至长城，是叙事，也是起兴。继而全诗用两组对话表现主题。第一组对话是筑城戍卒与监工长城吏的对话。第二组对话是戍卒与妻子的两次书信往来。全篇采用生动的对话形式，具有鲜明的民歌色彩。语言生动，真挚感人。（杨胜朋）

劝陈文龙书①

陆秀夫

景炎二年春，正月二十日，寓潮州罪人陆秀夫，谨具启大宣抚陈相公阁下②：秀夫诚不自揆，冒言远寄，前直院，不越月贬潮③。迂戆无补，分所宜甘，第因潮以韩子过褒，非所与闻④。韩处唐中叶，盛时也，衰朽送残，仅此忧耳⑤。今车马蒙尘，中原荆棘，淮东、江西、闽、广诸路俱败陷，北向长望，无寸土干净，秀夫岂敢游逸此土哉⑥？十数年来贤者，朝者退，野者隐，如黄元仲、陈瑀、郑献翁、郑钺、吴子纯、陈子修、方公权材器，宣抚每诵不辍口，竟亦落落遁去，不出一谋佐军事于台下⑦。《诗》曰："人之云亡，邦国殄瘁。"⑧非必死而为亡也，隐去亦为亡也，忠臣义士痛哭流涕亦何及⑨！曹澄孙、方应发辈彘行，今当不胜诛戮⑩。宣抚被执，不降亦不死，比复何如⑪？想身不足惜，国事不可为为可恨也⑫。周粟虽佳，夷齐耻食，毋令首阳独孤洁。⑬罪人数千里远祝，临风怅怅，涕泪交流而已⑭！伏惟宣抚照察，秀夫再拜白⑮。

（《宋左丞相陆公全书》卷三）

【注释】

①陈文龙：福建兴化（今莆田）人。宋端宗即位，再次被授予参知政事，曾任闽广宣抚使。元军破兴化后被俘，被押解到杭州。景炎二年（1277）绝食而死，谥忠肃。

②景炎二年：公元 1277 年，景炎为宋端宗赵昰年号。潮州：今广东省潮州市。罪人：时陆秀夫罢官谪居于潮州，故自称罪人。具：写，撰写。相公：宋人称宰相为相公，陈文龙曾被授予参知政事之职。

③揆：度量；揣度。冒言：直言。前直院：宋代入翰林学士院而未授学士职者称"直院"。此时陆秀夫已罢官，故自称前直院。越月：过了一个月。

④迂戆无补，分所宜甘：意思是说自身愚笨刚直而降职，对时局无有补益，所以对贬居潮州感到心甘情愿。戆：愚而刚直。第因：只因为。韩子：韩愈。非所：环境恶劣不适宜居住之处，这里指潮州。

⑤衰朽送残：出自韩愈《左迁至蓝关示侄孙湘》："欲为圣朝除弊事，肯将衰朽惜残年。"意思是说自己年纪大了，身体衰退，担忧自己

无法为朝廷效力。

⑥蒙尘：指帝王失位逃亡在外。路：宋代行政区域名，相当于明清的省。文中所提淮东、江西、闽、广皆当时所辖省级行政区。干净：比喻未被敌人占领。游逸：犹游乐。

⑦朝者：在朝为官的人。退：退出朝廷。野者：与在朝者相对。材器：才能与器识。辍：停止。落落：孤独的样子。台下：指陈文龙。

⑧《诗》曰句：此句引自《诗经·大雅·瞻》，意思是说贤人死亡了；国事危殆，陷于绝境。殄瘁：病困。

⑨及：赶上、达到。

⑩曹澄孙：时任兴化军通判，与敌人勾结，以城降。方应发：曾官至尚书，兴化军被围时，曾劝说陈文龙降敌，为陈文龙所斩。彘行：指人行为像猪一样。

⑪比复何如：书信用语，意思是近来怎样？

⑫此句陆秀夫推测陈文龙“不降不死”的原因是自身生死不足爱惜，遗憾国家大事不可挽回。

⑬此句借伯夷叔齐不食周粟，饿死首阳的典故，劝陈文龙死节。《史记·伯夷列传》：“武王已平殷乱，天下宗周，而伯夷、叔齐耻之，义不食周粟，隐于首阳山，采薇而食之。”孤洁：孤高、高洁。

⑭数千里：指临安离潮州极远。

⑮伏惟：伏在地上想，下对上陈述时的表敬之辞。照察：照见、明察。

【导读】

这篇《劝陈文龙书》是陈文龙被俘后，陆秀夫写给陈文龙劝其死节的书信。书信开头即以“罪人”自称，内责自己贬谪潮州，无法为朝廷效力，实为有罪于国家。认为自己愚直，所以被贬荒凉之地潮州心甘情愿，并愿意向唐代贬潮的韩愈学习，只是担忧年纪渐长，没有机会为国家效力。随即寥寥数语，介绍国事危急，直言自己无法置身事外。字里行间，不顾自身荣辱，忧国忧民之情，跃然纸上。陆秀夫还对“朝者退，野者隐”的局面进行指责，认为“隐去亦为亡也”，即国家危难之时贤人退隐，亦是导致国家危亡的重要原因。最后，以伯夷叔齐的事迹劝说陈文龙以死保全民族气节，不可让前人专美于前。结尾“临风怅怅，涕泪交流”即是对陈文龙被俘的痛惜，也有对国事难为的痛恨，更有将来亦会同陈文龙一样死节，此身“不见九州同”的极度遗憾，可谓字字包含血泪，句句出自肺腑。此书一片神行，以情感驾驭文章，在剖析本心的基础上劝被俘同僚死节，并暗示自己将来亦会追随前人洁行，死国之情，令人动容。（杨胜朋）

纪梦简陈简讨二首[1]

秦约

其一

宫车辘辘过神皋，五色云中望赭袍[2]。

野膳不嫌凉饼滑，小奴花下翦春蒿[3]。

其二

吴蚕入茧染春红，缫尽柔丝未论功[4]。

若得君王回一顾，不辞白发上阳宫[5]。

（《明诗综》卷四）

【注释】

①陈简讨：陈的友人，任简讨之职。

②宫车：帝王后妃等所乘坐的车辆。辘辘：车轮转动声。神皋：指

京畿。五色云：五色云彩。古人以为祥瑞。赭袍：即赭黄袍。

③野膳：野外吃饭。凉饼：凉拌的面食。春蒿：春天蒿嫩可食。

④春红：春天的花。缫：把蚕茧浸在热水里抽丝。

⑤白发上阳宫：唐代诗人白居易有《上阳白发人》。

【导读】

第一首有小注："是诗似指庚申君北狩时事。"庚申君即元顺帝，是咏叹 1368 年（即至正二十八年、洪武元年）元顺帝离都城，仓皇北逃之事。第一首前两句叙写帝王乘车驾离开京城，看似威严赫赫。后两句以"凉饼滑""翦春蒿"的细节写出了逃难时的狼狈不堪，小处作笔，与前两句的威严赫赫形成鲜明的反差比，产生极大的讽刺效果。第二首前两句写宫女忙到花了都凋谢了，所有的蚕丝都抽完了，也没有功劳。后两句说宫女如果得到君王的一眼回顾，即便从此幽禁到白头也心甘情愿。先后对比，突出辛苦不要紧，关键有人肯定，委婉地讽刺了宫女勤劳一生，却孤独一生的凄凉处境。（杨胜朋）

题杨括庵遇难纪传[①]

王之桢

前乙酉春，叩拜辞师相于维扬[②]。至六月，从金陵渡江而北，血迸邗流，泪穷落照，恨不能魂追五丈原[③]。予心丧，固至今耿耿也[④]。独恨睢阳生面，未重开于昌黎之书；柴市英风，难纪实以炎午之笔[⑤]。知师相之心者，决其必出于死；而求师相以迹者，未必不怀其死之未箸也[⑥]。今得括庵先生，从万死一生中睹其杀身成仁之烈，梅岭衣冠，允矣为魂魄所归，而天下万世之表扬忠节者，亦有所据，而图师相之不朽矣[⑦]。悲愤之余，转为庆忭，炳炳燐火，余当于残芜断碣、碧草黄鹂间求之，西台之恸，括庵先生其有以鉴我乎[⑧]！

（《射州文存》）

【注释】

①杨括庵：杨遇蕃，安徽凤阳人，史可法幕僚，亲见史可法就义场景。事后遇蕃潜遁，觅史可法遗体不可得。

②乙酉：顺治二年（1645）。师相：指史可法，河南祥符人，明末政治家，抗清英雄。史可法是南明王朝礼部尚书兼东阁大学士内阁辅臣，后改任兵部尚书、武英殿大学士出镇扬州。王之桢是其门生，故称之为师相。维扬：扬州又称维扬。

③血迸邗流：指顺治二年五月二十五日扬州陷落后清军屠城。邗，邗沟，此处指在扬州城东南一段。五丈原：在今陕西省岐山县南。史载诸葛亮伐魏病卒于此。这里指代史可法身殉扬州。

④丧：非常悲痛。耿耿：内心不安，心事重重。

⑤恨：遗憾。睢阳：用唐代张巡在安史之乱时与许远死守睢阳事。生面：如生的面貌。昌黎之书：韩愈自称郡望昌黎，世称“韩昌黎”，此处指韩愈作《张中丞传后序》颂扬张巡事迹。柴市：南宋文天祥就义处。炎午：王炎午，江西安福人。临安陷，谒文天祥，竭家产助勤王军饷，文天祥被执，特作生祭文以励其死。此句是说至今尚未有好的志传颂扬史可法。

⑥求师相以迹者：寻求史可法殉国事迹的人，这里指杨括庵。怀其死之未箸：念想着史可法殉国的事迹还没有著录。箸：撰写。

⑦从万死一生中睹其杀身成仁之烈：指杨括庵目睹史可法殉国场面并得以幸存。梅岭衣冠：梅花岭在扬州古城北边广储门，后人以衣冠葬史可法于此。图：料想到，预料。

⑧庆忭：喜乐。炳炳：光彩照耀的样子。燐火：磷火俗称鬼火。碣：指圆顶的石碑。西台之恸：文天祥被害八年后，谢翱与友人登西台痛哭致祭，并作《登西台恸哭记》。鉴：原指镜子，这里指杨括庵可以作为作者的榜样。

【导读】

文章前半部分叙述自己与老师史可法分别不久，便发生扬州城破，史可法殉国之事，仅“血迸邗流”四字便形象展现了扬州十日的残酷屠杀场面。在表示自己未能以死追随的遗憾的同时深刻痛悼史可法，并遗憾未有传世著作来展现史可法殉国的英勇。其后转而论述因怀有传布史可法事迹的念头所以杨括庵忍死偷生，赞扬其行为让史可法的英勇事迹广为人知，史可法得以不朽。时过境迁，杨括庵实在是一面镜子，让作者难忘亡国之痛。文章层次分明，前半部分追思史可法，后半部分赞扬杨括庵。字里行间充满情感，感伤之情贯穿全篇。（杨胜朋）

过史公墓①

吴嘉纪

才闻战马渡滹沱，南北纷纷尽倒戈②。
诸将无心留社稷，一抔遗恨对山河③。
秋风暮岭松篁暗，夕照荒城鼓角多④。
寂寞夜台谁吊问？蓬蒿满地牧童歌⑤。

（《吴嘉纪诗集笺注》卷一）

【注释】

①史公墓：指史可法衣冠墓，在扬州梅花岭。史可法被俘就义后，遗体不存，其义子史德威葬衣冠在梅花岭。

②滹沱：滹沱河，流经今山西、河北两省。倒戈：投降并反过来攻击自己人。顺治二年（1645）正月，清豫亲王多铎率军南征，在此过程中南明大批武将投降，短短三个月便打到扬州。

③留：保留、保存。社稷：原为土神与谷神，后指国家政权。一抔：坟墓。出自《史记·张释之列传》“假令愚民取长陵一抔土”。

④篁：竹。

⑤夜台：坟墓、冥间。

【导读】

明清时期东台属于扬州府，许多文人经常往来本地与扬州之间。扬州是当时东南重要的经济、文化中心，在扬州他们接触到了更广阔的世界。这首诗凭吊坚守扬州壮烈殉国的民族英雄史可法，表达了对他的深切缅怀。前四句斥责毫无节操望风投降的武将，对史可法复国志愿未酬表示惋惜。后四句写梅花岭墓地寂寞荒凉，牧童在歌唱。在中国诗歌中，牧童和渔父是离纷扰尘世最远的两种人了，作者写牧童是有深意的。清初统治者出于巩固政权的需要，重视漕运和盐业，扬州迅速恢复了往日的繁华，人们似乎已经忘记了前朝的烈士，梅花岭少有人去凭吊了，作者对此感慨很深。在艺术上，这首诗采用了对比手法，前四句叙事，三句写诸将，只有一句写史可法，并且用“诸”“一”相对，形象表现了他孤掌难鸣、独木难支的处境。后四句描写，用“秋风”“夕照”“荒城”“蓬蒿”等词，渲染了浓厚的悲剧气氛。（邵春驹）

李家孃

吴嘉纪

乙酉夏，兵陷郡城，李氏妇被掠，掠者百计求近，不屈。越七日，夜闻其夫殁，妇哀号撞壁，颅碎脑出而死。时掠者他出，归乃怒裂妇尸，剖腹取心肺示人。见者莫不惊悼，咸称李家孃云①。

城中山白死人骨，城外水赤死人血②。
杀人一百四十万，新城旧城内有几人活③？一解④
妻方对镜，夫已堕首。
腥刀入箭，红颜随走⑤。
西家女，东家妇，如花李家孃，亦落强梁手⑥。二解
手牵拽语，兜离笳吹。
团团日低，归拥曼睩蛾眉⑦。
独有李家孃，不入穹庐栖⑧。三解
岂无利刃，断人肌肤。
转嗔为悦，心念彼姝。
彼姝孔多，容貌不如他⑨。四解
岂是贪生，夫子昨分散，未知存与亡。
女伴何好，发泽衣香，甘言来劝李家孃⑩。五解
李家孃，肠崩摧。
簪挞磨灭，珠玉成灰。
愁思结衣带，千结万结解不开。六解
李家孃，坐军中。
夜深起望，不见故夫子，唯闻战马嘶悲风。
又见邗沟月，清辉漾漾明心胸⑪。七解
令下止杀残人生，寨外人来，殊似舅声⑫。
云我故夫子，身没乱刀兵。
恸仆厚地，哀号苍旻⑬。八解
夫既殁，妻复何求？
脑髓与壁，心肺与仇⑭。

不嫌剖腹截头，俾观者觳觫若羊牛[15]。九解
若羊若牛何人？东家妇，西家女。
来日撤营北去，驰驱辛苦。
鸿鹄飞上天，㕙兔不离土[16]。
乡园回忆李家孃，明驼背上泪如雨[17]！十解

（《吴嘉纪诗集笺注》卷十）

【注释】

①乙西：清顺治二年（1645）。郡城：指扬州。当时是扬州府府治所在地，故称“郡城”。清军攻陷扬州在顺治二年农历四月二十五日。

②山：死人尸骨堆积如山。

③新城旧城：扬州旧城在西，宋元时期建造，新城在东，明以后建造。

④解：原为乐曲分章，后作乐府诗分章节的名词。

⑤箾：同“鞘”。随走：被掠的婉转说法。

⑥强梁：强横者。

⑦兜离：异族不典雅的音乐。曼睩蛾眉：指年轻女子。

⑧穹庐：北方游牧部落住处。

⑨孔多：很多。按，此解为掠者口吻，其贪李家孃美貌而不杀之。

⑩发泽：头发润泽。

⑪明心胸：李家孃心胸清明如月。

⑫令下止杀：清军主将下令禁止杀人。残人生：残存之人得以活命。舅：公公。

⑬苍雯：即苍天。

⑭俾：使得。觳觫：《孟子·梁惠王上》：“吾不忍其觳觫，若无罪而就死地。”本意是牛被杀前恐惧颤抖的样子。此处指观者见李家孃死后惨状而惊恐发抖。

⑮㕙兔：狡兔，大兔。出自《诗经·小雅·巧言》：“跃跃㕙兔，遇犬获之。”

⑯明驼：骆驼。此句主语为上“东家妇”“西家女”。

【导读】

“扬州十日”是明清之交东南地区的重大历史事件，是经历了朝代鼎革的文人抹不去的记忆。这首诗从一个女子的角度反映了这一事件。诗中表现了清兵的极端凶残。从诗中的描写看，他们绝不是个体犯罪，而是集体的行为。秉笔直书当朝统治者的罪恶，表现了作者的良知和勇气。更重要的是，这首诗塑造了李家孃这样一位性格鲜明丰满的女子形象。被掠后，面对清兵的淫威，她誓死不从，她并非留恋生命，而是牵挂丈夫。最后当她得知丈夫已经被杀的消息，便以头碰壁而死，用死亡对施暴者提出抗议。这是发生在扬州屠城事件中的千万个故事中的一个，作者用笔把这个底层女子记录下来，传之永远。当然，在李家孃之外也写了其他被迫屈服的妇女，她们是另外一种类型的悲剧人物。完全不理会儒家“温柔敦厚”的“诗教”，毫无避讳地描写血腥残酷景象，诸如白骨、人血、脑髓、剖腹、截头，形成了震撼人心的表达效果，是这首诗在艺术上的显著特色。（邵春驹）

乙酉春有感[1]

陈玉澍

鸡陵关外雨萧萧，猘犬狂奔去未遥[2]。
瘴海珠江驰露布，金戈铁马逐天骄[3]。
旌旗日影军容壮，草木风声贼胆摇[4]。
一纸中枢催罢战，也应羞见霍嫖姚[5]！

（《后乐堂诗钞》卷一）

【注释】

①乙酉：指清朝光绪十一年，即 1885 年。

②鸡陵关：镇南关之古名，位于今广西境内与越南接壤处，今名友谊关，清末名将冯子材曾在此大败法军。萧萧：拟雨声。猘犬：狂犬。此喻法国侵略军。

③瘴海：被瘴雾笼罩的南海。露布：捷报。天骄：唐时北方少数民族自贵为天之骄子，后常以“天骄”指称少数民族首领。

④草木风声：用苻坚之典。据《晋书·谢玄传》《晋书·苻坚载记》等载，前秦苻坚等在淝水之战大败溃逃后，望八公山草木晃动，闻风声鹤唳，皆以为晋师追至，而有惧色。此处形容法军弃甲逃遁时的狼狈样子。

⑤中枢：中央统治机构。此处尤指朝中以李鸿章为首的主和投降派。霍嫖姚：西汉名将霍去病。此处借指中法战争中的主将冯子材、刘永福等。

【导读】

陈玉澍写有十首关于中法战争的诗歌，总题为《乙酉春有感》，这首诗是其中之一。光绪十一年（1885）初，在老将冯子材等率领下，清军取得了镇南关大捷，扭转了中法战争的局势。然而李鸿章等主张乘胜即收，与法国缔结和约，清政府下令停战撤军。得知此事，诗人愤而成诗。首联起笔苍劲有力，气势纵横，用极为精练的语言，不仅点明了战争的地点、环境和结果，还极富画面感地表现了敌军溃逃时的狼狈不堪。“去未遥”一语更透露出乘胜追击的合理性。颔联进一步写南海与珠江之畔，捷报正迅速传播，正义的中国之师继续追击着残敌，“金戈铁马”一词尤其显现出清军势不可挡的威仪。颈联则采用对比的手法，将我军之声壮与敌方之仓皇刻画得十分鲜明，清军必胜、法军必败的战争结局清晰可见。前三联一气贯之，掷地有声，势如破竹，无可阻挡，洋溢着一股豪迈的杀敌报国之情，回肠荡气，痛快淋漓。然而尾联笔调却急转直下，化为义愤。清政府以胜请降，不败而败，给诗人造成情感上的巨大落差，将前三联蓄积起来的澎湃激情一扫而光。诗人更借霍去病的抗匈奴事迹比冯子材等将领的浴血奋战，来反衬李鸿章等人的辱国行径和清政府的懦弱不堪，愈是对照强烈，便愈能体现诗人的愤其不争，也愈能传达出讽刺的意味和力量，将他对国家爱与恨矛盾交织的情感表现得十分深刻。（段梦云）

乙未夏拟李义山重有感[①]

陈玉澍

大圜中裹地如球，海外今知有九州[②]。
西北雄风蒲蔡国，东南劲敌萨摩州[③]。
新开驿路金为埒，高柱云帆铁作舟[④]。
越甲鸣君情共愤，百蛮终献吉光裘[⑤]。

（《后乐堂诗钞》卷一）

【注释】

①乙未：清朝光绪二十一年（1895）。义山：晚唐诗人李商隐字。《重有感》：李商隐七律，是一首关于“甘露之变”的政治诗。

②大圜：圜，同“圆”，古人认为天圆地方，大圜所指即天。此处认为地乃为天所包裹的球，可见诗人已经受到近代天文知识的影响，认可“地圆说”。九州：泛指天下各国。

③蒲蔡国：亦作“蒲察国”。蒲察为女真族姓氏，用以指代北方少数民族。此处泛指中国北方的国家，尤指俄国。萨摩州：日本的藩属地，此处指代日本。

④金为埒：用西晋王济典故。埒，指马射场四周的土围墙。当时洛阳土地十分昂贵，王济挥金如土，买地作马射场，周围建矮墙，时人称为“金沟”“金埒”。此处以金埒指铁路，既合金属之意，又含耗资之巨之意。当时沙俄政府未经中国政府同意，就到中国东北勘察，计划修筑铁路。到20世纪初终于建成东清铁路（后来又称中东铁路）。铁作舟：铁船。传统船只皆为木制，这时已出现铁船，但多为军舰。19世纪末，日本为争夺海上霸权，大力发展海军，建造大量军舰。

⑤越甲鸣君：用春秋时期越军侵齐典故，据《说苑》载，越国入侵齐国，齐国大臣雍门子狄因越国军队惊扰了国君，认为是自己失职而请死。唐代王维《老将行》有“愿得燕弓射天将，耻令越甲鸣吾君”之句。百蛮：古代对南方少数民族的总称。此处泛指中国以外的其他国家。吉光：传说中的神兽，一说为神马。据《海内十洲记》载，“吉光毛裘，黄色，盖神马之类也。裘入水数日不沉，入火不燋。”此处以吉光裘泛

指奇珍异宝。

【导读】

清光绪二十年（1894），中日甲午战争爆发，清军海陆主力被日军全歼，李鸿章率队与日本和谈，于次年签订了丧权辱国的《马关条约》。陈玉澍拟李商隐的政治抒情诗《重有感》，作《甲午冬拟李义山重有感》十首，又作《乙未夏拟李义山重有感》十八首。本诗是十八首中的最后一首。首联从大处起笔，着眼于世界格局，体现出列强铁骑踏破天朝上国旧梦，给被迫开眼看世界的清人所带来的冲击。颔联紧承上联，道出被强行打开国门的清朝，所面临的强敌环伺的危险局势。颈联概写了当时的北方沙俄与东方的日本发展武备，咄咄逼人的严重态势。尾联写外敌的入侵引起了举国上下的群情共愤，表现出广阔的力量和浩大的气势，由此又自然联想到抗敌豪情之下，清朝一定会取得最后的胜利，而这些来犯的外国也必会献上珍宝乞求和平。这首诗反映出鸦片战争以来，强烈的中外对抗，给清朝人带来了显著的视野变化，有识之士已经开始从世界性的格局出发，思考中国的国际环境和未来归宿。诗歌尾联情绪转高，传达出希望国人振作起来，携手重塑王朝雄风的美好愿景。不过诗人仍然以宗主国之位来设想当时的中外关系，说明他对世界时局的认识还是不够清晰，目光仍有局限性。（段梦云）

第五单元　岁月峥嵘

与八路军南下部队会师，同志中有十年不见者

陈毅

十年征战几人回，又见同侪并马归①。
江淮河汉今谁属？红旗十月满天飞②。

（《陈毅诗词集》）

【作者简介】

陈毅（1901—1972），字仲弘。四川乐至人。1919 年赴法国勤工俭学，1923 年加入中国共产党。1929 年至 1934 年任红军前委书记、江西军区总指挥等。1941 年 1 月皖南事变后，在盐城重建新四军军部，陈毅任新四军代军长，领导华中军民进行反“扫荡”、反“清乡”斗争。新中国成立后曾任华东军区司令员、上海市市长、中央军委副主席、国务院副总理兼外交部长等职。1955 年被授予中华人民共和国元帅军衔。有《陈毅诗词选集》等。

【注释】

①同侪，指与自己在年龄、地位、兴趣等方面相近的平辈。出自《左传・僖公二十三年》。此处有同志之意。

②河汉：黄河与汉水的并称。

【导读】

1940 年 10 月 10 日，擎旗南下的八路军和挥师北上的新四军，在今盐城市大丰区白驹镇狮子口村胜利会师。时任新四军江北指挥部司令员陈毅欣然赋诗庆贺。此次会师，打通了华北、华中的联系通道，粉碎了国民党妄图隔断并进而消灭华中八路军、新四军的阴谋，开创了苏北抗战的新局面，为创建华中抗日根据地、取得抗战的最终胜利奠定了基础。陈毅特地北上盐城，慰问八路军指战员。这是他与黄克诚自井冈山分别后的首次重逢。同志相见，分外亲热；共忆往昔，百感交集。在这样的氛围下，陈毅为两军会师留下了这样一首脍炙人口的名作。该诗首句巧妙化用唐人王翰《凉州词》“醉卧沙场君莫笑，古来征战几人回”成句，稍加改动，与下句“又见同侪并马归”共同构成一幅劫后重逢，同志相

会的温馨、热烈图景。后两句更以自问自答的设问句，将革命豪情和乐观主义精神推向高潮，读之令人心潮澎湃，逸兴遄飞。（程希）

湖海诗社开征引[1]

陈毅

1942年11月20日，反“扫荡”准备中倚马走笔。

今我在戎行，曷言艺文事？
慷慨每难免，兴会淋漓至。
柔翰偶驱策，婉转成文字[2]。
不为古人奴，浩歌聊自试。
师今亦好古，玩古生新意。
大雅未能跻，庸俗早自弃。
李杜长已矣，苏黄非我类。
韩孟能硬瘦，温李苦柔媚。
元白自清浅，刘陆但恣肆[3]。
降及元明清，风格愈下坠。
微时工穷愁，达时颂高位。
一生营营者，个人利禄累。
艺文官僚化，雕虫尽可废。
岂无贤与豪，诗骨抗权贵？

仅存气节耳，高压即粉碎。
封建为基础，流变益疡溃。
晚近新诗出，改革仅形式。
其中洋八股，列位更末次[4]。
应知时势变，新局启圣智。
人民千百万，蓬勃满生气。
斗争在前茅，屈伸本正义。
此中真歌哭，情文两具备。
豪气贯日月，英风动大地。
万古千秋业，天下为公器。
先圣未能此，后贤乏斯味。
若无大手笔，谁堪创世纪？
嗟予生也鲁，空有运斤意[5]。
淮南多俊贤，历代挺材异。
诗国新疆土，大可立汉帜。
薄言当献芹，文坛望新赐[6]。

（《湖海诗存》卷一）

【注释】

①湖海诗社：陈毅与新四军、苏北根据地文化界人士共同发起的文艺团体。

②柔翰：指毛笔。

③元白：指中唐诗人元稹与白居易。刘陆：指宋代诗人刘克庄、陆游之并称。

④洋八股：比喻以新形式出现的空洞死板的文章、讲演等。鲁迅《书信集·致黄源》："至于散文，实在为难……也因为议论不容易发，如果顾忌太多，做起来就变成'洋八股'了。"

⑤运斤：典出《庄子》。指挥动斧头砍削或比喻技艺的高超。

⑥薄言，浅薄的话。献芹，谦称自己赠品菲薄或建议浅陋。出自《列子·杨朱》："昔人有美戎菽、甘枲茎芹萍子者，对乡豪称之。"

【导读】

湖海诗社（艺文社）是陈毅领导下苏北抗日根据地新四军为团结知识分子、统一抗日战线而成立的文化团体，其本质是服务于抗战救国的文化组织。“今我在戎行，曷言艺文事”，诗歌开头即点明该社的成立宗旨。为此，诗社既非为吟诵风雅、亦非御用文僚，诗歌面对的乃是抗日救国的紧要任务。如何创作适应新形势的新诗作品？诗人首先历数古典诗歌发展历史，客观评价李白、杜甫、韩愈、孟郊、温庭筠、李商隐、元稹、白居易、苏轼、黄庭坚、刘克庄、陆游等唐宋著名诗人之作，既予以称赞，也指出其不合时宜性；既批判古代诗歌中的为个人私利与官僚之作，也点出气节之作的衰微。进而，对于五四以来的现代新诗，则指出其改革的不彻底性，仅流于形式而缺乏新的风骨，批评其盲目学习西方以致沦为“洋八股。”顺承而下，破后则立，诗人指出当前诗文创作“应知时势变，新局启圣智”，应紧扣抗战大局，突破以往诗歌题材与思想囿限，伸张正义，歌颂真性情，注目伟大事业，为开创新时代、建设新国家而开创新诗风。全诗引经据典，一气呵成，流畅自然，风格豪迈，既全面阐述了陈毅作为一代儒将的抗战文学观，亦以马克思文艺辩证思维观照诗歌发展史，提出了关于新诗的独特见解。（程希）

闻韩紫翁陷敌不屈而死，诗以赞之[①]

陈毅

忍视神州竟陆沉，几人酣醉几人醒[②]？
坚持晚节昭千古，誓挽狂澜励后生[③]。
御侮力排朋党论，同仇谋止阋墙争[④]。
海陵胜地多人杰，信国南归又见君[⑤]。

（《湖海诗存》卷一）

【注释】

①韩紫翁：即韩国钧（1857—1942），字止叟，号紫石，江苏泰县（今泰州市）人。清光绪五年（1879）中举。中华民国成立后，历任江苏省民政长、安徽巡按使、江苏巡按使、省长、督军等职。抗日战争爆发后，韩国钧坚决拥护中共的主张，主动与新四军领导交朋友。1941 年，韩国钧携家人避难于徐庄，严词拒绝出任伪江苏省省长，敌伪在威逼利诱失败后，对其武装软禁。韩国钧病重期间，告知家人："抗日胜利之日，移家海安，始为余开吊，违此者不孝。"于 1942 年 1 月 23 日在忧愤中离世。

②忍视：不忍心看到。神州竟陆沉：出自刘义庆《世说新语·轻诋》："'遂使神州陆沉，百年丘墟，王夷甫诸人，不得不任其责！'"比喻领土被敌人侵占。

③昭：明显。

④阋墙：指内部互相残杀。此词来自《诗经·小雅·棠棣》中"兄弟阋于墙，外御其务（侮）"之句。

⑤海陵：地名，今江苏泰州古称。信国：文天祥，南宋大臣，抗元英雄，曾被封为信国公。

【导读】

这首诗是陈毅惊闻爱国人士韩国钧陷敌不屈而死所作。诗人为韩国钧宁死不就任江苏省伪省长的高尚民族气节所感动，奋笔疾书，写下了这首感人肺腑的诗作。首联用问句开篇，可谓发人深省，引人深思。在大是大非面前，各人的真实面目可谓昭然若揭。颔颈两联紧承上联，对韩国钧的民族气节进行多侧面的赞颂。“昭”“励”“排”“止”四个动词的使用可谓一气之下，重若千钧，显示出诗人对韩老的充分肯定。尾联“海陵胜地多人杰，信国南归又见君”，是全诗的总起。诗人用比兴的手法，将韩国钧比喻为民族英雄文天祥，既贴切，又真实。诗人在此用喻，恰到好处地把韩老的精神世界和民族气节表现了出来。“海陵胜地多人杰”，是诗人的感叹，海陵不仅是风景优美的旅游胜地，也是人才辈出的宝地啊！该诗结构严谨，起承转合，环环相扣，层层推进，波澜迭起，荡气回肠，读后令人对韩国钧老人的敬佩之情也油然而生。（程希）

“七七”五周年感怀

陈毅

即今抗战艰难日，累累新坟启我思。
五年碧血翻沧海，一片丹心照汉旗。
国中忍见儿皇立，朝内惟谋萁豆炊①。
九仞为山争一篑，同仇敢与亿民期②。

（《湖海诗存》卷一）

【注释】

①儿皇立：后晋石敬瑭为谄媚契丹统治者耶律德光，尊其为父，从契丹俗，自称儿皇帝，此处指日本扶持溥仪为伪满洲国傀儡皇帝。萁豆

炊：用曹植《七步诗》比喻骨肉自相残杀，此处指国民党反动派对共产党领导的抗战力量的戕害。

②一篑：一筐。篑，盛土竹器。典出《书·旅獒》："为山九仞，功亏一篑。"指抗战虽艰难犹坚持不懈。

【导读】

1942年，正当"七七事变"五周年之际，也是抗日战争进入艰难相持时期。诗人亲见无数革命者为抵御侵略者血洒疆土，感怀不已。虽有卖国者作奸犯科，国民党反动派消极抗日，积极反共，如谋萁豆炊，作亲痛仇快之举，但革命者始终矢志不移，丹心一片，抗日决心一如既往。革命队伍顺应民心民意，必将得到亿万人民的支持，获得最后的成功。诗人虽处逆境而九死不悔，借典故表达了为国献身的决心和斗争意志。（程希）

盐阜区参议会开幕感怀兼呈参议员诸公

陈毅

列强风雨苦相摧，腐败犹存是祸胎[①]。
碧血前驱流万斛，新坟后继起千堆[②]。
飘摇专制霸图尽，茁壮新生民主来。
应知天定由人定，日月重光世运开。

（《湖海诗存》卷一）

【注释】

①祸胎：犹祸根。语出汉枚乘《上书谏吴王》："福生有基，祸生有胎，纳其基，绝其胎，祸何自来？"

②碧血：《庄子·外物》："苌弘死于蜀，藏其血，三年而化为碧。"后因以"碧血"称忠臣烈士所流之血。斛：古量器名，也是容量单位，十斗为一斛。

【导读】

盐阜区参议会于1942年10月25日召开首届会议，各县参议员及各界人士100多人出席，此为开幕日陈毅题诗。新民主新文化的建设，催生了新型民主政治体制的建立。诗人首先揭示了旧中国之所以为列强所侵略，正是由于腐败政治所引起。而今天的新生民主并非自动出现，乃是由无数先贤抛洒热血换来，不是靠天赐而靠觉醒者的努力奋斗。诗歌由实入虚，借当下追溯历史，前四句叙事，后四句抒情兼、议论，将叙事、抒情、说理交织，表达了对新的政治统一战线成立的欣慰与期待。（程希）

减字木兰花·东进

张爱萍

黄花香径，月照寒光刀枪影[1]。
运河横匍，夜渡大军跨险途[2]。

公路连脉，突破封锁捣苏北。
横扫敌顽，遍插红旗东海边。

（《湖海诗存》卷一）

【作者简介】

张爱萍（1910—2003），原名张端绪，四川达县（今四川达州）人，无产阶级革命家、军事家。1925 年参加革命，1928 年加入中国共产党。皖南事变后，任新四军第 3 师第 9 旅旅长，第 3 师副师长，盐阜军分区司令员、政委及盐阜地委书记等，在盐阜区指挥了多次战斗。1955 年被授予上将军衔。曾任国务院副总理，国务委员兼国防部长，中央军委副总参谋长兼国防科学技术委员会主任。

【注释】

①香径：花间小路，或指落花满地的小径。

②匍：爬，手足并行。

【导读】

1940 年 9 月，时任八路军五纵队三支队司令的张爱萍，奉命自运河西东进苏北，增援渡江北上的新四军。上阕描述大军征途图景，月夜清寂，寒光照铁衣，运河茫茫，与雄壮军容互为映衬。下阕绘大军大展宏图，勇猛无畏，攻敌势如破竹，胜券在握。这首充满着胜利豪情的《减字木兰花·东进》，以寥寥数语，将壮怀激烈的战斗图景变换为“战地黄花分外香”的诗意情怀，既有纵横捭阖的磅礴气势，又蕴含了鲜明的革命乐观主义精神。（程希）

陈集歼灭战[①]

张爱萍

春风送暖鱼水融，月照征途铁马雄。
千村人迎招手笑，百户犬卧抚怀中[②]。
大圣扬威罗刹腹，小鬼跪降龟壳丛[③]。
陈集歼敌获全胜，丧魂落魄寇技穷。

（《湖海诗存》卷一）

【注释】

① 1943 年春，张爱萍为庆祝反“扫荡”斗争中首次攻坚歼灭战——陈集战斗的胜利而作七律《陈集歼灭战》。

②指当时苏北人民为支持新四军打仗，防止狗叫泄露军事行动，将村中犬只关起或抱在怀中。

③大圣：指小说《西游记》中的孙悟空，曾自封“齐天大圣”。罗刹：指恶鬼。此词来源于佛经。

【导读】

1943 年春，日军分多路对盐阜地区进行大“扫荡”。陈集是盐阜军政机关和阜宁县抗日民主政府所在地。新四军三师副师长兼第八旅旅长、中共盐阜地委书记张爱萍统一领导反“扫荡”斗争。陈集歼灭战历时 12 小时，全歼中队长以下日军 89 人。陈集战斗的胜利，极大鼓舞了盐阜人民反“扫荡”的斗志和决心。诗歌前四句描述了新四军陈集战斗取得胜利的情形。以比兴手法起头，热情洋溢地展现了新四军与苏北人民同心同德抗日，互为援助的军民鱼水之情。后四句转入议论，以“大圣”譬喻新四军的勇猛机智，蔑视日寇为“罗刹”“小鬼”，虽气势汹汹而不免失魂落魄，败逃而去。表达了军民取得胜利后豪情满怀的喜悦之情。（程希）

南乡子·解放陈家港[①]

张爱萍

乌云掩疏星，夜潮怒号鬼神惊。
滨海林立敌碉堡，阴森。渴望亲人新四军。

远程急行军，瓮中捉得鬼子兵。
红旗飘扬陈家港，威凛。食盐千垛分人民[②]。

（《湖海诗存》卷一）

【注释】

① 1944 年，张爱萍率领新四军解放苏北陈家港，此诗即为战斗的历史见证。

②指战斗缴获的食盐被分予群众。

【导读】

1939 年 3 月，日军侵占陈家港，驻扎日伪军人员 800 多人，对苏北海产资源进行疯狂掠夺。为打破日寇对我沿海根据地政治、经济的封锁，打开海上交通线，以取得苏北和鲁南根据地的联系，使华东沿海根据地连成一片，1944 年 4 月，张爱萍部署指挥解放陈家港。这次战斗击毙日伪军一部，生俘伪军官兵 400 余人，并缴获食盐 40 万吨和一批武器弹药，我军仅牺牲 1 人，伤 12 人。张爱萍的诗词善于汲取古典诗歌手法，以譬喻设景铺陈背景，营造氛围。上阕极力渲染敌占陈家港时恐怖阴森，人民盼望解放、渴求光明之情，下阕盛赞新四军威风凛凛、勇挫敌寇的雄姿壮举。陈家港的食盐堆积如山，张爱萍决定拆垛分盐，一纸告示引来了四面八方的群众，车推人挑，浩浩荡荡，络绎不绝，红旗展扬，好一派分享胜利果实的热烈场景！诗词虽短小节制，而语言极具表现力。整首词欲扬先抑，景、情、事有机交融，浑然一体，显示了作者高超的叙事能力与抒情技巧。（程希）

七七感怀

李一氓

其一

触目四郊多故垒，半年游击出张圩。
琴书冷落诗人老，慷慨平生付马蹄。

其二

七月战云仍黯黯，六塘堤柳自青青。
新亭风景无须泣，泗上蜂屯子弟兵[①]。

其三

北渡三年多战迹，南征残腊有冤魂[②]。
徐扬淮海空余子，青史难湮新四军。

其四

敌后坚持命一条，江淮千里雨潇潇。
六年瞬息成诗史，当日何人不动摇。

（《湖海诗存》卷一）

【作者简介】

李一氓（1903—1990），四川省彭州市人。1925年加入中国共产党。1927年参加南昌起义，新四军成立后在皖南军部工作，皖南事变后辗转到盐阜区。新中国成立后，曾任驻缅甸大使，中央对外联络部部长等。湖海艺文社发起人之一。

【注释】

①新亭：用《世说新语》“新亭对泣”事。泗上：泛指泗水北岸的地域。

②残腊：农历年底。

【导读】

1937年“七七事变”的爆发，是烙印在中华儿女心目中的最沉痛记忆。六年之后，李一氓仍终日奔忙在苏北大地上，为抗击日本侵略者，与人民与战友们顽强英勇地战斗着。放眼神州大地，到处是战火熊熊，为了能早日把侵略者赶出中国，自己爱好的琴棋书画的浪漫早已经被冷落了，所有心思都放在奔腾的战马上。从九一八到七七事变，侵略者在中国大地上横行霸道，可是 1941 年的皖南事变，国民党中的顽固派又挑起了第二次反共高潮，灾难深重的中国啊，外敌入侵都尚未结束，为什么又要兄弟阋于墙？诗人的心是悲愤的，血是沸腾的，他不仅把抗敌豪气跃然纸上，而且饱含了对江淮大地的深切感情，以及对整个中华民族命运的深切关注。“青史难湮新四军”“六年瞬息成诗史”，两句以历史唯物主义的眼光，坚信中国共产党领导的新四军及其他抗战力量，必将在中华民族历史上留下光辉灿烂的一笔，永不磨灭。（程希）

悼羊枣[1]

李一氓

青弋江头铩羽来，荒城鼓角有余哀[2]。
灯红香岛春犹在，狱老杭州命已催[3]。
厂卫祸成皆汝怨，湖山幸自惜人才[4]。
冷侵元夜如霜月，一纸凄凉未忍开。

（《湖海诗存》卷一）

【注释】

①羊枣：著名军事评论家、国际问题专家。原名杨广政，生于 1900 年，湖北省沔阳县人。抗战期间流亡香港，任《星岛日报》军事记者及《世界知识》撰稿人。1942 年到湖南衡阳，主编《大刚报》，

1944 年赴福建永安，主持《民主报》。1945 年 7 月，被国民党政府逮捕。1946 年 1 月杀害于杭州监狱。

②青弋江：长江下游支流，发源于安徽黄山主峰北麓，流经黄山市，宣城泾县、南陵，芜湖市等地。此处代指皖南地区。

③香岛：指香港岛。李一氓与羊枣曾同在香港工作。

④厂卫：明代东厂、西厂和锦衣卫的合称。因其同为特务机构，关系密切，故常合称。

【导读】

全诗首联由“青弋江”说开来，实则暗指皖南事变之后，余悸犹在。而正是因为作者友人羊枣勇敢披露皖南事变真相，遭到国民党顽固派的追踪、打击与迫害。颔联继而回忆作者与羊枣同在香港共事期间的美好场景，但很快就听闻友人被囚杭州狱中的消息，现实与回忆造成的强烈反差令人读之心惊。颈联中诗人将国民党反动派与明代特务机构“厂卫”相提并论，谴责国民党残害人民，幸而杭州有湖山胜景，可埋葬英烈忠骨。在诗的结尾，诗人则自然而然使用了霜月这一凄清意象，因象寄情，将一纸凄凉弥散开去。（程希）

陌上花

李一氓

归期已定，忽阻雨，不能成行，赋此留别淮南诸友。

西风半日殷勤，吹动暮云烟树。
好趁归帆，反涨一湖秋雨。
说诗话旧谈兵后，更把离情倾诉。
听荷塘碎玉，棋枰敲子，过蒹葭浦[1]。

已消磨十日，平生快意，休计重来何许。
磊落关河，惯了，孤亭荒渡[2]。
抚鞍欲上踟躇久，转被淋漓相误。
待淹留不去，客怀无奈，浪萍难驻[3]。

（《湖海诗存》卷一）

【注释】

①蒹葭：芦苇。《诗·秦风·蒹葭》：“蒹葭苍苍，白露为霜。”
②关河：关山河川。
③浪萍：随浪漂泊的浮萍。

【导读】

小序已交代此词写作背景，表述词人因秋雨连绵滞留淮南的经过。上片摹景，西风、暮云、烟树、归帆、秋雨、荷塘、棋枰、蒹葭等一连串意象的使用，将淮南秋色一一点染开来，恰似一幅水墨山水画，为下片抒情埋下伏笔。继而在词中表达作者既有不能回到战斗岗位的焦急无奈，又有恰好趁此时机与战友说诗话旧、谈兵论政的快意，看似矛盾，但正是作者当时曲折委婉心境的真实反映，展露出一位革命者高度的责任心和使命感。词作典雅精致，少用典故，明白如话，展示出作者高超的语言驾驭能力。（程希）

苏北平原抗日民主根据地

吕振羽

襟海带江万道河，鱼盐棉稻鸡豚多[①]。
旧明倭寇窜劫地，匝地烽烟起战歌[②]。

（《湖海诗存》卷一）

【作者简介】

吕振羽（1900—1980），名典爱，字行仁。湖南邵阳人，著名历史学家。1936年加入中国共产党。1942年随刘少奇从苏北阜宁赴延安，任刘少奇政治秘书。新中国成立后任中国科学院哲学社会科学学部委员、考古研究所和历史研究所学术委员等。著有《简明中国通史》《中国民族简史》等。

【注释】

①豚：小猪，亦泛指猪。

②匝地：遍地。

【导读】

该诗形制短小精悍，但胸襟气度不凡。起句即以如椽大笔描绘出苏北平原襟海带江，河网密布的图景，在这样广阔美丽的土地上本应是鱼盐满仓，棉稻丰收，鸡豚遍地的丰饶景象，但正因日寇的入侵劫掠，使得如此大好河山惨遭荼毒，百姓流离失所，背井离乡。然而，盐阜子弟多才俊，勇敢智慧的中华儿女从不会束手就擒，屈服于敌寇的淫威，在新四军等抗战力量的领导下，烽烟遍地，战歌嘹亮，处处参军参战，洋溢出一派革命浪漫主义的激情与斗志，预示着正义的抗日战争终将属于伟大的中国人民。（程希）

一九四一年六月苏北反扫荡战

吕振羽

盐河六月水盈堤，平野稻禾满腰齐。
扫荡日寇来南北，游击小组起东西。
屠杀直比狼蛇毒，灭敌争扬忠义旗[①]。
铁臂合围梳反复，总输人海一着棋[②]。

（《湖海诗存》卷一）

【注释】

①忠义旗：本指小说《水浒传》中宋江等人在水泊梁山忠义堂前所树“替天行道”的大旗，此处喻指抗日大旗。

②铁臂合围：日军侵华期间使用的一种大部队严密交互包围的战法，企图把我军包围缩小在狭小地区而消灭之。

【导读】

六月的苏北平原本应是一片河水盈堤，禾稻抽穗，丰收在望，生机勃勃的图景，无奈日寇推行扫荡政策，施行“梳篦战术”和“铁臂合围”等战法，奉行烧光、杀光、抢光的“三光”政策，其凶狠狡诈较之狼蛇亦不遑多让。所谓“青纱帐里起英豪”，游击队员与之巧妙周旋在广袤的苏北大地上，在保存有生力量的前提下，施行麻雀战、破袭战等机动灵活的游击战术，有力地反击了敌人的扫荡战术，抗战形势愈加高昂，转向利好。尾联中作者一语道破反扫荡斗争最终之所以取得胜利的法宝，就在于我们奉行的是团结一切可以团结的力量铸造的抗日民族统一战线。在人民战争的汪洋大海中，一切帝国主义和侵略势力都是纸老虎！（程希）

反扫荡胜利战中一氓、立教同志请吃蟹[①]

吕振羽

九月海滨蟹正肥，把杯同颂谋略奇。
射阳水落云天白，鼙鼓声中战马嘶[②]。

（《湖海诗存》卷一）

【注释】

①一氓：指李一氓。立教：指胡立教（1914—2006），江西吉安人。当时任新四军军部调查研究室主任。

②鼙鼓：古代一种军中小鼓，诗文中多用此表示战争。

【导读】

九月的黄海之滨，苏北小城射阳，特产大闸蟹正是膏肥肉满的美好时节，正值反扫荡斗争取得伟大胜利，在此情境下把杯持螯，庆贺胜利，总结经验，何其快哉！但诗人并没有沉醉在昨日的功劳簿里，而是对现实充满着严肃清醒的认识，在短暂的庆祝和休整之后，预示着将投入新一轮的反扫荡斗争中去。高亢激昂的战鼓、嘶鸣不已的战马，无一不催人奋进，昭示光明。（程希）

为阿英编纂《盐阜民族英雄传》初稿题五言诗①

姜指庵

汉贼不同天，英雄拜古贤。
穷搜乡土志，追述姓名传。
学士忧时苦，佣工洒血鲜。
忠魂沉海底，烈节卫区边。
从古多雄杰，由来著简编。
常山宁死已，属国尚生还。
不愿为全瓦，难忘先着鞭。
范韩能靖后，卫霍善驱前②。
浩气归天上，精忠报国先。
为人争气节，易地则皆然。

（《湖海诗存》卷一）

【作者简介】

姜指庵（1881—1945），盐城滨海人。1909 年任阜宁县立第一高等小学校长兼英文教员，1920 年出任阜宁县视学，1930 年失业回故乡东坎，闲居教书。1940 年出任抗日民主根据地盐阜区参议员。湖海艺文社发起人之一，著有《读史杂记》近 40 册。

【注释】

①阿英：详见后。《盐阜民族英雄传》：阿英编，所载为陆秀夫、张忠孝、汤鼎史、符十通、沈坤、陈仓、黄得功、司邦基、缪鼎吉，厉豫、孙汝鹏、秦焕、陈玉澍、顾正红等盐阜民族英烈。

②范韩：指北宋两大守卫边疆的名将范仲淹和韩琦。卫霍：指西汉汉武帝时期名将卫青和霍去病，二人皆以武功著称，后世并称“卫霍”。

【导读】

阿英所编《盐阜民族英雄传》一书具有很强的现实意义和社会功用，旨在以盐阜大地历代诞生的民族英雄的英烈事迹唤醒、激励广大民众奋起反抗，投入抗日民族统一战线的伟大事业中来。姜指庵先生此诗历数盐阜地区的爱国主义传统，并以卫青、霍去病、范仲淹、韩琦乃至岳飞、文天祥等民族英雄为榜样楷模，鼓舞广大人民存浩然正气，争人品气节，保卫家园，精忠报国。（程希）

杂诗（选一）

车载

滨海居家百虑煎，寇来处处满腥膻①。
滩荒地瘠人无奈，盐贱民贫情悯然。
腹转饥肠难得食，眼看蔓草也垂涎②。
嗷嗷待哺将何继，惟有风涛空慰怜。

（《湖海诗存》卷一）

【作者简介】

车载（1904—1977），又名车铭深，江苏高邮人。1941 年由党组织安排到盐阜地区工作。任盐阜区行政学院教育长、校委委员。后任山东大学教授，上海图书馆馆长等。

【注释】

①腥膻：指入侵的外敌。

②蔓草：泛指蔓生的野草。

【导读】

1941年冬，日寇对苏北盐阜地区抗日民主根据地实行疯狂大扫荡，中共领导的新四军等抗战力量英勇顽强、机智灵活地开展反扫荡斗争。为保障从上海初到敌后解放区工作的一批文化界人士的安全，陈毅、黄克诚等领导同志亲自过问，安排他们埋伏于阜东县（今滨海县）杨庄开明绅士杨芷江等先生的家中。《杂诗》十首便于此写成，今选其第八首。该诗对滨海人民遭受日寇侵略之后的生活境况进行了近乎白描的真实再现。贼寇遍野，滩荒地瘠，盐贱民贫，饥肠辘辘，无以为生，其惨状令人目不忍睹，耳不忍闻。而尾联中的风涛海浪似乎也语含呻吟，诉说着挣扎在死亡线上的盐阜人民的苦难与艰辛，读之几令人泣数行下。（程希）

满江红·夜色暝暝

沈其震

夜色暝暝，天欲曙，征尘未歇。
将走尽、恼人长路，霜凝似雪。
百里宵行除旧岁，愁云一扫悬明月。
唳晴空，北雁又南飞，声凄绝①。

穿封锁，探虎穴。
肩相催，履相接。
共坚持，不忍见，山河缺。

谋国宁辞汤与釜，医时应呕心和血[②]。
任凭它，敌后尽周旋，堪蹉跌。

（《湖海诗存》卷一）

【作者简介】

沈其震（1906—1993），湖南长沙人。1937年参加新四军，负责筹建新四军军医处。历任新四军军医处处长、卫生部部长等职。新中国成立后，任中国医学科学院院长等职。湖海艺文社发起人之一。

【注释】

①唳：鹤、雁等鸟高亢的鸣叫。

②谋国：为国家利益谋划。釜：古代的一种烹饪器具，即今之铁锅。

【导读】

此词声情之激越悲壮，意气之一往无前，较之岳飞词亦不遑多让，堪称岳飞原词之异代回响，足以廉顽立懦，催人奋发。词的上片主要摹景，生动描画出一幅秋野行军图，营造出一种萧飒紧张的气氛。下片承接上片而来，重在抒怀，以医者仁心，大医医国的胸襟抱负，展露出一代革命志士为国家和民族的前途命运不惜赴汤蹈火、呕心沥血的壮志豪情。（程希）

夜克沟墩、田舍①

周克玉

敌人烧杀抢，战士仇满腔。
得令拔据点，磨刀又擦枪。
深夜黑茫茫，蛙鸣战鼓狂。
前队传口令，子弹急上膛。
一声冲锋号，夜色何辉煌。
几番争夺战，越打志越昂。
枪声密如雨，四处喊缴枪。
未待星月退，欢呼满战场。

（《湖海诗存》卷二）

【作者简介】

周克玉（1929—2014），阜宁人。1944 年参加革命。曾任中国人民解放军总政治部常务副主任、总后勤部政治委员等职。上将军衔。中共第十二届、十三届、十四届中央委员。兼任中国新四军研究会会长。著有《京淮梦痕》《足茧千山》《心羽飞絮》等。

【注释】

①沟墩、田舍：盐城地名，今属阜宁。

【导读】

1947 年 6 月 23 日，我华野十二纵一部在地方部队、民兵配合下，一举攻克了盐城与阜宁之间被国民党军占据的沟墩镇和田舍村，歼灭敌人 500 多人。作者时任连指导员，参加了此次战斗，这首五言诗即是对此次战斗的最直接、最真实的反映。诗歌从战斗的原因背景写起，继而由战斗准备、战斗环境、战斗场面最终写道战斗胜利，可谓一鼓作气，一气呵成，令人大呼痛快。新四军战士由怒火满腔到摩拳擦掌、争先恐后、斗志昂扬，再到凯歌奏响，欢呼胜利的自然转变，给人以强烈的现场感，令读者随之或怒或急，或悲或喜。此诗纯用白描，不用典故，以通俗易懂的语言将所见所闻所亲历者和盘托出，颇有唐代元白诗派“文章合为时而著，歌诗合为事而作”的风范。（程希）

悼盐阜区新四军殉国烈士（四首选一）

乔耀汉

却敌歼倭志已雄，沙场白骨傲东风①。
山河百战弥增壮，铜柱勋名第一功②。
（《新四军盐阜区抗日阵亡烈士塔落成典礼大会纪念册》）

【作者简介】

乔耀汉（1898—？），盐城建湖人，乔冠华族叔。北京大学中文系毕业。曾任建湖县参议员。新中国成立后曾任教于山东财经学院、南京师范学院等高校。湖海艺文社发起人之一。

【注释】

①却：退却。沙场：平沙旷野，古时多指战场。

②弥：更加。铜柱：此处意为纪功柱。

【导读】

这首七言绝句虽题为悼诗，但却一扫寻常悼诗中哀伤凄凉的基调，以“纵死犹闻侠骨香”的浪漫主义笔法歌颂了壮烈殉国的新四军将士，他们身虽已逝，然浩气长存。壮丽的山河因之而增色，千秋之史册因之而增辉。末句用典，以汉代名将马援老当益壮，铜柱立界，为国尽忠，殒命疆场，最终实现马革裹尸、不死床箦的志愿喻指新四军殉国将士的死得其所，重于泰山，可谓千古而同，交相辉映。（程希）

悼盐阜区阵亡将士

陈曙东

抗日摧倭何热烈，短兵拼沥沙场血。
苦战原为报国仇，炎黄自是多奇杰。
海甸妖氛连连起，东风惆怅暮云低①。
不惜牺牲寻壮果，崇隆勋绩震华夷。
新军踊跃呼河渡，惊退虾夷无限数②。
闾里生灵获苟全，浸见光明是前路③。
崇德由来在报功，巍峨一塔竖苍穹。
群伦企仰鬼神护，砥石砺节树高风。
君不见燕然勒石何辉耀，前人英烈后人肖④。
又不见铜柱铭勋至煊赫，迄今艳说扬陈迹⑤。
斯塔斯人万口传，岂第芳徽坐竹帛⑥。

（《湖海诗存》卷一）

【作者简介】

陈曙东（1885—1976），名万芳。建湖县陈家墩人。爱国民主人士。曾任盐城县教育行政委员会委员，盐阜区参议会参议员，苏北首届各界人民代表会议代表等。湖海艺文社早期社员。

【注释】

①海甸：近海地区。妖氛：不祥的云气。多喻指凶灾、祸乱。

②虾夷：亦作“虾蛦”。原指日本古时北方未开化的民族，此处泛指日寇。

③闾里：里巷，平民聚居之处。

④燕然勒石：咏边塞立功。《后汉纪·和帝纪》记载，窦宪字伯度，拜车骑将军，与北单于战于稽落山，大破之。宪遂登燕然山，去塞三千余里，刻石以纪汉功，纪威德也。

⑤艳说：艳羡地评说。

⑥竹帛：竹简和白绢，引申指书籍、史乘。

【导读】

此诗与前诗主题一致，但在文体选择、立意构思等方面却另臻其妙，各擅胜场。诗人选用古风诗体，极尽闪转腾挪、铺排藻绘之能事。诗人从炎黄子孙的爱国主义传统写起，继而述及日寇侵华，百姓荼毒的现状，在此大背景下，新四军将士前赴后继，以一往无前的气概，饱蘸热血书写了彪炳史册的千秋华章。而巍峨庄严的纪念塔正是其人格、气节的象征，昭示来者，警醒后人。最后诗人又以汉代窦宪北击匈奴，燕然勒铭以及马援南征交趾，铜柱立界为喻，褒扬新四军阵亡将士的英烈事迹必将青史留名，万人称颂。（程希）

春　望

马依群

漫步黄河上，微风动柳阴。
人为异地客，鸟是故乡音。
沃野生禾黍，青纱隐甲兵[①]。
黄河犹咆哮，倭寇定沉沦[②]。

（《湖海诗存》卷一）

【作者简介】

马依群，生平不详，曾为新四军战士。

【注释】

①禾黍：禾与黍。泛指黍稷稻麦等粮食作物。青纱：指夏秋间长得高而密的大面积高粱、玉米等庄稼。

②倭寇：日本侵略者。

【导读】

1944年春，在紧张激烈的战斗之余，作者漫步在阜宁北沙的黄河故堤之上，微风吹拂，柳丝含情，不禁惹起一缕乡思。颔联出语自然而又对仗精工，远离家乡，乍闻鸟声，都觉亲切悦耳，带有熟悉的乡音。但作者并未沉浸在思念家乡亲人的感情中不能自拔，而是很快回到现实中来，面对沃野千里、禾黍遍地的盐阜大地惨遭日寇屠戮的残酷现实，作者以咆哮的黄河声为喻，暗指新四军将士发出的怒吼之声，与冼星海《黄河大合唱》中“风在吼，马在叫，黄河在咆哮”“青纱帐里游击健儿显英豪”等句可谓异曲同工，前后辉映。（程希）

故盐城县长戴曰阶哀辞①

胡启东

吾乡有人兮君千岁，灵旗翻兮射湖外②。
江之干兮淮之汭，蜕为旌兮云为盖③。
灵有知兮鬼为厉，誓逐贼兮诘朝迈④。

（《鞍湖诗文集》）

【作者简介】

胡启东（1885—1957），名应庚，号启东。盐城张本（今盐都鞍湖）人。光绪二十八年（1902）秀才，民国二年（1913）当选为国会议员。致力家乡教育、水利等事业。编纂《续修盐城县志》，著有《鞍湖文存》《鞍湖诗存》等。其子胡乔木为中共重要领导人。

【注释】

①戴曰阶：生于1903年，字天伦，阜宁县施庄镇戴坎人。毕业于孙传芳创办的五省联军军官学校。1935年先后任盐城、东台保安大队大队副。1938年4月，调任盐城县县长兼保安团团长。7月，因在战斗中渡河染病，不久去世。哀辞：文体名。

②有人：有杰出之人。千岁：永生之意。用作祝颂之语。灵旗：丧事仪式中的旗帜。翻：此处意为旗帜飘动。射湖：即射阳湖。

③干：岸。汭：河流弯曲处。蜺为旌：有彩饰的旌旗。云为盖：以云为车盖。

④灵：灵魂。鬼为厉：即“为厉鬼”。诘朝：明日早晨。迈：向前。

【导读】

1938年4月至5月，侵华日军从南通向北进犯，相继攻陷东台、盐城、阜宁等地。在这一过程中，广大国民党军队下层官兵和地方政府人员英勇抗击，给侵略者沉重打击，其中不少人献出了生命。他们也是民族英雄，值得后人纪念。戴曰阶可以说是其中的一位代表。这篇哀辞前四句写葬仪的场面，最后两句用“死为厉鬼”的想象表现了戴的顽强精神。文章简短有力，感情悲壮激昂，有很强的感染力。语气词“兮”和韵脚形成自然节奏，又是押去声韵，仿佛是一行人踏着整齐、缓慢、沉重而又坚定的脚步在前进。（邵春驹）

呆子吟（节选）

宋泽夫

世人笑我呆，我笑世人乖。
我不入地狱，谁入地狱者。
傻子无人做，聪明不世才。
识时为俊杰，投机乃人才。
君子强且骄，这便叫做呆。
大奸和大恶，无一不是乖。
……
夷狄君中国，元清倒在先。
朕即是国家，三军可夺帅。
责既在匹夫，不可夺志也。
呆子硬似铁，乖子软如棉。
铁以刚而折，棉以柔而全。
呆子守义气，乖子逢人配。
呆子穷益坚，乖子富而贵。
乖俏有人捧，呆瓜无人抬。
光棍行天下，稔子没地埋[①]。
黄钟皆弃地，瓦缶尽鸣雷。
汉奸气何盛，志士心为灰。
志士莫心灰，馨香且万载。
奸汉休气盛，英雄今安在。
阿瞒又阿瞒，一届又一届[②]。
只可瞒当时，不可瞒后代。
膏药旗高挂，国徽忝并排。
立帜不拔帜，此迷实难猜。
此迷不难猜，我来解一解。
政策用怀柔，毒计大可骇。
獭以兽食鱼，潜伏在水湄[③]。
鹯以鸟食鸟，猛鸷冲天飞[④]。
猛鸷冲天飞，鸟则望而畏。

潜伏在水湄，鱼则莫之避。
罟获陷井中，优哉且游哉⑤。
自认为无患，死活不知也。
弱肉强之食，同是聚而歼。
一则师乎獭，一则师乎鹯。
以德服人者，民心所爱戴。
箪食壶浆迎，实立黄于篚⑥。
……
弄巧反成拙，乖子何曾乖。
正义屈威武，呆子并不呆。
寄语聪明人，不可再弄乖。
要得国不亡，除非人尽呆。

（《湖海诗存》卷一）

【作者简介】

宋泽夫（1872—1942），原名殿康，后改名润。盐都秦南乡人。著名爱国民主人士，盐阜地区教育先驱，被陈毅誉为“苏北鲁迅”。光绪三十三年（1907）创立宋村基点初等小学堂，1924年集资创立私立亭湖中学。曾任国民党盐城支部部长、盐城县立中学副校长、盐阜区首届参议会副参议长等职。1942年3月，被日伪军所捕，备受磨难，后被营救出狱，不久逝世。1988年，被追认为革命烈士。湖海艺文社早期社员。

【注释】

①光棍：地痞，流氓。稔子：一种野果。矮小常绿灌木，热带植物，较耐旱，生于红黄壤土丘陵上、两广地区极为常见。

②阿瞒：三国魏曹操的小名。此处谐音双关，指互相蒙骗。

③獭：哺乳动物，脚短，趾间有蹼，体长七十余厘米。昼伏夜出，善游水，食鱼、蛙等，毛棕褐色，可制衣帽。湄：河岸，水与草交接的地方。

④鹯：鹞类猛禽。鸷：凶猛的鸟，如鹰、雕、枭等。

⑤罟：渔网。

⑥篚：圆形的盛物竹器。

【导读】

这首五言古诗系作者被捕脱险之后，于1943年8月所作，其目的在于揭露奸伪之奴颜婢膝，前倨后恭之丑态。作者洋洋洒洒，以上千字的篇幅不厌其烦地备述“乖”与“呆”之间的关系，尖锐地阐明了面乖实不乖，似呆却非呆的真相，表明作者崇呆黜乖的心声，对激发人民抗日救国的斗志具有启发意义。诗歌写作笔法广泛汲取民歌时调的有益成分，通俗易懂，浅切生动，妇孺能懂，颇便流传。可谓唐代元白诗派的异代流裔。（程希）

悼念韩紫老

庞友兰

猿鹤沙虫战血红，大星又陨楚天东①。
荆州生识徒虚愿，国士成仁是善终②。
嘱祭陆游神不乱，过河宗泽鬼犹雄。
允宜抗战江淮上，百万军民挥下风③。

（《湖海诗存》卷一）

【作者简介】

庞友兰（1874—1947），字馨吾，阜宁东坎（今滨海）人。盐阜地区著名开明士绅。1903 年中举，钦点内阁中书第一名，官至七品。辛亥革命后弃官归里。盐阜抗日根据地开辟后，先后被选为阜宁县参议会副议长，阜东县（今滨海县）参议会议长，盐阜区参议会副议长。1942 年 1 月与陈毅等一同发起成立湖海艺文社。1947 年在土改运动中被错杀。

【注释】

①猿鹤沙虫：《艺文类聚》卷九十引晋葛洪《抱朴子》："周穆王南征，一军尽化，君子为猿为鹤，小人为虫为沙。"后因以"猿鹤沙虫"指阵亡的将士或死于战乱的人民。

②荆州：唐韩朝宗曾任荆州长史，为时人所推重，称韩荆州 。见唐李白《与韩荆州书》。后因以"荆州"称己所推重之士。成仁：指为正义事业献出生命。《论语·卫灵公》："志士仁人，无求生以害仁，有杀身以成仁。"

③允宜：合宜。

【导读】

此诗为悼念韩国钧先生而作，首联以猿鹤、沙虫、大星等典故与意象营造出一种凄绝悲壮的氛围。颔联则议论精警，一扫颓势，反用李白"生不愿封万户侯，但愿一识韩荆州"的典故，道出为一己私利攀附权贵不过是虚名浮利，而为国为民取义成仁方称国士的至理。继而在颈联中以陆游临终前犹写诗嘱咐儿子勿忘恢复中原和宗泽临终前犹大呼"渡河"喻指韩国钧先生临终前的大义凛然，三位均堪称生为豪杰，死为鬼雄。尾联绾结全诗，指明在韩先生抗战精神的表率作用下，百万军民终将势如破竹，所向披靡。（程希）

旅次陈集赠陈军长刘政委两公

杨芷江

总领雄师镇楚州，一饶蕴藉一风流①。
惯从谈笑摧强敌，更与指挥赴大仇。
假节孤军恢汉上，青田胜算逐元酋②。
不才愧少匡时策，前席频虚只自羞。

（《湖海诗存》卷一）

【作者简介】

杨芷江（1890—1947），名湘，字芷江，出生于今滨海县滨海港镇杨庄村。早年曾任直鲁豫巡阅使吴佩孚的驻北平办事处处长等，后因政局动荡，辞官还乡。多次为治理家乡的海患奔走呼唤，将诗稿辑成《吁天录》。抗日战争期间，在中国共产党抗日民族统一战线政策的感召下，复出参与地方政事，当选为阜宁县参议会副参议长、盐阜区参议会行政委员会委员，并与刘少奇、陈毅等结为好友。1947年在土改运动中被错杀。有《晚成轩诗文集》。

【注释】

①楚州：隋朝时设置的州，大致相当于今江苏省淮河以南，盱眙县以东，宝应县、盐城市以北地区。蕴藉：宽厚而有涵养，含蓄而不显露。

②假节：假以符节，持节。古代使臣出行，持节为符信，故称。青田：指青田酒。

【导读】

此诗系作者书赠新四军军长陈毅及政委刘少奇之作。诗人开篇不凡，以"蕴藉"与"风流"两个字眼精准概括出刘少奇与陈毅的各自风神，一位宽厚含蓄，一位风流倜傥，作为新四军领袖，互为补益，相得益彰。颔颈两联作者以雄健的笔力，举重若轻，生动描画出陈、刘二公谈笑风生，指挥若定，团结一心，稳操胜券的大将风度。尾联作者巧妙化用李商隐《贾生》诗"可怜夜半虚前席"句，反弹琵琶，翻新出奇，既表现出新四军领袖礼贤下士，虚心请教的一面，又委婉表达自己有负厚望，谦虚谨慎的一面，可谓得体有礼。（程希）

新四军盐阜区抗日阵亡将士纪念塔铭并序

杨芷江

民国癸未春,敌寇以数万兵力,扫荡我盐阜区[①]。铁蹄所至,村市为墟;据点成丛,刁斗相应[②]。而我英勇新四军部队,运动于网罗之中,艰苦支持,有难言者。乃能应付有方,整饬行列,伺机反击,义不回顾,卒将大小据点摧毁十数处。其中骇人耳目、策立奇勋者,厥有三役焉:一曰单港之役,二曰陈集之役,三曰八滩之役。其争战之激烈,牺牲之重大,洵有可歌可泣者矣。然此三役者,咸为新四军第三师第八旅之功。若分晰言之,则单港之役,第二十二团任之也;陈集之役,第二十三团任之也;八滩之役,第二十四团任之也。三团成功,后先辉映;光荣历史,阅久弥彰。本区各界人士,为上慰忠魂,下励来者,爰公建烈士塔以表扬之[③]。塔成,征文于余,余为之铭曰:

癸未仲春,敌寇肆虐。纵横蹂躏,夷我城郭。广置据点,密似网罗。我军神勇,穿织如梭。伺暇蹈隙,乘机观变。倏现倏隐,闪烁如电。或避其锋,或摧其坚。视宜而动,所向无前。单港首试,猛如乳虎。斩将搴旗,光耀千古[④]。陈集继作,制胜出奇。聚敌歼灭,靡有孑遗[⑤]。八滩虽微,地居孔道[⑥]。扼我咽吭,浴血申讨[⑦]。凡兹三役,烈烈轰轰。夺敌之气,成我之功。呜呼烈士,作鬼犹雄。名垂金石,并塔永崇。瞻怀凭吊,孰不动容?视伊懦怯,愧恧其终[⑧]。

(《新四军盐阜区抗日阵亡烈士塔落成典礼大会纪念册》)

【注释】

①民国癸未:指民国三十二年,即 1943 年。

②刁斗:古代行军用具。斗形有柄,铜质,白天用作炊具,晚上击以巡更。

③爰:于是。

④搴:拔取。

⑤靡有孑遗:本谓没有任何一个人能逃脱旱灾的侵害。《诗经·大雅·云汉》:“周余黎民,靡有孑遗。”后则指荡然无存,毫无遗留。

⑥孔道:必经之道,四通八达之地。

⑦咽吭：咽喉。喻指要害处。

⑧愧恧：惭愧。

【导读】

1943年春，日寇以数万之众对盐阜区施行扫荡政策，新四军部队积极施行游击战术，于运动战中分化瓦解敌人，获得重大胜利，但同时亦付出巨大牺牲。盐阜区人民为告慰忠魂，激励来者，特建造烈士塔以褒扬之。杨芷江先生作为士绅代表，在此背景下援笔为文，撰此塔铭并序文。关于“铭”这种文体，早在三国时期，曹丕在《典论·论文》中就提出了“铭诔尚实”的写作要求，对照此文，堪称铭文中的佼佼者。该文序文部分主要交代撰铭之背景、缘起，铭文部分则对序文部分进一步深化延伸，以庄重之文体，运严肃之文字，高度称扬了为抗日战争阵亡的新四军战士，可谓振顽起懦，昭示后人。（程希）

湖海艺文社缘起

杨芷江

敬启者，溯自倭寇内侵，凌轹备至，堂堂华胄，牺牲于敌人铁蹄之下者，不知几多矣[①]。凡属血气之伦，莫不切齿痛恨，因之群起抵抗，以保我民族，以卫我国家，以争取我之自由。然处此暴力之下，文人志士，知识较高于群众，不甘作马牛，体力较弱于战员，不能执干戈，只有发为文章，形诸歌咏，以抒胸中愤慨之气，以写敌人残酷之情，吁，亦可悲矣。及今河山破碎，道途梗塞，朋旧难聚于一堂，诗歌多成于独咏，无复共赏，私藏名山，遂致倡导力量，不获充分发展，启迪之功，至微且末。同人等有鉴于此，特创设湖海艺文社于阜宁县文化村，期文字之唱酬，俾声气之求应[②]。海内爱国之士，具有抗敌观念，愿缔翰墨缘者，莫不竭诚欢迎，以求精神之集合，以求学术之发扬。藉可歌可泣之诗文，鼓如虎如罴之勇气，裨益抗敌，裨益建国，良非浅鲜。设徒精意于刻划，肆情于风月，致贻雕虫之讥，更启玩物之诮者，则亦非同人等所敢闻命也[③]。此谨启达，诸希鉴谅。

（《盐城文史资料》第二十辑）

【注释】

①凌轹：欺凌毁损。华胄：华夏子孙。

②俾：使。声气之求应：出自《周易·乾》：“同声相应，同气相求。”

③雕虫：比喻作诗文只讲求辞藻和形式。

【导读】

在经济文化比较落后的盐阜地区，地方士绅阶层具有很大的影响力。抗战期间，盐阜士绅以民族大义为重，积极与共产党合作，为国家社会做了一些好事。这篇文章就是一位有名望的地方士绅的作品。文章开头愤怒控诉了日本侵略者给中国带来的灾难，歌颂了奋起抗战的战士。然后从文人当山河破碎之际所处困境引出创设艺文社的缘故。接着阐明艺文社的创作宗旨：“藉可歌可泣之诗文，鼓如虎如罴之勇气。”对吟风弄月之作明确表示反对。这反映了民族危难之际盐城士绅阶层的爱国情怀和进步的文艺观。文章使用的是一种浅近文言，其中还有“敌人”“群众”“力量”等新词，这是民国时期知识界比较常见的文体。（邵春驹）

无　题

陈为轩

闷坐元龙百尺楼，市声嘈杂最撩愁[①]。
烟霞误我宁成癖，风雨惊人不待秋[②]。
旧曲新翻聊自遣，壮怀老去愧难酬。
归农扶杖观棉作，日盼甘霖系鼓求。

（《湖海诗存》卷一）

【作者简介】

陈为轩（1869—1949），又名仲宽。阜宁人。精词赋，尤工书法。清末秀才，江南高等学堂、江南水师学堂毕业。一生从事教育，创办学校。民主建政后为盐阜区参议员。湖海艺文社早期社员。

【注释】

①元龙百尺楼：《三国志·魏志·陈登传》："（刘备）曰：'君（许汜）求田问舍，言无可采，是元龙所讳也，何缘当与君语？如小人，欲卧百尺楼上，卧君于地，何但上下床之间邪？'"后借指抒发壮怀的登临处。

②烟霞：泛指山水、山林。

【导读】

"无题"诗自唐代李商隐开端肇基之后，代有续作，不绝如缕，成为一种特殊的诗坛现象。此诗亦名之为"无题"，考查其内容，思想感情确实较为丰富复杂，较难以一个主题来概括，故以"无题"表之。首联作者以淮海名士陈登元龙高卧的典故发端，借以表达作者内心豪气仍在，然被世俗消磨不少。颔颈两联继而点明自己因耽于山林之乐，不觉渐已老大，壮志难酬，唯有以诗文自遣。尾联作者回到现实中来，以拄杖观棉，日盼甘霖的老农形象作结，既寄予作者对民生疾苦的关心，又暗含从低沉压抑的个人感情中解脱出来，以"大我"战胜"小我"的转变。（程希）

和呈陈毅将军

李树滋

诗句还从马上催，风流儒雅仰雄才。
旧友迢迢同隔世，战云扰扰乱成堆。
将军北上红旗展，高士群歌白雪来①。
文化村中生意满，尘氛扫净笔花开②。

（《湖海诗存》卷一）

【作者简介】

李树滋（1865—1943），盐城建湖人。光绪举人。曾就读于南菁书院，毕业后曾至日本留学，抗战前曾担任开封大学教授。著有《扁豆生南国》一书。湖海艺文社首批社员。

【注释】

①高士：志行高洁之士。白雪：古琴曲名。传为春秋晋师旷所作。此处或喻指高雅的诗词。

②尘氛：尘俗的气氛。笔花：相传李白少时，梦见所用笔头上生花，后来文才横溢，名闻天下。

【导读】

新四军挺进盐阜不久，陈毅来到盐城西北乡慕名拜访了李树滋先生，请其出山参政，共同抗日。李树滋将陈毅专程来访看作毕生最大荣誉，欣然表示要矢志抗日，此外还当场吟诗一首，书赠陈毅。并因此改名为“李遇春”，表示漂泊半生，晚年得识陈毅将军，不啻枯木逢春，足见二人一见如故，情谊笃深。该诗开篇即描画出一位武可上马安天下，文可援笔写华章的儒将形象。在故旧凋零，战云密布的紧张局势下，以陈毅将军为首的新四军将士的到来，无疑为盐阜大地注入了生机与活力，抗战形势也为之高昂。而陈毅将军驻扎之处俨然成为文化村，“谈笑有鸿儒，往来无白丁”，谈文论艺，共商抗战大业，盛况空前。（程希）

喜闻新四军八路军会师

孟国钧

1940 年 11 月

联镳邂逅在瓢城，箪食壶浆众庶迎①。

帷幄运筹同伐罪，旌旗飞舞共屯营②。

气吞万里威名著，力拔千山壮志宏。

喜听沙场传捷报，手挥利剑斩长鲸③。

（《湖海诗存》卷一）

【作者简介】

孟国钧，名秉楼，盐城阜宁人。上海财经学院毕业。1940 年参加新四军。曾在苏北抗日根据地阜宁师训班工作。著有《折狱新语注释》《常用词律一百例》等。

【注释】

①联镳：两车会合而行。瓢城：盐城别名。因城池西狭东阔，状如葫芦瓢，取“瓢浮于水，不被淹没”之意。

②伐罪：讨伐有罪者。屯营：扎营。

③长鲸：喻巨寇。

【导读】

1940 年 10 月新四军与国民党顽军韩德勤部在黄桥决战后乘胜北上，10 日到达大丰白驹镇狮子口桥，与南下的八路军第五纵队胜利会师。此诗即于此背景下而作。首联、颔联描写两军相会之后的盛况，盐阜百姓箪食壶浆，旌旗招展，夹道欢迎，共庆胜利会师。场面之热烈盛大，如在目前，足见盐阜人民对八路军、新四军之拥戴。颈联以“气吞万里”“力拔千山”形容我军的英勇气概，可谓恰如其分。尾联以沙场传捷报、大破顽军首领作结，足以提振士气，鼓舞人心。（程希）

挑野菜

胡乔木

打了春，赤脚奔，挑野菜，摘茅针。——乡童谣

挑野菜哟。
来呀，大姐她是没空，
跟我来呀，别提腿痛。
挑野菜哟。

挑野菜哟。
瞧天！春来第一个好太阳，
坐在土上你闻得见香。
挑野菜哟。

挑野菜哟。
这一篮儿哪能算多？
今晚上妈说要煮一锅。
挑野菜哟。

挑野菜哟。
你且别忙回家，好妹妹，
听我跟你讲话歇一会。
挑野菜哟。

挑野菜哟。
喏喏，靠近来搂住我的头……
你知道昨天……我怎么能够！
挑野菜哟。

挑野菜哟。
没有什么，别瞧我的脸，
是草花里虫儿飞进我的眼。
挑野菜哟。

挑野菜哟。
回老家？唉，你的心肠真好！
还不一样？我往哪里逃？
挑野菜哟。

挑野菜哟。
野菜尽挑没有个完，
菜心虽苦它比我的甜，
挑野菜哟。

（《胡乔木诗词集》）

【作者简介】

胡乔木（1912—1992），本名胡鼎新，“乔木”是笔名。盐城鞍湖张本庄（今张本村）人。1930年考入清华大学。1932年加入中国共产党。1937年到延安，后担任毛泽东秘书、新华社社长等职。新中国成立后任新闻总署署长、中宣部副部长等。新时期任中国社会科学院院长、中央书记处书记等。中共第八、十一、十二届中央委员，第十二届中央政治局委员。他是中国共产党领导层中杰出的理论家、政论家和社会科学家，有“中共第一支笔”之称。

【导读】

这首诗发表于1937年3月的《希望》杂志。它写春季一个本地女孩与一个逃亡来此的女孩在挑野菜时的对话，反映了日寇入侵后人民背井离乡逃亡的苦难。难民们在春天只能挑野菜充饥，逃亡女孩向本地女孩倾诉，说着说着哭了，本地女孩不解地询问，逃亡女孩连忙掩饰：“是草花里虫儿飞进我的眼。”本地女孩劝她回老家去，然而怎么可能呢？“回老家？唉，你的心肠真好！还不一样？我往哪里逃？”最后女孩不禁哀叹：“菜心虽苦它比我的甜。”这首诗模仿西方格律诗，每小节以“挑野菜哟”开头，又以同样的话结尾，共出现十六次，仿佛乐曲的主旋律回环萦绕。全诗情调哀怨凄苦，缠绵悱恻。“春来第一个好太阳，坐在土上你闻得见香。”写出了人们的共同感受。（邵春驹）

小品三题

胡乔木

猫和豪猪

多叫人羡慕的猫！它一个儿走着，攀登着，侦伺和捕捉着，睡着，……而且玩着。它可以跟自己的尾巴玩上一小时。不懂得寂寞的小老虎啊！除了叫春的日子，对于它的邻人它是永远无所求的。

但是，“一个冬天有一群豪猪挤在一起，”索本豪如是说：“为的彼此可以温暖一些，免得冻死了；但是一会儿彼此又觉得刺刺得不舒服，于是又分散了。冷起来了又聚拢，刺得痛了又分散。这样一聚一散闹了许久，直到彼此间相隔得恰恰合式。”

脆弱的人啊，你自许为万物之灵的，你从猫与豪猪将何所取舍？你问我吗，我友？如果人间也是有刺的，我也不会是猫的弟子。是的，我常常寂寞，但愈是寂寞的时候我就愈恨猫。我用荆棘的鞭子打它，因为它在寂寞中快乐，它不是我的同类。

火

我不会抽纸烟，但是我却知道在一个沉默的黑屋中独自抽着纸烟的意味。火向你眨眼呢，火跟你谈心呢。这宗秘密你坐在炉边也可以猜透一半。火，你会相信我，这就是人的生命的最准确的摹本，如果你想一想那熊熊的火焰……

在辽阔的海面上，在狼群出没的荒原上，看见了豆大的灯光，哪一颗夜行人的心能够不跳跃？哪一双眼睛记起取火者普罗米修斯的故事能够不感激流泪？恒星就是火，所以恒星无火；没有空气的行星上不能有火；不曾有人的地球上只有偶然的自然火；但有人才有意识地创造了火并由是创造了自己。所以发现了火的人也就发现了自己，他的快乐不是徒然的。

但是，我如是赞美了火，我的赞美却是徒然的。我不能够雪中送炭，却写下了这些愚蠢的文字——请告诉我，它们也能够变成火么？

水

凡物有三态，思想也有三态。

气体的思想是风。它是人脑中自由的过客，它自由地来而且自由地去，不着一点痕迹也不留一点痕迹。

固体的思想是石块。它在人脑中建筑堂堂的金字塔，堂堂地积蓄着和保护着几千年不变的尸体。

唯有液体的思想它在人脑中开辟有定而无定的河流。它是运转不息万古常新的。从它的不舍昼夜的奔驰中，人是不能和它有两度相识的。所以流水不腐。它的运转是有一定的基础、一定的纪律和一定的方向的。它永远向前看，永远要冲决网罗和荡涤瑕秽。所以流水无情。

东方的哲人说：智者乐水。西方的哲人说：水生万物。水乎水乎！既然人类也是你的婴儿，就让人人常能沐浴在你的怀抱中，从你的乳房吸取无穷的睿智吧。

（《胡乔木文集》第三卷）

【导读】

散文诗是五四时期介绍到中国来的文学品种，作者颇不乏人。鲜明的形象、浓郁的诗情、深邃的思想、精短的体式，构成了这一文体的基本特征。胡乔木这组散文诗原载于1941年2月延安出版的《中国青年》第3卷第4期，是产生于革命根据地的具有崭新思想风貌的佳作。《猫和豪猪》中的猫比喻贪图安乐、逃避战斗的庸人，他们整天里活得很快乐，但那是庸俗低级的快乐。“如果人间也是有刺的，我也不会是猫的弟子。”既然世界上还有豪猪那样的恶人和恶势力，就不能像猫那样生存，而只能以豪猪的形象迎战。作者表示猫“不是我的同类”，也就是要追求战士的战斗的快乐。“寂寞”，是战斗过程中遇到困难时常有的情绪，作者说愈是寂寞就愈恨猫，意思是在这种时候特别需要战斗精神。《火》一篇，作者对给人类带来光明和希望的火给予了由衷的赞美，并且希望自己的文字也能变成火，给他人送去光明和希望。《水》别出心裁地将思想分为气体、固体、液体三种，否定了前两种，肯定了“液体的思想”，说它“运转不息万古常新”。这一见解是辩证唯物主义认识论的一种形象化的阐述。在此基础上，作者希望沐浴在水的怀抱中，从水那儿“吸取无穷的睿智”，也就是人应当以水为师，不断学习、不断实践、不断进步。（邵春驹）

风车曲

戈茅

海风从天边吹来，
树木摇曳地歌唱。
农家的风车旋舞着，
大地又在播种新的希望。

夏季估量了大麦的收成，
喜讯飞过这穷苦的家庭。
老人守在风车旁边，
戽上水来——
全家巴望着一场热闹的播种。

欢乐是永生的希望，
忧虑在艰苦岁月里长大了。
农人们终年的劳作，
却从没有过好的生活。

像风车一样，
风吹它旋转——
而农人被生活转得衰老了！
孩子们成了农家的灾害，
好像狗尾草，
越穷苦他们越生得繁茂。

成年人哪有闲工夫调弄风情？
然而，不幸的女人，
却一个又一个地生养着。

谁不愿为祖先留下一条根呢？
可是，这样的日子，

用什么去养活婴童？
有一天像风车转得疲倦了，
我们的日子就更加使人厌倦。

虽然年年田地里有收获，
愁苦的烦恼
也年年搅扰着农人的家庭。

啊，现在世界可变了，
戴着红星军帽的英雄，
放逐了黑暗的时代，
给忧郁的农人带来了自由和光明。

风车旋转着，
田野里禾苗在生长，
贯穿了新生的大道，
从风车那边走过来的，
是农民们组织的军团。

他们生气勃勃地
走向祖国战斗的前线！
海风从天边吹来，
树木摇曳地歌唱……

（《江淮日报》1941 年 6 月 10 日）

【作者简介】

戈茅（1915—1989），原名徐光霄，生于山东莘县，1934 年加入中国共产党。1937 年奔赴延安，任中央党校文化教员。抗战时曾参加西北战地服务团、担任随军记者。1940 年以《新华日报》特派员身份赴新四军工作。新中国成立后，先后担任文化部副部长、国家出版事业管理局局长等职。有诗集《草原牧歌》《将军的马》，杂文集《散失集》等。

【导读】

风车，是旧时苏北农村普遍使用的农具。旋转的风车，是本诗围绕的中心意象。风车的历史性旋转，象征了苏北人民不同时期的不同命运。诗歌内容可分为上下两部分，第一部分，旋转的风车仿佛盐阜民众永不得解脱的厄运，穷苦劳作没有改变他们的艰苦岁月，忧虑如同旋转的风车逐日增多，“农人被生活转得老了”，连本来被作为生活希望的、活泼可爱的孩童，因为贫穷，也变成了“农家的灾害”！这个形容令人惊心动魄。然而，他们狗尾草一般的命运在红星军帽出现后，得到了彻底改变。第二部分描绘新四军为盐城人民带来了自由和光明，打开了崭新的生活。旋转的风车，催生了希望的禾苗，促成了新生的大道，变成幸福生活不断向前的象征。全诗首尾呼应，构思精巧，选择盐城农村的重要物象——风车，作为象征，以含蓄富于抒情意味的表达，通俗简白的语言，谱写了一曲歌颂根据地人民新生活与新四军的赞歌。（刘秀珍）

人民参军

芦芒

政府在号召人民，
人民快快去参军。
母亲嘱咐孩儿，
妻子为郎送行，
莫为你家门担心——
自有优抗委员会为你照应。
亲戚朋友乡邻也会献殷勤，
大红花给你挂满胸，
锣鼓鞭炮送你慢慢行，
毛驴背上骑着大英雄，
一派威武好比领大军，
又像新郎去迎亲。
中状元也不如去参军，
打鬼子才算卫国英雄，
连你走过的地方也都记下了光荣。
老公公见了呵呵大笑：
“杨家将，岳家军，千古留美名，
我家宗族子弟，大小儿郎，
全要去做新时代的豪英！”

（《盐阜大众诗歌选》）

【作者简介】

芦芒（1920—1979），原名李衍华，字福荣，又名李洵，上海人，作家、诗人、画家。1939 年参加新四军。新中国成立后，任作协上海分会党组成员、书记处书记、副秘书长和创作委员会诗歌组组长、上海文联理事及《上海文学》《收获》《萌芽》杂志编委等职。主要作品有诗歌集《东方升起朝霞》《奔腾的马蹄》《芦芒诗选》《芦芒歌词选》，以及《芦芒画册》等。其作词歌曲《弹起我心爱的土琵琶》《我们年轻人有颗火热的心》等，在群众中广为流传。

【导读】

抗战时期，盐阜地区为了做好军事动员，发动群众积极参军保家卫国，文艺界创作了戏剧、诗歌、快板等多种形式的、宣传动员参军题材的文艺作品。芦芒也参与了这一创作宣传活动。他以诗歌形式，殷殷向盐阜民众劝导，大力动员青年加入军队。诗人从现实需要出发，强调参军的光荣、亲人与社会的支持（“优抗”即抗战时期各根据地专门帮助解决抗日将士家属生活困难的机构），还巧妙运用民间传统文化强化动员效果。“杨家将、岳家军”这些英雄、忠良之士的形象在民间有广泛的认知和接受度，参军者要做“新时代的豪英”，正是对优良传统的承袭。借鉴歌谣，表述口语化，诗歌在内容、形式及语言上都实现了与大众文化的对接，可以视为苏北根据地大众化创作的样本之一。（刘秀珍）

墙头诗（十首选五）

钱毅

其一
放劲耕，放劲耙，
新四军一到尽长好庄稼；
没人抢，没人扒，
长出粮食都归我自家。

其二
若要家业发得大，

生产订计划。
若要今年收成好，
春耕须趁早。

其三
一人一条心，
穷断骨头筋。
大家来互助，
好处没胡数。

其七
蚂蚁不敢碰热锅，
恶狼不敢靠猛虎。
人民武装扩千万，
反动派只好把脚跺。

其八
当了伪军臭煞，
当了顽军咒煞，
子弟加入人民军，
祖宗万代荣耀煞！

（《钱毅的书》）

【作者简介】

钱毅（1925—1947），原名钱厚庆，安徽芜湖人，中共党员。16岁时随父亲、著名文学家阿英（钱杏邨）到达苏北抗日根据地。1944年任《盐阜大众》报编辑，后任报社副主编和新华社盐阜分社特派记者。1947年3月2日，在苏北淮安县石塘区（今淮安市淮安区石塘镇）采访时被国民党军队逮捕杀害，牺牲时仅22岁。著有《庄稼话》《大众诗歌》《怎么写》《海洋神话与传说》等。

【导读】

作为盐阜区“墙头诗”的倡导者之一，钱毅认为，林山等人开创的墙头诗，为盐阜地区大众化教育开辟了一条新路径。由于《盐阜大众》的推波助澜，墙头诗运动在苏北取得了重要地位。上述这十首橄榄谣，不仅语言浅显易懂，简洁、纯朴、生动，题材也与苏北民众生活息息相关，如生产、文化娱乐（扭秧歌）、战斗，等等，在表述上还特别注意引用当地谚语和方言，如以“蚂蚁不敢碰热锅，恶狼不敢靠猛虎”形容反动派畏惧人民武装，以方言“臭煞”“咒煞”形容当伪顽军可耻，而以“荣耀煞”赞美参加人民军队。在形式上，力求短小明了，句式整齐，朗朗上口。（刘秀珍）

大喜临门

（一九四五年八月十日夜半写）

钱 毅

电话铃格嘟嘟响，
半夜里分外吵人，
同志起床听，
听了半点音，
光着身子在庄外直奔
“日本投降啦！
——投降我们！”

消息像炸雷，
通庄上直滚，

麦场上尽是人，
同志紧拉着老乡打转，
老乡乐得喘不过声，
光说：好！好！好！大天明！

几百个人团得紧紧，
几百颗心跳蹦蹦，
大喜临门，
红光耀人！

（《钱毅的书》）

【导读】

该诗是钱毅1945年日本宣布投降后即兴所作。作者以按捺不住的狂喜，奋笔疾书一气呵成，自谓之前写作从未这样迅速过（见《钱毅日记》）。犹如杜甫闻失地收复，“初闻涕泪满衣裳”“漫卷诗书喜欲狂”。这欢乐当然不独属作者自己，而是全中国爱国军民的共同心声。十多年艰苦抗战，一朝功成，根据地顿时化为欢乐的海洋。虽时值半夜，但“麦场上尽是人”“乐得喘不过声”“几百颗心跳蹦蹦”。显然，作者感到语言已不足以描绘此刻的满腔激动与幸福，结尾只能以最朴素、最热烈的“大喜临门，红光耀人”八个字来表达自己无法控制的喜悦心情。（刘秀珍）

新十四行

辛劳

一

啊，我亲爱的同志！
蓝天为什么蓝呢？
空气为什么这样的香？
啊，我亲爱的同志！
你的枪呢？镰刀并不是枪，
为什么你拿在手上？
麦粒不是战场，你为什么在这儿，
割麦，并且还唱歌？
农夫们，你们活了多大，
你看这个事情怪不怪？
当兵的来帮你们收割小麦，
有谁不沉醉在浩荡的东风中，
看那些当兵的和农夫的笑容！

二

啊！奇迹是童话，
但，这不是童话，也不是奇迹。
在这里，战士背枪守卫着，
麦子和土地，
而这些麦粒都属于农夫自己。
麦粒都是黄金，
这比黄金还高贵。
农夫在这些日子里有了笑容，
现在收获季节敌人不敢来骚扰了。
农夫的欢笑声，
回响在充满香气的黄昏。
月亮儿出来了，
从蓝天和闪烁的繁星中看出明天是好天，

打场时，要提防警报！

（《江淮日报》1941 年 6 月 10 日）

【作者简介】

辛劳（1911—1945），原名陈晶秋，黑龙江呼兰县（今呼兰区）人，左联成员。1941 年到苏北盐城参加新四军，任苏北诗歌协会副会长。1945 年在战斗中被俘后于狱中去世。在抗日战争期间创作并发表《战马》《五月的黄昏》《捧血者》等诗作，是盐阜区墙头诗运动的倡导者之一。

【导读】

从意大利文艺复兴三杰之一的诗人彼得拉克开始，十四行诗风靡世界诗坛。辛劳这首诗从形式上而言，显然不再严格遵循惯例，而以自由的口语表述，叙事性的文字和讲故事语调描述了盐城根据地军民鱼水情深的场景。农夫，士兵，麦子，在收割的画面中完美结合，颠覆了农民对士兵的传统认知，建构了新型的军民关系。土地，麦粒，这些重要的生存来源意象中，加入了新四军的身影，构成了根据地人民安定幸福生活的根本保障。结构虽仍是十四行，但并不追求传统十四行诗的用韵方式，更多是以情绪的流动引领诗歌的节奏，每行字数也较为自由。这或是诗人命名为“新十四行”的主要原因。（刘秀珍）

"N4A"

——献给新四军的战士们

(1941年秋天于苏北陈家集)

林山

不是
　　诗人的夸张，
"N4A"
　　——这朴素的蓝色臂章，
在我的眼里
　　是多么漂亮呀！
而佩着"N4A"
　　——这漂亮的臂章的手臂，
　　是这样有力量！

这手臂
　　扼住日本法西斯的咽喉，
这手臂
　　粉碎了投降派的阴谋，
这手臂
　　叫汪精卫发抖，
这手臂
　　夺回了
　　　　广阔的国土，
这手臂
　　救出了
　　　　无数的群众。
同时，也就是
　　这强有力的手臂，
在这里，
　　创造
　　　　这不可动摇的
　　　　　　抗日民主根据地。

而我，
　　才能在这里
　　　　自由地
　　　　　　写我的诗。
今天，
　　我说什么呢？
今天，
　　我有什么可说呢？

同志们，战士们：
　　今天，我只能
向你们
　　倾吐
　　　　我衷心的希望——
第一，
　　我希望你们爱护“N4A”
　　　　——这漂亮的臂章，
并且，
　　用战绩，用血……
　　　　把它渲染得更漂亮。
第二，
　　我希望
　　　　佩着“N4A”
　　　　　　——这漂亮的臂章的手臂，
发出
　　百倍于今天的力量！
担负起
　　百倍于今天的任务！
我自己，也希望
　　手臂上佩上“N4A”
　　　　——这漂亮的臂章，

跟你们
　　走上火线……

（《新的土地》）

【作者简介】

林山（1910—1984），别名林仰可、林可，澄海县隆都镇西洋村人，民间文学家。曾任陕甘宁边区文协秘书长兼说书组组长，和刘白羽等编《文艺突击》。其发言《关于街头诗运动》经《新中华报》发表座谈纪要后，成为抗战街头诗宣言。1941 年夏进入苏北抗日根据地，从事敌后诗歌运动和编写通俗读物，主张创作“墙头诗”。曾出版诗集《新的土地》《战斗之歌》等。

【导读】

澎湃的诗情，融汇了真挚的情感，诗人林山由一枚蓝色的新四军“N4A”臂章作为象征，为盐城新四军谱写了一首豪情壮阔的赞歌。臂章固然漂亮，但更值得赞美的，是佩戴着臂章的手臂。诗歌以波涛汹涌的排比句式，极力赞颂新四军的辉煌功绩。抗击侵略者，粉碎投降派阴谋，挫败汉奸，夺回国土……正是这辉煌功绩，换来了盐城根据地的安宁与和平，诗人才能“自由地写我的诗。”诗歌最后，随着情感的层层递进，感情进一步升华，诗人深情表达了自己的期望，期望佩戴“N4A”的手臂更有力量，期望自己也能成为其中一员。在形式上，这首诗模仿了苏联诗人马雅可夫斯基的“楼梯体”，形成了顿挫有致的节奏感。同时，诗人作为根据地“街头诗”运动的首倡者，这首诗也鲜明呈现了易于朗诵、简洁有力及口语化特点。（刘秀珍）

墙头诗一束

林山

蝗虫和皇军

蝗虫来到，
庄稼吃光，
皇军来到，
样样都光——
抢光！
烧光！
杀光！

厚脸皮

南京城门高，
南京城墙厚，
南京城里有个汪精卫，
脸皮比城墙厚十倍。

若要不死

逃走饿死，
顺民气死，
当伪军陪死，
做汉奸两头死，
若要不死，
只有把鬼子杀死。

组织自卫队

打狗要用槌，
防水要筑堆，
保家乡要组织民兵自卫队。

要提防

明枪易挡，
暗箭难防，
要提防鬼子来“扫荡”，
更要提防汉奸敌探！

（《新的土地》）

【导读】

“墙头诗”，是时期文艺大众化的一种新型诗歌形式，源于陕甘宁边区。其特点是把短小、精练、通俗的诗句写在墙上，群众一目了然，一听就能记上，宣传效果直接。墙头诗运动在盐阜根据地开展得如火如荼。林山、辛劳、向阳及钱毅都是其中代表。这几首墙头诗，充分汲取了盐城民间歌谣押韵、齐整、短小、直白的特点，在通俗表达中融入思想性，可谓浓缩的艺术品。以“蝗”喻“皇军”，形象且幽默，令人难忘。宣传汉奸恶行、动员抗争及组织办法，均以为百姓喜闻乐见的语言方式呈现，成为抗战宣传文化的重要构成。唐弢、严家炎主编的《中国现代文学史》在评价林山的墙头诗时说：“对日寇的‘三光’政策和狡诈阴谋以及虚弱动摇的思想作了尖锐的揭露。比喻巧妙，对比鲜明，是这些小诗的基本特点。”（刘秀珍）

麦穗黄

白桦

麦穗青，麦穗黄，
我磨镰刀爹轧场。
往年收麦哥在家，
今年哥去打东洋。

麦穗青，麦穗黄，
麦黄遍地收割忙。

爹叫我学哥哥用镰刀，
我想学哥哥打东洋。

秋下种，夏收割，
麦子受冷又受热，
人受折磨是好汉，
麦受冷热收成多。

麦穗青，麦穗黄，
收打完毕麦进仓，
叫声爹爹听我说：
我去跟哥哥打东洋。

不是怕苦不想家，
也不是忍心丢开爹和娘，
只为争个太平日子到，
儿去当兵保家乡。

（《盐阜报》1942年5月26日）

【作者简介】

白桦，生平不详。

【导读】

这是一首模仿盐阜民歌小调创作的诗歌，通俗易懂地表达了翻身后的农民渴望保卫胜利果实和幸福生活的心情。诗歌汲取了盐城小调“信口开河”“触景生情”等特点，分节吟诵，内容直白，结构规整，节奏明快押韵。诗歌分四节，其中三节均以“麦穗青，麦穗黄”起兴，由农村最常见的麦收情景切入，以麦喻人，以麦收譬喻好生活，在明快押韵的吟唱中，表达了“打东洋”“保家乡”的迫切心愿。第一人称的自我倾诉，生动描绘了当时百姓翻身后积极参军保家卫国的情形，既亲切动人，也发挥了动员百姓参军的积极效用。（刘秀珍）

敬神不如敬新四军

白桦

烧香磕头求神灵，
只望人牛得太平！
鬼子来了，
人牛不太平。
人牛要太平，
敬神不如敬新四军！
敬神要磕头，
敬神要烧香；
敬新四军，
只要真心把他帮！

（《盐阜大众》1943 年 6 月 21 日）

【导读】

抗战时期，中国共产党领导的根据地面临四大工作，即战争、民主、生产、教育。在做好抗战工作同时，开展根据地教育，提升广大农民的文化水平与政治觉悟，也极为重要。毛泽东提出，要建设民主的、科学的、大众的新民主主义文化，必须要通过各种形式反对和清除民间的糟粕文化传统，培育新型的生活观念。白桦的这首诗，就是建立在对盐阜地区旧式封建迷信思想的批判基础上，把批判旧文化和政治思想教育结合，利用最为通俗贴切的语言，一方面引导盐阜民众从现实出发，思考究竟是谁带来太平生活？当然不是那些木雕泥塑的神仙，而是新四军。另一方面则提醒民众，新四军不必像神一样供奉上香，只需互帮互助，点明了新型军民关系的建立。（刘秀珍）

送公粮

季亭

小车子，轱辘响，
老百姓，送公粮。
公粮送到前线去，
军队吃饱打胜仗。

（《江苏革命根据地文艺资料汇编·苏北部分》）

【作者简介】

季亭（1918—2016），江苏阜宁人。1941 年至 1942 年就读于盐阜联中师范部，抗战时期为阜宁地区教师，阜宁县教育局局长。新中国成立后，曾任江苏省委省级机关工作委员会党委副书记。

【导读】

这是一首表现抗战时期盐城民众积极支援前线军队的歌谣。以短小精悍的形式，简洁俗白的文字，读之可谓“开口就响”，明快爽直，绘声绘色地表现了盐城老百姓热火朝天援军的情景。前三句写实，后两句议论，以叙议结合的方式凸显了主题。（刘秀珍）

打稻头

贺绿汀

打稻头嗳，
磨稻头，
手拿鞭子催耕牛。
牛儿呀，
你是我们一家的宝，
耕田地，磨粮食，
辛辛苦苦到年头，
为的是一家老小吃穿不用愁。

打稻头嗳，
磨稻头，
牛儿、牛儿快快走。
牛儿呀，
如今民族遭大难，
抢粮食，宰耕牛，
杀人放火没尽头，
这都是日本强盗结的冤和仇。

牛儿呀，
记在心，
如今百姓活不成，
为了你，
为了我们种田人，
我要去当新四军，
把那鬼子杀干净，
才能够回家转来安心享太平！

（《盐阜区新四军抗战歌曲选》）

【作者简介】

贺绿汀（1903—1999），原名贺楷、贺安卿，湖南邵东仙槎桥人，当代著名音乐家、教育家，《游击队歌》词曲作者。“皖南事变”后，在鲁艺苏北分院工作，1943年赴延安。创作多种类型声乐作品，著有《贺绿汀音乐论文选集》。

【导读】

作为一名音乐家，贺绿汀这首诗以巧妙的意象选择与盐城农村日常生活特质的结合，融入音乐元素，既实现了文艺大众化的追求，也凸显了作品的文学艺术性。“稆头”作为盐城主要粮食作物之一，“打稆头”是盐城人民十分熟悉的生产劳动场景。而正是在这司空见惯的场景中，作者精心构思，提炼出了参军报国的主题。不打稆头不能活，不打跑侵略者更加没有活路。诗歌假设人与牛对话的场景，由最常见的生活情景入手，唤起人民对未来生活的想象，启发他们要目光长远，不苟安于当下，不满足于一家一户的小安，赶走侵略者，才能长久幸福。诗歌借鉴了盐城民间小调通俗、押韵、触景生情的特点，在“打稆头嗳，磨稆头”的反复吟唱中，以轻快的节奏，富于韵律感的音乐曲调，如缕缕春风携循循善诱，将教育渗入亲切的对话场景，流畅而富于感染力。（刘秀珍）

六月，苏北的原野（节选）

江明

六月，苏北的原野，
风吹过麦草的清香，
太阳照着打麦场，
“连枷”勤劳地歌唱。
农人赤裸着黑黝黝的肩背，
爱抚地吆喝着他的牛，
带着碾滚旋转在耀眼的麦草上，
碾滚下
金黄色的麦粒顽皮地跳跃着，
那用汗血哺育了它的农人，
眼睛亮亮的！
春风样的微笑从心底爬上了嘴角，
日子要好过了啊！
打脱了颈上的枷锁
庄稼人也抬起了头来……

六月，苏北的原野，
风吹过麦草的清香，
太阳照着打麦场，
“连枷”勤劳地歌唱。
是农家最忙的季节啊！
孩子们也卷进了农忙的漩涡，
赤裸着小身躯携带着篮筐跳跃着来往。
小小的黑眼睛里闪耀着欢欣和惊异。
今年可真稀奇啊！
一切都在改变——
爸爸不再皱着眉头了，
妈妈也揩干了眼里的泪水；
大兵，好多的大兵

替庄稼人割麦子；
还有那些“小鬼”，
歌唱得那么动人，
说得出那么多的道理……
一向埋藏在泥土中的农民的孩子们
他们发现了自己将来的路。

六月，苏北的原野，
风吹过麦草的清香，
太阳照着打麦场，
“连枷”勤劳的歌唱里
夹杂着姑娘们的笑语，
她们目送过战士们的背影。
我们的战士——
曾经戴过红星的钢铁样的战士，
为着人民为着祖国
流过了他们的汗和血，
现在放下了枪换上了镰刀
又劳动在人民的土地上。
红色的女战士们
琥珀似的夕阳的光辉
映亮了她们飘散在晚风中的黑发；
乡下的姑娘们
爱恋地目送着她们的背影，
谁说女人不能过问大事呢？
我们也该和男子们比比！
农救会、青救会、自卫队……
妇救会也要弄起来了啊！
小芬子、小三子当委员，
主席就推张大娘。

六月，麦子黄了。
在苏北海洋一样无边的原野上，
风吹过，卷起了无边的金浪
喧嚷，欢笑，
夏收的热潮激荡着每一个村庄，
那攒动摇晃着的牛角啊！
那奔跑着的车轮啊！
一切都在这无边的金浪中
匆忙地流漩。
“帮助老百姓夏收！”
“武装保卫夏收！”
战士们像执行战斗的任务
踊跃地响应着号召，
投身在无边的金浪里。
雪白的镰刀挥舞，
无边的金浪退却了，
在农人的打麦场上
涌起了金黄色的小山丘。
老奶奶站在门槛上，
卷起了她身上的衣衫，
去擦她昏花的老眼
也抹掉脸上的尘灰和汗。
她望着那些和她儿子们一样
弯着腰割麦子的战士们
流出了欢喜和感激的泪水；
世界上还会有这样的事？！
这样的大兵！
他们是这样善良这样逗人欢喜！
……

（《江苏革命根据地文艺资料汇编·苏北部分》）

【作者简介】

江明（1914—2005），原名王时真，湖南临澧人，历史学家吕振羽夫人。1941 年与吕振羽到盐城根据地。1942 年随刘少奇赴延安从事机要技术工作。1949 年后，任文化部办公厅秘书处长、故宫博物院党委办公室主任等职。

【导读】

1941 年 6 月，正是根据地麦收季节。大地一片金黄。布谷声声。新四军领导动员全军："武装保卫夏收！"要抢在敌人扫荡之前，帮助农民抢收抢插。田野中镰刀作响，灰色的军帽在闪闪发光；打谷场上，连枷劈拍，牛儿牵动着的石滚在隆隆作响。初到盐城，著名历史学家吕振羽夫妇也投身于劳动，分享根据地的欢愉。妻子江明情不自禁地写下了《六月·苏北的原野》这首动人长诗，记载了他们的感情和人民的心声。

诗歌以"麦收的原野"为歌咏对象，展现苏北人民的今昔生活状态与精神面貌的崭新变化。闪闪发亮的眼睛里饱含幸福的光芒，广大的原野为欢乐而兴奋，麦子的清香传遍四方，丰收的喜悦洒满苏北大地。前六节开头反复咏叹"六月，苏北的原野，风吹过麦草的清香"起兴，营造了热烈自由的气氛。从整体群像"农民，孩子，姑娘们，女战士"到人物特写，由实到虚，由眼前幸福联想到昔日苏北人民终年辛苦劳作，却遭受残酷掠夺，只能收获"疾病、褴褛、愚昧和饥饿"。"苏北的原野，被遗落在无边的黑暗之中"。新四军燃起了苏北人民新的希望："要活，要活得好！"从此，"一切在斗争中生长、锻炼、健壮"。语言简约、朴实，感情强烈；既有全景式描绘，又有细节展现，既有酣畅淋漓的呐喊与豪迈抒情，也有涓涓流水般的婉转低吟，写实与抒情有效结合，一气呵成。其中，"麦子的清香""连枷的歌唱"是诗中的重要意象，分别象征了丰收的场景与喜悦心情。（刘秀珍）

橄榄谣

朱厘

青青橄榄两头尖，
先尝苦酸后尝甜，
哪个怕苦酸，
一辈子尝不到橄榄甜！

抗战前后有五年，
正像橄榄吃到中间，
满口酸苦味，
渡过了苦酸就是甜！

不怕困难不叫天，
咬紧牙关渡两年，
坚持斗争两三年，
吃尽酸苦大家甜！

（《江苏革命根据地文艺资料汇编·苏北部分》）

【作者简介】

朱厘，生平不详。

【导读】

1941—1942 年，是中国抗战最为艰难的时期。苏北根据地接连遭受日寇残酷的军事“大扫荡”和普遍性清洗与劫掠，处境十分艰难。这首诗命名为“谣”，借鉴了盐城民谣短小明快的形式，通俗易懂的语言，以吃橄榄必须先酸苦而后甜这一常见经验，巧妙譬喻当时抗战形势，由小见大，由浅入深，用浅显的文字说明深刻道理。即抗战须作持久准备，咬紧牙关就能渡过难关，鼓舞民众增强抗战信心，保持乐观主义精神，必将取得抗战的最终胜利。诗虽短小而富于战斗性，犹如田间的“鼓点”诗，凸显了抗战诗歌富于宣传鼓动效应的特点。（刘秀珍）

民兵歌

田平

扛起枪来便是兵，
拿起锄头就是民，
又保家来又保国，
也是兵来也是民哪。

准备自卫要练兵，
上课出操学本领，
配合主力打胜仗，
要做主力后备军哪。

人人都来当民兵，
日夜到处打敌人。
不愁反动派打不退，
不愁家乡不太平哪。

（1946年7月《新声歌选》）

【作者简介】

田平，曾任鲁迅艺术学院华中分院音乐系、美术系中队长，鲁工团音乐组长。

【导读】

倡导“全民皆兵”的人民战争，是中国共产党领导克敌制胜的法宝。民兵作为正式军队的助手和后备力量，在历次革命战争中都发挥了重大贡献。这首民兵歌，在形式上借鉴了盐城民间小调的写法，以触景生情的歌唱，由枪引申保家卫国，锄头代表农民本业，巧妙凸显了民兵这一新型武装力量的特点。人民战争犹如汪洋大海，必陷敌于灭亡。兵民结合的方式，极大增强了人民群众保家卫国的自觉意识和自卫能力。上述深刻道理，都借用浅显通俗的歌谣予以表现。该诗曾由知名音乐家章玫谱曲传唱。“人人”“不愁”既是宣传，也是号召，既是阐明道理，也是鼓动群众加入民兵，充分发挥了战时歌谣的动员功能。（刘秀珍）

清明时节三月三

李王

清明时节三月三，
大战鬼子在八滩，
军队民兵一同杀，
杀死鬼子七八十。
东门外，两个坟，
一个圆来一个尖，
圆圆坟里葬烈士，
尖尖坟里埋鬼子。
烈士牺牲美名扬，
鬼子做鬼也难还乡，
多打几个八滩战，
不怕鬼子打不光！

（1947年《盐阜大众诗歌选》）

【作者简介】

李王，生平不详。

【导读】

1943年3月，新四军与占领八滩的日军展开激烈战斗，击毙日军山本中队长以下100余人、歼灭一个伪军大队。“八滩战役”对粉碎“大扫荡”、巩固华中抗日根据地具有重要战略意义。这首歌谣既含有史实，再现了战斗的激烈，又重点表现了胜利后军民兴奋、自豪的激动心情。有趣的是，这里还提供了一条识别线索。基于人道主义精神，死去的日本士兵也被掩埋起来，“做鬼也难还乡”表达了老百姓对其憎恨、嘲弄与怜悯的朴素心理。“圆圆坟”与“尖尖坟”是辨别受人民爱戴的新四军烈士和侵略者坟墓的方式，烈士的“美名扬”与“鬼子”的“难还乡”形成鲜明对比，表达出人民群众对新四军由衷的热爱。军民同心，侵略者再凶悍，也必如八滩战一样被消灭殆尽。（刘秀珍）

欢迎新四军

吴良华

喜鹊树上叫，
黄狗尾巴摇，
来了新四军，
大家哈哈笑。
我们欢迎新四军，
你扛门板我送草。
将士杀敌多辛苦，
大家应该来慰劳。

（《盐阜根据地诗文选》）

【作者简介】

吴良华，生平不详。

【导读】

该诗同林山等人的诗歌一样，都是盐阜地区墙头诗运动的产物。采用简单明白的歌谣形式，一面描述根据地民众拥军劳军的热烈场面，一面强调“将士杀敌多辛苦，大家应该来慰劳”。短诗叙议结合，排列匀称，押韵整齐，物、景、人交融，渲染了喜气洋洋的欢迎场景，易解易诵，既类似于民谣小调，又体现了“墙头诗”追求内容完整的特点，朗朗上口，很容易激发群众共鸣。（刘秀珍）

悼保卫盐阜区牺牲诸烈士

曹荻秋

盐阜区自新四军八路军到来后，就鲜明地竖立抗日与民主的旗帜，从事于根据地伟大工程的建树。这一根据地建树的目的为的是在苏北敌后建立一个坚不可拔的抗日保垒，反攻的前哨阵地。三年来，我盐阜区党政军民一致为着完成这一任务而斗争着。

我盐阜区是鱼盐棉产量富饶之区，日寇对之垂涎已久，屡欲掠取而为己有。因此，我盐阜抗日民主根据地自开始建立那天起，就尖锐与敌伪斗争着，粉碎与阻挠敌伪完全控制我盐阜区任何阴谋之实现。我盐阜区是敌伪憎恨的眼中钉，日寇无时无刻不企图将它摧毁。

三年来日寇从军事上对我盐阜区进行了断续性的大小扫荡与清剿，进行了残酷的烧杀、奸淫、掠夺，控制了城镇与交通要道，企图消灭抗日军事力量；从政治上欺骗人民，麻醉与诱降人民，企图割断我军与人民的联系；从经济上封锁我，扼困我，毁灭与断绝我物资的源泉。日寇这一切摧毁我盐阜区的阴谋计划是失败了的。时至今日，我盐阜区虽据点林立，地区分割，然而，它屹然立于敌后，仍是盐阜区人民的。敌伪所占据点沿线，其势力所能及者仅据点外围三里五里而已，广大乡村仍属我们的。目前，我盐阜区广大人民得以安居乐业，享有民主自由，不作敌人奴隶，不受盗匪侵略，社会秩序井然，人民生活日趋丰裕。试问这幸福的日子是怎样得来的？不是为保卫盐阜抗日民主根据地而英勇牺牲者的鲜血所造成的吗？我盐阜根据地三年艰苦缔造，从产生发展以至今日之愈益巩固，不是我们牺牲者的鲜血结成的吗？

三年来为保卫根据地，在枪林弹雨之中，或死亡于敌人刺刀之下，或死亡于敌人的监牢，或死亡于刑场，不管他们死在何处，死在何种情形之中，他们为祖国为我盐阜根据地与盐阜人民流了血，牺牲了珍贵的生命是相同的。他们以人类大公无私的崇高美德，舍己忘我的牺牲精神，为争取民族的解放事业，为保卫我盐阜抗日根据地，盐阜三百万人民的生命财产，而抛弃头颅，流尽热血，他们的精神是伟大的，他们是中华民族的正气表现，是中华民族优秀儿女的壮烈行为！他们之英雄事迹已为我盐阜区人民树立楷模。他们的死亡不是白死的，他们已为盐阜区历史上写了一页光荣的史诗，将为盐阜区人民永世所歌颂流传，他们之名是永垂不朽了。

为追念死者，激励生者，我盐阜区人民共建此烈士塔，当此烈士塔落成典礼之时，我们不仅要完成对死者之追念，而且必须认清摆在全国人民与盐阜区人民面前的严重任务，必须以死者之精神来完成这个任务。

抗战已多年多了，中华民族所付出的代价是巨大的，广大土地丧失了，上千万人民的生命是牺牲了，财力物力的损失是无法计算的。这样大的代价所换来的是中国的不亡，抗战的坚持，胜利的迫近眼前，只要渡过这艰苦的一二年，胜利是完全有把握得到的。不幸在此胜利的前夕，国民党反动派不积极于反攻力量的组织与准备，反指戈内向，撤河防大军包围边区，嗾特务大肆叫嚣取消共产党，企图分裂，造成内战。人民何辜？共产党八路军新四军何罪？国民党为着少数大地主资产阶级的利益，不顾国家民族，不管老百姓死活，特务横行，法西斯的专政，内奸充斥，降将如毛，暗中与日本勾搭，内政不修，贪污当道，民生凋敝，这一切倒行逆施不是引导国家民族走向衰弱灭亡是什么？还有一点复兴民族的味道么？国民党反动派不知是何居心？

在今天我们纪念盐阜区三年来为抗日而死的烈士的时候，我们不得不认识时局的严重性，若不幸国民党固执己见，不改变其反共反人民的政策，陷国家于危亡，那你们的血不是白洒了吗？全国为抗日而牺牲的千万人的血不是也白洒了吗？多年来我国家民族所付出的重大牺牲不是也白牺牲了吗？言之实堪痛心！但是，我们可以告慰于为国为民而光荣牺牲的烈士的，不管国民党如何的反动、倒行逆施，甚或对日妥协投降，中华民族仍还是不会亡的！共产党八路军新四军与全国大多数人民是会继续坚持抗战的，而且有信心击败日本法西斯，取得民族的解放。因此，你们的血不是白流了的，在今天纪念你们的时候，生者一定继续你们的精神，踏着你们的血迹，向日寇、向国民党反动派卖国者作斗争，完成神圣抗战事业。今天你们留给生者的任务是更艰巨更重大了！

我们纪念的二千余抗日阵亡将士的血是为盐阜区流的，盐阜区对他特别珍贵，对我们坚持盐阜区的斗争亦将加紧，扫荡清剿随时有可能到来。敌我尖锐斗争局面丝毫未改变。为着坚持烈士的血所渲染所巩固了的盐阜区，我盐阜区全体人民，更应巩固团结，齐整步伐，继续反扫荡、反抢粮、反伪化，继续拥军参军，充实主力，优待抗属，更进一步开展群众性的游击战争，蓄积力量，努力生产，待机反攻，争取抗战最后胜利。

抗战的胜利的曙光在望了，日本帝国主义的崩溃为时不远了，继续牺牲者的精神，努力前进吧！

（《新四军盐阜区抗日阵亡烈士塔落成典礼大会纪念册》）

【作者简介】

曹荻秋（1909—1976），名聪，字仲榜，号健民，四川资阳人。1929年，加入中国共产党；1941年起，任盐阜区委书记、行政公署主任、苏北行政公署副主任等职；1949年后，任重庆市委书记兼市长及上海市市长等职。

【导读】

1940年10月至1943年期间，盐阜抗日根据地牺牲的抗日将士达2000多人。1943年9月25日，盐阜各界一万多人隆重举行烈士纪念塔落成典礼暨追悼大会。本文即曹荻秋所作悼词。1943年，抗日战争仍处于艰难相持阶段，但随着苏联红军斯大林格勒反攻胜利，世界反法西斯战争形势开始发生重大变化。中国共产党领导的敌后抗战，已度过最困难时期，进入再发展阶段。这篇慷慨激昂、饱含感情的悼词就是在这一背景下写成。

文章首先明确了纪念塔修建的由来与目的。盐阜区作为物产丰饶之地，备受日寇窥伺与大肆掠夺。他们在政治上欺骗与麻醉，经济上封锁，军事上残酷扫荡与清剿，妄图扼杀根据地革命力量。抗日将士以大公无私、舍己忘我的精神谱写了辉煌史诗，换来根据地人民的安居乐业。建造纪念塔，既是纪念他们，也激励后人完成未竟的民族解放事业。进而，作者全面分析抗战形势，指出必须看清楚国民党反动派的倒行逆施本质，与其卖国行径做坚决斗争。最后，指出当前斗争任务仍然十分艰巨，号召大家承继先烈精神，团结一致，争取抗战的最后胜利。

文章逻辑线索清晰，紧紧围绕“继承抗战烈士精神”这一中心，回答了为什么和怎么做的问题，深刻分析了继承的重要性与必要性。全文情理交融，富于激情，感染力强。文字流畅，充分表现了抗战军民同心一体的坚强意志与团结精神。（刘秀珍）

记盐阜区抗日阵亡烈士纪念塔

常工

庄严雄伟的盐阜区抗日阵亡将士纪念塔落成了。

塔高六丈，背靠着黄河堤，面向南方一片碧绿的田野。十里外，就可以望见塔顶。

上面站着一个铁铸的黑炯炯的战士像，全副武装，脚穿草鞋，手中紧握着钢枪，以英雄的庄严的姿态，向日本帝国主义者，向汉奸、叛徒，向勇于内战的国民党反动派，向懦怯的人们示威。

塔身是灰色的，正面雕刻着陈军长沐手敬题的字。背面却雕刻着杨芝江先生所作的塔铭，左右两面，亦雕刻着黄师长，张副师长，王翼英，陈东，唐碧澄，杨樵，乔耀汉，邹鲁山诸先生的悲壮慷慨的诗和词，每个字都涂着鲜艳的硃砂和碧绿的色彩。

塔周方圆一亩，靠塔修有一尺高的阶梯十层，每层都铺着光洁的淡蓝色的方块大砖。在高阶梯的四角，朝天放着四个一人高的炮弹，宛似守卫塔的巨人。塔东北角上，筑有彭故参谋长雄和田故旅长守尧两同志的纪念碑。

每个人，走到这个塔的底下，仰望这个铁打的巨人，都会引起伟大庄严之感。这是盐阜区光荣和骄傲的象征，这是牺牲烈士崇高的民族气节，钢铁一般的意志的象征，这是不可摧毁的盐阜抗日民主根据地的象征呵！

塔的修成，费时两个半月，参加修筑的群众有一万多人，共计用了四十多万块砖，二十五担水泥，十五担石灰，××铁，十二担炭，人工和材料的数字都是相当惊人的。这是盐阜区全体人民所心甘情愿的。

修塔的砖是各地群众运来的，远的竟在八十里以外，有的甚至是从敌占区运来，例如盐东××乡，就从离敌据点只半里路的敌占区抢运。他们说："战士们能流血，我们还不能流汗吗？"参加运砖的行列，最多时竟有两千多人。有一个十四五岁的小姑娘，她扛着四块砖参加运送。

修塔工人每天都以极快的速度进行。在两个半月中，涌现出不少的劳动英雄。其中泥水匠陈廷模、桑旭、董其功和冶铁匠周介和最为突出，他们除完成自己的工作外，还替别人帮忙，互相研究，互相学习。很多困难都是这样克服的。

最令人感动的，也是对烈士最好的悼念，是每天帮助修塔、挑水、推土、运砖的群众，他们不吃公家一点粮食，而工作却特别积极。只要轮到他们，不用催，就都自动来了。他们还进行乡与乡竞赛。马集乡有两个妇女，工作和男子一样重，在推土竞赛中，争得了胜利，获得大家的赞誉，建委会各赠她们毛巾一条。

这塔，是血和汗的结晶，也是盐阜各阶层人民铁的团结的象征！

在修建中，建委会刘秉华，刘超，刘立卿，张敬之，鲁莽等同志极为劳苦，他们在生活上和工人打成一片，不断地对工人进行教育和鼓动，他们差不多每天都到，工人也都这样说："四十多万块砖，每块都检查到了！"

首长也非常关心工程的进行，张爱萍副师长、李雪三政委先后来了四次，每次都带来了兴奋，替工人们摄影，在吃饭时替工人们敬酒，使工人精神上得到很大的鼓励。

（1943 年 10 月 3 日《盐阜报》）

【作者简介】

常工，曾任《盐阜报》记者、编辑，抗战期间在《盐阜报》发表多篇文章，影响较大有《黄（克诚）师长访问记》等。

【导读】

这是一篇通讯报道。文章以朴实感人的文字，再现了盐阜烈士纪念塔的修建过程。作者采用倒叙，先以绘形绘色的描述，由上而下、自前向后、由局部到整体，介绍纪念塔的构成，包括顶部雕像、题字、碑文，以及周围环境等，再借助生动细节，回顾了军民万众一心，克服困难，顺利完成建塔工作的经过。文章将写实与抒情相结合，善于由景入情，生发想象。塔顶"一个铁铸的战士像"，正以英雄的雄壮姿态，向反动派、怯懦者与侵略者示威，而走到塔下的人们，仰望这铁打的巨人，"都会起着一种伟大庄严之感。"作者热烈赞颂根据地军民的鱼水情深，以翔实事例记录了人民群众对建塔的无私付出。"最令人感动的，也是对牺牲烈士最好的悼念。"文章洋溢着积极向上的革命乐观主义精神与强烈的自豪感。"这塔，是血和汗的结晶，也是盐阜各阶层人民铁的团结的象征"，可谓全文的点睛之句。（刘秀珍）

两个张乡长

常工

两个张乡长，都是涟东的乡长。

涟东的乡长，从建立根据地那天起，就英勇地战斗在最前线上，保卫了土地，保卫了人民，保卫了祖先的光荣——因为他们都是共产党领导下的乡长。

两个张乡长，就是这样的代表。

一个是北集乡的乡长张道行，一个是丰安乡的乡长张广田。北集乡位于中心区，丰安乡紧靠接敌区。张道行是个共产党员，张广田还不是共产党员。但因为他们都是在党的领导下，所以，意志和行动都是一致的。特别是在敌人面前，同样地表现了中华民族伟大的气魄和崇高的品质。

乡长大会上，是这样追记的：

去年春天，敌人分两路包围了总队部的驻地姜洼，形势非常严重。乡长张道行和总队部住在一起，他坚决地接受了掩护总队部突围的任务，带着民兵堵击敌人。在总队部脱险后，他们却被敌人包围着。

战斗正激烈时，他们的子弹打光了。乡长张道行便与敌人展开了交手战，终因寡不敌众被敌人活捉。他并未因此有所动摇、畏惧，只知道伴着他的是光荣和胜利。敌人用枪托打他，用冷水灌他，他始终没供出一个字。

“你真不讲吗？”敌人一面打一面问。

“不讲就不讲！”张道行勇敢地回答。

野兽似的敌人，刺刀上全被血染红了，但征服不了这颗跳跃的心。无可奈何，最后开枪向他射击。但随着枪声响起的，却是一阵伟大的吼声：“中国共产党万岁！”

今年春天，无能的敌人化装成我们的民兵，偷进我们的丰安乡。乡长张广田发现了这征候的时候，便带着民兵出去抵抗。他刚出庄口没几步，便被布置在稆头地里的敌人围住了。

只有打，除此之外是没有一点出路的。乡长张广田就在这样的意志下，和敌人展开了交手战，同样因寡不敌众为敌人活捉。敌人把他送到响水口，使用了极端的毒刑要他投降，连他的头发也被拔光了。但死也要死得光明磊落的思想，鼓励着他，他不但没有动摇和气馁，反而更加坚定和顽强起来。

“是你要反伪化吗？”敌人曾这样问他。

“那还会是假的吗？”他就这样回答。

敌人的确是想不到的，张广田作民主政府的乡长还不到两个月，竟是这样厉害。于是他们恼羞成怒，决定把他拖到丰安街上施刑。但临殉难前的张广田，却表现了更加惊人的行动，走到凡是有人的地方，他总是愉快地高喊道：

“我就是八路的乡长。”

两个张乡长，就是这样为人民，为革命，英勇去赴死的。在全县的乡长联席会上，他们都以两个张乡长的英勇事迹引为光荣和骄傲。同样，两个张乡长的英勇事迹，将昭示着全县的乡长，为人民，为革命的事业努力前进！

（《盐阜报》，日期不详）

【导读】

这篇通讯以通俗流畅的文字，记叙了抗战时期盐阜区两个张乡长——一个共产党员，一个是非共产党员——同样为革命英勇牺牲的事迹。开篇即点明两个张乡长的革命贡献，“两个张乡长，就是这样的代表”。作者并未目睹张乡长们的英雄事迹，而是凭借对乡长大会的“追记”进行重述，再现了两位张乡长的牺牲经过。他们同样经历了敌人的严刑拷问，一个面对刺刀和鲜血，坚定回答“不讲就不讲”！一个在被送往刑场的路上，“愉快地高喊道”“我就是八路的乡长”。他们牺牲的经过和表现虽不同，但都表现了革命者大无畏的英雄主义精神，实践了为人民、为革命坚持到底的宗旨。文章以爱憎分明的强烈情感，朴实无华的叙述，赞颂了两位乡长的事迹和积极影响，以“他者”视角重述重塑英雄形象，以典型力量教育民众。（刘秀珍）

阿四——大纵湖上的烈士

范毅

大纵湖的水永远是那么明澈、安静，一阵微风掠过，掀起静静的微波。湖滨的人们按季节取鱼、捉蟹、割柴、收稻，湖上的野鹜是成天的那样悠闲自在。所谓“鱼米之乡”的大纵湖滨的人民的生活，从古以来就是在辛苦中求得丰裕的。韩德勤在这里的时候，湖滨的人民是终年被湖上的官匪扰乱着的，抢劫，抬人，成为湖滨人民贫穷的根源。自从一九四三年新四军来了后，在这里先后肃清了湖匪，赶走了二黄，给人民带来了安居乐业的生活，人民像湖滨的青草一样，是欣欣向荣地蓬勃地向上长着的。

人民正在庆幸他们的安逸的日子来临，人们正在重建他们为日本鬼子二黄所焚毁的家园。正当人们在忙碌，在春耕播种的季节，却来了杀人不眨眼的魔王陶炳宇，他带领着美国枪的中国人——中央军，抢去了农民的种子、衣服和口粮，捉去了鸡鸭猪羊，“东西是我们苦的，抢去了我们会再有，可是阿四呢？我们的阿四呢？他却被埋在泥土内永远不能再活了……”当你问蒋军怎样对付老百姓时，大纵湖滨的群众会挂着两行眼泪说出这句痛心的话。

阿四是一个由贫苦中起家的贫中农，他的父亲麻以兰曾做过苦工，靠着他一双勤劳的手，苦起了一个不大不小的家业，十几亩田，一条牛。

阿四弟兄两个。他和他的哥哥在大纵湖滨上是以勤劳出名的。

“不怕穷！要穷得硬气。”这是阿四时常向他的一班穷朋友们谈家常时的宣传口号。的确，阿四是个硬汉，是付硬骨头。

一九四三年，民主政府来了后，指导员在庄子上开会组织民兵，会上指导员还未讲完话，他即硬挺挺地跳出来。“真痴！红冲子将来要调到老虎队去哪！人家一个也未去，就是你好动。”老婆在抱怨他，母亲在抱怨他，被敌伪统治麻痹了的群众在抱怨他。“怕什么，你不去打鬼子，他不去打鬼子，天上掉下人来替你打鬼子吗？没良心！鬼子对你们烧杀抢，难道忘记了吗？”阿四粗率地回答着。

一九四五年的夏季，在日本鬼子投降的时候，盐城县民兵总队部组织了全县民兵，对伪据点伍佑进行包围，拔去眼中钉的伍佑据点。但眼看金黄的稻穗都已挂下了头，一年的辛劳眼看着要收获了。“还是不去吧？”好几个民兵的思想动摇了。“喂！到伍佑去啊！伙家！你不要看到田内的稻子黄了，这不过是我们一年的辛苦，拔伍佑是我们五年来的希望，好机会不要错过啊！”在阿四有力的宣传鼓动下，说服了民兵们的自私思想。顺溪乡一个排二十四个民兵开赴伍佑了，黄金似的肥硕的稻穗扎不住他们的一颗颗跳跃的胜利的心。

一九四六年春季，向地主清算的日子来了，这是一个不平常的春季，它带来了人民的胜利的信念，它是人民的春天。被沉埋在割柴取鱼中的阿四，又活泼的重新背起那支生了锈的汉阴造，“揪噢！我们也有出头的一天了，人不会穷一世，哈哈！”阿四欢喜得几乎发狂了，简直比他自己带新娘子时还要欢喜。真如阿四向他的朋友们所说的一样，现在是我们穷大爷姑娘出门，儿子结婚买田置地的好日子！一班穷大爷个个被吸引到阿四的周围，农民对付各样事总有一句：“找我们的阿四！”阿四成为斗争中的核心人物。

土地改革中他虽不进田，但，每一个得田的贫民总要把个契拿给他看看，账请他算算。“阿四，替我算算看，该进多少？”“阿四，我还差一条水路。”阿四的三间小草棚又成为“俱乐部”了。

“陶炳宇在兴化请中央军客，听说要驻沙沟呀！”消息传了开去，愤怒像手榴弹一样在阿四的心中爆炸开了，他偷偷地揣着一颗手榴弹混进了沙沟。

第二天天刚亮，远远的听到一阵稀疏的枪声，接着是几声钢炮，一群美国狗狼似的窜到了沙沟，店面居民的门都不约而同地关起来了。

阿四像一只受惊的猫窜到街心，在稀疏的黄狗群中去找寻人民的公敌——陶炳宇。

“你是什么人？乱闯乱跑！”一个美国式的中国兵在盘问他。“我是老百姓！”阿四理直气壮地回答他。当那个兵从阿四腰中搜出那个手榴弹时，阿四给一条簇新的麻绳五花大绑起来。“我没有犯罪，爱国是我的责任，杀汉奸是我的义务，陶炳宇是大汉奸，为什么不该杀呢？好！总有一天落到老百姓手中，叫他象颜如香一样……”阿四又想起了在一个一千多人的大会上亲自手刃汉奸颜如香的那幅雄壮的场面。

阿四被关进牢里的当天晚上，初次尝到陶炳宇的手段。吊飞机，坐老虎凳，灌三鲜汤等等刑法用全了，但终得不到他的口供。最后，当阿四第四次死去活来的时候，发觉自己的腿是被两条棍夹断了。“你们没有资格问我！陶炳宇更没有资格问我！你们是汉奸，我不许你们污辱我的人格！你们早枪毙我算了吧！我没有做汉奸，我死对得起祖国，我死对得起人民，我死会有千百万人民起来为我报仇！解放区有千百个阿四，我不能捉你们，总有人会捉你们……”阿四一直是这样的大声疾呼着，虽然，他的嘴被打得那样红肿，流血。在第三天一个下午，太阳躲在灰色的云朵后面，阿四的血像其他爱国者的血一样，渗入了轻松的腥膻的泥土中。

可是，阿四永远活在大纵湖畔的每一个人的心里。

（原载 1947 年 7 月《苏北日报》）

【作者简介】

范毅，生平不详。

【导读】

“大纵湖的水永远是那么明澈、安静。”然而，被称为“鱼米之乡”的苏北第一湖——盐城大纵湖的勤劳人民，并未过上幸福富足的生活。他们终年忍受官匪剥削与残酷压迫，与贫穷痛苦为伴。直到新四军来了以后，他们才如“湖滨的青草一样”，蓬蓬勃勃、欣欣向荣地生长。现实变化产生的启蒙力量，胜过最有力的雄辩。觉醒的大纵湖人民开始用拳头和武装来保卫和平。阿四，是他们中间最突出的一个。他最早觉醒加入民兵，鼓动其他民兵放下成熟待收的、肥硕的、黄金般的稻穗，参加拔据点的战斗。在各种农村事务建设与斗争中，阿四成为核心人物。而他人生辉煌的顶点，是自发携带手榴弹去袭击一个引狼入室、劫掠人民的大汉奸。文章以富于抒情的诗意文字，追叙了阿四如何从一个普通农民成长为一位做出壮举的烈士，折射了中国农民的思想面貌和精神认知由于抗战带来的巨大变化。守护生于斯、长于斯的土地，传承深厚的爱国主义精神，正是发扬中国千百年来优秀文化传统的核心要义。（刘秀珍）

战斗的单家港

江星

在前次单家港战斗中，敌人把单家港两千多间房子都烧毁了，把没有逃走的民众枪杀了十三个。敌人以为这一把火可以把单家港的人民烧得不敢抬头。但是恰恰相反，敌人这一把火更把他们胸中复仇的怒火燃炽了。

战斗以后不久，十几个人自动参加了队伍。

一个五十多岁须发全都花白的老爹爹，在敌人进庄的时候，他冒着飞蝗似的子弹，把一个伤兵从敌人的包围中驮了出来。

敌人在庄上住了下来，一个在战斗中受了重伤的战士，没有办法跑出庄子，慌忙地躲在一个猪圈里。四个老百姓乘着黑夜摸到猪圈里，把那个重伤的战士，从敌人的哨兵跟前救了出来。

一个老太婆当着敌人的面，冒险把一个打埋伏的北方同志认作自己儿子，从而保全了那个同志的生命。

房子都烧光了，三百多户人家都只剩下两堵空墙和一堆焦灰。马上，民主政府拨给他们两万块钱的救济费。当地孙维康老先生慷慨地把代代相传的两座秀翠的松林捐助出来。单家港三百余户的人家，每户都能盖起三间房子，得到两斛粮食。

每一个人从一堆焦灰中再树起房子的时候，他们都说：有着民主政府，不怕没有一个更好更新的单家港。

每一个人都在筹划着购办枪支，他们准备为保卫一个新的单家港而战斗。

（《盐阜根据地诗文选》）

【作者简介】

江星（1923—1943），江苏海门人。新四军三师战士，曾为《盐阜报》记者，1943年在江苏省阜宁县战斗中牺牲。

【导读】

“单家港战斗”是被黄克诚称为苏北抗战史影响最大的四次著名战斗之一（余为八滩战斗、陈集战斗和刘老庄之战）。阿英的《敌后日记》

曾有专门记载。但这篇通讯目的并非还原战斗情景，而是通过具体事例，彰显单家港人民在遭受敌寇摧残后没有畏惧和倒下，反而激发了更强烈的斗志和韧劲。他们以实际行动表达复仇决心，坚定武装起来保卫家园。虽然没有优美的文辞和富于感染力的叙述，但冷静的叙事、朴素的剪裁，“老爹爹”“老婆婆”“四个老百姓”到有名有姓者，“群像”到“个体”的坚定意志得到了最大化表现。“每一个人都说”“每一个人都在筹划”以直达本质的朴素表白，展示了人民不容置疑的勇气与决心，展示了军民同仇敌忾的团结意志。同时，文章也为研究盐城抗战历史提供了细节化史料。（刘秀珍）

小胡庄年景

章枚

身身世世没看见过，全庄二十六家子老老小小集体过阳历新年。

一清早小胡庄庄头上就竖起三面大红旗，高高地迎着北风飘荡。这旗子是小胡庄换工队的标志，平时一敲锣，这旗子竖在哪里，队员们就往那里奔。但是今天，这旗子却表明着整个小胡庄劳动人民的欢欣。

全庄家家门口都扎了彩门，一条贴着许多彩色纸条的绳子把各家彩门连结起来，由一条总的绳子汇向庄口聚餐的大会场上，那里打锣敲鼓在演戏，在开娱乐会，大人小孩在欢笑、跳跃。“我们家家户，已经结成一家了！”

从小胡庄换工队中推选出去，参加盐阜区生产大会的代表胡培立回来了，他带着从大会上派来的各县二十几个代表同来参观小胡庄，这在小胡庄说来是非常光荣的。小胡庄人提起过去就要掉泪，他们被旧封建和重利盘剥压得透不过气，二十六家有十九家年年到河西要饭。但是今天翻了身，毛主席的“组织起来”把小胡庄全庄引向幸福，家家够吃，集体买田。

小胡庄真要好好过个年。前几天，换工队捉了几十斤鱼，带了庄上猎狗捉了一百多只小狗（兔子），又杀了猪，宰了鸡，总共弄了八大碗好菜。这可忙坏了厨师，外面一桌桌都吃完了，他还在忙着切兔子肉片。庄上一百多人口，供不上，就让代表们和儿童团先吃，奶奶们和小伙后吃。

儿童团吃饭的地方，女人们站在旁边看他们吃饭，心里不知多么高兴。吃过一碗，女人们就代他们盛饭，添菜。我问：“哪家这样好福气，养这么多小孩子？”他们笑着说：“这是四五家小孩子呢！四个是我的，四个是她的。”我说：“这么多小孩子在一起吃饭，我还是第一回看见，好象是那家做寿的。她们笑着说：“那是毛主席做寿的呢！”

只恨没有摄影机，摄下这个新的小胡庄的年景，我的笔没法写出他们内心的高兴啊！

（《盐阜根据地诗文选》）

【作者简介】

章枚（1912—1995），原名苏寿彭，广东佛山人。1940 年 3 月，经夏衍介绍参加新四军，任苏北鲁艺分院音乐系教授。1949 年后，任上海音协主席、上海乐团合唱指挥等职。代表作品有《黄桥烧饼歌》《怒吼吧，长江》《大江东去》等，译有《美国音乐概况》。

【导读】

抗战期间，盐阜区根据地军民响应党中央的号召，“自己动手，丰衣足食”，积极开展大生产，发展经济，保障供给，改善生活条件。1944 年 12 月，盐阜区在阜宁县召开第一次生产积极分子大会，进行生产经验介绍及生产成绩展览。小胡庄就是一个示范性样本。以前的小胡庄，二十六家有十九家年年要饭，现在则是“家家够吃，集体买田。”这一巨大变化也直接改变了小胡庄人们的精神面貌。他们竟然打破传统过阳历新年了，大家还熙熙攘攘地簇拥在一起，全村合成一个大家庭过新年。喜气洋洋的气氛溢出了作者笔端。看着家家彩门，听着锣鼓喧天，作者强烈感受到了他们的幸福与快乐。“只恨没有摄影机”“我的笔没法写出他们内心的高兴啊”！从小胡庄这一扇窗口，可以窥见盐阜根据地在中国共产党领导下发生了翻天覆地的变化，在改善民生、教育民众方面取得了卓著成就。（刘秀珍）

苏北伟大的水利工程建设——宋公堤（节选）

阿英

一

八路军、新四军在苏北最伟大的水利工程建设，是阜宁东部沿着黄海的一段捍海大堤的修建。这海堤，将是在新民主主义中国建设史上——特别是共产党、八路军、新四军抗战的阶段——永垂不朽的宋公堤。

由于一九四一年这海堤的修建，阜东敌后十几万人民受海潮灾难陷于破产死亡的痛苦被解除，为连年卤水所淹的五十万亩土地得以重振生产，而东北各区，几十万人民的生命财产，几百万亩的土地，亦赖以获得安全与保障。

当时，在新民主主义政府号召下，来积极参加这海堤修筑的农民，为数有两万人。工程于五月十五日开始，七月五日结束，共五十天。经济费用，原定法币一百万元，结果只用去五十万，仅二分之一；依现在的法币价格计算，却有八千万元。修成的海堤，长达九十华里，即四十五公里，浩浩漫漫地横跨着淤黄河的南北两岸。

堤的修筑过程，是极其艰苦的。起始，碰上了国民党顽固派摩擦战，和阜东反动地主的暴动。接着，就是敌伪顽三方面破坏堤工的政治经济谣言攻势，暗杀暴行，飞机威吓；并遭遇不断为灾的淫雨。将结束时，更值敌伪大举疯狂扫荡，人心浮动，几使工程不能坚持。而在完工的前一夜，暗杀的暴行还没有中止。

然而，就在这样军事倥偬的环境之中，就在这样无比的艰难困苦时日里面，这坚强的和自然斗争的伟大堡垒，终于坚持到了成功。这说明了共产党、八路军、新四军，以及敌后的民众，是具有怎样强大的不可摧毁的力量。国民党政府在“平时”所不能完成的事业，共产党是在“战时”而又在“敌后”把它完成了。

为着纪念共产党、八路军、新四军这“造福地方”的不朽伟业，阜宁地方硕耆和民众，沿袭着过去范公堤一类的古题名，由于当时直接主持其事的，是阜宁县长宋乃德，就把这海堤称作宋公堤，并为之勒石建祠，以与古人媲美，所以杨湘（芷江）献诗有云：“范公已往宋公继，拜罢先贤拜后贤。”

六

……

其棘手情形，竟至于此。这时宋县长病在东坎，得电甚为惊急。他们感到天时方面虽有难为，但终不如停修影响之严重。若宣布暂缓，在新政权还没有趋于巩固的当时，是无法绝对地取得民众信任，再加国民党和敌伪的谣诼于先，势必堕入其奸计，政治上获得极坏影响。没有法子，也没有可能，把这一工作停顿下来。宋县长便冒雨涉水，赶到八滩。

由于连绵的阴雨，从东坎到八滩的六十里间，几乎成了泽国。医士认为宋县长这样地冒病前往，对于他的痊可，很可能发生大的变化。果然因为他还在病中，体格孱弱，水深又及马腹，在途中几次倾跌入水。由于一种坚定的意志的支持，宋县长终于赶到了。委员们为他的热诚所感动，也就是为共产党、八路军、新四军一种为着广大民众利益，不顾一切牺牲的决心所感动，大家竟从动摇回归坚定，决意继续与洪流抗争，做到“人定胜天”。接着便召集所有办事人，开了一个扩大会议，把委员会的这一决定，反复申说，得到最后的通过。而这时，雨却并没有止，还在继续地降落。

按大雨起于七月二日，这一天东北风很紧，南堤起土，两锹见水，工作大难，而工伕始终坚持了十日，始行分散，迄宋县长到八滩，决定坚持修筑，以至天晴重于开工，其间延搁共凡二十多天。这是在工作日程方面，需要加以说明的。

决定继修后的第一件工作，是雨止后先行排水。在会议中，工程师为热烈情绪所感奋，提出以三日为期，这时大家都不相信会如此神速。费用规定是三万元。工作的结果，时间竟没有超过限期，经费也只用去规定的十分之一——三千元。

放水的方法，是先由工程师设计打堰，然后再分段放浅。每一段的堰打好以后，一面堵住上流，一面掘开口道。用人携板门及巴根草留在口道旁，潮涨则用板门塞口，免其内流，潮退则去此门，使水外泄。又兼用水车车放，以加强速率。排水时，由工程师乘小船督工。涨潮落潮，交差往往丈余。遇夜晚，则携带马灯；倦乏，即卧于工伕工棚之内。如此艰苦进行，终致将积水全部排泄出去。

继续开工以后，时疫又不断发生，而痧症特多。幸事先有充分准备，始终没有伤亡。医务人员的分配，为每乡工棚一针医，办事处则住一西医。针医诊治无效，即由西医继续治理。敌后医药并缺，能如此，可谓已竭最大可能。

虽仍旧是黄梅天气，继续开工以后天竟未曾再雨，这是一个较奇异、很偶然的现象，而堤工竟以此得一气呵成。可是落后的农民，却广泛地宣传，认为这是宋县长的诚心感动了天地，终有这样的善果。

其实，南堤再度开工，得以一气呵成，主要的力量，却是他们——工伕自己，刻苦努力，功绩尤伟。先是委员会决定工程赓续，乃发给各乡、保长及工友书，号召工作，继续努力，以完成此历史上之伟大事业。民运同志亦四出动员，广为说服。而工伕本身，亦因长期工作，对政府、对修堤，均有明确认识，以此不到一周，就全都归了堤，一德一心，使堤工抵达于成。工程师及监工所同人，也异常兴奋，工作紧张时，日夜滞留于工棚之内，时加督促，竭尽劳瘁。惟工伕有因这一时期过于劳作，归后获病致死的，其人殊可哀念。

堤工的进行虽极称顺利，国民党及敌伪在政治上所进行的阴谋暗害，却并未终止。在工作的过程之中，敌寇飞机，曾三次前来低飞侦察。一次且是轰炸机，并携带炸弹。据调查，敌机之来，乃应前国民党军事将领、汉奸李长江之请，实行轰炸。既侦知仅为筑堤，深恐引起民众反感，且炸弹落水亦无爆炸可能，遂远遁而去。

当敌机数度低飞时，工伕初甚惊恐。但为工程师及监工人员镇静精神所慑，终未发生事故。后敌机再来，工伕竟能照常工作，若无其事。在近二万人的广大场面之中，能以安定至此，一般地说，殊是难能。

……

就在陈、于被捕、被害的后两天，阜东的捍海堡垒，伟大的宋公堤，就终结了工程，和南面华成公司的六十里海堤连接起来，得到最后的成功。与国民党韩省府的修堤相较，则韩堤堆身小三分之二，短十分之三。韩修堤费为二十万元，约今二百万元，此番共用五十余万元，但物价距韩时不知超过若干倍。韩堵一口，费三万元，新堤共堵七口，仅三千元。

而成功的后一天夜晚，新的海啸竟翻腾而至，水位较之二十八年（1939 年）高六寸，（旧堤高七尺六寸，二十八年海啸水位高于堤）。时间亦延长二十分。但新堤高大坚实，屡经冲激，终屹立不动，有如故意布置的一个伟大的试验。于是滨海农民、盐民、渔民，万户欢腾，讴歌共产党、八路军、新四军、陈（毅）军长、刘（少奇）政委、黄（克诚）师长、田（守尧）旅长、宋县长的功德，爱戴竟如神明。

结束时，又向参议会，向民众公布了整个修堤的费用，为国币五十一万六千九百八十六点八五元，行政费用去的不到十分之一。发售的公债六十万元强，翌年（即一九四二年），即由政府全数收回。故邑绅所撰《宋公堤碑文》有云："筹费，则给券期还。督工，则忍饥力疾。

节用，则堤工外，不得支堤费一文。并不准堤工人员，侵蚀或滥用一文。”……

最后，新政府更号召了阜东地力硕耆，组织“海堤防护委员会”，经常地管理新堤，并照料逐年修理堤工事务，以奠永恒与卤潮浊浪坚持搏斗之基。

这是共产党、八路军、新四军，在苏北（也可以说是在华中）最早的、最伟大的，为提倡生产运动所进行的水利工程建设事业。后来虽继续不断地在各个地方有很多同样的建筑，但工程之浩大，影响地区之广泛，修筑过程之艰苦繁难，却还没有可与这一回比拟的。在它的修筑过程之中，不但要以最大的力量和纷至沓来的自然暴力斗争，同时还要用最坚决的意志，和国民党以及敌伪斗争，甚至于关于食粮、饮水、烧草一些枝节问题的解决，也都是饱经了极艰苦的历程。

然而，不管怎样繁难，不管怎样艰苦，共产党、八路军、新四军，是本着一贯的爱国爱民政策，摩顶放踵以利天下，实事求是的精神，克服了海洋的咆哮，克服了梅雨的淫威，克服了国民党与敌伪进攻威胁，克服了一切无比的困难，在极短期间之内，完成了历史上需要几年才能完成的伟大事业——宋公堤。

（《阿英全集》第 4 卷）

【作者简介】

阿英（1900—1977），安徽芜湖人，原名钱德富，又名钱杏邨，笔名有阿英、魏如晦等，中国现代文学家、剧作家。1928 年 1 月，与蒋光慈、孟超等人成立“太阳社”文学社团。1942 年，阿英携全家到达盐阜根据地，1946 年随军北撤。这期间完成历史剧《李闯王》等，为苏北抗战文化建设作出了重要贡献。解放战争期间先后任华中文协常委、华东局文委书记、大连市文委书记，新中国成立后任天津市文化局长、天津文联主席等。代表作有《洪宣娇》《杨娥传》《李闯王》等剧作及《晚清小说史》《现代中国文学论》等，出版有《阿英全集》（共 13 卷）。

【导读】

抗战期间，新四军抗日民主政权阜宁县县长宋乃德率地方民众建成捍海大堤，成为修筑海堤、造福人民的历史传奇。百姓将捍海大堤与宋代范公堤并论，称为“宋公堤”。至今传有民谣：“由南到北一条龙，挡住咸潮侵阜东。从此无有冲家祸，每闻潮声思宋公。”著名作家阿英称为“苏北伟大的水利工程建设”。为此他深入阜宁地区，多方调研，查阅档案，完成了这项著名民生工程的报告——宋公堤建成的来龙去脉。这篇文章长达一万多字，分为六个部分，以准确的数字、翔实的案例及生动感人的诗文雄辩说明，只有共产党真正为民谋幸福，只有民主政府才是人民自己的政府。

全文依照时间顺序，依次介绍了修堤背景、原因、经过及影响，详细描绘了修堤的艰难与克难经过。历史上，阜宁海啸肆虐当地百姓带来了极大痛苦，百姓流离失所，鬻儿卖女。为此，有识之士不断上书请求修堤保民。而国民政府罔顾民生倒悬之危，面对恳切陈辞，或冷漠敷衍塞责，或层层克扣修堤工款，结果海啸灾难依旧。作者愤怒嘲讽：“这就是国民党在江苏施行的‘德政’之一，也是后来修筑宋公堤的一个‘前奏’。”面对社会各界的质疑与国民党反动派及日寇不断的破坏、造谣甚至暗杀，盐阜根据地政府没有退缩，决心修堤造福于民。以县长宋乃德为代表的阜宁县政府力挽狂澜，克服工款、征工、饮水、粮草、天灾与敌寇破坏等重重困难，终于完成修堤工作，成功阻挡住当年更为凶猛的海啸。

除了重要史料价值外，这篇通讯报告也具有很高文学性。全文以修堤为线索，详略得当，夹叙夹议，说理抒情相统一。议论往往一针见血，讽刺时政，酣畅淋漓。如点出乡绅杨湘对韩政府幻想的破灭：“孰意他还没有‘痛别庐舍’，韩省府派来的筑堤官员，却在海啸来后，抛弃未完的工程，携带剩余的款项，不辞而别的‘潜逃’了。”描述则旁征博引，力透纸背。如写海啸危害与灾民惨状，“但见数丛庐舍，隐现水中；飘来一片浮尸，纷麇脚下。伤心惨目，碎胆惊魂……昔之稼禾于顷，今尽槁为枯荄”。国民党政府则“文官酣逐武官嬉”“那管流民塞路逵”。饱含了作者的同情与愤慨。阿英作为文史大家，叙述条理清晰，文白结合，简洁利落，扼要达意，常以寥寥数笔绘出当时情境，极富在场感。（刘秀珍）

海上的遭遇（节选）

周而复等

四、“坚持到底！”

浓黑的夜幕逐渐淡薄起来，东方透出了一线白光。这白光慢慢扩大起来，眼前又展开漫无涯际的海水，闪着亮光。三只海鸥展开雪白的翅膀，无声地掠过绿沉沉的波纹，自由地飞到海的远方去了。船却还是停着，烟沉沉的海的彼岸，什么也看不见。

“我们现在是在什么地方？”彭参谋长问船老大。

船老大老王向海岸上瞅瞅：“那就是岚山头！”

“岚山头不是敌人的据点吗？”田旅长插上来说。

老王点点头。

田旅长又问：“能不能把船绕过去一点？天亮了，不要给敌人发现目标。”

老王无可奈何地摇摇头：

“没有风，一点也不动了。谁也没有办法！”

猛的，海岸那边传来嗡嗡的声音，大家以为是飞机来了，但抬起头来，向高空张望张望，却又看不见一架飞机。张主任拿过田旅长那副望远镜，到上面去瞭望。海岸那个方向，什么也看不见了，像是飞机的声音，却还是在响着。一会在碧沉沉的海上，发现了一个小点，他叫人去看，大家注意力都集中在那小黑点上，黑点慢慢大了，近了，瞧见一个圆圆的筒子，凸出在海面上，这是烟囱。掌舵的老王不禁大声叫了起来：

“那是敌人的巡逻艇。糟糕！”

彭参谋长叫他们不要动，隐蔽好，一边说：不要慌，看清楚了再说。船底下有一部分人站了起来。

张主任伏在船舷上边望着，喃喃地自语着：

“看见了，看见了，是一只巡逻艇！上面挂着一面日本旗呢！但不一定向我们这儿来！”

田旅长从舱里站了起来，一夜的晕船，使得他精神很不好，头昏昏的不时想呕吐，连站都有点站不稳。但是这位曾经参加平型关战斗、消灭了敌人最精锐的板垣第五师团的年轻将领，一听见有敌情，精神马上抖擞起来了，他上来去布置战斗，但马上就被参谋长他们阻止住了。

“你晕船，身子不行，我来布置。”彭参谋长安慰他。

“通知船上的人，赶快准备好……”田旅长还是坚持着。

彭参谋长用望远镜详细看了看，他亲自到各个舱里去布置，叫大家把子弹都推上膛，手榴弹准备好，船上的指导员带着水手却卧倒在船板上。程主任到船头上去，指挥前面的人。舱上面放了一个瞭望哨。最后他说：

“敌人不来，大家都不要动，敌人不靠近我们的船，也不准开枪。我们准备好，到了我们为革命牺牲的时候啦！”

船上的人都卷入紧张的战斗准备里。伏在船舷上的张主任，拿着望远镜到头舱里来，告诉田旅长他们，敌人果然向我们这个方向来了。彭参谋长笑嘻嘻地说：

“让他来吧！他会吃亏的！”

“砰”，对方传来一声枪响，旋即又是一枪，都是向天空放的。探水道的船老大和水手们都习惯地把篷子放了下来。——这是海上的规矩：第一枪是叫停船，第二枪是叫放下篷子；不然的话，就要打过来。田旅长叫船老大站起来告诉敌人，我们是商船，做买卖的，不要打枪。老王站在船上叫了。海上的强盗一听见是商船，贪婪地向民船驶来说：

“我们来查一查。船老大出来！”所谓“查一查”，是想抢点财物去，敌人没有想到自己的性命会葬送在海里。

在船头指挥作战的程主任，把探水道的老李的衣服穿了起来，一个拉出发火线的手榴弹藏在袖筒里。他英勇地站在船头上，这位船老大出来迎接敌人了。

巡逻艇有着装甲设备，甲板上站着十二个海盗，蛮横地端着枪。巡逻艇颤巍巍地靠近了民船，碰得民船动摇起来，站在前面的那个小队长，穿着一身崭新的草绿呢制服，腰间挂着一把雪亮的战刀，手里拿着一个本子和一支铅笔，带着一个翻译官，跨上民船来。他很神气地问道：

“你们上哪儿去？船上有什么东西？要登记！”

化装了船老大的程主任，很沉着地让他们两个人跨上船，不等他们站稳，使劲地一推，噗咚一声，两个海盗在海底找到他们的葬身之地。顿时，他把藏在袖子里的手榴弹，向站在甲板上的人当中扔去，訇的一声，对方当时就给击倒在上面，在烟尘里，十多个敌人带着浑身的弹片伤口，慢慢停止了呼吸。

巡逻艇像一只受惊的小鸟似的吓得远远地离去了。从此，它再也不敢靠近民船了。一无战斗设备的民船，连沙袋也没有，固然抵挡不住钢板装甲的巡逻艇，但民船上坐的却是驰骋江南的新四军战斗英雄，他们的意志，他们的战斗力，比敌人的钢板还要坚强。

巡逻艇开到四百米远以外，便停了下来，敌人躲在钢板后面，用机枪巡回地绕着民船周围扫射。敌人欺负我们没有长枪和机枪，疯狂地、毫无顾忌地、远远向我们扫射。子弹雨点子似的射进船上、舱里，噗哧噗哧地，船头和船尾打满了子弹洞，子弹洞里顿时就流进水去。厚厚的船板，给水濡湿、发胀，子弹洞就给胀住了。但旋即又打满了洞，民船像一只瘫痪了的残体，躺在海面上，一步也动弹不得，忍受着野兽们的欺凌！

卧在舱上面跟几个警卫员在一块抗击敌人的指挥员老马他们，都牺牲了，坐在舱里的人，有几个给打倒了，躺在舱板上的血水里。敌人的火力还不断地射击着船头。彭参谋长气愤地跳了起来，叫着警卫员跟他走，旋即被供给部长伍瑞清同志拦住了：

“你上哪儿去？”

“到船头上去！”

“你知道船头上打得怎么样吗？”“我知道打得很激烈。”

“那你就不应该去，那地方很危险，让我去！”

“正是因为那儿激烈，我便要去！我去指挥他们抵抗，无论如何，不能叫敌人接近我们的船……你别拦住我，……”为了全船的安全，不顾一切，他毅然走了。警卫员跟着他到船头去了。早准备好枪支的伍部长也带着警卫员到上面作战去了。彭参谋长冒着敌人密集的火力，到了船头。他给大家带去了更多的力量，更大的勇气，虽然他们拿的都是短短的驳壳枪，可是一阵射击，敌人的巡逻艇离远了一点。敌人射击的效力也就差了一些。但是，敌人仍然不放松地射击着。格格的几声，彭参谋长胸前中了三处机枪伤。警卫员把他扶回头舱来。大家默默地围着他，给他包伤口，他焦急地说：

“不要管我，你们去抵抗敌人要紧，快去，去！”

大家服从命令，回到自己的岗位上去。他的妻子留在身边，在照顾他。他神志有点不清醒，还关心地问：

“他们都去抵抗敌人了吗？”

“都去了。牺牲的不少。”

“好，他们牺牲得很光荣，很值得。”

海上静静的，还是没有风。敌人的枪声稀疏了，传来了叫声：

“不要打枪！”

“你们投降吧！”

“投降不要紧，不杀你们！”

我们船上的人，把枪拿得更紧，异口同声地说：“我们决不投降，我们决不放下枪！”

“除非把我们打死，决不做俘虏！”

大家只有一个决心：宁死不投降。连船老大也卷起袖子，拿起船上那条不大能使唤的长枪，感动地说：“我们给他们拼！”水手班长小王拿着自己那支坏马枪，不时伸出头去打敌人。敌人的诱降，所得到的回答是：更密集的枪声。待了一会当敌人知道新四军每个指战员都是不可屈服的，机枪又在民船四周叫嚣起来了。头舱里突然迸发出一声疯狂的叫唤，张主任的妻子张明给打倒了，田旅长的妻子陈洛莲身上也挂了花。按着伤口，陈洛莲说：“到了我们最后为革命牺牲的时候了……”

张明抬起头来，对张主任说：“我不行了，你们打。赤民，你们坚持到底……”

男同志们说：“我们先死，你们后死，大家死在一块好了。”

张主任的警卫员戴文天匆匆跑过来，满头满脸都是汗，在找程主任。戴文天是盐城人，才十八岁，可是浑身闪着勇敢和饱满的精力。虽然是一九四〇年才参加新四军，但是在革命的军队里已把他锻炼得很坚强了。找到程主任，他向他要了一把二十发盒子（他自己那把盒子打卡子了）。接过新的驳壳枪，象增加了无限的生命力，他又跑去打了。子弹在船上面嗯嗯地飞去。

船舱里汪着红殷殷的血水，像一条小河，河里躺着负伤的干部和水手。田旅长虽然晕船，他一直还是勉强支持着，鼓励大家要坚持下去。他指挥船上没受伤的同志们，在搬船板和被子，连女同志也无声地曲着背在搬运着。他们脚踏在血水里，溅得满腿是血，用船板和被子把四面堵起来，抵挡子弹。

一阵急骤而沉重的步子传来，警卫员把伍部长背了下来，他脑部受了很重的伤，迷迷糊糊地喃喃着：

“我的革命已经成功了。你们继续打敌人！”

他把手里的枪递给警卫员：“去，坚持下去！坚持到底！”

“坚持到底”这句话说出大家的意志。

接着，最后一个水手，那个粗眉大眼四方脸的小张腹部也受了伤。敌人的机枪还在象煮沸了水似的响着。保安处长黄国山看看我们仅有的十多颗手榴弹，二十条手枪，子弹也快打得差不多了，他把手榴弹的发火线拉出来，想炸船，同归于尽，免得子弹打完了做敌人的俘虏。张主任迅速地把手榴弹抢了过来，说：

“还早着呢，用不着。要是敌人上我们的船，再炸也不迟。”

太阳有点偏西，海面泛着无数的金光，枪声渐渐稀疏了。不知外面情况怎样，张主任想上去看看，他的警卫员戴文天自告奋勇地要去，但张主任要亲自去看一看。于是，他们两个人爬到舱顶上去了。敌人没有走，巡逻艇还很近。侧面射来一枪，正打在戴文天腹部，他们两个人退了下来。

枪声停止了。张主任又要上去看看，却被负了伤的戴文天抢着去了，他按住伤口，一个人爬在舷上瞭望，高兴得忘记了伤口痛，大声对舱里说：

“敌人退了！”

真的，巡逻艇对一只既无工事设备，可以说又无武装（单是短枪不顶事）的民船，从清晨直打到下午三点，奈何不得，悻悻地向连云港那个方面去了，而且还带回去十多具海盗的尸体。

五、起风了

船上水手都牺牲了，只有一个负伤，动弹不得。于是大家动手，拿出主索，很费劲地把篷子扯起来。刚扯好一个篷子，起风了！船上洋溢着笑声。大家焦急着没有掌舵的，谁也不会。那个负伤的小张自告奋勇要求掌舵，他站不起来，躺在拴舵的绳子旁边，用手拿着绳子来掌舵。

瘫软了的船又回复了神经感觉，健康地在海上活跃起来，向西北急驶去了！

从连云港那个方向，开来了三只巡逻艇，急速地向民船追来，航行得很快，眼看着就要追上民船哪！

田旅长晕船稍微好了些，看见又来了三只巡逻艇，更精神起来。他指挥大家伏在舱底上，准备好武器，只要敌人一接近就给他拼。

可是敌人不敢接近。程主任那一颗手榴弹，把敌人打丧了胆。他们躲在装甲的巡逻艇里，不敢露出头来，只是远远地用六挺机枪、密集的步枪，来射击着毫无抵抗力的民船。除了这样，敌人在不屈不挠骁勇的新四军指战员面前，却毫无办法！

到柘汪还有五六十里地，田旅长改了决心：靠岸，从陆地上到山东根据地去。水手小张的舵转过来，船向海岸驶去。彭参谋长听说要上岸，从昏迷的状态里，有点清醒过来。他睁开眼睛，说：

“对，上岸去，这一次我们吃了没有带战斗部队的亏，连一杆长枪也没有，尽挨打，同志们都坚持下来，好……上了岸，在陆地上敌人就占不了优势了。上岸的可以到一一五师师部。我不能活了，我和陈、罗首长（一一五师陈师长和罗政委）在一块工作很久，你们把我的尸首抬到师部，给陈、罗首长看看，我也安心了……”

田旅长安慰他：“不要紧，你好好休息。”对着将要永别的十多年的革命战友，大家黯然，说不出什么话来了，只是握紧了手里的枪，对着敌人。

彭雄同志很小就参加红军，为了人民，为了祖国的解放，曾经受了四次伤。二十九年的生活，都在战争里渡过，最后又把自己的生命，在战斗中献给了祖国。大家都会像祖国一样的，永远地爱你！永远地记住你，彭雄同志！

六、永恒的记忆

船快靠岸，尾追来的三只巡逻艇，枪声打得更紧，也更靠近民船了。敌人企图把民船包围起来，俘虏船上的人。田旅长识破了这一点，叫大家上岸：保全自己，打击敌人。船拢在一个浅滩上，离岸一丈多远，再不能向岸上靠拢了。敌人一步步逼近哪！正在涨潮，汹涌而来的浪头，冲击着岸边，水逐渐往上涨。田旅长冒着敌人密集的火力，第一个跳下水，其余的人都跟着他也跳下水，向岸上走去。

敌人六挺机枪和几十条步枪所构成交叉的火力点，封锁着上岸的去路：子弹像大雨点子似的，落在海里，射在人身上。一会，海上泛起殷红的血——有人中弹了，沉到水里去。田旅长和陈洛莲一些人，走在最前面，不幸踏进了一个水槽里，失脚陷下去了。张赤民在船上招呼后面的人走上水浅的道。……

消瘦谦和的田旅长，骁勇的年轻将领，一生为了革命事业，青春都消磨在战争里。他挂过七次花，身上布满枪弹的创伤。这次为了领导大家突出优势敌人的包围，牺牲了自己，救出了大家，你的伟大的战斗的精神，永远活在大家的心里。

在敌人绝对优势的火力扫射之下，一支非战斗的干部队，在他们从来没有经历过的海上作战的情况下坚强抵抗了一天，没有一个屈服的，没有一个动摇的，像这样悲壮的斗争，像这样无畏的精神，在抗战史上是可歌可泣的，这是共产党人崇高的品质和凛然的气节。

彭雄、田守尧诸同志是江南人民的一面战斗的旗帜！这旗帜在海上英勇地折断了，这不仅是江南人民的损失，也不仅是新四军的损失，而是全国人民和共产党的很大的损失！你们英勇地死去，这精神，将永恒地振奋着全国的人心。

不久，赣榆县的马鞍山上，建立起一座崇高的烈士纪念塔，它矗立在云空，对着浪涛汹涌的黄海，昭示着烈士们的精神，和黄海一样永存在人间。

（周而复《怀念集》）

【作者简介】

周而复（1914—2004），安徽旌德人。现代作家、书法家。1938年赴延安，次年加入中国共产党。建国后任上海市委统战部副部长、上海市政协党组书记等。“文革”结束后曾任文化部副部长。有中篇小说《白求恩大夫》、长篇小说《上海的早晨》（四部）、长篇小说《长城万里图》（六部）等。《海上的遭遇》为周而复与刘白羽、吴伯箫、金肇野合作，周而复执笔。

【导读】

1943年3月17日，从阜宁出发赴延安学习的新四军团以上干部和战士共51人，途经赣榆县黄海海面时，与日军巡逻艇遭遇，展开激战。战斗中三师参谋长彭雄、八旅旅长田守尧等16名干部壮烈殉国。这篇文章记叙了这一事件。1988年周而复在致作家叶楠信中回忆：“所询《海上的遭遇》一文，系由参加赴延安干部队成员向我们口述经历，当时刘白羽、吴伯箫、金肇野与我同时听取，推我执笔，撰成此文，于一九四四年三月在扶施即延安完稿。”全文较长，共六节，这里选了三节。文章记叙了战斗经过，战斗的情景写得非常详细。从干部到战士，充分表现了新四军英雄们英勇顽强、视死如归的气概，惊天地泣鬼神。作者中有军人，文章是他们在事发后不久采访参战者所写，每个细节都是真实的，是战场实录，与我们平常读到的多少带虚构想象成分的战斗题材作品完全不同。如伍部长、彭雄牺牲前说的话，都是不能凭虚构写出的。文章多急促的短句，风格粗犷强健，在叙事中随时插入抒情句，别具一格。（邵春驹）

第六单元　新苑撷英

归逐故园春

顾骧

夜宿滨海客舍，一宵枕上听雨，淅淅沥沥，空阶滴到明。晨起推窗，风停雨歇，庭园一碧如洗。惟天低云浓，雨意未消。早餐后，急忙驱车上路，前往蔡桥乡。

去年年底，当盐城市文联函邀我在今年春间回家乡出席创作会议时，我就暗暗打定主意，一定要顺便寻访一下盐阜二联中旧址，以了却平生一桩夙愿。我说不清楚，究竟要去旧址寻访什么？我明明知道，二联中早毁于兵燹，已不复存在；当年同学，已鹤龄白发，风流云散，天各一方；但我仍然执拗地要来看一眼。似乎不如此，就难以取得心情的宁静与平衡。整整四十年了，一股强烈的愿望，时时汹涌于怀，嚼啮着我的心。不能再拖了。

车行于灌溉总渠大提，路边树木蓊郁，空气湿润。已是暮春初夏季节，绿暗红稀。平原上从南到北，正开镰刈谷，秧田方放水，一片白汪汪。几部犹存的风车，骨碌碌地转动。“割麦插禾”“割麦插禾”，布谷鸟带着悠长的鸣声，向天边逸去。岑静的田园，布谷的鸣啼，唤起我对少年时光依稀的回忆。陪我同行的盐城市文联副秘书长和滨海县文教局长二位主人，默察到我沉浸于往昔的遐思，悄然不语，一任我思绪驰向悠悠的过去。

抗战中期成立的盐阜一联中、二联中，事实上是继抗大五分校、华中鲁艺之后的两所干部学校。多少莘莘学子，提壶负笈来到这两座“熔炉”里，锻冶一番，然后奔赴民族解放的战斗岗位。每个人的生命途程上，都有许多驿站。对于我和我的同学们，二联中也许是我们最耀眼的一座驿站。尔后各人的路不尽相同，有平坦、有坎坷；有顺直、有曲折；但我们都从这座驿站点燃了烛照生命之途的爝火，经受了革命的洗礼，迈向了新的人生历程。我终于意识到了，为什么我对二联中如此深情怀念，如此镂骨铭心；为什么对于那段学习生活，如此难以忘却，如此苦苦眷恋！

二联中旧址在现今的蔡桥乡东墩村。晌午时分，车抵蔡桥镇，受到乡的党政干部欢迎。看上去，他们对我这远道而来的归客，特地要去看望早已湮没无闻的二联中旧址，既高兴又新奇。对于二联中，他们都茫然无所知。这也难怪，年岁最长的乡党委书记才四十出头，二联中存在的时日，刚刚出世，其他人可想而知了。据他们说，这些年来，我是专程来探访的第一人。是啊，这里地处偏僻，交通闭塞，来一趟可不容易。使我感到意外的是，他们告诉我：今天去不成东墩村了。因为连日阴雨，道路泥泞，车难通行。我断然地说：改由步行。他们说，步行也困难。我说，即使爬也要爬去，既然来了，怎能虚此一行？他们见我去意甚坚，磋商了一会，不知谁想出了一条办法，旱路不通走水路。改由乘船出蔡桥港，绕道射阳河，折回东墩港，直抵东墩村。这真是柳暗花明。这一来还可泛舟于我阔别数十年、梦魂萦绕的心中之河——射阳河，使我喜出望外。

射阳河源于洪泽潮，流归黄海。夹河两岸大片芦滩，舟行于水上，但见一碧万顷，满目在翠，绿意侵人。这里河面不像江南水域那么喧闹、繁忙。但见平波舒卷，涟漪微漾，偶尔有一二渔舟，轻帆柔橹，飘移而过，益显静谧、清幽。同行的市县乡干部六七人，在船头玩牌，我独自在后舱凭窗眺望。透过飘曳在苇丛上空的氤氲薄雾，悠然忆起儿时与小伙伴们进入这迷官般的芦苇帐，捡拾“柴刮刮”鸟蛋，宛如浸在原始森林的神秘之中，想起在春水边，用宽宽的苇叶折叠成一只只小船，置诸碧波，顺流飘去，载走了天真的重年幻想。……这一切，恍然若梦！

舟抵东墩村，舍舟登岸。在村中间一片操场和竹树四合的两排平房前，一位本村的老者指点着告我，这里就是原二联中校食宅基。一九四八年，国民党黄伯韬兵团过境，一把火把这一片房屋烧光了。如今这两排平房，是六十年代初砌建的，现为东墩村小学。面对“废池乔木”，我的心充满了无法解脱的惆怅和一种失落感。这里一星点住日的影子也找不到了。我记忆中的二联中，是一排五座宅院的地主庄园，青砖灰瓦，房第相连。在这里，我度过了短短的一年多，然而却是终身在感情上难以割舍的岁月。如今归来，庐舍虽已成墟，可是生话的记忆永难泯失。在这里，我们悉心研读过土黄纸印制、封面印有毛泽东同志木刻头像的《新民主主义论》；在这里，我学会了用纺车将洁白的棉絮抽成细细的银纱；在这里，曾留下至今听来仍使我情感震颤的《黄水谣》《中华民族好儿女》《黄海渔民曲》……的歌声。往事已如烟，似乎很遥远了，只有若干朦胧的碎片，伴以星星清晰的亮点。然而，无论是朦胧还是清晰，对我都是那么亲切、温馨！

我低回流连，怀念着曾经弦歌一堂的尊敬的老师和同窗学友。我想到我们的校长熊梯云。抗战爆发后，他从上海带回同济大学地下党的组织关系，来到苏北家乡，被委派为我党阜东县（现滨海县）县长兼二联中校长。他老父抗战前为国民党阜宁县县长兼保安旅旅长。当时人们戏以“父县长，子县长，父子县长；国民党，共产党，国共两党”联语作趣谈。这是阶级关系急剧变动的大时代所特有的现象。熊校长在全国解放后，专事治理苏北水利，赫有建业，成为党内有影响的一位水利专家，前些年离休于江苏省水利厅厅长任上。去年我路经南京，曾前往寓所探视。熊校长一生境遇并不顺畅，风波灾晦，迭有发生。解放后的一次运动中，曾被开除党籍，撤销职务。谈起往事，我们不由慨叹中国知识分子的命途多舛。在常常萦绕心际的同学中，最使我难以释怀的是大学长张璧。他清癯瘦削，双目炯炯有神。工书法，善弄箫。解放战争时期被派往国统区从事情报工作，潜伏于敌人要害机关。以他的机智与勇敢，多次摆脱敌特的追捕。建国后，在宁沪两地公安部门任职，与隐蔽敌人作斗争。五十年代初，我们还不时见面。岂料，在那波谲云诡的浩劫日子里，竟遭诬陷，蒙冤入狱。一代英才，殉献于缧绁之中。如今斯人长逝已二十周年。我今归来，君魂何在？人天两离，思之怆然！张璧兄若有墓地，恐早已白杨萧萧，冢草萋萋了。不过，我想，在每一个同窗故友心中，都有他埋骨处所。我们不是都在怀念着他、在心底祭奠着他么？

暝色四合中，返棹回镇，东墩村，我匆匆而来，又匆匆离去。今后岁月，它将为我增添一缕新的梦痕！

一九八七年七月

（《也爱黄昏》）

【作者简介】

顾骧（1930—2015），盐城阜宁人。少年时代投身抗日，14 岁参加新四军苏北文工团。先后在中共华中工委、江苏省教育厅、出版总署、文化部、中宣部等单位从事新闻、出版、戏剧、文学、教育、研究等工作。离休前为中国作协创研部副主任，研究员。享受国务院政府特殊津贴。1953 年开始发表作品，是新时期有影响的文学评论家。

【导读】

往事如烟，可是生活的记忆永存心底，即便时隔四十年，对于作者来说，依然是刻骨铭心，于是就有了机缘巧合之下暮春时节的故园寻访。上个世纪八十年代的苏北乡村，交通条件还比较糟糕，因为连日阴雨，道路泥泞，差点儿让这趟寻访“夭折”。旱路不通走水路，柳暗花明的转机却让作者的旅途多了一段泛舟射阳河的经历，涟漪微漾、轻帆柔橹，静谧、清幽，真是恍然若梦。终于到了“点燃了烛照生命之途的爝火，经受了革命的洗礼，迈向了新的人生历程”的二联中旧址，庐舍已成废墟，再忆及故人的命途多舛，作者的内心自然无比惆怅，发出“我今归来，君魂何在？人天两离，思之怆然！”的慨叹也就成了水到渠成之笔。归故园，访旧址，这是在了却他平生的夙愿；怀师长，忆同窗，这更是在抚慰他心底的忧伤。整篇散文，寓情于景，借景抒怀，情感含蓄深沉，具有很强的艺术感染力。（吴苏阳）

故乡寄衷

梅汝恺

“一派晕红才着雨，几缕柔柳乍和烟”，这是我记忆中的儿时阜城西郊的春之即景。上引的十四字，当然可形容大江南北的任何一地春景，但故乡之春在我的缅怀里，却是不可替代的“这一个”，其风酥雨腻，实又在这十四字以外。我的衣胞之地，为县城的梅家巷。八岁离别了那处偌大的宅第，迄今计算，整整一个甲子流逝了。虽说当年我还是个小孩子，然旧阜城的一切，我仍然永留心间。

那旧体育场，是我滚铁环的地方；旧公园，是我捉蝴蝶的地方；旧县中门前，是我放风筝的地方；隔壁的寿安寺，是我在大银杏树下拾白果的地方；那南河边、二衙、大市口、小市口、东门，是我扯着母亲的手，走亲戚，到长辈们家做“小锅铲”的地方。终于突然离去了，一切仿佛都剪断了，仿佛“花落辞故枝，风回返无处”了。可怀忆是不可剪断的。那些故地旧缘，仍那么多情生动地伴着我，恐怕直到我生命止竭方休。我多次回乡，曾着意寻觅那些儿时的旧迹，可怜，一切都“风回返无处”了，在我眼前展现的，却是一座繁昌的与过去完全两样的走向现代的阜宁城。是的，我是阜宁人，然严格其义，我应该是六十年前的阜宁人，是一个出生于敝微小邑的阜宁人。经历改革开放时代的今日的阜宁人，他们有充分的理由比我们这辈阜宁人更该昂首阔步，迈向未来。

我走向笔耕或文学之途，也并非纯出于偶然。其原始因由，实应归因于故土的养育。我的许多父辈们，年轻时都曾在外地读各类高校。有在上海的，在武汉的，在南京的，虽然他们并非都是文士。但文艺书籍，大量购置，月积年累，都庋藏于家。这些书在逃难时，都带去了乡间。十岁开始，我就博览群书，更通过塾师教学，单是古文，我就熟背了二百余篇。至今，仍有若干篇幅，我还能背诵到底。正如故乡的米香鱼鲜壮我体魄那样，家传的“书山有路”，所谓“手披目视，口咏其言，心惟其义”，氤氲传承，也就成为敝微小邑的故乡对我的最可贵的惠泽。再如，我累计著译600余万言，然究其语言运用的母体，其主根还是扎在故土的地面上。我认为上天恩我，使我有幸成为阜宁人。因阜宁话属淮扬语系，最接近我国的书面语，且有个性，词汇丰富，有表现力。略去其难解的俚言，即可成为直入艺术堂奥的文学语言。而这，正是我终生受用的不尽的故乡之赐。

故乡语言和故乡旧梦是孪生相依的。我不才，我并不敢望先贤文星的项背。所谓“下笔烟飞云动，落纸鸾回凤惊”，诚然，这只是文士成就的极致理想；然我深信，未来的阜宁才子们，只消深探阜宁话的奥秘，再汇“百川”以厚积，欲达到这样的境界，我不认为是不可能的。想想，产自邻县的吴承恩，他写出了《西游记》；产于我们南邻地区的施耐庵，他写出了《水浒传》，便是明证。我们确实以身为阜宁人而自豪。可惜，我自己的儿孙已没法继其志穷其境了，因为他们都已外地化了。实在，这是命运的使然。

（《梅汝恺文集》第五卷）

【作者简介】

梅汝恺（1928—2023），盐城阜宁人。1949 年参加革命工作，历任苏南日报社记者，江苏人民出版社文艺编辑，江苏省作家协会理事等，文学创作一级。他既是作家，又是文学翻译家，著有长篇小说《农场女儿》《青青羊河草》《女花剑传奇》，中篇小说《真理与祖国》，中篇小说集《晴雨黄山寄情录》等，翻译波兰显克微支长篇小说《火与剑》《洪流》等。1984 年波兰政府授予其波兰人民共和国文化艺术金质奖章。

【导读】

人生在世，无论他属于哪个国家哪个民族，也无论他在未来的路上会走多远，都无法割断与他出发的那片土地的血肉联系。于是，便有了这篇散文中作者的真情告白：这一切“怀忆”，不但“不可剪断”、无法忘却，而且还将“多情生动”地伴随其终生。滚铁环，捉蝴蝶，放风筝，拾白果，做“小锅铲”……那是八岁孩子最欢乐的童年时光，旧体育场，旧公园，旧县中，寿安寺，南河边……这是 68 岁老人心中最难忘的故地。对于故乡，作者除了温情的缅怀，更有深沉的感恩：故乡的米香鱼鲜使他拥有了强壮的体魄，故土的养育帮助他走上了文学之途，这些“终生受用的不尽的故乡之赐”将永远流淌于血液和积淀于记忆之中。（吴苏阳）

《水路茫茫》后记

李有干

《大芦荡》由上海少儿社出版后，曾经收到过不少读者的来信。而写信的不仅是儿童，也有成年人。基本都是两层意思，一是问我什么地方能买到《大芦荡》，替自己上学的孩子买的。再就问我，是否有写作《大芦荡》续篇的打算，很希望我能写出来。记得 2007 年在我的作品研讨会上，上海少儿社决定要出版这本书稿的时候，曾经有人预言这本书的出版会有两种评价：一是好久没有看到儿童文学作品如此对苦难的展示和对苦难的抗争，肯定很过瘾；二是有些老派，写法上没有什么创新，还是以前小说的现实主义套路。在接连不断收到读者来信后，平时很少上网的我，看到网上的反馈属前者的看法多，后者的意见少。后来，在和孩子们的接触中了解到，他们还是喜欢《大芦荡》的。我想，除了现实主义的创作方法至少没有成为过时的“老套”，或者说目前儿童文学领域里，这种类型的作品读者还是需要的。

《水路茫茫》的写作动因就在于此，但它不是《大芦荡》的续篇。

如果说，这本书和《大芦荡》有什么联系，那就是小说所写的地域与历史是相通的。

地处苏北里下河地区的盐城，是一个奇特的地域。东边是大海，西边是湖荡。都与水有关，可以说是水做成的。特殊的地理位置决定着盐城民众特有的文化传承和气质品格。因为远离国家的政治、经济、文化中心，这里便形成了独有的生活方式和生活节奏。外面的世界，无论变革还是战乱，传到盐城都会晚一个季节。我曾经思考过：是不是“天高皇帝远”的缘故呢？其实这“天高皇帝远”的观念是父辈们在我幼小的心灵里留下的烙印，常常在他们叹息声中听出那被遗弃的凄凉和无奈。因为这个被“遗弃”，杀人越货者，躲灾躲难者，会在这里得一席存活之地，因为这个被“遗弃”，日本人可以肆无忌惮地炮击盐城老城门，土匪可以随心所欲杀人放火……也就是说，这个用水做成的地方，是历朝历代统治者远在天边的一块“鸡肋”，是这个国家的神经末梢。

但是，当我记事的时候，这片土地所发生的最大变化，就是不再被“遗弃”。

这就是，陈毅、刘少奇等一大批共产党人在这里重建了新四军军部，一下子使整个苏北里下河地区获得了新生。于是，这里就演绎了至今令盐城人引以自豪的血与火的“红色历史”。后来就有了“陕北有个延安、苏北有个盐城”的说法。我始终认为，盐城是厚道的，是宽容的。虽然贫穷、荒凉，她还是敞开胸怀承载起沉甸甸的时代重任，使共产党人能够将革命进行到底。

我是盐城人，严格意义上的荡里人。

我出生在河、沟、桥密布的村落里，居住在无边无垠的芦荡深处的水网地带。我的童年是在战乱中度过的，住在低矮杂乱、堆满锄犁、鱼网，弥漫着芦苇水气和鱼虾腥味的土墙茅屋里。饥饿，伴随着我一天一天长大。最难熬的日子是青黄不接的春头上，几天吃不上饭，只能和小伙伴们成帮集队到坟场去拔茅针充饥，满眼都是被破芦席裹着的孩子的尸体。那时，我们的胆子也真大，照常拨开尸体拔茅针。这些孩子的死因，基本上都是饿死或病死的。那时，常常流行“天花”，又一说出“水痘子”，实际上，就是瘟疫。一个村里只要有一个孩子染上这种病，全村的孩子都难幸免。我们村每户人家一般都生六七个孩子，最终能存活下来的也就两三个。

而更可怕的是匪患。

有一年，我随父亲摇船去海滩割茅草。船驶入串场河时，天色已晚，突然十几个大汉从天而降，我父亲轻声嘀咕了一句：遇上土匪了。这是我第一次零距离和土匪接触。土匪翻遍了每一块船板，没有搜出一分钱来，只拎出几升麦糁子，就用绳子把父亲捆了起来抛进河里，扬长而去。我以为父亲死定了，不由嚎啕大哭。父亲凭着自己的水性，居然死里逃生。后来，匪首被民主政权处决了，留下一个十多岁的女儿，在附近几个村子里四处流浪……我的两个女儿，是在“三年自然灾害”时期出生的，应该说经历过一段艰苦的日子，可是现在问她们，土匪是何物，她们都说不清楚，而她们的下一代，则认为土匪是《西游记》里面的白骨精，牛魔王……一方面，使我看到几代人有过的苦难，正被一点点的遗忘，为当今的孩子缺少对苦难的了解和认识而忧虑。另一方面，单单责怪孩子们追求享乐忘却过去已成风气是不公正的，或者是过于简单化了。我们应该正视，应该找一找原因才对。我们的过去虽已成为历史，但历史是可以触摸的，我们是否用心去领着孩子们触摸历史了呢？我说不清这其中的道理，但忧虑愈发沉重。我在想，商业化的泛滥，常常把文化和娱乐放在一个容器里。而什么是文化？什么是娱乐？这是需要认真斟酌的。当代儿童文学似乎过多地关注“情感”，而忽略了“精神”。当然，并不是说情感就不是精神。我理解的“精神”是对当下儿童的健康成长而言，不是那种看似尊重小读者的“轻松阅读”的情感向导。如果说，大家都把娱乐孩子们作为一种满足，是很轻松，很容易做到的，但真正领着孩子们走进已过去的历史隧道里，是不轻松、不容易的事情。

我并不是说所有的儿童文学都要这样做，至少应该有这样的作品存在。如果说儿童文学都成为对孩子们的一种“愉悦”，至少是一个缺憾。

我幼年时，每次小镇逢集赶去看热闹，母亲总这样的提醒：不要往人多的地方挤！人多的地方虽然热闹，但容易发生碰撞。我想，文学创作不也如此，如同很多人要去同一个地方，有多条路可以选择，走法不尽相同。阶级斗争天天讲，年年讲的岁月也许一去不复返了，但贫与富之间的不公平、善与恶之间的较量永远不会消失……

我的父辈把土地看得比生命还重要，一生的追求就是能有地种，给后辈留下几亩赖以生存的土地，他们惜土如金，不惜用生命换取土地。《水路茫茫》围绕着土地，展开了一场你死我活的较量，展示了荡里两代人强悍而又血气方刚的气质，面对苦难是那样的从容，那样的无所畏惧。

如果没有我老家那片神奇的土地和许多人物的悲欢离合，就不可能有《水路茫茫》，我把历史上曾经发生过的事情，注入现在的情感写出来，难免没有悲伤，而且有些沉重，但我期盼家长们让孩子暂时丢下繁重的作业，跟着我们回望祖先与我们渐渐远行的背影，领略他们的苦难和坚忍，能懂得，因为苦难，所以坚忍，我就心满意足了。

（《水路茫茫》）

【作者简介】

李有干，1931 年生，建湖人。1956 年毕业于中国作家协会文学讲习所。担任过县委宣传部新闻干事，报社编辑、记者，文化馆馆长等。他主要从事儿童文学创作，作品有长篇小说《大芦荡》《水路茫茫》《风雨金牛村》及若干中短篇小说。有《李有干文集》八卷。20 世纪 70 年代初，他担任文化馆创作辅导老师，培养了曹文轩等走上文学道路。

【导读】

21世纪之初，老作家李有干以长篇小说《大芦荡》震惊中国儿童文学文坛。《水路茫茫》是作者继《大芦荡》后又一部儿童长篇小说。作者写这篇后记时已经80高龄，是漫长曲折的盐城现代历史的亲历者。他以作家而非学者的眼光看盐城，提出了自己的认识。远离中心地区、贫穷荒凉却又宽容厚道，担当了历史重任，这是作者对盐城的概括。这一看法是朴实的，又是确切精准的。文中还写了盐城充满饥荒、匪患、战乱的过去，这是今天的年轻一代没有看到也很难想象的景象。特别是坟场上“满眼都是被破芦席裹着的孩子的尸体”而年幼的作者“照常拨开尸体拔茅针”，任何一部历史著作也达不到这样的细节真实。如果作者不写，后人就永远不知道了。它不啻一篇关于盐城社会史的珍贵文献。作者态度自然平和，不做作，文笔如行云流水，似乎是与读者聊天，而意蕴丰厚，回味悠长，是一位老作家的文学功力和精神人格双重的体现。这是“后记”，是作者对自己的小说所作的补充说明，不是一篇“正式的”散文，却是一篇好散文，这种现象在散文史上屡屡出现过。（邵春驹）

有表姐的那年那月

王尧

母亲生下我小弟弟后，外婆说：再生的话会不会还是儿子？

我们这个家族的结构真的是有趣。我们兄弟仨，家里全是男孩。我的三个姑妈在小镇，我的若干表姐表妹也就在小镇；我母亲姐妹三个，都在一个庄上，没有舅舅。我大姨生了三个女儿，但她们比我小太多。我小姨生的男孩。在我们都读小学后，父亲和舅爹商量，给我们兄弟仨改了名字，依次是尧舜禹。可能这个名字抵挡住了母亲把我们女性化的美好愿望。在庄上，男孩的布鞋是没有鞋搭子的，我们兄弟仨差不多都到了十岁，还穿着有鞋搭子的布鞋。更为恐怖的是，在家里吃饭，母亲一定会给我们兄弟仨套上袖套，戴上围兜。大弟弟从小就有个性，母亲无法改造他。小弟到底小，比两个哥哥长得秀气，母亲总是设法把他打扮成女孩模样，好在小弟弟也没有被母亲改造过来。你无法想象，一个家庭会渴望有一个女孩。母亲的这种想法，一直影响我的想象，我总想写一部小说，虚构一个妹妹。母亲的创造力比我强许多，我读大学的几年，回去一次，就认识一个新的干妹妹。

在日常生活中，与我们兄弟仨相处的女性基本上都是两代长辈，唯一例外的是我在庄上有一个表姐。如果我们说到姐姐如何，就是说表姐。表姐其实和我两个姨娘年龄相仿，但辈分和我一样，我们庄上有三户人家是外乡人，我们家是1949年新中国成立前夕从小镇到村庄的；稍晚些时间，还有两户人家从县城到了这个村庄。一户是戈师娘和她的儿子，母子俩和我爷爷奶奶住一个院子，另一户是顾爹、顾奶奶家，他们住在供销社巷子口西侧的一个院子里，顾奶奶的外孙女，就是我的表姐。顾爹、顾奶奶到乡下时，表姐还没有出生。我开始记事时，表姐家就她和她的外公外婆，表姐的妈妈偶尔也从县城过来，我叫她姑妈。那时，我已经知道血缘关系上的亲戚有哪几位，不知道我这个姐姐怎么成了我的姐姐的。我问了父母亲好多次，才有了比较完整的信息。顾奶奶就一个儿子，一个女儿，儿子在抗美援朝时牺牲了。顾奶奶到了庄上，特别喜欢我父亲，就认我父亲做了干儿子。表姐的妈妈离婚了，又重新嫁人。上小学的表姐就从台城到了外公外婆这里来生活，这里还有个舅舅，也就是我爸爸，大家一起等着她。

表姐特别喜欢我们家的饭菜。那个时候能够吃到的也就是青菜、萝卜和韭菜，偶尔吃豆腐、小鱼，偶尔吃肉。现在去买鸡，还会问是不是活杀的。当然是活杀的。以前在乡下，难得把生蛋的鸡活杀，不能生蛋了，或者瘟死了，才会杀活鸡。有着漂亮鸡毛的公鸡通常是去小镇卖掉。我们家里偶尔做了什么菜，父母亲就会打发我送一份给表姐。有一次表姐说到我们家吃饭，父亲说要去买块肉。我积极得很，自告奋勇去了。看到卖猪肉的人给了一块骨头很大的肉给我，我就说：骨头太大了，换一块吧。这个人说：没有骨头，这猪靠在墙上长啊。我哭笑不得，拿着这块肉回家了。表姐并不挑食，什么都吃。表姐家好像喜欢用咸菜烧小鱼，也会送给我们。

我对表姐开始有深刻印象，是她从北京天安门回来，我记不得她是第几次被毛主席接见的红卫兵。表姐皮肤白皙，从北京回来时好像一个暑假都在田里干活，脸被晒得红黑。表姐说广场上人太多了，鞋子都被挤掉了。可能是离天安门城楼比较远，表姐一直说不出毛主席和其他首长的样子。憨厚的表姐话不多，也很少与人接触，基本上就在家里看书。表姐家的房子在村口，我每天放学必经她家门口，总是看到她坐在那里看书。我喊一声“姐姐”，她说：“你放学了。”如果是中午，她有时会留我吃饭。我印象中表姐似乎很少到田里干活，农忙的时候，她也去收麦、插秧、割稻。表姐大部分时间是坐在堂屋里看书，她被晒红的皮肤很快又变得白皙了。

表姐从城里来，高中毕业，是同年女性中学历最高的。她喜欢看小说，如果不是运动，应该去大学念中文系了。表姐似乎也没有做农民的打算，大概也没有深入思考过自己的前途，偶尔去田里干活，大部分时间看书。表姐家是烈属，政府对表姐家的生活有所照顾，日子不好不坏。乡村里年长的女性抽烟很多，顾奶奶、我自己的奶奶和外婆都抽烟。有一天放学路过，我惊讶地看到表姐抽着烟在看书。村上除了我爸爸，可能没有人理解表姐的怀才不遇。我们从小到大，劳动观念排第一，爱劳动是勤快，不爱劳动是懒惰。我估计表姐是被村上划到懒惰一类的。住在我们家西边的老胡，每天从田里回来都从表姐家门前走过。老胡总是看到表姐在看书，他对我母亲说：这个姑娘这么懒，以后嫁到哪家去啊。

老胡多虑了。他不久后知道了，他在南京当兵的弟弟小胡看上我表姐了。表姐虽然不爱到田里劳动，但读书多，有见识，憨厚，不刁蛮。表姐特别有同情心，说到谁家生活艰难，说到谁生病了，表姐眼睛会湿润，这个特点发展到后来，就是爱哭。后来成了我表姐夫的小胡和表姐一起读到初中时去当兵了，他充分认识到了表姐所有的优点。表姐和小胡订婚时，小胡已经是排长。小胡英俊潇洒，他穿着军装，戴着军帽，腰杆笔挺，眉宇间透出豪气。我当时对解放军的崇拜与表姐夫的帅气有一点关系。

他们订婚时，表姐已经到庄上的学校做了民办代课老师，后来又转成了民办老师，和我爸爸在同一所学校教书。他们在部队结婚的，回来时从南京带了很多礼物给她的舅舅舅妈，就是我的爸爸妈妈。我第一次吃到巧克力，面包，还有奶糖。每年暑假，表姐去部队度假。我们兄弟仨读书，爸爸在学校，妈妈劳动，家里的工分很少，日子不怎么好过。那年收双季稻，妈妈太辛苦了，患了肾炎，治疗不及时，成了慢性肾炎。表姐和表姐夫不时从南京寄回杜仲、天麻什么的。有一年暑假，表姐去部队前，来我们家告别。表姐对爸爸说：舅舅，下个月的工资你领下，我不要了。然后，表姐脱下腕上的手表：这块表你戴吧，我去南京时不需要。这个场景是我生命中最温暖的记忆之一。后来，表姐只要去部队，她的工资就让我爸爸领回。我记得，爸爸的第一块表是表姐的旧表，还是她从南京买回来的。滴答滴答的声音，留下了旧时光里的心跳。

我小学毕业后，表姐开放了她的放书的木箱。她说，你想看，随时来拿。我在她的箱子里翻来翻去，我先是选了她的语文课本，课本上的文章和我的课本完全不同。我读到了《老山界》《朱德的扁担》，还有鲁迅的散文。表姐的课本成了我文学的启蒙老师，我模仿鲁迅写的作文，老师让班上同学传阅。然后是一本叫《收获》的杂志，巴金和靳以主编。我不熟悉这两位作家，表姐介绍说，巴金写了《家》《春》《秋》，她说了靳以写的什么，我忘记了。我问表姐有没有巴金的小说，她说没有，有的话也不能看。表姐的箱子里有《林海雪原》《红旗谱》《野火春风斗古城》，还有一本普希金的诗集，我记不得书名了。我发现，表姐对俄罗斯文学艺术很熟悉，我听左老师的手风琴曲，不知所以然，表姐解释后我也似懂未懂。那时中苏交恶，表姐感慨地说：这辈子没有机会去莫斯科了。

我差不多高中毕业时，表姐夫转业去了台城工作，大家也喊他老胡了。我们那地方为了表示亲切，会喊姐夫为哥哥，我自然而然地叫老胡为“哥哥”。表姐为了不分居两地，带着两个孩子去了台城，在一家工厂工作。这应该是做出了牺牲的，如果不去工厂，表姐也就能转成公办教师了。表姐是位好老师，在工厂当保管员，与她的气质和能力都不吻合。我们兄弟仨陆续考上了大学，镇上的长途汽车开始时不通南京和苏州，后来通了，但不是每天都有车次。一直到我工作后几年，我多数是前一天下午到台城表姐家，第二天早上从台城长途车站往苏州。表姐和表姐夫如果有时间，会在当天下午先到车站接我，用自行车驮我的行李。那时，我还是英俊青年，比标准体重还轻点，如果行李不多，我会坐在表姐夫的自行车上。如果是表姐接我，我就骑自行车带她。我从车站出来，不远处就是县城的体育场，上大学前的暑假，我曾和同伴到体育场割草。每次路过体育场，我都会生出些感慨，从来没有想过，在县城，我会有一位亲戚。即便是少年时，表姐和表姐夫也视我为大人，亲切而客气。在台城的晚餐，一定是我一年中吃得最好的一次，表姐夫下午就请假，买菜做饭，等表姐下班了，我们就开始喝酒。表姐总是微笑着，努力不叫我的小名，叫我王尧。他们俩不停地给我夹菜，生怕我饿着。表姐夫有点好酒，有时会超量，然后开始演讲。表姐坐着，也只是微笑，抽烟。一次路过台城，表姐夫出差了，表姐在家里做饭菜。出乎我预料，表姐的手艺很好。生活真是会改造人，表姐带大了两个孩子，操持家务。她穿着厂里的工作服时，看上去完全是工人阶级的模样。我是个可以熬夜，但起早不容易的人，出发的那天早晨，一定是表姐或表姐夫叫醒我。吃完早餐，他们例行地给我十块或者二十块钱，这在当时是很大的数字。表姐总会提醒我把钱放好，我上车时，也会习惯性地再摸口袋。然后是挥手，依依惜别，等待下个寒假或暑假再见。

年复一年，日复一日。表姐下岗了，我工作了。表姐的背有点驼下来，比以前抽烟更多了。她看到好像风华正茂的我总是特别开心。开始我们一年能够在春节期间见一次，后来我不是每年都回去，只是在空闲时通通电话。我多次邀请表姐和表姐夫到苏州小住几天，他们总是答应，但始终没有成行。表姐开始照顾她的第三代，不亦乐乎。有一天我突然接到表姐夫电话，说姐姐身体不好，可能有些麻烦。我说，你陪姐姐到苏州来治疗。等到他们到苏州时，表姐已经不怎么能走动。我曾经想象的在我们家相聚的欢乐场景再也不可能了。我在医院安顿好表姐，请了最好的医生给她做手术。手术后医生告诉我已经是晚期，手术没能完成。我和表姐夫悄悄说病情时没有流出眼泪，但出了医院门，我在望星桥边潸然泪下。在我有能力为表姐做点什么时，我却什么也做不了。

一个月还是两个月后，我赶回去送别表姐，也送别有表姐的青少年岁月。我后来几乎很少再回台城，即使路过也步伐匆匆。我都是约表姐夫到乡下见面，或者约好了一起去扫墓。很多朋友不解地问我：你这么多年，怎么不到台城来？我没有说出我心中的痛楚，没有了表姐，也就没有了我的台城。我每年回去扫墓，都去表姐的坟上烧纸、献花，点一根香烟。今年疫情暴发，无法回故乡，表姐若是地下有灵，一定会寂寞。表姐不会计较我，她会像往常一样想：王尧兄弟太忙了。

（《时代与肖像》）

【作者介绍】

王尧，1960 年生，东台市时堰镇人。1981 年考入江苏师范学院（现苏州大学）中文系。著名文学评论家，作家。苏州大学文学院中文系教授、博士生导师。学术著作有《乡关何处——20 世纪中国散文的文化精神》《“思想事件”的修辞》等，又有长篇小说《民谣》、散文集《时代与肖像》等。曾获第七届鲁迅文学奖文学理论评论奖。

【导读】

“一个人的遭遇”，读了这篇文章，脑中自然浮现出肖洛霍夫著名小说的题目。不仅因为文章写了表姐的一生经历，而且因为它与肖洛霍夫小说的精神相通：对普通人、“小人物”命运的关怀和对他们美好心灵的展示，以及温婉的、哀伤的抒情基调。这也是俄罗斯文学的基本精神。从那个年代过来的作家，心底都有一种俄苏文学的“情结”，其影响强大且深刻。文章写了一位受过较好教育的乡村女子的一生，青年时代的她对环境不满，爱文学、有梦想，向往遥远的莫斯科；然而，她终究不得不两度与现实妥协，先是嫁人、工作，做一个普通人，再又舍弃乡村教师的工作到城里当对她并不合适的工厂保管员。所幸的是她积极顺应了命运的安排，从学做饭到带孩子、带孙子，一路走来。这是那个年代这片土地上大部分人的命运。文章写了表姐的真诚善良，虽是点滴小事，却令人感动。作者文笔朴素无华，叙述娓娓，饱含感情。新时期文学中渲染阴暗、“审丑”“玩文学”种种现象流行，这种张扬真善美的文字是值得宝贵的。（邵春驹）

摇 篮

贾梦玮

我母亲小时候是有名的被送养的孩子。贫穷年代，孩子多了养不活，只能送出去一个，甚至两个，给没孩子的家庭领养。那叫“减轻负担”啊。也没有人细究过：那“负担”是什么，那是怎样一种“减掉”？我母亲有一个姐姐、一个弟弟、一个妹妹，据说我的外公年轻时不怎么顾家，所以日子过得更加艰难。要减轻家庭负担，送一个孩子出去是现成的办法。姐姐是长女，妹妹是老小，弟弟是唯一的男孩，都有留下的理由。母亲成为送人抱养的最佳人选。

母亲那时四五岁，已经知道了“家”的意义。此时被抛弃，是得而复失，是生生扯出的血淋淋的伤口。哄、骗、逼，母亲在号啕中被抱走。外婆含辛茹苦，但要把自己的孩子送人，撕裂的痛苦，巨大的不舍，被送走的孩子也能感受到。外婆安慰自己的唯一可能的理由是：二女儿到了新的人家后能过上比较好的日子。据说外公表现出来的是减了负担的轻松，这对于母亲来说，无疑是最大的悲凉。这种伤害一定是寒彻肌骨的。对此，一直到外公去世，母亲也未能原谅。

母亲作为被抱养的孩子之所以有名，是因为她曾被不同的家庭抱养。第一次去的人家，因为后来生了自己的小孩，母亲被送回来。又送去第二户人家，可能因为养母外面养了汉子，嫌母亲碍事，虐待她，逼她走，没办法，只好回来。母亲于是到了第三个养父母家。也是没孩子的人家，就在本村。“爸爸对我很好！”说起最后这位养父，母亲总是如此深情而肯定，没有丝毫的勉强。如今，快八十年过去了，母亲仍很自然地称呼这位养父为“我爸爸”。这也是母亲唯一称之为“爸爸”的人；对外公，母亲一直称为“老头子”，带着怨恨和不满。正因为是对自己血缘上的父亲、天经地义的父亲，这种怨恨和不满更是深入心坎，难以消除。与此相对照，“爸爸”的形象更有了别样的光彩。

母亲接受了这个爸爸。因为是我母亲的爸爸，我对这位从未谋面、只在传说中的男人也有了神秘的亲切感。后来，我从老家的地方志中查到此人，是中共烈士。

就这样，母亲在这个家里生活下来，而且“爸爸对我很好”，她有了爸爸。除了终于可以吃饱穿暖外，有了爸爸的宠爱，母亲找到了“家”

的感觉。至于爸爸如何对她好，我曾经问过母亲，她自然没能说出个子丑寅卯来。“好”和“爱”一样，是无法进行分析、概括的。天下的好，都是说不清道不明的。眼见为盲，口说如症。

只是，“好”，最容易失去，所谓“好景不长”。而且，灾难和打击来临之前，一定不会征求意见，也不管你是成人还是儿童，有没有能力承受。母亲那时被她的原生家庭抛弃，爸爸是她唯一的依靠。但爸爸突然被国民党反动派活埋了，而且是她亲眼所见。那是1947年，母亲六岁。国共斗争的残酷，特别是1927年前后和1947年前后，那种你死我活，我过去是从历史著作和文学作品中看来的，但都不如我母亲的讲述让我感受强烈。母亲也是后来才知道，爸爸是中共地下党的大队副队长，当年是和他的大队长一起被国民党活埋的，就在他们那个村的农田里。母亲说：爸爸被活埋后好多年，到了阴天，那片农田经常有两团鬼火上下翻滚、崩裂，照亮天空。母亲说，其中一团肯定是爸爸，只是不知道究竟是哪一团。爸爸是不屈不甘，母亲则是难忘不舍。

爸爸被活埋时，他老婆也就是母亲的养母躲在家里没敢出来，母亲是跟着养母的妹妹也就是她的小姨到了现场。爸爸被五花大绑摁在土坑边，周围有零星的人围观。母亲感觉到了什么，哭喊着要往爸爸那儿跑。小姨慌乱中赶紧用手捂住母亲的嘴，不顾母亲向着爸爸的方向奋力挣扎，努力将她抱离现场……

爸爸分明是不可能回来了。成了寡妇的养母暗示她已无力独自抚养她的养女、我的母亲。母亲于是再次回到她的原生家庭，成了送不出去的孩子。母亲也知道，随着年龄的增长和家庭经济情况的相对好转，特别是外婆的极力反对（外婆说，即使是带着母亲一起出门讨饭，也不可能再把女儿送人），她不可能再被送人。三次被“抛弃”，心理情感上的伤口，何止三道？母亲自然成了家中“不一样”的孩子，心理上的阴影是无论如何擦洗不掉的。而且，还多了悲伤和荒寒，因为，爸爸永远没有了。母亲说，时间长了，一年又一年地过去，那两团“鬼火”也渐渐消失不见了。母亲说，爸爸肯定已经重新投胎为人，显然是再也没法寻找。母亲与爸爸父女一场，只有不到一年的时间。

听母亲说起她的这些往事，也是在我为人父之后。快八十年了，无可挽回的悲伤、身心撕裂的痛苦，似乎已经被时间漂白。母亲语气平静，只有当说到“爸爸对我很好”时，母亲的声音依然是有温度的，这时候，母亲分明还是被爸爸宠爱的女儿。这世界上的每个人，心上都有一道或多道伤痕吧，而因为受伤的人是我们身边的亲人，恰恰被我们忽略了。那伤痕曾经流血，正像火山，后来多年不喷发，休眠了。

母亲说到的这些，应该只是她心理情感经历的很小很小的一部分。有些她能理解，但她表达不出来；有些可能是她永远不肯说出的心底的秘密；而另外一些，她自己可能也弄不清楚。

大概只有小说家，或者用小说的笔法，才能捕捉孩子隐秘、精微的情感。我曾经读过一篇小说，其对被弃养孩子在见到血缘意义上的父母时的心理描写，给我留下了极其深刻的印象。这与我母亲的故事正好相反。一个一生下来就因为种种原因不得不送养的女孩，长到稍稍懂事时到自己的生身父母家治病。父母知道这是自己的亲生孩子，但孩子并不知情。神秘的血缘让孩子看到了父母看她时的异样目光，这是她从来没见过、没有享受过的。病中的她受到亲生父母迟来的加倍呵护，她甚至感觉到自己被一种奇异的花香包围，心脏的某个部位弱弱地塌陷下去，是那种甜美的塌陷，虽然她并不知道原因。生母眼中噙着泪水，叫女孩的名字时，嘴里像是含着一块痛苦的糖，克制着不咽下去。生父抚摸她的头发的感觉也是她从来没有感受过的。他们看着她，惊异、满足而又悲伤。被这样的气氛包围，小女孩从来没有感觉这么愉悦和放松过，这个一出生就被人抱养的性格孤僻的孩子，竟然可以不停说话，对着陌生而又“熟悉”的亲生父母诉说她的遭遇，特别是原来生活的村子里的人看她的另外一种异样的眼神。这些是新闻报道所无法表达的。孩子心理上粗糙而又细微的纹理，那是生命贯通肺腑的真实状况与遭遇，是无法阻断、割舍的血脉神奇。

摇篮和摇篮曲，大概是幸福童年必不可少的吧。有视觉、听觉、触觉，关键还是内心的感受。但睡在摇篮里的那位，当时是没有能力描述对摇篮和摇篮曲的感受的。许多大作曲家如莫扎特、舒伯特、勃拉姆斯都创作有摇篮曲，艺术家们对“摇篮”的表达，既是回忆，也应是结合了自己为人父母后的体会，是父母和孩子的联合创作。摇篮曲旋律轻柔甜美，节奏配合了摇篮的荡动感，目的是哄宝宝入睡。清代诗人赵翼坐船时也找到了这种摇荡感："一枝柔橹泛波空，牵曳诗魂入梦中。笑比摇篮引儿睡，老夫奇诀得还童。"（赵翼《舟行》其一）小船轻摇，诗人无比享受，好似回到了小时候的摇篮里。

这当然是在水波不兴的时候。但风浪却是人生的常态，摇篮和摇篮曲注定成为回忆。人生造化不同，命运轨迹各异。人活一世，个人的心理图景更是各式各样，色彩明暗斑驳。心理情感世界，就连它的主人都不能完全明白。而世上每个人的命运都肇始于家庭、起源自童年。孩子的遭遇又总是有着最多的不确定性，有些甚至是被拐卖、送养或者走失，完全脱离原来的生活轨道，漂泊到世界的某个角落，无法与自己的亲生父母相见——有的是永远不得相见。父母与孩子，天造地设，血脉贯通，本来不仅无法分开，而且分别依靠对方存活。但因为种种主客观原因，有些父母与孩子被硬生生撕扯开，造成世界上最让人撕心裂肺的分离。这是人类最大的悲剧和极罪之一。那些丢失了孩子的父母，或是哭天抢地，或是"闭门屋里坐，抱首哭苍天"。然后就是希望与失望交替的寻找。

我看到一则新闻报道。一位母亲几岁的儿子，被人贩子抱走，母子从此走上互相寻找的绝望之路。儿子终于从人贩子手中逃脱，辗转流浪，已经与父母隔了千山万水。因为当时才几岁，没法找回与父母失散的地点，被好心的渔民夫妇收养。在自己的养父母帮助下，这位儿子几十年来一直在寻找自己的亲生母亲，那个给他生命和摇篮、抱他在怀中、喂他以乳汁的妈妈。丢失了儿子的母亲离了婚，她衣服的胸口永远印着她儿子的照片，寻找儿子成了她的职业。因为同属于"寻找的群体"，这对母子已在同一个朋友圈里，并相互鼓励，但偏偏错过了母子相认。等到 DNA 比对上，母亲已经成为墓碑上的照片；悔得肝肠寸断的儿子，只能抚摸着千寻万找的母亲的照片，哭倒在母亲的墓前。

天可怜见。没有人能完全知道这对母子究竟经历了什么。

谢天谢地，如今有了 DNA 技术，有些走失的、被送养的或者被拐卖的孩子，通过 DNA 比对终于找到了自己的亲生父母，父母终于找回了失落的孩子。几乎绝望地寻找，终于等来了亲生父母与孩子相见的抱头痛哭——"抱头痛哭"不准确，怎一个"痛哭"了得？我还没有找到一个合适的词来描述。这样的场景被各类媒体争相报道，引得受众感同身受，唏嘘流泪。回家的路有多长，只有当事人心里知道。但回去的家有些可能只是血缘意义上的，孩子今后如何与亲生父母和养父母相处？孩子与自己的亲生父母分离之后，身心究竟遭遇了什么？这些显然不再是媒体所关注的了。

孩子的感受与父母一定是不同的。父母是失而复得，痛苦也好，欣喜、愧疚也好，是明白的。而孩子当年还小，懵懵懂懂地过了很多年，突然出现了记忆中可能没有的生父生母，其实是有点尴尬的，何况还要面对抚育自己长大的养父母。孩子的心理情感历程曲折隐晦，有着说不清道不明的隐痛，是孩子无法承受，而又不得不承受的。而这些，可能成为伴随孩子一生的伤口和暗疾。

幸运的人，生命中都有一个有形无形的“摇篮”。父母在世，他们永远是爸爸妈妈的宝宝。有家，本质上是感受。有爱他的父母，孩子感觉有家；有自己的孩子，父母也才感觉有家。丁克家庭，夫妻相守，有关于“摇篮”的回忆，是有家；现在有独居家庭，曾经有过父爱母爱，也是有家。而有些不幸的人表面上似乎有家，其实是无家——因为从未有家的感觉，从未回过家。人生最荒凉的，莫过如此。

父爱、母爱，也许还要加上男女之情，那是人类前行的情感支撑，虽然它们大多数时候看不见、摸不着。我母亲缺少父爱，但绝不是荒凉，因为曾经有过而且那么刻骨铭心。母亲一次又一次被抛弃，但她的心田也绝不是一片荒漠，因为她有过爸爸。小说中的那个女孩，也感受到了血缘神奇的异样，虽然她可能永远没有机会解开这个“谜”。她们一次又一次失去，但不是两手空空。

佛教讲断舍离，一切都要放下，包括父母。但身体发肤乃父母所赠。出家人临终前，也许会念想自己的亲生父母吧。此时父母之义早已化为无形的东西。父母给的摇篮，父亲、母亲哄宝宝睡觉的哼唱与吟哦，孩子睡在摇篮里面时，是有形、有声的；摇篮里的那位长大后，摇篮无形，吟哦无声，可它们并未消失。而且，正因为是无形无声的，才是永不磨灭的，因为这些已经沉淀至心底，融入生命。直至体验者生命的终点，这才变得不可考。

《五灯会元》所载三位出家人的临终偈，涉及父母，其意味忠于佛教，似也超越佛教。重云智晖禅师临终偈语云：“我有一间舍，父母为修盖，住来八十年，近来觉毁坏。早拟移别处，事涉有憎爱。待他推毁时，彼此无妨碍。”这是出家人的理性口吻，但再“佛系”，他也知道父母所赐的身体发肤是不能选择的，而且“有憎爱”，词义重心落在“爱”上。西竺寺的尼姑法海禅师殂日说偈曰：“霜天云雾结，山月冷涵辉。夜接故乡信，晓行人不知。”天明时坐化。她是接到故乡的来信走的。而父母所在之地，父母之邦，才是故乡；父母唤她回去，乃是往生。焦山师体禅师活了七十二岁，临终他没说父母所给的“一间舍”毁坏，也没说接到“故乡”来信。他的临终辞众偈说：“七十二年，摇篮绳断。”父母给的摇篮坠落了，那才是最后的空。

（《万物皆可爱——第四届丰子恺散文奖获奖作品集》）

【作者简介】

贾梦玮，1968年生，东台市新曹镇人。现任江苏省作协党组成员、书记处书记、副主席、《钟山》主编。有散文随笔集《红颜挽歌》《往日庭院》等。

【导读】

现代散文大家柯灵这样论散文：“寸楮片纸，却足以熔冶感性的浓度，知性的密度，思想的深度，哲学的亮度。”（“人生与艺术丛书”《总序》）《摇篮》就是一篇熔冶了以上诸多特质的散文。特别打动人的是其所具有的“思想的深度”。文章以“摇篮”意象为由头，谈论父母与儿女的血脉亲情。古往今来这一主题的文章数不胜数，作者的出新之处在于上升到思想的层面。文章里有很多议论。“回家的路有多长，只有当事人心里知道。”“有家，本质上是感受。”类似闪烁着智慧火花的警句俯拾皆是。黑格尔说：同一句格言出自饱经风霜的老人和缺乏阅历的少年之口，其内涵是不同的。这些警句是作者生活阅历、人生思考的结晶。文章有思想，但是不故作深沉，用的是与读者谈心的姿态。文章的选材也有特色，它选取的是脱离正常生活轨道的人物类型：抱养、失散、僧侣等。唯其如此，才把主题表现得那么尖锐和深刻。“抱养”风俗，这一伴随着乡村的贫穷而曾经很流行的现象，当今盐城地区已少见，文章唤醒了历史的记忆。（邵春驹）

故乡总在望着我

鲁敏

自1998年写作至今，25年了。不管地理物理时间空间如何演变，故乡始终在望着我，她浓稠但安详的目光投射在我的笔下，有时化为真切的字句乃至成为小说的主角，有时只是拖曳的影子或隐约的气息，也有时是慰藉般陪伴般的心境。

七〇前后这一批写作者，有相当一部分与我经历类似：幼时有着结结实实泥土滚打的乡村经验，早期的阅读与审美也是全然东方的、古典式的。随后，一般在二十岁以前即完成了积极的自我刷新：从洗得太白的运动鞋开始，从学生腔的普通话开始，从对现代性审美的巨大胃口开始，从对所谓国际性视野的诉求开始，我们或多或少地城市化了。这一切似乎也都是顺理成章的。然而我们骨子里还是个乡下半大孩子，只要一想起乡村就会莫名疼痛，哪怕私底下骂起人来还是用方言更带劲，发起烧来最想吃的还是几根乡下腌脆瓜。

我的故乡江苏盐城东台，从出生到后来离开，我在她怀里一共待了十四年。那里，有我关于人世间的最初滋味，一望无际的苏北平原那样平静地裸露着，蕴藏着圆通与谦卑，悲悯与宽大，让我有所思有所苦又有所得。我最早期的一批作品，诸如《逝者的恩泽》《颠倒的时光》《思无邪》等一批乡村叙事，就是取自这段记忆和经验，它们有点像是我写给故乡的一封又一封的小说体情书。

当然，故乡的怀抱里，来来去去，多少的读书儿郎，多少的四方游子，她哪里能一个个记清？出于某种敬与怯，我在小说里给故乡取了个名字：东坝。这相当于是东台的一个昵称，或者说一个笔名，文学之名。在东坝镇上，按照记忆或想象的样子，我再现那些苗禾、雾气、鸡鸣、街市。同时还安插了许多人物，又替他们加上一些故事与情趣，加上一些宿命与戏剧：白面修长性格内向的裁缝宋师傅、整日指指点点诲人不倦的伊老师、因种植大棚西瓜而颠倒四时的木丹……我的东坝，在我的小说里，作息起来，热闹起来。

比方在《纸醉》里，我写了散落民间、遭遇当下消费图景的手工剪纸，也写了身有疾障的生命——正因其缺，乃有所灵。以我的经验，写一个哑女与她的剪纸，其实是不足的，然而我居然不太怕，当然我会做足功课，最主要的，我知道，只要有了东坝作为故事的底子，开音就会自动地出现在那里了，包括伊老师与她的父亲，与大元、小元，他们抬手做什么、张嘴说什么，根本不用我想，皆纷至沓来了！包括开音的剪纸，什么花色，什么刀法，如何起意，又如何收束，那不是都在东坝地上撒着嘛，我只管照着写就是。包括伊老师这个角色，已经在我的各篇小说里，出现了好几次，我实在是很喜欢他，甚至我想把他写成一个“著名”的配角。还有竹笛，各样乡野民乐中，我颇喜其声，因它能同时吹奏出极苦与狂喜，想都没想，我就让大元的袖子里带上它了……连我自己有时也觉得奇怪，“东坝”二字，似有魔力，一想到她，想到我曾于那山水间日生夜长，我就“醉”了，醺然而不自知，醉后的书写，那糊涂是真糊涂，可那性情亦是真性情。

而《燕子笺》则与我母亲所在的乡村学校有关。我的整个童年与少年时代，周围有很多老师：母亲、舅舅、舅妈、姨伯、干妈，他们来往的朋友，他们的话题，他们的喜怒，一概与学校密切相关。也可以说，我是在乡村学校里长大的孩子。还没上学的时候，我就倚在教室门口，与里面的学生一起背诵《致颜黎民的一封信》，毕业班拍照，我也会有机会蹭着拍一张黑白一寸照；漫长的夏季，我跟母亲到小学校去值班，在阳光白晃晃的空操场上奔跑；年终的教工会餐，我与另几个“教工子女”一起在边上搭个小饭桌，看平日里古板的校长喝得脸颊微红……故而，对于乡村教师，总抱有一份亲人般的眷恋与热爱。他们与地道的农民不同，亦不类于真正的知识分子，在他们的为人处世与传道授业中，既有庄稼人常见的那种实用主义与知天乐命，又有被知识武装后的迂腐与浪漫，他们懂得一切与大地、耕耘、撒种、收获相关的酸甜苦辣，可却有着不自觉的抽离与幻想，似乎自己是原始乡土与进步文化间的传递者，是改变乡村命运尤其是下一代乡村人的不二使者。

他们文弱的肩上，有种不自量力、固执的道义感，那里面，是单纯而朴素的爱国主义、“鲤鱼跳龙门”式的教育观、对“知识改变命运”不知疲倦的推广……哪怕是一名专门负责给学校烧火、打扫、敲钟的老教工，在他身上，我都会看到这样积极到天真的气质与信念——我想，在苍凉广袤的中国乡野，无数也许颇为简陋的小学里，一定有无数这样的乡村教师，他们细小不舍、亦庄亦谐，哪怕是一间悬而未决的教工厕所，一台大杂烩的“六一”文艺汇演，都寄托着他们的意义与激情……

最近这些年，我们那里的乡村学校正在进行大规模的撤转合工作，一方面是为了集中起当下的教育资源与教育需求，另一方面，也借机改善乡村教育的硬件与装备。想来，像当初《燕子笺》里为一个厕所而产生的小喜剧小闹剧，不会再让束校长与伊老师为难了。而今每年回乡，经过原先的操场，面对曾经的学校旧址，我总是会涌起一种冲动，很想找到一两位仍然健在的乡村教师，要与他扯上几句，我会指给他看，在手臂尽头的某处，随着我的描述，可以活灵灵地看到，在冬季里那灰黄色缺少色彩的田野深处，站着往昔的束校长与伊老师，站着往昔的顽皮少年，他们或大或小的身影已与大地融为一体。

我想我所写的这个乡土，与前一辈作家的乡土是不同的。我的乡土是八九十年代的，略带乌托邦气息，底子是清寂的传统色彩，可进程上，它正处于城市化的边缘与前夕，有复苏与躁动，也有胆怯与茫然，就像我们这一代人一样，一双脚立于泥土芬芳的古老大地，可大半个身体，却在都市里呼吸现代化的效率与混沌。这一批东坝系列作品，很像是我少年经验的第一桶清冽之水，是与生俱来的胎记与童贞式的热切，在后来的写作中，我很快奔向下一个路口，但故乡还是以别的方式，或隐或现地参与或推动着我的写作。

2009 年后，我开始了都市叙事，毕竟我已经在南京生活了十多年，较为充分地领略了城市的强大意志，发达的商业逻辑，灿烂的金钱鬼魅，零度的社交模式，对效率和技术主义的崇拜，实用性的道德修正体系等。这时期我写的中短篇小说，虽是以城市为小说展开的典型场域，但审美里仍然带着来自故乡的基因，糅杂着后天见识所生成的复杂视角，投向巨大物质力的拖曳推动和整个社会文明的向前进步。当然，这进步里，同样也包括我总是难以忘怀的乡村大地。

在长篇小说《奔月》里，共有两个地理空间，一处为现代都市，其现实参考为第二故乡南京，另一处为僻远县城，其参考，当然还是我的老家，我的小县城。这时的县城，已有了新旧的交融，也有了“出乡”与“返乡”的人们，有了对所谓成功学的城乡对照，有了人们对于生活价值的差异理解与实践。这样的对照之下，我们会更深刻地意识到性别、地域、口音、职业、家庭、教育、口味好恶、日常习惯等所编织而成的一个人，这成全了一个人，也可能局限了这个人，而在局限中，也会有一跃而起，去打破，去勇莽泼洒的另一种可能。这种打破，就是奔月，摆脱惯性与重力的远奔。这也是我长久以来的思考。

所以，写作《奔月》，其实就是我在跟小六一起探索着这样一种对未知的出走与探索——会发生什么？她所无情抛弃、苦苦追寻，又寻而不得的，到底是什么？此中当有含混但真切之意，却又难以一言蔽之，我能做的，只是跟小六一起走，即便走的是一条新的陌生小径——毕竟，可以时常抬头望月，有月亮照着，就不会有全然的黑，就不会慌与茫。是啊，这就要说到月亮了，这里的月，仍是我故乡的那轮月。记得小时候每到中秋，家里老人就叫我们一群小孩抬头辨月，说那时可以清楚地看到嫦娥、吴刚、玉兔、桂花树，最起码可以看到其中一样。小孩子们容易上当也乐于上当，于是我们都举起脑袋来，用肥胖无知的手指点看着，并争相嚷嚷着，说看到了真看到了，那兔子还在动呢，那吴刚在砍树呢，那嫦娥在擦眼泪呢。我在《奔月》里写过多次月亮，一为叙事所需，异地的人自然更会留意月色，二来也是因为我太想念、太喜爱幼时的月了，下笔的原型总是故乡之月。这或许不是美学意义上的，也许纯属是生理与心理上的——对它的凝望，常会使我油然而生一种悲伤又澄明的感受，内心为之荡然远驰，如野马如尘埃。

……过了今年春节，用老家的算法，我可是足足的五十岁了。人啊，在哪里会强烈地感到时间？对，正是故乡。这些年，像许多所谓在外工作的人那样，我多次的返乡，我看到一些变，也看到一些不变，遇到当年的少年伙伴，看到他们成了创业者，从无到有，从少到多。也看到许多进入生命晚境的老人，在他们夹杂着咳嗽与烟味的讲述中，外面的像是神笔马良所绘，他们惊奇地看着，这里一笔，那里一笔……每回一次故乡世界，我都会更深地感到一种时间的重量，呼啸着，带着物质，也带着非物质，既沉甸甸，也轻飘飘，让我魂魄有动，更有种目力无边、风光旖旎之感。我知道，这是加载了四十年时间长度之后的分量，不独是我的故乡、我的世界，而是更多人的故乡与世界，在时间与记忆里，岁月流金，凉热与共，作为一个年已半百的写作者，我想时间到了，可以写写从故乡和人们身上流过的时间了。

正是源自这样的触动，我写作了比我以往所有小说都更见“时间”

刻痕的长篇小说《金色河流》，这本书里有四十年的跨度，正是我从有记忆开始的，整个中国大地上意气风发的四十年。某种意义上说，时间正是这本小说的重要元素，它塑造着、宽容着、混沌着，也覆盖着、更替着。它是我们这代人共同的河流，循着这条长河，我们永远可以回溯到心灵深处的故乡，继而再次踏上通往辽阔之处的旅程。

（《光明日报》2023 年 2 月 22 日）

【作者介绍】

鲁敏，女，1973 年生，东台市许河镇人。现任江苏省作家协会副主席。主要作品有中短篇小说集《逝者的恩泽》《荷尔蒙夜谈》，长篇小说《六人晚餐》《奔月》《金色河流》等。她是“70 后”作家群的代表性作家之一。曾获第五届鲁迅文学奖短篇小说奖。

【导读】

2023 年初春，年届五十的鲁敏借助对写作历程的回顾进行了一次纸上的返乡之旅。从现代文学发轫到现在，一个非常耀眼的文学现象，就是许多作家小时候在小城或乡村成长，长大后到大城市生活和写作，因而“朝花夕拾”的故乡回忆就成为文学中数量惊人庞大的类型。这篇文章应该是出现在新世纪当下的一个意味深永的文本。连题目在内，共用了 15 个关联着过去与现在的“着”字（不含其他用法）。“着”，一个表示正在进行、状态保持的助词，它意味着故乡以及其他过去的一切，仍然存在于现实中。事实上，作者苦苦追寻、着力表达的就是故乡对当下的意义。故乡不是过去时，而是现在时。契诃夫说：“一切都不会过去。”这篇文章就是这句名言的极好诠释。可以拿来对比的是萧红的《呼兰河传》，用了那么多以“了”字作结的句子，特别是那篇短短的“尾声”，连用 17 个“了”。“了”意味着结束、逝去，永不再来。17 个“了”宛如 17 次深长的叹息。两位不同时代的女性作家用词上的差异是偶然的吗？不是。对萧红那一代人而言，故乡的回忆是现实不如意的心灵补偿，回忆是那么凄苦，而当下的作者则更多表现出理性的一面，珍重、缅怀，但是不留恋，更不沉陷。文章描绘了一幅东台的文学影像。“一望无际的苏北平原那样平静地裸露着，蕴藏着圆通与谦卑，悲悯与宽大，让我有所思有所苦又有所得。”“我的乡土是八九十年代的，略带乌托邦气息，底子是清寂的传统色彩，可进程上，它正处于城市化的边缘与前夕，有复苏与躁动，也有胆怯与茫然。”这是遗貌传神的大写意，画出了处于新旧交替中的苏北乡村的魂魄。还有对乡村学校和老师的勾勒，虽然寥寥数笔，也让人印象深刻。最后值得一提的是作者的行文。多用语词组合、对句和排比句，奔腾恣肆，一气贯注，表现了作者文思的丰沛和笔力的强健。（邵春驹）

音　色

肖元生

故乡那一带，没有地方剧种的传统，老百姓爱看京戏的多，大大小小的京剧团便也来得勤。小时候的印象，保存着宋保罗扮演的手里摇着一把羽扇的诸葛亮，孙德麟扮演的有人给他拿青龙偃月大刀的关云长。这些仅仅是从戏院外面悬挂的剧照里看的，父母给我的零花钱还没有能充裕到想看戏就能买戏票。有时就趁戏将要散场，门口已经没有人挡马，溜进去逮点戏尾子。可惜的是唢呐已经响亮地奏起来，身穿大红袍的新科状元与小姐水袖一甩搭在一起，大幕喜气洋洋地开始降落，对于我恰是莫名的沮丧。《凤还巢》或许看过，只是纳闷：怎么没看见凤凰哩。那时刚刚上小学，很幼稚。

终于跟京剧热乎起来是在二十一二岁。那是一个样板戏的天下，满街满巷唱“提篮小卖拾煤渣”，“鸠山设宴和我交朋友”。中海老师和老李也就是这个时候同我认识的。或许由于他们都是拉琴的，刺激起我痒痒的想学着拉。我本来就喜欢听京胡的脆拔响亮，甚而至于以为唱的韵味有一半是京胡烘托出来的。中海师直视我的脸，眼球微凸，说：“你拉琴的条件比我好，手指长。”按照我手指的条件，拉小提琴都够。中海师的无名指偏短些，有的音够不到只有加大指力。京胡的老式拉法不滑把，跟二胡有很多地方不同。

大约是从来没有玩过乐器的缘故，学习也很折腾。熟悉的朋友听我拉京胡，评价是两个字：宰鸡。后来渐渐拉得上了些圆，食指尖上有一小块厚厚的茧，左手中指的根处也有茧皮，那是紧轸子紧出来的。只是姿势不大中看，拉琴的时候腰哈着，嘴唇不住的翕动，很可能是初学时过于紧张，留的后遗症。

中海师的姿势棒极了，上身挺直，端坐，眼睛看住唱的人，弓的马尾画出优美的弧线。衣着也是很洁淡的，中山装，脖子上围一条灰围巾。若干年之后，我去看望他，他已经从书店离休，我替他站到凳子上贴春联。我面前横着一把琴盒，觉得眼熟，只是漆有些脱落，木壳的裂纹贴上了透明胶带。“还是老早的那把？”我问。“你记性真好。”中海师噙上定音哨子，一面紧胡琴的轸子，一面马尾在弦之间来回地短促挑动，

“拉咪”、“拉咪”，终于有一个纯而鲜润透亮的音色跳了出来。中海师笑道：“这把琴就要打到这个音才好听。”行云流水信手拉了个过门。

中海师的琴音圆美，绵密，很像梅派的风采。这是我好多年之后回味出来的。对于京剧各式各样的门派我知道得很少，梅派的戏听得多一些，其它的少。只是在买梅先生的磁带时，凑巧上面有程砚秋的文姬归汉，尚小云的双阳公主，我听了很喜欢。归汉是一片愁云惨淡，把我的心灵笼罩住，攫取了。接着听双阳，心灵才去掉重负，活泼起来，尚先生若断若续的拖腔听来新鲜，我喜欢哼那句“绿野暗暮烟横夕阳西下，只落得青山间一片红霞。”我终究还是更喜欢梅派一些。梅氏的吟唱并非没有人生的寄慨，而是把那些悲苦化掉了，化为一种内蕴丰厚的圆美，熨贴人的心灵，宛若凝望佛祖面如满月，柔丽庄严的容颜。

凡是听过中海师拉京胡的，没有不说声音的好听，秀色夺人，余韵弥散在淡紫的夜气里。一般的说，京胡适宜远听而不适宜近听，而中海师的琴近听依然圆润，我很羡慕他一个音一个音拔出来的，味儿十足。我拉的音显得浮。只是在朋友当中说句偶尔闹着玩的话：“拉京胡的，老陈老李下面就数我了，我老三。”哪晓得有个老兄当着中海师、老李的面把这牛皮给捅了出来。中海师看了我一眼，我红着脸连忙声明：“这老三之前，还有二点三、二点五名哩。”说得大家都笑了起来。老李的琴倒是老辣，有时要跟中海师分个肩上肩下，后来算是有了个摆平的说法：中海师适宜拉旦角戏，老李宜于生角，慢板老李不如中海师，中海师快板则不如老李。这是各人的气质，我想，琴音是从生命里流出来的，音色是生命的色泽。

又冒出“是不是这块料”的问题。一度我认定自己不是个拉京胡的料，玩不上档次，更谈不上玩票，兴趣大退潮，琴也送给朋友，技也荒疏了，但京戏还总是爱看爱听的，就跟下棋的一样，老是输，不下了，就在旁边看人家下。前些时候凑巧碰上好多年不见的唐女士、王女士。两位女士正轮流唱，有人拉京胡。唐女士唱了一段醉酒，还真有点梅氏的朦胧哩。王女士唱了段遇皇后，跟着又来了段李逵探母，道行不浅。唱好了，唐女士建议我拉段“小常宝”，王女士则催促我拉沙奶奶的“说来话长”。我连连摇手，不行，不行，多年不拉，手指都僵硬了，后来自个儿踱回家，发了半晌的呆：既然是业余，过把瘾就是了，又何必自己敲打自己，是不是这块料。

我倒是有时忆念起二十一二岁时的情景，安静地坐在中海师身旁，谛听那美妙无比的琴音，有时竟忘了替他翻一下谱。那音色清澈，简直像透明的一样，漫在妍丽的早阳里。天际是灰蓝的，白桦林梢一片嫩绿，如少女的清新的呼吸，凝望夜空，星辰永恒地闪耀。

我也不知所之了。

（肖元生《平原的尽头》）

【作者简介】

肖元生，1949 年出生，东台台城人。1982 年毕业于南京师范学院中文系。现居南京。有短篇小说集《梨花雨》、长篇小说《坤母》、中篇小说《潮涨潮落》等。

【导读】

文章写“我”年轻时向一位名叫中海的老师学拉京胡以及由此获得的感悟。中海技艺精湛，为人清高雅洁，淡泊名利，是一位典型的小城里的文艺家。“我”初学时心是“痒痒的”，又过于紧张乃至姿势上留下了后遗症，后来终于悟到“何必自己敲打自己，是不是这块料”。“音色是生命的色泽”，中海的生命是洁净的、圆润的，在他身上集中体现了小城的文化精神；“我”从青年时孜孜矻矻的追求转变为中年以后散淡超脱的“游于艺”，这是多元化社会中个人的可取的选项，这种生命姿态同样是美的。作者通过学京胡一件生活小事，阐发了自己颇具特色的人生观、艺术观。小中见大，寄托遥深，意味隽永，是这篇散文的最大价值所在。鲁迅曾说写小说“选材要严，开掘要深”，写散文又何尝不如此。至于寥寥数笔勾勒形象的技巧、对音乐的传神描绘、清丽优美的文学语言，这些优点也很明显，不过已经属于“余事”了。精致的形象、深刻的思想、优美的语言，这篇散文具备了一篇优秀之作必要的要素。它显然不是那种摇笔即来的随意之作，而是调动了长期的生活积累、艺术积累，又经过苦心的经营、锤炼而成的艺术品。（邵春驹）

回故乡看戏

杨守松

淮剧是小时候惟一的文化享受。

我的邻居是地主，他的大儿子乐淮是省淮剧团的团长，老二乐民是省淮的舞台美术和编辑。我知道的听到的惟一的戏就是淮剧。淮剧的基础在农村，逢年过节，乡（公社）里便有戏看，无论天寒地冻，也无论多远，总会赶过去。有快板，有杂技，主要的就是根据形势编写的小淮剧。有时候会上演淮剧古装大戏，四乡八厍的大人小孩就会潮涌般聚集，场面轰轰烈烈。我是在淮剧的声音中长大的。大人们说的也多是淮剧里的故事。白蛇传、千里送京娘，还有薛平贵、王宝钏、潘必正、陈妙常等等，我至今还会哼得出来的一句淮调就是“小和尚他把我来看守，许汉文未犯王法被幽囚！”记得还买过像“毛主席语录”那样开本的淮剧曲谱，好几本，装订在一起，随身带的，可惜几次搬家弄丢了。

60年代初，南京读书时，乐民喊我去看过一场他编写的淮剧《黄英姑》。

再以后，到了80年代，在昆山看过上海淮剧团筱文艳领衔的一次演出。那次还对筱文艳做了采访，写了篇短文《“老凤”的心愿》，是说筱文艳期望有后起之秀，将淮剧永远传承下去。

之后，就在锡剧中蹉跎，再后来退休了，又一头扎进了昆曲，于是乡音依稀，淮剧远去……

也是缘分，认识了陈明兄。他是了不得的写剧本的高手，什么样的大奖都拿过了。却不是科班。从小喜欢，在部队开始创作，转业后到文化馆，那正是淮剧最低潮的时候，有一个心酸的故事，至今说来依然感慨：两个青年赌牌，赌注竟然是“谁输了罚你去看淮剧！”潮涨潮落，酸甜苦辣，但始终坚守，不离不弃，这才有了后来的辉煌，“高峰时每天要演出五六场。”

就和陈明说，几十年没听淮剧了，意思是很想看场淮剧。“淮剧公主”陈澄到昆山，说好了要去听她唱，却因为临时有事去了南京，错过了！去年10月4日回家乡，就给陈明电话，陈澄在不在？有没有淮剧演出？

没有演出。陈明和陈澄都在南京。

失望而至于失落。正怅然间，接到盐城淮剧团张正余团长的电话，说他们下午在郭猛杨侍村演出。也就打定主意赶了去。

杨侍村是一个新农村的典型。房屋整齐新颖，道路横竖划一，街道商铺成市。乡村里的都市成了都市人旅游的景点。广场上有千余人，大多是中老年，坐着的规规矩矩，站着的、骑在三轮车上跨在自行车上的形态各异。一位老者叼着香烟，胡须微微翘起，苍老粗拙的脸上显示着闲适和满足。乡音乡风扑面而来。

戏台是临时搭建的，简陋，不过也还说得过去。至少比我小时候看戏的舞台好多了。演的是《王华买父》。故事复杂缠绵，于情于理紧扣人心。张团长说，这是“老淮剧，完全的老样子”。我说我要听的就是“老”淮剧。戏如人生，戏亦如酒，陈年老酒，醇厚浓香啊。期间，由于设备和场地等原因，3 次停（断）电。这对演出是大忌！让我惊讶不已的是，演员和观众都很淡定，没有任何躁动和喧哗。

问了下，这一台戏，交通、装备加上演员补贴等，大约 6000 元上下。省市区各补 2000 元，差不多能持平了。所以政府扶持很重要，演员的奉献精神更重要。一个二胡手说，一年四季没什么休息，收入也就两三万元。辛苦，但是情愿。

后来知道，原本这天没有演出，是陈明和剧团商量，特意将杨侍村的演出提前了……

淮剧很亲切。演员很亲切。老乡很亲切。

（《盐渎》杂志）

【作者简介】

杨守松（1943—），生于盐城农村。1968 年毕业于南京大学中文系，分配到昆山县（今昆山市）政府办公室任秘书；1987 年 5 月调昆山县文联工作。历任江苏昆山县、昆山市文联主席，江苏省作协理事，苏州市文联、作协副主席。文学创作一级。他创作的《昆山之路》等报告文学在新时期发生了较大影响。

【导读】

淮剧，又名江淮戏、淮戏，是一种古老的地方戏曲剧种，发源于今江苏省淮安市以及盐城市里下河一带。盐城市建湖县是中国淮剧之乡，淮剧说的是建湖话、唱的也是建湖腔。作者回故乡看戏，看的就是淮剧。

看戏，原本是一件小事，但对于有淮剧情结的作者来说，那是儿时最美好的文化享受，所以纵使时间跨越60年代、80年代，来到新的世纪，纵使乡音依稀，“老”淮剧依然如“陈年老酒，醇厚浓香”。当然，这看戏的过程，中间也有些波折，错过——失落——怅然，直到后来老友斡旋，才有了杨侍村的提前演出，这总算是了结了作者的一个心愿。淮剧历经“潮涨潮落，酸甜苦辣”，但正是因为其“始终坚守，不离不弃”，这才有了后来的辉煌。一场戏，其中会蕴含着深刻的人生哲理；作者回故乡看戏，则饱含着他对故乡的强烈情感，就如文尾所言：“淮剧很亲切。演员很亲切。老乡很亲切。”（吴苏阳）

搜尽奇峰写性灵——傅抱石的绘画艺术

吴为山

回眸美术历史，美术家所处的社会文化环境，是影响其创作的重要因素。一位位标领时代的大师，在美术发展历程中宛如一座座里程碑，在时代节点上以自己独有的思想、情感、探索及创新，体现其价值。我们要了解美术史，最直接的方法便是研究具有典范意义的大师——从作品的图式到内容，从时代背景到地域文化，从艺术家的个性特征到民族文化的集体积淀……由此，我们才会在一个广阔而深远的文化时空来审视艺术现象，进而在比较中获知艺术生态的流变。

傅抱石，便是一位站在历史交汇点上的大师。他的作品综合了文化气象，诗人情怀、天才特性和独特的生命体验与艺术表现，以魏晋、汉唐风范和挥洒淋漓的磅礴气势撼动我们的心灵。他所总结的中国绘画基本思想三大要素：人品、学问、天才，为我们理解其艺术找到了一个基点。

自由品格和忧患意识，既构成了傅抱石人品的两极，也铺陈出其绘画艺术的精神底色。“雨后飞花知底数，醉来赢得自由身”，傅抱石天性逸宕，豪放不羁，崇尚无拘自由的人生情调，追求精神的旷达和天人的浑融。表现在绘画方面则潇洒出尘。画家凭借先天禀赋中的“酒神”气质，落笔惊风雨，空濛出凡尘。笔下的山水、人物、草木纷纷超越日常视觉经验，奇逸灵妙。在对“质”的精微妙写而自然呈露出“气”与“韵”，从而构筑出幽深而灵明的精神乐土。值得注意的是，傅抱石独特画风形成之际正值国难当头，画家内在的民族觉醒意识和自新精神无形中也起到了不可忽视的促进作用，所谓“愤怒出诗人”。正因为如此，他鲜明地指出：“中国绘画实是中国的绘画”“中国的绘画，也有特殊的民族性。较别的国族的绘画，是迥不相同！”这份坚持和自信，折射出傅抱石蕴藏的民族自信和忧患意识。他在对现实感受和对历史沉思的基础上，建立起强烈的家国文化责任感。比如他视中国山水画“有如严肃之灵场”的观点，就是对绘画所蕴含的宗教、哲学、社会和政治意义的概括，也是他对绘画中的道德感、神圣感感知。总之，中国知识分子“士”的品格和“匹夫之责”敦促他毅然承担接续中国画文脉的道义，并彰显“写意”这一中国绘画的美学特质。

说到学问，傅抱石兼有文学、历史、哲学、美学、书法、篆刻等多方面修养，负笈东瀛的经历，又使之从不同的方位回眸、审视和感悟本民族文化。他一生为我们留下了近200万字的美术论著，学识深厚渊博。更重要的是，傅抱石饱学而不学究，始终不渝坚持学术诉求。在他看来，中国绘画史的变迁一直遵循“画以品重”，笔墨程式抑或审美境界的嬗变，亦围绕着画家人格的寄寓方式展开。这是傅抱石的学术洞见，也是其绘画精神的告白。而且，通过纵向对中国画史与横向对外国画史的比较，傅抱石精准地把握了中国传统艺术与审美的精神内核，同时也为自己那不世出的天才维系着承前启后的方向感，寻求到绘画创作的“真价值”。其实，傅抱石一直将自己置于中国画的“道统”之中，并以此来定位自己的历史坐标，以凸显自身的文化身份。他在作品中反复钤盖印章“其命唯新”，便是一再提醒自己须臾不忘学术使命，以达到参古今中外变化而出自家面目的箴言。

天才，是傅抱石给人的最深刻、最直观的印象。他的绘画艺术，是在最根本层面承接与前人艺术的相关性，所谓最根本层面是指中国人的宇宙观、自然观和从“意”出发的表现方式，他以研读心摹历代画家的经典范本、且领悟其原创性，于继承中感悟，通息前贤艺术之韵，站在形而上的高度直接切入中国画的“魂”和“神”，从“道”的层面通达文脉，至于“器”（即创作技法），则完全根据主观需求，意临，心摹，及其一点而极化、放大。在如何达到前人之高境的求索中，他视诸法为途径，正如禅宗有“以手指月，指并非月”的指月之喻，清代画僧石涛也曾说过：“有是法不能了者，反为法障之也”。是故，傅抱石对前人的学习，绝非简单地重复或模仿，而是将前人成果有所扬弃，以己之艺术观融汇前人所创审美规则，而创自家之法。如他散解“披麻皴”，以“往往醉后”的纵情恣意使笔性、墨性在摹写、皴擦的瞬间留下偶然的痕迹，形成独具面貌的“抱石皴”。在他的图像世界里，晋人逸兴、唐人诗意、宋元高境与水乡丝柳、峡江烟云、天池林海，形成时间和空间上的朦胧交错；董源、范宽、王希孟、米南宫、黄大痴、沈石田、大涤子等先贤大师，均于冥冥之中和他对话切磋。胸罗万象的傅抱石，不泥古拘法，但于内在始终关联着中国画之“道统”；其墨法、笔法依然是本心、本性的选择和呈现；面对伟大传统所形成的巨大锦罗，傅抱石怙恃其天才冲破重重藩篱，自信畅达，融古今诸家，不落畦径，不入时趋，以独特的个人面貌卓立于同侪，成为一座巍巍苍茫的艺术高峰。

题材上，傅抱石依靠高超的智慧实现了诗意画的传统与现代对接，尤其他独树一帜地将毛泽东诗意汇入山水画的势与质，使历史现实和浪漫想象，绘画风格和诗歌意境，画家的气质和诗人的胸襟有机融合，创作出一幅幅激昂蓬勃的现代风格与深邃优雅的古典精神相辉映的画面。可以说，傅抱石创造了不负时代的艺术语言，让千年以降的山水画在新时期、新思想的激荡下为之一变，其史学意义和启迪意义非同寻常且影响深远。而这种影响还体现于艺术语言的建构，正如前文所述，“抱石皴”横空出世，他对早已固化的传统笔墨审美法则发起冲击，运用突破性的散锋代替一直被奉为圭臬的中锋，传统笔墨系统中的勾、皴、擦等相互独立的程序，也在一次性运笔过程中得以综合。画家通过顺逆、提按、疾徐、轻重、顿挫等动作将运笔的速度、压力、节奏进行有机搭配，同时充分凸显笔锋、笔腹、笔根的全方位表现力，或笔走游丝，虚灵飘洒，或笔重如杵，毫飞墨喷，形成点画毛涩斑驳，变换多方，墨色泅渖漫漶，绝无定则的整体视觉效果，并且还满足了技法程序单纯化而艺术效果丰富化的逆向双重诉求。我们看到，在傅抱石笔下，清冷老成的中国山水画开始变得温暖少壮，苍茫洒脱置换了顿挫沉重，犹如身经沧桑的耄耋老者再次活力涌动——也许少了世故，但多了开拓；可能少了因袭，却多了自我，画家因解衣盘礴而直呈本心，作品因情真意切而坦荡至诚。当然，“抱石皴”的出现自有其学术理路，因为它是一种建立在中西绘画根本差异基础上的技法。具体而言，“抱石皴”乃傅抱石从哲学层面来理解的本体性“存在”的视觉匹配形式。傅抱石认为，“西洋画……一一随其高低大小以‘块’之存在状态描之，直连结于为材料之对象。然中国画则描以线条，描以成形中之形，画面不连结现实之存在。”“‘块’为‘有’，‘线’乃‘有’复归于‘无’之姿，于此可知中国之美‘老境’之特色矣。”可见，傅抱石眼中的块面是一种实实在在的静态“存在者”，而线条则是趋向于“无”的动态“生成者”。线“从有复归于无而来”，与老子“无”含于“有”之恍惚状态意蕴相通。正是基于对“无”的推崇，傅抱石格外青睐线所带来的“铭感之深远”的“恍惚”视觉效果，而“抱石皴”无疑又是最能体现“恍惚”的线性形式：它超拔沉沦之存在，远离现实之况味，以“仅少之形，因附色于‘无’成象而展开”，亦真亦幻，亦动亦静，通明澄澈，湛而弥深，既是自观自听，自视自照的映现，亦为中国古典艺术精神之“聪明”“老境”的彰显。在他的作品中，常常是为“线”而寻觅题材，不同的对象对应不同的审美意象。以凌空杨枝的疏朗表现线的“冲淡”与“逸动”；以穿越的过山索道，表现线的劲健和韧性；以井架的高压电缆表现线的绵延和秩序……线的美学特征和虚实有致的天才表现不仅传达了抱石先生由于书法篆刻而体现的功深百炼的底气，还折射着他以线性而神合心性的自在与悠游，这是由技而道的艺术体验，是一线终古接天涯的图像表征。

傅抱石纵横挥洒出的灿烂心象并非无源之水，它也要依托丰富多姿的大千世界，依托如影随形的思维意识，才能承载性灵的“自然”与“自由”。事实上，如何将胸中逸气、传统法则与现实对象、时代精神完美统一，是傅抱石毕生研究的课题。特别在新中国成立之后，社会发生了大变革，广大美术工作者的创新，要从新的时代思想中寻找契机。而党的文艺方针也提出，艺术家应深入农村、走进工厂，自觉地以现实主义的创作原则来表现生活以及国家建设。就画家而言，应和时代召唤的最佳方式即为写生。写生，是中国画领域一个出镜率很高的概念，与之相关的论点也古已有之，如唐代张璪提出的“外师造化，中得心源”，便是万古不易的精论。但在新时期，如何融古人之程式于对景写实，却一直是无法回避的问题——古法注入新的生命琼浆，笔墨也传达生活意韵。在相当长一段时期内，傅抱石集中创作了无数写生作品，它们忠实记录下画家在坚守与改变，转化与创新之间不断尝试、盘桓绸缪的漫漫心路历程。在此，傅抱石深厚的文化积淀成为理性的导航者，与生俱来的天才创造力又使他总能在自然面前顷刻间顿生灵感，从容挥毫，落墨成象，巧妙将传统与当下、理想与现实、理论与实践、技法与实景的关系，统一于“醉”的酣畅，成于潜意识的表现中。让我们看到了一种应如何化古适今，变旧为新的创造性笔墨转换。

应该承认，傅抱石与很多一头扎进传统的画家有所不同。对他来说，写生其实并不陌生。早在蛰居重庆金刚坡时期，傅抱石的绘画就表现出了与生活的密切关联性。他未辜负蜀地山水灵性的希冀，跳出原本对东南山形地貌的沉湎，将烟笼雾锁、苍茫雄奇的巴蜀山水化为创作粉本，不仅自然而然地摆脱了程式化传统的困扰，改变了长期养成的技法习惯，同时也坚定地将写生视为保持作品新鲜气息的不二法门。现藏于中国人民对外友好协会的一幅六尺整宣的《巴山涉水图》是一件罕见的神品。其于通幅淡墨的渲染中描绘了一个雾的山城，濛濛的山林、石阶，依稀可见担夫拾级而上，观之，恰有雾里看花又身临佳境之感。我深深为抱石的艺术化境所心驰。这是造化之神工，心灵之诗栖，笔墨之妙造。新中国成立后，傅抱石再次深入思考绘画与现实的关系，饱游饫看，搜尽奇峰。1950 年至 1962 年的 12 年间，傅抱石先后画南京、画东欧，画革命圣地韶山，率团进行“二万三千里”的旅行访问写生，赴东北地区旅行写生，足迹遍布罗马尼亚、捷克斯洛伐克、江西、四川、陕西、浙江、湖南、江苏、黑龙江等国内外广大地区，诞生了《雨花台》《鸡鸣寺》《回望克罗什城》《捷克斯洛伐克风景》《罗马尼亚风景》《西陵峡》《毛主席故居》《韶山全景》《陕北风光》《枣园春色》《待细把江山图画》《山城雄姿》《红岩村》《芙蓉国里尽朝晖》《林海雪原》《天池林海》《镜泊湖》《井冈山》《黄洋界》等优秀作品。他还提出“游、悟、记、写”的写生四字诀，既是对绘画过程的总结，也反映了画家主体意识欲抹平写生与创作从属关系时的能动作用。在四字诀的指导下，傅抱石画飞泉，若九天银河；画林海，显浑朴苍然；画群峰，似山舞银蛇；在天地交接、乾坤气动的笔墨表现中，激活了“披麻皴”“荷叶皴”“拖泥带水皴”等传统技法的精魂。

通过持续的大量写生，傅抱石进一步纵浪大化，与自然山水的曼妙灵魂不断会心对视，随意下笔而皆具元气，自然流露出对艺术本体的文化自信和精神自在。在此过程中，运笔超越、施墨浑融、敷色透明、意境深邃的傅氏技法体系日臻完善，传统山水画与时代疏离甚至隔绝的“消极”“退让”的现象逐步淡化，实现了“笔墨当随时代、笔墨当随地域、笔墨当随性情，笔墨当随心象”的审美建构，最终熔铸出水、墨、色一体的“傅家山”面貌。故而，傅抱石的写生，并非现实景物的忠实再现，而是抒写对象、自身乃至天地万物的盎然生意。在深闳的哲学观照之下，无论是重峦叠嶂还是茂林远岫；无论是奇峰巨川还是小桥流水；无论是华夏山水、南北形胜还是异国景致、域外风光，一旦摄入画家毫端，便都行神如空，行气如虹，润泽流荡，溢彩流光，扑朔迷离，惟恍惟惚，其个性与风格昭然夺目。一方面，这些写生题材作品中的理性线条和空间透视，被有秩序地精妙刻画；另一方面，这些脱胎于真山真水的景物，又具有一种抽象意味，既好像对山石纹理的模拟，也仿佛对草木葳蕤的概括，此外还融入了气流与光线。在这里，江南烟柳是欣悦的音符，风雨河山是悲情的意绪，索道电缆是线条的舞动，浓烟煤山是墨色的墨韵，画面中的一草一木、一山一川、一云一浪、一舟一亭，一屋一宇，皆出于诗性情怀的酝酿以及文化与生命的交合，并由此玉成了物象与笔墨的不分轩轾，现实与本体的合而为一。可见，傅抱石的创新，绝不囿于题材内容，亦非唯笔墨为尊，而是一种形式之于内容、技法之于题材的创造性表现。这种表现被烙上深深的时代印痕，不仅成为画家审美风格的标志和胸中世界的映照，也证明了中国画的笔墨表现体系不但可以张扬民族、时代、思想的新风貌，还同样可以无国界地展示景物的美好和人性的共通，成为融合东西方文化的新途径。

傅抱石的一生，是用生命节奏去合拍时代浪潮的一生，也是以追光蹑影之笔写通天尽人之怀的一生。他的士大夫气度，大将仪范；他的创制风流，郁勃诗兴；他的悲天悯人，孤愤啸傲；他的浩荡文意，淋漓元气；他的守经达权，推陈出新，皆是20世纪留给我们最可宝贵的文化财富。站在他的作品前，相信所有人都能感应自由的澎湃力量，听见人格的呼啸声音，体味自然的生机，艺术的生命和宇宙的生意。这些空濛、空寂而又空灵的杰作，一边将天与人的关系转化为心与象那如梦如幻、妙不可言的视觉表达，一边也见证着一块拥有万古盘礴之心的抱石，屹立于青天明月之间，傲骨峥嵘，睥睨古今，向世人咏唱着永恒的生命之歌！

（《光明日报》2015年7月23日）

【作者简介】

吴为山（1962— ），盐城东台人，具有国际影响的雕塑艺术家。现任民盟中央专职副主席，中国美术馆馆长，中国美术家协会副主席，中国城市雕塑家协会主席，南京大学教授、博士生导师。享受国务院政府特殊津贴。他一直以挖掘和精研中国传统文化为人生命题，长期致力于中国文化精神在中国雕塑创作中的融渗和表现，创作了大量具有影响力的雕塑，在世界多国展览并被重要博物馆收藏。

【导读】

傅抱石是中国近现代“新山水画”的代表画家，1949年后曾任南京师范学院教授、江苏国画院院长等职，其画品笔致豪放，气魄雄健，具有强烈的时代感，真正是“一位站在历史交汇点上的大师”。傅抱石纪念馆位于南京汉口西路，就在南京师范大学（原南京师范学院）随园校区的隔壁。作者20世纪80年代毕业于南京师范大学，并且留校任教多年。或许就是因为这种时空上的无限接近，以及同为艺术家的那份执着追求，才会有这一篇《搜尽奇峰写性灵——傅抱石的绘画艺术》。“落笔惊风雨，空濛出凡尘。”生动形象地描绘出傅抱石中国山水画的奇异；“纵情恣意使笔性、墨性在摹写、皴擦的瞬间留下偶然的痕迹，形成独具面貌的‘抱石皴’”，准确透彻地概括出傅抱石绘画技法的精妙。文中提到，“如何将胸中逸气、传统法则与现实对象、时代精神完美统一，是傅抱石毕生研究的课题”，而我们却能在阅读中透过字里行间，看到了作者正在用自己的艺术语言追光蹑影不懈探索，恣意纵横自信自在。（吴苏阳）

滩涂地

姜桦

九月末，海边草原

九月末，走过海边草原，大米草的叶子在水边渐渐变得枯黄，阳光中的绿色，被一阵秋风悄悄运过那面倾斜的土坡。

侧身于草丛的雏鹤正在安静觅食或者四处张望。天空掠过晚霞的鞭子，轻轻落向远处的土岗。

秋天，身边的云断断续续，头顶的天空也那么不着边际，只有我不声不响站在这里。回望生活，如翻阅一页页发黄的草稿，时间让一张熟悉的脸庞带着一些不同寻常的褶皱。

人过中年，一条河已经流过了急弯。不再不着边际地幻想憧憬，也不再无端地抱怨。走过海边草原，把一切都放下，想象自己是一粒即将掉落的草籽，迎着秋风，我所能做的，就是任其腐烂或者重生。

中秋夜：望月

月亮不小心踩碎了这满地撒落的芝麻花，窗外的银杏树，那些金黄的树枝，绝不会错过天空。

躲过云层的果实悄悄改变着星星的位置。一匹藏进月光的白马，寂静的秋夜，那一只胖乎乎的蝈蝈有青草绿的嗓子。

中秋夜，我坐在石阶上看月亮，从东边的海面、到西边的山顶，风儿嘟着嘴巴，唱起一首首小情歌。

白象漫游，满河成熟的绿菱围着新藕。

一大片湖水在头顶上打旋，桂花浓郁的香味很难被谁移开。

海边芦苇

海边芦苇用稠密的根须紧抓住脚下的泥土。茂盛的枝干，除了搭起一座坚固的城堡，还将过滤下白花花的盐。

海边的芦苇是坚定的。犹如一块石头身处于波涛中心，再大的风浪都掀翻不了它。

而它们的站立，并非为了成为灯塔，只是为了能够让漂泊的风，靠向渐渐远去的岸。

生活在海边，我从来不会把芦苇写成植物。在粗暴肆虐的大海面前，生命如此脆弱，连最大的天空都会被击碎。

只有那些芦苇，一次次抬起它们倔强的头。

给大海盖满雪

夕阳下的大海透出蒸腾的热气，我却要在它上面覆盖上雪。一条残腿搁在颠簸的浪头上，每一个人都会有一个迟钝的中年。

跟着那些云，大海上堆积着鸟的歌声。海水从沙滩上轻轻掠过，涛声再大也带不走它们。

在海上，死亡总是不可拒绝。是谁写下了这样的句子：“阴影是死亡本身！”

犹如苦难是生活本身——哦，又是谁，给大海盖满了雪？

一个想法如一阵狂浪，在渐渐裂开的身体里颠簸。没等我在诗中写下这个句子，一场雪，自己落满了大海——大海从此多了金子。

每一朵浪花都是金子。风吹来，金子在裂开，回避与逃遁都无济于事。

海边的云

如果确定存放不下，我们就退回去，退过到海上去，退回到天上去。大海的潮涨潮落，只是为了给滩涂和远方传达一封口信。

菊花和芦梗结成花环，大海留出无垠的花边。众鸟远离，这壮丽的辞别，一朵朵浪花被我捧在了胸前。

退回去，退回到海上，退回到高高的天上去，纵然离开千万朵浪花，我都会说我曾经来过。一万年一百万年以后，所有的浪花和水鸟都死了，那只海龟还会驮着一片月光。那枚贝壳，也依旧会完整地保存着大海的回声。

大海，浪花的母腹，天空，云彩的故乡，我曾和大海唇齿相依，和寂寞的海滩，默默交换永不消逝的爱。

枯枝牡丹

海边土岗，一株生长了七百年的枯枝牡丹。枯枝上的牡丹，一个不可拆分的词，可以点火，可以凝霜，今晚，坐在雪地上劈柴的人，头顶的月光被他看成一片流星雨。

除了一节枯枝的身体，谁愿意接受开花的念头？春寒的风中，又会有谁将我收容？一朵花蕾靠近一根树枝，一只嘴唇紧挨一块石头。一些枯枝，一束牡丹，只有在冰雪开口之后，这片园子才回到葱绿，这树枯枝，才证明自己年轻过。

在春天的黄昏默默走近它，像一片雪独自坐在枝头，像一片月光紧靠在山腰，将一只唇印留在最黑暗的角落，跟着一个爱过的人，我们，重新回到曾经住过的地方。

白菊花

十月，在滩涂上采摘野菊花的女人弯下腰身。当阳光温柔的指尖悄悄抵达，她们会将那些白色的菊花轻轻拥在胸口，也一并将整个秋天揽在了怀里。

白露刚过，时近秋分，大片的芦苇花还没盛开，于是菊花先成为秋天的主角。在大海边的滩涂上，菊花的白是从一群女子的指尖直接进入身体的，碗里盛着药汤，一股凉意留在我们的肝、脾脏和胃。

整整一年，通常我不会直接写到菊花。只有到了秋天，遍地大地菊花，才会被一阵阵秋风一次次想起。

野鹿荡

两条河之间堆满了一片窗纱般的薄雾。宽阔的野鹿荡，一头头麋鹿在池塘中寻找被水波晃乱的影子。

有更密集的脚步从海堤那边走来。水声绕过路边的白菊和野艾，再绕过一朵朵孤独的一年蓬。几只海鸟在草丛中飞起飞落。在这里生长又在这里埋葬，麋鹿的蹄花一个靠着一个，大地上留下一个个匿名的地址。

在海边，野鹿荡是一片巨大的湿地，从春天到秋天，池塘的水就这样，满起来又浅下去。躲在青草的河坡，一群麋鹿，它们慵懒的目光一直铺到岸上。

海边禅寺

海边，诵经声稳住这座千年古寺。透明的月亮悬在一棵大树上。那株象征世代平安的银杏树，金黄的叶子正扑瑟瑟洒落下来。

听一地落叶如听一条河。那略带节制的水声，一个下午就像是一千年。大海边，那被一条运河串起的一个个盐场早已不见，但流水还一直横亘在这棵大树脚下，那条古盐河，一直还叫做从前那个名字。

整个夜晚我一直坐在窗前，静静地看着那轮被流水放大的月亮。河流节奏放慢,伴随夜虫低低的诵唱,我在安静的血管里,翻找最后一把盐。

秋风冷

凉爽的天气突然变冷。仅仅只是半个下午，院外的那些树叶都被涂上一层冷艳的红。

坐在一张墨绿色的布艺沙发上，我小心翼翼地往踝关节上抹草药，如一条蛇游进骨头，所谓的草药，其实就是一把采自乡间的野草的汁。只是，它来自一百里外古黄河岸边的老家、来自我带着野菜味道的少年。

一座小桥横亘河面。那两只桥孔多像我母亲的眼睛？从地里归来的母亲，我还记得她举着一把野草一路急急匆匆跑回来的样子。黑色瓦罐依旧翻滚着药汤，仅仅就是这么小半个下午，我摇着粗实辫子的母亲，已白发苍苍、如此老迈。

一把来自乡村的野草，几十年过去，它的汁液还是绿色的。凉飕飕的秋风灌进脚踝，门前那棵柿子树，靠向大地的一面，那些叶子还没有完全红出来。

海草房的秋天

贴着石头廊柱的波浪轻轻跳动——

海水中，黑色的牡蛎有特别灵敏的听觉。

海边，秋天的凉意被流水撤走很大一部分。再高大的海草房也有被波浪打湿的屋顶。

大海不会轻易抹掉一个人

哪怕是你自己走到了波浪深处，大海也会一次次将你还回来。

还给海湾！

还给沙滩！

幽僻安静的地方，折断的树枝，被波浪摆放得整整齐齐。

草地上的野花、兀立树顶的白鹳，你我都是大地深情生长的植物。

泥土用覆盖保存下了一个人，大海不会将自由的灵魂轻易抹掉。

（《2022 年中国散文诗精选》）

【作者简介】

姜桦（1964—），盐城响水人，笔名阿索，诗人。出版诗集《黑夜教我守口如瓶》《大地在远方》《纪念日》、散文集《滩涂地》等。曾获江苏“紫金山文学奖”。他多年致力于盐城滩涂文学的创作，产生了较大影响。

【导读】

这是一组散文诗，作者选取了多种意象，从月亮到草原，从云朵到麋鹿，从浪花到禅寺……信笔舒展，仿佛是诗人在滩涂地上信步徐行，看似随意又饱含思绪。写九月末时，“阳光中的绿色，被一阵秋风悄悄运过那面倾斜的土坡。”“悄悄”一词写出了秋天的悄然而至，仿佛还没有做好准备，秋天就站在面前了。“运”这个动词则透露出几分拟人的活泼可爱，诗人对秋的情绪也就在其中自然地表露了出来。写望月，却跳开一贯的抬头仰望的角度，用“月亮不小心踩碎了这满地撒落的芝麻花”起篇，从月亮的视角来写，增加了作品的空间感和呼应感。“海边芦苇用稠密的根须紧抓住脚下的泥土。”更是另辟蹊径地放弃了芦苇的柔美，用“稠密”和“紧抓”去刻画其坚定、不服输的一面。诗人的思绪也在这些意象中自由滋生、伸展，眼前之物与心中之境交织在一起，使得组诗在“滩涂地”“秋天”之上，还有一层关于时间流逝的惆怅和关于思想永恒的信仰，这也是这组散文诗在抒情上的高妙之处。（吴苏阳）

咸

孙曙

乡谚有“三年喝薄粥，盖栋大瓦屋”之语，稀粥之所以“坚硬”（王蒙语）实端于此。南方河网密布土地平旷多鱼米之乡，地少人多精耕细作粮仅果腹，其民早晚皆食粥。北方地广人稀旱做面食，一天三顿干的。自然北方之人多魁伟，南方之人多细巧，俗称北侉南蛮，侉者粗大蛮者灵巧，都是吃出来的。

靠喝薄粥砌瓦屋，可真是要肠胃喝得下来。同乡之先人荷锄夜归，桌上一盆粥映着月光，白汪汪的，举碗而视，忽将一盆粥倒在桌面，喊来婆娘：你自己数数有几粒米！还有喝粥喝得无以为家的，有绰号十八碗之壮汉，喝粥论盆，有喝十八海碗的记录。有力气，做工也不惜力，但因食量大没人雇得起，自己上门荐工只求能有粥喝个半饱，一辈子没养得住婆娘，“三年自然灾害”时率先饿死了，那时途有饿殍啊。

喝粥嘴淡，佐之以咸。咸是我老家苏北盐城方言，音读同韩，夏衍称为粥菜，即今之所谓小菜。盐城说的是淮扬官话，淮扬官话有小菜子一词，指的是各式精致小炒。大菜就是所谓六大碗八大碗了。萧条年代婚寿正宴都是八碗大菜：膘皮、涨蛋糕、红烧肉、肉圆、炒猪肝、烧大肠、肚肺汤、豆腐羹，头里另加一盘“拼盘”：芫荽萝卜糖蒜松花蛋海蜇杂拌，尾子再上一道鱼咸（鱼到酒止）。还穷得再少两道肉菜，就称六大碗。这种席面今天拿不出手，但在通年闻不到肉腥气的年代，可真是梦寐以求了，积蓄经营数年甚至举债才办得成。百姓餐桌上就粥下饭的还是“咸”，以咸名之，以盐腌渍。

咸菜·酸菜·菜干

深秋，春末，一家家的场院摊开苇席，拉起绳子晒青菜，显出穷人家过日子的热闹来。青菜洗净，日晒风吹上两三日，剁成碎丁，盐腌逼出水分，挤出菜汁后盛缸贮之，以石压口密封，一月后开缸即食。咸菜以玉黄色为佳，酸，鲜，咸，清口。腌制五六天便食的咸菜叫神仙咸菜，苏北老乡汪曾祺称之“不咸，嫩、脆、甜，难可比拟。”“文革”中穷得一天三顿喝粥，小人捧到粥碗便哭，唯有神仙咸菜上桌，叉几筷子在粥碗里一拌，笑眯眯地喝个肚圆。腌咸菜是考验婆娘们的真功夫，能腌出黄爽爽香喷喷的极少。有的婆娘一辈子都腌的是“小脚丫子臭”的咸菜，不过，咸菜烧豆腐还非得要用有一点脚丫子臭的咸菜不可。除青菜外，麻菜、雪里蕻、苜蓿、萝卜茎叶都可腌咸菜。芫荽是腌不起，大都在咸菜封坛时填上一两把，这一两把可就是咸菜中的极品了，当年陈毅元帅到盐城来重建新四军，房东大娘无以待客，抓了一碗腌芫荽，据说元帅后来对腌芫荽还很想念。咸菜煮小鱼，煮青蚕豆青黄豆，烧豆芽，烧草虾（苇荡里产的一种小黑虾子），炒粉皮，炒猪血，氽蛋花汤都是很下饭的家常菜。咸菜炒肉丝，咸菜炒野鸭则上得了台面了，而且都是咸菜先吃光。

青菜晾晒后整棵泡进盐水卤里，过得月余便成酸菜，又称大把子咸菜，胡萝卜也可同酸。酸菜好吃的是菜葶子（茎），脆酸而多汁，穷人家的孩子有当点心小食吃的。酸菜豆腐也好吃。酸菜腌时不封缸，就压块石头，所以腌酸菜的人家都有种灰暗的纠结的酸腐气味，大概这就是所谓的穷酸气。

酸菜煮后晒干便是菜干，乌黑，一捻就碎。青茎绿叶的生动偏要弄成黑渣渣的才吃，想是想不通的，但是行得通，好贮藏。干菜只有一点，香，尤以菠菜干为最。吃到嘴里也就是咸咸的渣渣的。做菜只能烧肉，干菜烧肉各大菜系均有，干菜得块肉之油之腴，肉块得干菜之筋之老，如中年美妇傍着白发鹤颜，真个是配合默契相得益彰。“女人端出乌黑的蒸干菜和松花黄的米饭，热腾腾的冒烟，河里驶过文人的酒船，文豪见了，大发诗兴说：‘无思无虑，这真是田家乐趣啊！’”这是鲁迅先生的名小说《风波》中描写的。农民的肠胃里就这些东西，几千年吃下来了。钵子里放些咸菜干菜，滴几滴油，饭头上一蒸，田家是用来吃饭作菜的，俗话说：煮饭炖咸菜，忙死个老奶奶，可为佐证。余秋雨先生认为白米饭与霉干菜是一种经典搭配。“雪白晶莹的饭顶戴着一撮乌黑发亮的霉干菜，色彩的组合既沉着又强烈。”这是满肚子油水者的纯审美了。食的至味是饿，出大力流大汗，躬耕勤苦劬劳之民吃什么不香啊，几筷子咸菜，大碗大碗的白米饭眨眼工夫就能扒下肚。

野菜中新鲜的马齿苋（俗称安乐菜）水焯后晒干，可做干菜包子。我家的食法是与芋头、扁豆干、豆腐干、百叶、花生米、鸡汤、肉汤同煮什锦，名为十香菜，一年吃一次，三十晚上才吃得到，解腥腻防伤食补脾胃。十香菜，提起来就有股子团聚热闹的吉祥劲。

酱油脚子 · 苋菜咕 · 辣椒糊

除了盐，农民在吃上面从不买什么。酱、酱油都是自家做。盐阜有俗语：不经厨子手，不脱酱膀气。什么是酱膀气？自家腌的酱油上了层白膜子再泛些蛆子就是这个味道。盐内草酱里蛆，盐城人司空见惯见怪不怪。大伏天把黄豆或蚕豆煮熟，用干面拌成团，掰摊成小饼状，盖上棒头叶，捂出黄子（生霉菌），泡入熟盐卤，在伏天的大太阳底下暴晒便成酱油，水少的便成酱。张炜的小说《古船》里的人物张王氏做酱油，随手拿到什么虫草都放进去，做出来比什么都鲜，这大概是取柏杨的“中国文化是酱缸文化”之说，未必可信。家制的酱油不似酱园里做的稠而近乎油，稀汤寡水的，但也别有一种土味。酱油中沉底的豆瓣，俗称酱油脚子，加葱花放到饭锅头上一炖，筷子头伸伸嘴里吮吮，吃得饭，喝得粥。把青扁豆角切成丝，装进纱布袋，然后放入酱油缸，酱上月余取出食用，翠绿，生脆，又有扁豆特有的毛茸茸的清苦，极为爽口。

苋菜有红有绿，土语读苋音同汗。苋菜长老了，茎可一人高，可制苋菜咕。“我们那里好多人家都有个臭坛子，一坛子‘臭卤’。腌芥菜下的汁放几天即成‘臭卤’。臭物中最特殊的是臭苋菜杆。苋菜长老了，主茎可粗如拇指，高三四尺，截成二寸许小断，入臭坛。臭熟后，外皮是硬的，里面的芯成果冻状。噙住一头，一吸，芯肉即入口中。这是佐粥的无上妙品。我们那里叫做‘苋菜秸子’，湖南人谓之‘苋菜咕’，因为吸起来咕的一声。”这是汪曾祺说的，汪曾祺是高邮人，到过盐城，在书中说盐城的水碱性大，不能泡茶，盐城人很不高兴。盐城距高邮不足百里，同属里下河地区，但不食芥菜，也没有臭卤之习，我总疑心汪曾祺少小离家记错了。盐城离湖南可就太远了，但也称苋菜咕。苋菜秸切成段，用水泡后再晒，晒干后沤出碧绿的上结盐霜的稠糊糊，就是苋菜咕。绍兴人也喜食此，称为苋菜梗，腌苋菜梗，周作人有专文绍介。苋菜咕上锅炖，澄绿如玉，一伸筷子，可真是汪老说的“佐粥的无上妙品”。苋菜咕焖豆腐更好吃，豆腐之嫩之细之滑无可比拟。有的人家以冬瓜与苋菜同沤，据说风味不恶。没吃过。

辣椒糊则是大江南北均有，红辣椒切碎盐腌后磨成糊便是，吃不得太辣的可加南瓜同磨。盐城人不拿辣椒糊作菜，只作蘸汁。青菜汤里的青菜，萝卜干，咸菜，酸菜都可蘸辣椒糊吃，消化道一辣就扩张了，什么东西都吞得下去。读中学时住学堂，没什么吃的，常见同学们把辣椒糊拌入粥中焦屑糊中吃起来，通红通红的，很好看，吃起来酣畅得很，很可惜没尝试过。

萝卜干·瓜纸

深秋便有萝卜船来了，但也不是每家都买得起。盐城南洋镇产上好萝卜，牙白色，脆甜多汁不渣，像梨又有萝卜味，解腻通气又不搅人肚肠，名日白裂子（白栗子？），掉在地上就碎裂如泥。萝卜洗净切块便晒，家家户户摊出苇席来晒，半干半潮的萝卜生吃很好，做妈妈的要看着孩子不让偷吃。每天晒过了还要收起腌入盐卤中，第二天再晒再卤，干得有些瓤了，便可收坛封好滚味，等到味道差不多滚过来了便可食用。讲究一点的人家用八角料酒白糖制卤，自然香气更袭人。萝卜干的味道很冲，附着不去，极其洋溢，一块萝卜干的味道充斥一屋子，难以消除。俗话说：曹操倒霉遇蒋干，薄粥倒霉遇上萝卜干。萝卜干之下粥可见。

农家人的蔬菜都是自家种的，夏天黄瓜小瓜吃不完，剖开去瓤，用盐腌过，在毒日头下暴晒，晚间再收入卤中，第二天再晒，一日日晒下来，便成了黄黄的泛着盐霜的薄薄瓜纸。食时以水泡开，切成碎丁，加酱油、糖、香油、蒜泥，脆脆的，咸的，加上蒜香，就粥吃要省省吃，省省吃。西瓜皮也可同法制成瓜纸，食时别有一番西瓜的清香。

麻虾子·蟹蚱·泥螺

盐城靠海，重盐重腥，初夏之始常有小船从海边划到各村落。卖的大宗都是蟹蚱（即蟛蜞，又称小蟹），附带一两缸麻虾子泥螺搭着卖。因此又叫蟹蚱船。麻虾子是小海虾子磨制成糊状，暗红色，极腥，极鲜，大概没什么人敢生吃，多是加葱油炖吃。现在难得一见，菜场上碰上卖麻虾子，小的认不得，老奶奶们围住桶光转，倒不是没钱买，馋嘴又不敢吃，怕肚子受不了。近年来，盐城的一些饭店也推出了麻虾子炖蛋，再加上海蛎子烧涨蛋，鳝丝烧馓子，咸菜烧虎头鲨等，总算是推出了盐城地方菜。

蟹蚱近年来也上了正规餐桌，作冷盘。酒店老板们还暗中比试口味。腌后的蟹蚱肉腐成冻冻，腐而不臭。蟹蚱吃的就是这海腥和腐而不臭。蟹蚱好吃的是黄子，香，细腻。也有人专喜欢吮蟹蚱卤的，腥而咸。买或者用粮食换点蟹蚱也算解馋的，一只小蟹蚱要哄小孩一碗粥。有位王姓婆娘不会算账，一斤蟹蚱八分钱，三斤算成“三八二十六”，卖蟹蚱的听了暗自高兴，这婆娘摸出钢镚一八一八地数，卖蟹蚱的没多赚到钱自己也感到好笑，说与别人，便有了“王大妈买蟹蚱一八一八”（老老实实按部就班之意）的歇后语。一提起来，多少让人感受到贫寒中的坚韧与自尊，沉着与机警。传言蟹蚱船怕蟹蚱腐烂变质，用蛇同腌来避臭防腐，未亲眼所见不知是否。但每次见着黯黑窄小的蟹蚱船，便想象其舱内悬着一条灿烂花纹的美女蛇。

泥螺的价可就贵了，从前是小小的尖尖的有沙包的泥螺，极难退壳，仅用舌头退壳去沙包，那可真是吃上的一大真功夫。什么是巧舌如簧，这便是。蟹蚱船上卖的泥螺仅用盐腌，极腥，极咸。虽然盐城特产伍佑醉螺盛名在外，近年来又盛行养殖的无沙的大如拇指的泥螺，但许多人的记忆里仍是蟹蚱船上的泥螺风味浓郁，小时候不会吃，父母退下一粒泥螺肉送到粥碗上，能吃一碗粥。

家境稍宽裕的人家还腌些咸鸡蛋、咸鸭蛋来待客。或用盐卤腌，或用盐泥腌。自家人舍不得吃，腌一次吃上一年两载、煮后蛋白都发糙了，蛋黄发黑。腌久了咸鸭蛋易臭，有人嗜食臭鸭蛋，特别是臭咸鸭蛋的蛋黄，乌黑，沙而油。麻鸭生的小绿壳子蛋腌蛋最好，煮后筷子轻轻一捣便有红油渗出，咸鸭蛋的蛋黄是漂亮，艳得像落日，粤菜或点心中有许多用咸鸭蛋黄。

至于嫩姜片，至于醉蟹，至于变蛋（松花蛋）也是盐城特产，但平民百姓家做不起，也没养成口味习惯，多为店铺专营，不絮叨了。

味在盐梅之外，这是不出力不流汗的人说的。盐是人生存的基本需要，咸是人最基本的味觉，盐中的钠离子氯离子引出食物中的各种氨基酸，产生鲜，咸味调和一切味。科学家说：咸味永恒。盐城人说：穿尽绫罗还是棉，吃尽美味还是盐。盐城因盐得名，口味偏咸，咸可真是打开盐城文化的一把钥匙。盐城处淮扬之间，淮扬菜声动四海，盐城人自古以来就没为自己的舌头度身定位。更何况现在的餐饮是全国大杂烩，舌头都一窝蜂地被流行同一了，还有哪一家餐馆酒店的菜式纯正？要找回自己的舌头盐城人的舌头，好办，喝碗粥，来点母亲妻子亲手腌制的咸——来自阳光，来自泥土，来自盐，来自劳作，来自亲人，来自农业文明，来自根本。亲亲为万德之始。孟子说：人亲其亲，长其长，而天下平。冬天了，一家人团桌而坐，粥气氤氲，粥碗温烫，佐以小菜，谈以家常，其乐融融，何能及之？

文化中国，小菜一碟。

（《燃情书》）

【作者简介】

孙曙（1968—），盐城盐都人。作家、评论家，盐城市文联委员。多篇作品被《新华文摘》《文艺报》和人大复印资料等转载推介，获得中国作协“长江颂”征文二等奖、第四届江苏省文学评论奖二等奖。出版有文化随笔集《盐城生长》，文化批评集《文字欢场与声色天下》。

【导读】

作者从家乡的食物和口味入题，既有“民以食为天”的朴实，也有“对家乡的记忆都是味蕾的记忆”的浪漫。在看似平实无华，甚至有几分“糙”的夹杂着方言俚语的文字表述背后，又分明流露出一种深沉的抒情。文章写“咸”，又不止于“咸”本身，“食的至味是饿，出大力流大汗，躬耕勤苦劬劳之民吃什么不香啊”，作者用生活的真相告诉我们：辛勤劳作的人才是真正懂得生活滋味的人。“深秋，春末，一家家的场院摊开苇席，拉起绳子晒青菜，显出穷人家过日子的热闹来。”劳动人民直面生活的皮实，其实也在继承中华民族的传统底蕴——不畏苦难，苦中作乐，即便生活清贫，精神也要富足热闹。“农民的肠胃里就这些东西，几千年吃下来了。”看似是可有可无的闲话，实则是作者的匠心所在，“几千年”三个字一下子将历史的厚重拉到了读者面前。作者从喝粥就咸，说到做人为官，用最简单的文字，点出德之大道，既扩展了文章的空间，也留给读者无限回味。（吴苏阳）

参考文献

[1] （晋）陈寿撰 .（南朝宋）裴松之注 . 三国志 [M]. 北京：中华书局 1982 .

[2] （明）史起蛰、张矩同纂 . 嘉靖两淮盐法志 .《扬州文库》影印本 .

[3] （明）杨瑞云修，夏应星纂 . 万历盐城县志 [M]. 扬州：广陵书社 2019.

[4] （明）李自滋修，刘万春纂 . 崇祯泰州志 . 四库存目丛书本 .

[5] （清）汪兆璋修，杨大经纂 . 康熙淮南中十场志 . 清康熙十二年刻本 .

[6] （清）张可立纂修 . 康熙兴化县志 . 清康熙二十三年刻本 .

[7] （清）卫哲志等修，叶长扬、顾栋高等纂 . 乾隆淮安府志 . 清咸丰二年刻本 .

[8] （清）周右修，蔡复午等纂 . 嘉庆东台县志 . 嘉庆二十二年刻道光十年增刻本 .

[9] （清）沈国翰、阮本焱修，陈肇礽、殷自芳、江启珍纂 . 光绪阜宁县志 . 光绪十二年刻本 .

[10]（清）刘崇照修，陈玉澍、龙继栋纂 . 光绪盐城县志 . 光绪二十一年刻本 .

[11]（清）谢开宠纂 . 康熙两淮盐法志 . 台湾学生书局 1966 年影印本 .

[12]（清）噶尔泰修，程梦星纂 . 雍正两淮盐法志 .《扬州文库》影印本 .

[13]（民国）林懿均、李直夫修，胡应庚、陈钟凡纂 . 民国续修盐城县志 . 民国二十五年铅印本 .

[14]（宋）郭茂倩 . 乐府诗集 [M]. 北京：中华书局 1979.

[15]（清）彭定求等纂，陈尚君补辑 . 全唐诗：增订本 [M]. 北京：中华书局 1999.

[16]（清）邓汉仪辑 . 诗观初集、二集、三集 . 康熙庚午慎墨堂刻本 .

[17]（清）倪匡世辑 . 振雅堂汇编诗最 . 清康熙二十七年刻本 .

[18]（清）丁晏原辑，王锡祺重编 . 山阳诗征 [M]. 周桂峰校点 . 西安:

陕西人民出版社 2009.

[19]（清）王锡祺编纂．山阳诗征续编 [M]．张强点校．西安：陕西人民出版社 2011.

[20]（清）朱彝尊纂．明诗综 [M]．北京：中华书局 2007.

[21]（清）张应昌编．清诗铎 [M]．北京：中华书局 2022.

[22]（清）杜文澜辑．古谣谚 [M]．长沙：岳麓书社 1992.

[23]（民国）陈衍辑．元诗纪事 [M]．上海：上海古籍出版社 1984.

[24]（民国）徐世昌编．晚晴簃诗汇 [M]．北京：中华书局 2018.

[25]王易鹏选注．古代诗歌选 [M]．北京：少年儿童出版社 1982.

[26]（清）陶性坚编．射州文存．盐城图书馆藏本．

[27]（民国）袁承业编．东台诗征．南京图书馆藏本．

[28]邓实、黄节．国粹学报（影印本）．扬州：广陵书社 2005.

[29]（宋）范仲淹．范文正公文集．影印北宋刻本．

[30]（宋）贺铸．庆湖遗老诗集 [M]．王梦隐、张家顺校注．开封：河南大学出版社 2008.

[31]（宋）陈造．江湖长翁集．影印四库全书本．

[32]（宋）陆秀夫．宋左丞相陆公全书．线装书局宋集珍本丛刊本．

[33]（元）萨都剌．雁门集（影印嘉庆刊本）．上海：上海古籍出版社 1982.

[34]（清）施闰章．施闰章诗 [M]．扬州：广陵书社 2006.

[35]（明）崔桐．崔东洲集．四库存目丛书本．

[36]（明）王艮．明儒王心斋先生遗集．袁承业编．《泰州文献》本．

[37]（清）邓汉仪．慎墨堂诗拾．《泰州文献》本．

[38]（清）纪映钟．戆叟诗钞．《清代诗文集汇编》本．

[39]（清）戴胜徵．石桴诗钞．国家图书馆藏本．

[40]（清）李骥．虬峰文集．清康熙刻本．

[41]（清）孙一致．世耕堂诗集．南京图书馆藏本．

[42]（清）宋曹．会秋堂诗文集（周梦庄整理）．油印本．

[43]（清）周亮工．尺牍新钞 [M]．朱天曙编校整理．南京：凤凰出版社 2008.

[44]（清）吴嘉纪诗集笺注．邵春驹笺注．未刊本．

[45]（清）孙枝蔚 . 溉堂集 [M]. 上海：上海古籍出版社 1979.

[46]（清）汪懋麟 . 百尺梧桐阁集 [M]. 上海：上海古籍出版社 1979.

[47]（清）吴麐 . 樵贵谷诗 . 国家图书馆藏本 .

[48]（清）高士奇 . 苑西集 . 四库未收书辑刊本 .

[49]（清）程之鵔 . 练江诗钞 . 清乾隆十八年刻本 .

[50]（清）孔尚任 . 湖海集 . 四库存目丛书本 .

[51]（清）刘沁区 . 西渚诗存 . 盐城图书馆藏本 .

[52]（清）蒲松龄 . 聊斋诗集 [M]. 赵蔚芝笺注 . 济南：山东大学出版社 1996.

[53]（清）伊秉绶 . 留春草堂诗钞 [M]. 北京：中国美术学院出版社 2019.

[54]（清）龚自珍 . 龚自珍诗选 [M]. 郭延礼选 . 北京：人民文学出版社 2009.

[55]（清）鲁一同 . 通甫类稿 . 续修四库全书本 .

[56]（清）鲁一同 . 通甫诗存 . 续修四库全书本 .

[57]（清）蒋春霖 . 水云楼诗词笺注 [M]. 刘勇刚笺注 . 上海：上海古籍出版社 2011.

[58]（清）张謇 . 张謇全集 [M]. 南京：江苏古籍出版社 1994.

[59]陈中凡 . 清晖集 [M]. 北京：书目文献出版社 1987.

[60]中共中央文献研究室编 . 陈毅诗词集 [M]. 北京：中央文献出版社 2012.

[61]《胡乔木传》编写组编 . 胡乔木诗词集 [M]. 北京：人民出版社 2015.

[62]胡乔木 . 胡乔木文集 [M]. 北京：人民出版社 2012.

[63]陈允豪、钱璎、钱小惠编 . 钱毅的书 [M]. 北京：生活 · 读书 · 新知三联书店 1980.

[64]王阑西主编 . 盐阜根据地诗文选 [M]. 南京：江苏人民出版社 1984.

[65]计高成等编 . 湖海诗存 [M]. 北京：中国文联出版社 2007.

[66]阿英 . 阿英全集 [M]. 合肥：安徽教育出版社 2003.

[67]周而复 . 怀念集 [M]. 北京：人民文学出版社 1983.

[68]施建石主编 . 盐城特色文化 [M]. 苏州：苏州大学出版社 2006.

[69]盐城孙氏宗谱 . 孙氏宗谱编委会自刊本 .

[70]江苏革命根据地文艺资料汇编（苏北部分·小说散文）. 内部资料 .

[71]江苏革命根据地文艺资料汇编（苏北部分·通讯报道）. 内部资料 .

[72]江苏革命根据地文艺资料汇编（苏北部分·诗词歌谣）. 内部资料 .

[73]新四军盐阜区抗日阵亡烈士塔落成典礼大会纪念册 . 盐城地区行署民政局 1980 年翻印本 .

[74]盐城文史资料选辑 . 内部资料 .

[75]滨海文史资料 . 内部资料 .

[76]响水文史资料 . 内部资料 .

[77]盐城历史名人 . 内部资料 .

[78]顾骧 . 也爱黄昏 [M]. 北京：商务印书馆 2010.

[79]梅汝恺 . 梅汝恺文集 [M]. 南京：江苏文艺出版社 2005.

[80]李有干 . 水路茫茫 [M]. 南京：江苏少年儿童出版社 2010.

[81]肖元生 . 平原的尽头 [M]. 北京：人民日报出版社 2002.

[82]孙曙 . 燃情书 [M]. 上海：上海三联书店 2017.

[83]王尧 . 时代与肖像 [M]. 南京：江苏凤凰文艺出版社 2021.

[84]龚学敏、周庆荣主编 . 2022 年度中国散文诗精选 [M]. 成都：成都时代出版社 2023.

[85]丰子恺散文奖组委会编 . 万物皆可爱——第四届丰子恺散文奖获奖作品集 [M]. 北京：作家出版社 2023.

后 记

记住乡愁就是记住文化的根脉，就是回望文化在我们这片土地上留下的神奇的印迹。一方水土养一方人，也养育一方土地上的独特的文化和文学。通识语文是要培养下一代对一个民族总体上的文化认知，体现的是共性；而乡土语文则可以培养下一代对自己脚下这片土地的归属感，在教育功能上则体现为个性。从这个意义上讲，“乡土语文”是我们记住乡愁最直接的路径。

盐城，地处江苏省中部，黄海之滨，江淮之间。境内已发现的最早的人类遗址阜宁古河梨园遗址距今已有 6000 年，从汉武帝元狩四年（公元前 119 年）置盐渎县起，也有两千多年了。今天的盐城，包括东台市、建湖、射阳、阜宁、滨海、响水五县及亭湖、盐都、大丰三区，是江苏省面积最大的设区市。

这块以“盐”命名的土地，虽然在近代之前离政治、文化中心地区很遥远，但是在历史上有其独特的地位和贡献。《史记·货殖列传》云：“彭城以东，东海、吴、广陵，此东楚也……东（吴之东）有海盐之饶。”盐城包括在内。唐代全国主要产盐地共设四场十监，今盐城境内有盐城、海陵二监。明清时的两淮三十盐场，中十场的富安、安丰、梁垛、东台、何垛、丁溪、小海、草堰，下十场的白驹、刘庄、伍佑、新兴、庙湾均在今盐城境内。从两汉至明清，两淮盐课一直居全国各盐区之首，到明清时淮盐盐税更是占到国库财源的三分之一，以至有人说“天下大计仰东南，而东南大计仰淮盐”。一艘艘满载白盐的船只经过运盐河进入大运河，再通过大运河把盐运往南北各地，供应人们的生活需要。盐城的重要性是可以想见的。

盐城又是一块贫瘠而不幸的土地，历史上的盐城人民曾经承受了难以想象的苦难。历代统治者将这里的民脂民膏劫掠一空，留下的是无边的贫困。盐民和其他劳动者的劳动生活条件极端恶劣。从南宋开始延续七百年的黄河夺淮，使淮河失去了出海口，转而向南流入长江，盐城正好处于“锅底洼”地区。明清时期，统治者实行“济运保漕”的国策，盐城事实上成了排泄洪水的孔道，成了维持国家漕运的牺牲品。每当大水一到，洪泽湖大堤、运河大堤崩塌，滔滔洪水倾泻而下，瞬息间盐城就是一片泽国，人尽为鱼鳖。此外还有旱灾、蝗灾，还有来自东边的海潮肆虐。由于历代政府不能有效管控，这里又是匪患猖獗之地。这里的每一寸土地都浸透了祖先的血和泪。

20世纪40年代初，皖南事变后，新四军在盐城重建军部，随后中共华中局成立，盐城遂成为中共在华中的政治军事中心。刘少奇、陈毅、粟裕等在这里运筹帷幄决胜千里。解放战争期间，这里又是双方争夺的重要战场。1947年，中共华中工作委员会在射阳成立，领导了华中解放区的政治、军事、经济工作。盐城是中国共产党坚持敌后抗战的重要战略支撑点，又是夺取全国胜利的出发之地。在光明与黑暗两种命运的大搏斗中，盐城表现出对革命的无限忠诚，千万盐城儿女洒尽了最后一滴热血。在中国革命史上，盐城占据光荣的地位。

盐城人民自古勤劳善良，用汗水建造了自己的家乡。新中国成立后，特别是改革开放以来，盐城获得了巨大发展，彻底改变了贫穷落后的面貌，一个“强富美高”的新盐城已经初步崛起。

盐城的地方文化与地方社会经济相伴而生。东汉末年臧洪和陈琳从盐城走到了北方的文化中心，宋代范仲淹在盐城倡议并主持修筑范公堤，也留下了不少诗文佳作，明代王艮的泰州学派以鲜明的平民色彩为中国思想史开辟了新的时代，清初吴嘉纪是中国文学海盐书写无可争议的第一人，现代新四军的革命文艺是催人奋进的时代号角，是团结各阶层人民打击敌人的强大武器。在当下，一大批盐城文化工作者辛勤耕耘，成果丰硕，盐城地方文化的影响在逐步扩大。总体而言，盐城的地方文化不很发达，但是自有特色，它是具有鲜明的平民色彩的文化，是兼具南方扬泰文化与北方徐淮文化特质并融入了徽州、江南因素的文化，是包含了深固的红色基因的文化。

文学作品是地方文化的主要载体。古往今来，盐城产生了丰富多样的文学作品，它们是历史馈赠的珍贵遗产，是今天的人们认识盐城的重要媒介。然而迄今为止，尚没有一本包括全面、分量适中、适合一般读者阅读学习的盐城乡土文学的选本，实为憾事。有鉴于此，我们承担了这个课题，希望为家乡的文化普及、文化建设尽绵薄之力。

这项工作持续了一年多时间，做得并不轻松。盐城有人数可观的地方文化工作者群体，做了很多事情。在他们的书籍、文章中提及了很多盐城的诗文作品和作家的信息，也出现了《湖海诗存》《盐阜根据地诗文选》等作品选集。这些都给了我们很大帮助，谨在此表示感谢。假如我们单纯以这些为基础进行“二次编选”，搞出一本书是容易的。但是我们没有走这条捷径。我们知道，盐城文学的文献尚未有人做过系统整理，许多好作品都散落在各种书籍、报刊中，长期湮没无闻。如果没有有心人做搜寻、发掘的工作，它们将永远不为人知。做这件事很难，但是我们决心承担起这个任务。

我们是按照以下几个方向做搜寻工作的。第一是地方志和专门志书，包括《盐城县志》《东台县志》《阜宁县志》《淮南中十场志》《两淮盐法志》等；第二是地方诗文总集，如《江苏诗征》《淮海英灵集》《射州文存》等；第三是断代诗文总集，以清代为主，如《诗观》《诗最》《国朝诗正》等；第四是有可能与盐城发生交集的作者的文集。我们也翻检了大量本地作者的文集，如《吴嘉纪诗集笺注》《会秋堂诗集》《水云楼诗词》《西渚诗存》等。总之，我们突出强调了文献上的追本溯源，以及第一手资料的获取。

在这个过程中经历了很多惊喜。如在《诗最》中发现了多首写东台的诗，在邓汉仪的《慎墨堂诗拾》中发现了写西溪辞郎河的诗，在纪映钟的《戆叟诗钞》中发现了写张士诚的诗，等等。滨海、响水两地独立建县晚，地方僻远，开始我们一直为找不到写两地的作品而苦恼。后来想到，两地离淮安较近，淮安的文人有可能到那里去，我们就把能找到的淮安作家的文集逐篇阅读，果然皇天不负苦心人，找到了一些思想性与艺术性俱佳的作品，并且从中发现了十分珍贵的古代盐城人民和朝鲜半岛人民交往的材料。我们还根据解放区旧报刊的线索，从周而复的一本散文集中发现了记载彭雄、田守尧等烈士牺牲经过的报告文学。这是记叙这一事件的最原始的翔实的文献，细节非常真实，是当时幸存者到达延安后延安的作家采访他们而创作的，研究新四军历史的学者都不知道有这篇文章。在疫情期间到外地查找资料，其中的艰辛就不细说了。

现在，一方面诗文注释被认作“小道”，雕虫小技壮夫不为，一方面以“解读”为题的大论文层出不穷，一套一套的理论、术语，让人如堕五里雾中。老老实实地读一首诗、一篇文章，把它真的读懂，抉发出作者的用心，好像是难见到了。有感于此，我们在注释和导读的写作中也小有追求。我们尝试着引导读者用朴素而又郑重的态度对待文学阅读。从多少年的读书经历中，我们认识到，第一，任何诗、任何文学作品都是可以有“达诂”的，是可以“求甚解”的，任何表面的不合理、不可解之处都是可以解释清楚的；第二，正确理解作品，需要懂得文字训诂、文学表现手法和技巧、历史文化知识乃至生活知识、人情世故等，需要综合的能力。如郑燮《朱子功寿序》是今人根据现存墨迹整理的，“内自节俭，外厉勤苦”的“厉”，各种版本都作“历”，然而我们通过辨读，认为应该是“厉”。再如程岫《西溪镇诗》之一“钟鼓忽鸣游客过”的解释，就是基于注释者到西溪实地寻访时遇到的事情作出的。我们也力求把导读写得简洁流畅，具有可读性。我们希望，通过阅读本书，年轻的读者能获得理解、品读作品方面的训练，提高文学鉴赏水平。

我们特别要向盐城的中小学生推荐这本书。通识性语文教材所选篇目固然能培养我们的家国情怀、中华民族共同体意识，而地方性“乡土语文”却是本乡本土长出的叶开出的花，是真正属于我们自己的“文化标签”。我们在编写过程中，尽了最大努力让我们的选本具有最广泛的区域覆盖性，所以各县、市、区的读者都可以在我们的选本中找到抒写自己家乡的篇目，找到本乡本土的“文学名片”。

本书分六辑编排，前四辑为古代作品：“盐乡风物”主要包括描写地方风土人情、名胜的作品，“士林风流”主要包括描写地方杰出人物以及文人表现自身生活思想的作品，“艰辛足迹”主要包括描写盐城历史上底层人民生活、生产，特别是表现他们苦难命运的作品，“沧桑留痕”主要包括古代盐城文人书写盐城以外世事的作品；后二辑为现当代作品：“岁月峥嵘”是反映现代盐阜根据地革命斗争生活的作品，“新苑撷英”是新时期盐城作家散文的选粹。

本书由盐城师范学院文学院教师集体完成，陈义海负责策划、组织，邵春驹负责具体安排，篇目由邵春驹搜寻并选定，各人撰写情况如下：

邵春驹：古诗 107 首，古文 7 篇，现代文 2 篇，现代诗 2 首，当代文 5 篇。

程希：古诗和现代旧体诗 55 首，古文 2 篇。

黄静：古诗 31 首，古文 1 篇。

丛玲玲：古诗 23 首，古文 6 篇。

刘秀珍：现代诗文 23 首（篇）。

孙植：古诗 17 首，古文 4 篇。

杨胜朋：古诗 5 首，古文 5 篇。

吴苏阳：当代文 6 篇。

段梦云：古诗 5 首。

本书得到盐城市哲学社会科学联合会和盐城市范仲淹研究会的大力支持，先后被列为盐城市和江苏省的社科普及项目，谨向给予关心帮助的各位领导、专家表示深深的感谢。

编撰这本小书，过程殊为不易。在它问世之际，也要感谢所有踏踏实实勤勤恳恳做事的同仁。我们反感调皮和敷衍，我们是怀着责任感和敬畏之心完成了这一工作。

虽然我们不敢说我们的编写工作是筚路蓝缕，也不敢自我标榜为地方文化、文学所做的这点贡献是“功在当代利在千秋”，但是，能有幸为这片古老而又年轻的土地奉献出第一本“乡土语文”，这让我们感到无比自豪。

编 者

2022 年 12 月

联系地址：上海市中山西路 1610 号

邮政编码：200235

联系电话：16605722666